KB135871

살며 사랑하며 배우며

LIVING, LOVING & LEARNING

100

100쇄 기념
스페셜 에디션

LIVING
LOVING
&
LEARNING

by Leo F. Buscaglia

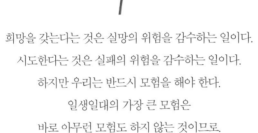

희망을 갖는다는 것은 실망의 위험을 감수하는 일이다.

시도한다는 것은 실패의 위험을 감수하는 일이다.

하지만 우리는 반드시 모험을 해야 한다.

일생일대의 가장 큰 모험은

바로 아무런 모험도 하지 않는 것이므로.

머리말 · 8

편집지 후기 · 403

그리스가 낳은 세계적인 작가 니코스 카잔차키스^{Nikos Ka-}zantzakis 는 참된 교사상像에 대해 이렇게 정의한 바 있습니다.

참다운 교사란 스스로 다리가 되어 학생들을 안내할 뿐만 아니라 강을 쉽게 건널 수 있도록 도와주며, 스스로 다리를 만들도록 격려하기 위해 자기 자신을 기꺼이 희생하는 사람이다.

이 책에 실린 강연의 내용들은 제가 여러분과 함께 공유하고 싶은 삶에 관한 생각이나 느낌들로, 니코스 카잔차키스가 말한 '참된 교사의 다리'가 무엇인지를 보여주는 내용이라고 할 수 있습니다. 독자들에게 흔쾌히 받아들여지거나 환영받을 수도 있지만 반대로 무시되거나 거부당할 수도 있다는 사실을 충분히 고려한 상태에서 강연의 내용을 정리했습니다.

이 책에 소개되는 내용들은 강연을 들을 기회를 놓쳤거나, 들었더라도 다시 한 번 상기하려는 사람들을 위한 것입니다. 이러한 기회를 여러분과 함께 나누게 된 것을 진심으로 기쁘게 생각합니다. 당시를 돌이켜보면, 제 강연을 들으려 했던 사람들이 그렇게나 많았었다는 사실이 지금도 놀라울 뿐입니다. 그분들과 함께 성장하면서 뜻을 함께했던 10년이라는 세월에 감사하고 있습니다.

지금 저에겐 아무런 후회도 없습니다. 다리를 계속 놓으려는 결심이 제게 있는 이상, 좋든 싫든 더 많은 사람들이 저를 찾아올 것이라는 사실을 알고, 또 그렇게 믿고 있습니다.

레오 버스카글리아

PART 1

사랑, 태도를
변화시키는 매개체

우리의 생각은 지식보다 적다.
우리의 지식은 사랑보다 적다. 우리의 사랑은 존재보다 작다.
그리고 우리가 생각하는 나는 실제의 나보다 그만큼 작다.

_R.D. 랭

어려운 이름의
비애

제 이름을 정확히 발음할 줄 아는 사람을 만날 때마다, 저는 정말 기뻐서 어쩔 줄을 모릅니다. 저는 강의를 할 때 종종 제 이름을 화제로 삼곤 하는데, 각기 다른 알파벳이 들어 있는 아름다운 이탈리아식 이름이기 때문입니다. 철자는 'B-u-s-c-a-g-l-i-a'죠.

제 이름과 관련해서 재미있는 일화 하나가 있습니다. 장거리 전화를 걸었을 때의 일입니다. 마침 상대방이 통화 중이라 교환원이 통화가 끝나면 연결해 주겠다고 했습니다. 잠시 후 전화가 울리기에 받았더니 교환원이 이렇게 말하는 것이었습니다.

"박스카 박사님께 연결이 됐다고 전해주시겠습니까?"

"혹시 버스카글리아 말씀인가요?"

"선생님이 어떤 이름을 말씀하셔도 저에겐 그 이름이 그 이름으로 들리는데요."

사랑학 강의에도
실습이 있나요?

오늘 저는 사랑에 관한 이야기를 하기 위해, 다시 말해서 '사랑학 강의'를 하기 위해

이 자리에 섰습니다. 사랑학이라니, 그런 이상한 강의를 듣기 위해 저를 초청하신 여러분들은 참으로 용기 있는 분들입니다.

대부분의 사람들은 사랑이라는 것을 마치 공기나 물처럼 누구로부터 특별히 강의를 들을 필요가 없을 정도로 흔한 것, 당연한 것이라고 생각하는 경향이 있습니다. 그런가 하면 어떤 사람들은 '사랑학'이라고 하니까 이거 대단히 어려운 이야기인가 보다 하고 미리 겁부터 집어먹기도 합니다. 사랑을 학문적으로 이야기하다니, 어쩐지 난해한 냄새가 나기 때문입니다.

그래서 저는 대개 강의를 하기 전에 강연의 제목을 살짝 바꾸거나 다른 말들을 덧붙입니다. '사랑, 태도를 변화시키는 매개체' 하는 식으로 말입니다. 이렇게 하면 뭔가 굉장한 것이 들어있는 것 같으면서도 겁을 먹을 필요가 없어 보입니다. 어느 대학에서 사랑학 강의를 할 때 이런 방법을 썼더니, 교직원들이 저만 보면 키득키득 웃으면서 이런 농담을 던지더군요.

"토요일에는 실습도 있나요?"

제가 어쩌다 사랑학 강의를 시작할 생각을 했는지 그 배경을 먼저 소개하려고 합니다. 5년 전에 저는 캘리포니아의 어느 특수교육기관에서 교육부장으로 일하고 있었는데, 따분한 행정직이 아니라 교수로서 다시 교단에 서고 싶다는 생각에 학장님과 면담을 하게 되었습니다. 제가 자리에 앉자마자 전형적인 교육공무원 타입의 학장님이 이렇게 물으셨습니다.

"버스카글리아 선생, 무슨 과목을 강의하길 원하십니까?"

저는 조금도 망설이지 않고 대답했습니다.

"사랑을 다루는 수업을 맡고 싶습니다."

그러자 사무실 안에는 잠시 무거운 침묵이 흘렀습니다. 마침내 학장님이 헛기침을 하면서 입을 여시더군요.

"그 밖에는요?"

그로부터 2년 뒤, 저는 정말로 20명의 학생을 대상으로 사랑학 강의를 하게 되었습니다. 지금은 학생 수가 200명에 달하고, 대기자가 600명이나 됩니다. 얼마 전에 강의를 개설했을 때는 수강 신청을 받기 시작하자 20분 만에 정원이 찼습니다. 이 모든 것은 사랑학 강의에 열광하고 흥분하는 학생들이 얼마나 많은지 보여주는 증거일 것입니다.

교육 정책을 다루는 위원들이 모여서 미국 교육의 장래 목표를 정할 때마다 저는 놀라곤 합니다. 그들이 모여서 정하는 첫 번째 목표는 언제나 자아실현 또는 자아 발견입니다. 초등학교에서부터 대학원까지의 교과과정을 통해 '나는 누구인가? 나는 왜 태어났는가? 인간으로서 가져야 할 진정한 사명이란 무엇인가? 사랑이란 무엇이며 그것이 왜 필요한가?'를 다루는 과목도 아주 많습니다.

하지만 현실은 어떠합니까? 전국에서, 아니 전 세계에서 '사랑학'이라는 과목이 있는 곳은 우리 학교뿐이며, 그런 과목을 담당할 정신 나간 교수라곤 지구상에 저 하나뿐입니다. 저는 이 수업에서 뭔가를 일방적으로 전달하려는 게 아닙니다. 우리는 커다란 카펫 위에 옹기종기 모여 앉아서 2시간 동안 수다를 떱니다. 그러면서 참다운 지식과 사랑은 서로의 삶 속에서 하나하나 배워나가는 것이라는 결론을 얻기까지 다양한 의견을 나눕니다.

아주 오래전부터 심리학자와 사회학자, 인류학자들이 사랑은 저절로 생기는 게 아니라 배우는 것이라고 말해왔습니다. 우리가 살아가면서 인간관계를 놓고 고민을 거듭하는 이유는 바로 이 말을 믿기 때문일 것입니다. 그렇다면 우리에게 사랑을 가르칠 사람은 누구일까요?

먼저 우리가 몸담고 있는 사회를 들 수 있겠는데, 사회는 끊임없이 변하게 마련입니다. 그다음으로는 부모님들이 우리에게 사랑하는 법을 가르쳐줍니다. 부모님이야말로 우리가 태어나서 제일 처음 만나는 선생님이라 할 수 있는데, 부모라고 해서 언제나 최고의 가르침을 줄 수는 없기 때문에 자주 문제가 발생합니다.

대부분의 사람들은 부모님을 완벽한 존재로 생각합니다. 하지만 많은 아이들이 부모님을 그렇게 여기며 성장하다가 어느 순간 그렇지 않다는 사실을 알고 이제까지의 환상이 깨지면 실망하고 분노하는 경우가 많습니다.

그러고 보면 아버지라는 남자와 어머니라는 여자가 나와 마찬가지로 고뇌와 오해와 상처와 기쁨과 슬픔과 눈물이 있는 평범한 인간에 불과하다는 사실을 아는 것이 바로 어른으로 향하는 출발점일지도 모릅니다.

그런데 바로 여기서 중요한 결론에 이르게 됩니다. 부모님과 사회로부터 이미 사랑을 충분히 배워온 사람이라면, 자신이 배운 내용을 실천하고 수정해가면서 진정한 사랑에 대해 다시 배울 수 있다는 사실입니다.

여러분은 사랑의 방법을 이미 많이 알고 있을 것입니다. 저보다 더 간절하게, 사랑이 우리 삶에 얼마나 중요한 역할을 하는지를 깨닫고 실천하는 사람도 있을 것입니다. 솔직히 말해서 제가 지금부터 전달할 내용 중에 눈이 확 뜨일 만큼 새로운 것은 없습니다. 그러나 사랑에 대해 아주 용기 있게 논하는 사람이 있다는 사실만큼은 분명히 깨닫게 될 것입니다.

좀 우스운 말입니다만, 5년 전에 사랑학 강의를 시작했을 때 저는 참으로 외로웠습니다. 지금 여기 계신 분들 중에는 제가 다른 대학의 교수와 '행동 수정 이론'과 '애정 이론'을 놓고 논쟁을 벌일 때, 그 세미나에 참석했던 분도 계십니다. 당시 제가 목청을 높여서 사랑을 외쳤더니, 상대방 교수는 저를 보며 이렇게 단

도직입적으로 내뱉었습니다.

"버스카글리아 선생, 당신은 지금 시대에 뒤떨어진 주장을 펼치고 있어요!"

제가 보기에, 그분이야말로 정말로 시대에 한참 뒤떨어진 편견을 가진 사람이었습니다. 지금의 저는 외롭지 않습니다. 제가 애착을 갖고 연구하고 있는 애정 이론 분야를 본격적으로 연구하는 사람들이 많아졌으니까요.

제 삶에 있어 가장 결정적인 순간은 찰스 E. 실버먼Charles E. Silberman 교수의 《교실의 위기Crisis in the Classroom》라는 책을 접했을 때였습니다. 아직 이 책을 접하지 못하신 분은 꼭 한번 읽어보시기 바랍니다. 교육학 관련 서적 중에서도 손꼽히는 이 책은 한때 베스트셀러가 된 적이 있을 정도로 훌륭한 작품입니다.

이 책에 의하면 누구에게나 문이 활짝 열려 있는 미국의 교육은 읽기와 쓰기, 수학과 맞춤법 분야에서는 괄목할 만한 성과를 거두었습니다. 어느 누구나 이 네 가지는 착실히 교육받고 있다는 뜻입니다. 하지만 이 책에서 찰스 E. 실버먼은 미국의 교육이 인간이 되는 법을 가르치는 일에는 실패했다고 통렬히 지적하고 있습니다. 여러분도 주위를 한번 둘러보면 이 사실을 금방 알 수 있을 것입니다. 미국의 교육이 분명 엉뚱한 부분에 치중되어 있다는 사실을 말입니다.

가 르 친 다 고
모두가 배우는 것은 아니다

제가 서던 캘리포니아 대학교University of Southern California에서 처음 강의를 한 학기가 생각납니다. 교수라면 누구나 강의를 할 때 듣는 사람의 반응을 세심히 살피게 됩니다. 일방적으로 지식을 전달하는 대신 마음을 담아서 이야기를 하면 교수와 학생 사이에는 친밀한 교감이 생깁니다.

가끔은 '계속하세요. 잘하고 계시니까요'라고 말하는 듯한 미소를 보내주는 학생도 있습니다. 교수는 그런 학생을 보는 순간 알 수 없는 힘이 솟아서 더 열성적으로 가르치게 됩니다. 서던 캘리포니아 대학교의 첫 학기 수업에도 그런 학생이 있었습니다. 젊고 예쁜 여학생이었는데, 항상 뒤에서 여섯 번째 줄에 앉아 제 말에 연신 고개를 끄덕이며 동의해주곤 했습니다.

가령 제가 무슨 말을 하면 그 학생은 '맞아요!' 하고 나지막하게 중얼거렸습니다. 그 학생이 노트에 뭔가를 받아 적을 때는, 저는 이렇게 생각하곤 했습니다. 흐음. 나는 지금 저 학생하고 마음으로 대화를 나누고 있구나. 우리 둘 사이에 좋은 느낌이 오가고 있구나. 강의가 술술 잘 풀리겠구나. 저 학생이 나에게서 뭔가 배우고 있구나……

그런데 어느 날부터인가 그 학생이 나타나지 않는 것입니다. 영문을 모른 채 계속 기다렸지만 끝내 얼굴을 보이지 않았습니다. 하도 궁금해서 학생처장을 찾아가 물어봤더니, 그가 '모르셨어요?' 하고 되묻는 것이었습니다.

제출하는 리포트마다 재치가 번뜩이고, 어느 누구도 따라가지 못할 만큼 풍부한 창의력을 지녔던 그 학생. 예쁜 얼굴에서 넘치는 생동감을 보는 것만으로도 주위에 힘을 나눠주던 그 학생이 깎아지른 듯한 절벽으로 유명한 퍼시픽 팰리세이즈 해안을 찾아갔다는 것입니다. 그녀는 해안 절벽에다 차를 세워놓고 바다로 뛰어내렸다고 합니다.

그 학생을 생각할 때마다 가슴이 너무 아픕니다. 그리고 이런 생각이 듭니다. 상대방이 인간이라는 사실을 잊은 채 무작정 지식을 주입시켜 봤자 무슨 소용이 있는가, 이런 상황을 놓고 심리학자 칼 로저스Carl Rogers는 이렇게 말했습니다.

나는 사람이 사람을 가르칠 수 있다는 사실을 믿지 않는다. 가르침의 효용성마저 의심한다. 내가 아는 사실은 단 하나뿐, 배우려는 사람만이 배울 수 있다는 것이다. 교사란 온갖 지식들을 죽 늘어놓고 그게 얼마나 재미있고 좋은 것인지를 설명한 다음에 한번 맛을 보라고 권하는 도우미에 불과할지 모른다.

그렇습니다. 우리가 할 수 있는 일은 고작해야 그것뿐입니다. 누구에게도 억지로 맛을 보게 할 수는 없습니다. 지금껏 사람들에게 뭔가를 가르쳤던 교사는 없습니다. 인간은 스스로 배우기 때문입니다. 'educator 교육자'라는 단어는 '인도하다', '안내하다'라는 뜻의 라틴어 'educare'에서 비롯되었습니다. 따라서 교육자란 어원 그대로 안내하고, 열의를 보이고, 이해하고, 사람들 앞에 지식들을 늘어놓고 '이게 얼마나 좋은 것인지 한번 보세요. 와서 저와 함께 맛을 보세요'라고 말하는 사람일 뿐입니다. 영화 〈앤티 맘Auntie Mame〉에 이런 대사가 나옵니다.

"삶이란 축제 같은 거야. 죽음을 갈구하는 사람이야말로 제일 바보 같은 인간이지."

이런 말을 하는 사람들이 많아지는 걸 보면서, 저는 점점 우리 삶에 대해 감탄할 일이 많아졌고 제가 늘어놓는 이야기가 더 이상 엉뚱하게 들리지 않는다는 걸 알았습니다.

가 르 치 기　전 에
사랑이 먼저다

위대한 사회학자 피티림 소로킨Pitirim Sorokin은《사랑의 방식과 힘The Ways and Power of Love》이라는 저서의 서문에 이렇게 썼습니다.

유물론에 사로잡힌 현대인들은 사랑의 힘을 단호히 거부한다. 그것을 아예 환상으로 여기면서 망상, 이성을 마비시키는 아편, 관념, 비과학적인 착각으로 단정 짓는다. 현대인들은 사랑의 힘이 인간의 행동과 성격에 긍정적인 힘을 발휘하고 생물적, 사회적, 도덕적, 심리적 진화에 영향을 미칠 뿐 아니라 역사적 사건의 방향을 변화시키며 사회적인 제도와 문화의 틀을 결정짓는다는 이론을 철저히 외면한다.

이렇게 서문을 시작한 소로킨은 과학적인 연구 결과를 토대로, 사랑의 힘을 거부하고 무시하는 현대인들의 적나라한 실상을 폭로합니다. 현대인들은 통계적으로 볼 수 있는 것만 존재하는 것이라고 믿는다니, 얼마나 부끄러운 일입니까? 과학적으로 측정할 수 있는 것만을 지표로 삼는 사람을 대할 때마다 저는 너무 안타깝습니다.

저는 눈에 보이지 않는 것뿐만 아니라 인간이 갖고 있는 꿈에도 관심이 많습니다. 눈에 보이는 것들에는 그다지 관심이 없습니다. 왜냐하면 그것은 말 그대로 보이기 때문입니다. 여러분이 평생 동안 눈에 보이는 것들만 보면서 살고 싶다고 말한다면 어쩔 수 없는 일이죠.

하지만 저는 보이지 않는 것들에 더 마음이 끌립니다. 세상에는 보이지 않는 것, 만져지지 않는 것, 느껴지지 않는 것, 이해되지 않는 것들이 너무도 많습니다. 사랑의 진정한 출발점은 바로 여기에 눈을 돌리는 것입니다.

사람들은 우리가 갇혀 있는 현실 그 자체를 세상의 전부로 여기는데, 장담컨대 전혀 그렇지 않습니다. 가끔은 문을 활짝 열고 세상 너머에 얼마나 많은 것들이 존재하고 있는지를 내다보십시오. 오늘은 단순한 꿈에 불과했던 것이 내일은 현실로 바뀔 것입니다.

그런데 정말로 불행한 일은, 우리가 꿈꾸는 방법을 잊어버린 지 오래되었다는 사실입니다. 얼마 전에 하버드 대학교의 버크민스터 풀러 Buckminster Fuller 교수가 우리 학교를 찾아왔던 걸 기억하실 겁니다. 그는 원고도, 칠판도, 시청각 자료도 없이, 그저 작은 마이크 하나만 가지고서 3,000~4,000명에 달하는 청중을 3시간 15분 동안 사로잡았습니다. 그는 희망과 미래를 주제로 많은 명언들을 남겼는데, 이런 대사로 마지막을 장식했습니다.

"나는 미래에 대해 무한한 희망을 안고 있습니다. 내가 희망을 갖는 이유는 세 가지, 진실과 젊음과 사랑 때문입니다."

그는 이 말을 끝으로 마이크를 놓고 무대에서 내려갔습니다. 그렇습니다. 진실, 젊음, 그리고 사랑. 그것이 바로 내일에 대한 희망이자 인간이 가질 수 있는 최대의 무기입니다.

이제는 사람들이 사랑에 관심을 기울이기 시작하는 것 같습니다. 그것도 아주 뻔뻔스러울 정도로 말입니다. '그렇다. 이제는 정말 우리 인간들이 사랑으로 돌아가야 할 때인지도 모른다'라고 외치면서요. 그렇기에 다시 찰스 E. 실버먼의 말이 떠오릅니다.

"학교는 터무니없이 애정이 부족한 곳이 되어버렸다. 학교가 아이들의 목을 조르고 창의력과 기쁨을 말살시키는 재미없고 무의미한 공간으로 전락해버렸다."

학교는 세상에서 가장 흥미진진한 공간이 되어야 합니다. 배움이야말로 세상에서 가장 재미있는 일이니까요. 무엇인가를 배우는 것은 실로 엄청난 일입니다. 무엇인가를 배울 때마다 사람은 새로워지니까요. 새로 알게 된 지식에 맞춰서 주변을 다시 정리하지 않으면 인간은 단 한 발짝도 전진하지 못합니다.

따라서 저는 지금부터 진정으로 사랑할 줄 아는 인간이란 누구인지에 대해 잠시 말을 하려고 합니다. '사랑할 줄 아는 교사'라는 표현을 쓸 수도 있겠지만, 그건 싫습니다. 여러분은 교사이기 이전에 인간이기 때문입니다.

아이들은 주위 사람들에게 아주 쉽게 동화되지만 이상하게도 교사들에게는 쉽게 동화되지 못합니다. 왜 그럴까요? 하나의 인간이 아니라 교사로서 아이들 앞에 서는 바로 그 순간부터 이상한 말만 늘어놓기 때문입니다. 사회는 교사를 양성해 아름다운 인간으로 교육 일선에 내보냅니다. 그런데 그들이 막상 교단에 서면 뭐라고 말합니까?

'친구들이 기다리잖니, 메리야. 좀 빨리 걸으럼.'

메리가 교사의 말을 듣고 어떤 생각을 할지 눈에 선합니다.

'제니는 참 예쁘게도 앉아 있구나. 여러분들도 제니처럼 언제나 단정해야 된단다.'

학생들이 선생님의 끊임없는 잔소리를 듣고 어떤 생각을 할지 그려지지 않습니까? 그런데도 대부분의 교사들은 이런 일을 멈추지 않습니다. 단지 교사라는 이유 하나만으로 학생들 앞에서 수업 시간 내내 이것저것 떠들어대면서, 자신이 뭔가 중요한 것을 가르치고 있다는 착각에 빠져 있는 것입니다.

아이들은 스스로 배우게 마련입니다. 여러분은 인도하기만 하면 됩니다. 그게 바로 여러분의 역할입니다. 그런 의미에서 교육 대학은 실패를 거듭하고 있는 셈입니다. 교사라는 껍데기를 벗고 인간이 될 수 있도록 길잡이가 돼주는 것이 교사들의 진정한 역할임을 깨닫도록 인도하지 못하고 있습니다. 이러한 사실을 직시하는 교사만이 교실에서 성공할 수 있습니다. 아이들은 길잡이를 아주 쉽게 알아보니까요.

저는 잠시 후에 진정으로 사랑할 줄 아는 인간에 대해 이야기를 하겠습니다. 사랑할 줄 아는 인간을 사랑할 줄 아는 교사에

결부할지의 여부는 여러분이 결정하십시오. 하지만 저는 사랑을 할 줄 아는 인간 쪽에 관심이 더 많습니다.

참 된   교 육 의   시 작 은
독창성을 찾는 것부터

진정으로 사랑할 줄 아는 사람이란 자기 자신부터 사랑하는 사람입니다. 이렇게 말하면 사람들은 바짝 긴장하면서 '저게 무슨 말이지?'라고 합니다. 저는 지금 이기적인 인간형을 말하려는 게 결코 아닙니다. 거울 앞에 서서 '거울아, 거울아, 이 세상에서 누가 제일 예쁘니? 그럼 그렇지!' 하고 중얼거리는 사람을 말하려는 것도 아닙니다.

진정으로 자신을 사랑할 줄 아는 사람이란 손에 쥐고 있는 것을 다른 사람들과 나누어야 비로소 뭔가를 가질 수 있다는 사실을 아는 사람입니다. 이 세상에서 제일 교양 있고, 제일 똑똑하고, 제일 활기 넘치고, 제일 다재다능하고, 제일 독창적인 사람이 되기를 꿈꾸어도 좋습니다. 사람이 무엇이든지 간에 무엇인가를 손에 들고 있는 단 하나의 이유는 언젠가 나누어주기 위해서입니다.

'모르는 건 가르칠 수가 없다'라는 말이 있습니다. 누구나 쉽게 할 수 있는 실없는 농담처럼 들리지만 이 말은 진실입니다.

사람들 앞에서 이야기를 하려면 어떤 분야에 대해 그들보다 많은 것을 알고 있거나, 그럴 만한 이야깃거리가 있어야 합니다. 장애인을 가르치려면 장애인에 대해 더 많은 걸 알고 있어야 합니다. 때문에 장애인 분야의 위대한 선생님이 되려면 장애인에 대한 모든 지식을 알고 있어야 합니다.

그런데 정말로 놀라운 사실은, 지금 이곳에 있는 여러분에게 내가 알고 있는 모든 것을 가르친다고 해도 저는 잃는 게 전혀 없다는 점입니다. 제가 알고 있는 지식은 하나도 남김없이 여전할 테니까요. 바로 그렇기 때문에 이것은 버리느냐 마느냐의 문제가 아니라 공유하느냐 마느냐의 문제입니다. 버크민스터 풀러 교수는 이렇게 말했습니다.

"15시간만 투자하면 내가 알고 있는 모든 걸 여러분에게 가르칠 수 있습니다."

단지 15시간만 투자하면 자신이 알고 있는 걸 모두 가르칠 수 있다니, 정말 놀라운 말입니다. 하지만 설령 그렇게 한다고 해도 그는 지식을 잃는 게 아닙니다. 그 지식은 여전히 버크민스터 풀러 교수의 머릿속에 남아 있을 테니까요.

사랑도 마찬가지입니다. 기회만 주어진다면 저는 여러분 모두를 똑같이 사랑하겠습니다. 그렇게 한다고 해도 지금 이 순간 제가 갖고 있는 사랑의 양과 사랑할 수 있는 힘에는 조금도 변함이 없을 것입니다. 하지만 그러기 위해서는 반드시 기본 바탕이 있어야 합니다. 만약 저의 사랑이 신경질적이고 소유욕이 강하고 병들어 있다면, 여러분에게 신경질적이고 소유욕이 강하고 병든 사랑을 가르칠 수밖에 없습니다. 만일 저의 지식이 풍부하고, 사랑이 넘치고, 경험이 많고, 무엇이든 넉넉하다면, 여러분은 그 모든 것을 고스란히 전달받고서 그것을 토대로 성장할 수 있습니다.

여러분은 1년 동안 제 강의를 듣고, 사회로 나가서 여러분이 본래 갖고 있던 것들에 제 선물을 보태서 좋은 일을 하게 될 것입니다.

심리학자나 사회학자나 인류학자의 관점에서 벗어나 제 나름대로 저의 강의에 대해 정의를 내리자면, 우리가 잊고 지내온 그 무엇을 찾는 일이라고 할 수 있습니다. 여기서 그 무엇이란 바로 '독창성'을 가리킵니다.

모든 인간은 누구나 미지의 요소를 갖고 있는 독특한 개체입니다. 여러분 안에는 타인과 다른, 여러분만이 갖고 있는 독특한 무엇인가가 있기 때문에 남들과는 다른 시각, 감정, 반응을 보이는 것입니다. 인간이라면 누구나 이런 무엇인가를 소유하고 있습니다. 여러분 모두가 지금까지 살아오면서 자신의 독창성을 계발하도록 도와주는 사람을 만난 행운아이기를 바랍니다.

교육은 지식을 일방적으로 주입하는 게 아니라 독창성을 발견할 수 있도록 돕고, 그것을 계발할 수 있도록 가르치고, 그것을 나누어줄 수 있는 방법을 친절히 가르치는 일입니다. 이 강의실에 있는 사람들 모두가 각자 독특한 인간으로 성장할 수 있도록 교육을 받은 적이 있다면 이 세상은 어떻게 되었을까요?

유감스럽게도, 우리의 교육 시스템은 사람들을 모두 똑같이 만드는 것만이 유일한 목적인 것 같습니다. 그런데 더 유감스러운 일은, 우리 교육이 사람들을 모두 똑같게 만들면 성공했다고 생각한다는 사실입니다. 따라서 대부분의 교사들은 학생들을 앞에 앉혀 놓고 이런 생각을 하게 됩니다.

'난 너의 독창성 따위에는 관심이 없어. 오직 너를 나와 똑같은 인간으로 만드는 것에만 관심이 있지. 네가 얼마나 나를 닮느냐에 따라 내가 얼마나 훌륭한 교사인지 판가름이 나는 거니까.'

빠르게 달리는 토끼에게
하늘을 나는 수업을 한다

제가 자주 인용하는 이야기 중에 '동물학교 이야기'라는 게 있습니다. 교육자들이 예전부터 화젯거리로 삼아온 아주 재미있는 이야기입니다. 우리는 이 이야기를 듣고 실소를 금치 못하면서도 아무것도 바꾸지 않았습니다.

토끼, 새, 물고기, 다람쥐, 오리 등 수많은 동물들이 모여 학교를 만들기로 했습니다. 그런데 토끼는 달리기를 수업에 넣어야 한다고 했고, 새는 날기를 수업에 넣어야 한다고 했습니다. 그러자 물고기는 헤엄치기를 수업에 넣어야 한다고 했고, 다람쥐는 나무 오르내리기를 수업에 넣어야 한다고 했습니다.

모두들 자신의 특기를 수업에 넣어야 한다고 고집했기 때문에 동물들은 이 모든 걸 과목으로 만들고 동물학교 학생이라면 하나도 빠짐 없이 수업을 받아야 한다고 결정했습니다.

토끼는 달리기를 잘했습니다. 어느 누구도 달리기에서 토끼를 따라잡을 수는 없었습니다. 그런데 학교에서는 토끼가 날기 수업을 받으면 지적으로나 정서적으로 좋은 경험이 될 것이라고 했습니다. 그래서 선생들은 날기를 가르치겠다는 일념하에 토끼를 높은 가지 위에 세워놓고 '토끼야, 날아봐! 날아보라니까!'라고 했습니다. 불쌍한 토끼는 가지에서 뛰어내렸고, 결국 다리가 부러지고 머리를 다치고 말았습니다. 다리를 다친 토끼는 이제 달리기에서조차 A가 아니라 C를 받게 되었습니다. 그리고 노력을 인정받은 덕에 날기에서 D를 받았습니다. 학교는 이처럼 각 과목에서 고른 성적을 받은 토끼를 보면서 자기들의 교육 방법에 대해 스스로 만족했습니다.

새의 경우도 마찬가지였습니다. 날아다니는 일이라면 누구도 새를 따라잡을 수가 없었습니다. 공중 곡예를 할 정도였으니 당연히 A였지만, 두더지처럼 땅을 팔 줄 알아야 한다는 게 선생들 주장이었습니다. 새는 이 수업을 받다가 날개와 부리 등 온몸이 다치는 바람에 결국엔 날 수 없게 되었습니다. 하지만 학교 측은 아주 흐뭇한 얼굴로 새에게 날기 과목에 C를 주었습니다.

다른 동물들도 다 이런 식이었습니다. 그런데 누가 이 학교를 수석으로 졸업했는지 아십니까? 어느 과목에서나 지진아 취급을 받던 뱀장어였습니다. 뱀장어는 거의 모든 과목을 그럭저럭 다 잘할 수 있었기 때문입니다. 문제는, 모두 이것이 잘못되었다는 사실은 알면서도 아무런 조치를 취하지 않았다는 사실입니다.

여러분은 천재일지도 모릅니다. 이 세상에서 가장 위대한 문학가일지 도 모릅니다. 하지만 삼각함수 시험에 통과하지 못하면 대학교에 들어갈 수가 없습니다. 도대체 무엇을 위한 제도입니까? 모든 과목에서 그럭저럭 잘하는 사람이 되기를 원하는 교육제도 아래에서는 여러분이 어떤 사람인지는 전혀 중요하지 않습니다.

"나는 나무 오르내리기는 배우고 싶지 않아요. 나무를 오르내릴 일도 없는걸요. 저는 새랍니다. 그런 수업을 받지 않아도 나무 꼭대기까지 아주 쉽게 날아오를 수 있는걸요."

누군가 이렇게 말하면, 교육자들은 미간을 찌푸리면서 이렇게 대꾸합니다.

"그렇게 생각하면 안 된다. 여러 과목을 두루 접하는 것이 지적인 성장에 필요할뿐더러 정시적으로도 좋은 경험이 되거든."

한 사람 한 사람이 독특한 개체인 우리는 남들과 똑같아지는 데 만족해서는 안 됩니다. 그러니 제도에 맞서 싸워야 합니다.

초등학교 미술 강사를 예로 들어봅시다. 그렇다고 제가 미술 강사들에 대해 나쁜 감정을 갖고 있는 건 절대 아니니 오해하지 말고 들어주십시오.

초등학교 시절, 우리 학교 미술 강사들이 어땠는지 지금도 기억이 생생합니다. 아이들이 도화지와 크레파스를 꺼내고 무릎 위에 손을 얌전히 올려놓은 채 기다리면 그날 하루 벌써 열네 개의 반을 돌고 온 강사가 피곤한 얼굴로 등장합니다. 모자를 삐딱하게 쓴 채 교실에 들어온 강사가 숨을 가쁘게 몰아쉬면서 이렇게 다짜고짜 입을 엽니다.

"안녕하세요, 여러분. 오늘은 나무를 그려보겠어요."

그러면 아이들은 일제히 이렇게 소리를 지릅니다.

"야, 신난다. 나무를 그린대!"

강사가 녹색 크레파스를 집어서 커다란 녹색 동그라미를 그립니다. 그런 다음에는 갈색 몸뚱이를 그리고, 그 밑에 드문드문 잔디를 그리고는 이렇게 말합니다.

"자, 이게 나무예요."

그러면 아이들은 그림을 보고 이렇게 말합니다.

"그건 나무가 아니라 막대 사탕이잖아요."

하지만 강사는 다시 말합니다.

"자, 조용히 하고, 나무를 그려보세요."

강사의 말은 '나무를 그리세요'가 아니라 '내가 그린 대로 나무를 그려보세요'입니다. 아이들은 금세 말뜻을 알아차리고는 막대 사탕같이 생긴 그림을 그대로 본떠 그리고는 선생님께 제출합니다. 당연히 점수는 100점을 받습니다.

하지만 그게 나무가 아니라는 걸 알고 있는 아이가 하나 있었습니다. 그 소년은 미술 강사로서는 상상도 못할 정도로 나무를 직접 느껴왔던 아이였습니다. 나무에서 떨어져도 봤고, 나뭇가지를 씹어도 봤고, 냄새를 맡아보기도 했고, 가지에 앉아 있기도 했고, 나뭇잎 사이로 불어오는 바람 소리를 듣기도 했던 그 아이는 강사가 그린 나무가 막대 사탕에 불과하다는 걸 잘 알고 있었습니다.

그렇기 때문에 그 소년은 자주색, 주황색, 파란색, 보라색, 녹색을 도화지 위에다 잔뜩 칠하고는 흐뭇한 얼굴로 제출했습니다. 그것이 그 소년이 알고 있는 진짜 나무의 모습이었습니다. 그런데 강사는 이 그림을 보고는 쯧쯧 혀를 차면서 이렇게 말합니다.

"세상에, 머리에 이상이 있는 아이로군. 특수반으로 보내야겠어."

아이들이 '낙제하고 싶지 않으면 내가 그린 나무를 본떠서 그대로 그려라!' 하는 게 선생님의 뜻이라는 사실을 알아차리기까지 과연 얼마나 시간이 걸릴까요.

그런데 이런 상황은 초등학교 전 과정을 거쳐서 중학교, 고등학교로 이어지고 대학교와 대학원까지 집요하게 계속됩니다. 저는 지금도 대학원생들에게 교육학을 가르치고 있는데, 그들이 남의 생각을 그대로 본뜨는 데 얼마나 익숙해져 있는지 매번 놀라울 뿐입니다. 독창적인 생각 따위 없습니다. 그저 교수가 하는 이야기를 앵무새처럼 그대로 따라 할 뿐입니다.

그런데 정말로 불행한 일은 이런 학생들을 나무랄 수가 없다는 사실입니다. 왜냐하면 초등학교 때부터 끈질기게 그런 식의 교육을 받고 자라왔기 때문입니다. 창의적으로 발상하라고 말하면 학생들은 겁부터 먹습니다.

"정말로 그렇게 하라는 말씀은 아니겠지요?"

우리가 태어나면서부터 갖고 있던 독창성이라는 나무는 도대체 어떻게 된 것일까요? 사람들은 모두가 똑같아지고, 모두가 여기에 만족합니다. 스코틀랜드 출신의 정신과 의사 R. D. 랭Ronald. D. Laing은 이런 말을 남겼습니다.

"우리는 아이들을 우리와 똑같은 인간으로 만들었을 때 행복해한다. 우리처럼 좌절하고 병들고 눈과 귀가 멀었지만 지능만 높은 인간으로 만들었을 때 말이다."

진실로 사랑할 줄 아는 사람은 자신만의 독창성을 계발하기 위해 홀로 애를 쓰고, 그 독창성을 유지하기 위해 세상과 혼자 싸우는 일을 두려워하지 않습니다.

지 금　당 장　피 신 해 야　하 는 데
딱 한 가지만 챙길 수 있다면

R. D. 랭이 쓴《경험의 정치학The Politic of Experience》이라는 책은 아마도 제가 여러분들에게 드릴 수 있는 가장 아름다운 선물일 것입니다. 그 얇은 책 속에 얼마나 주옥같은 내용이 숨어 있는지 모릅니다.

이 책에서 랭은 인간의 잠재력을 계발하는 문제에 대해 어느 학자보다도 진지하게 말합니다. 저는 그 책에서 정말로 아름다운 문장을 만났습니다. 특별히 고딕체로 강조되어 있거나 밑줄이 그어진 부분이 아니라 그냥 읽어 내려가던 중에 발견한 문장입니다.

우리의 생각은 지식보다 적다. 우리의 지식은 사랑보다 적다. 우리의 사랑은 존재보다 작다. 그리고 우리가 생각하는 나는 실제의 나보다 그만큼 작다.

지금 전국적으로 정말로 신나는 일이 벌어지고 있습니다. 자기 계발을 위한 연구소들이 속속 등장하고 있기 때문입니다. 허버트 오토, 피츠제럴드, 칼 로저스 같은 사람들이 무보수로 이런 일을 하고 있습니다.

이들은 연구소를 세우고, 자신의 책에서 받는 인세를 아낌없이 투자하여 인간의 잠재력을 계발할 수 있는 방법을 찾고 있습니다. 사람은 잠재력 계발을 멈추는 순간 길을 잃게 된다는 사실을 이들은 알고 있습니다. 그런 사람들 중의 하나인 버크민스터 풀러 교수는 이렇게 외칩니다. 다시 '나'로 돌아가자고.

인간의 시각, 감각, 촉각, 후각에는 어느 누구도 상상하지 못할 만큼 무한한 잠재력이 숨어 있습니다. 하지만 우리는 이 잠재력을 어떻게 활용하는지를 잊어버렸습니다. 분명한 사실은, 스스로에게 관심을 기울이고 나 자신을 사랑하게 되면, 내 속의 잠재력을 활용하고 싶어진다는 사실입니다.

저는 7년 전에 아주 특별한 경험을 한 적이 있습니다. 그때 저는 전 재산을 내다 팔았습니다. 주변의 모든 사람이 저를 보고 미쳤다고 했습니다. 오디오, 음반, 책, 보험, 증권, 자동차 등 값이 나가는 것들을 모조리 팔아치웠으니 그럴 만도 했습니다.

그렇게 생긴 돈으로 2년 동안 세계 일주를 했습니다. 당시 저는 대부분의 시간을 인도와 네팔 등 남아시아에서 보냈는데, 제가 그곳에 대해 아는 게 제일 적었기 때문입니다. 세계의 3분의 2가 비서양권 국가입니다. 그곳에서 사는 사람들은 생각도 다르고 감정도 다르고 이해하는 방식도 다릅니다. 내가 속해 있던 문화권을 벗어나 그들과 얼굴을 마주하며 나 자신을 포함해서 인간에 대해 많은 것을 알게 되었습니다.

이 세상에는 서양 사람들이 어떻게 생각하고, 어떻게 살고, 어떻게 느끼는지 모르는 사람들도 굉장히 많습니다. 심지어 서양 사람들과 적대 관계에 있는 경우도 있습니다. 그들은 서양 사람들과는 언어가 다르고 감정도 다릅니다.

저는 이런 지역을 여행하면서 많은 걸 배웠습니다. 그중에서도 캄보디아에 있을 때 정말 특별한 깨달음을 얻었습니다. 앙코르와트에서 불교 유적지를 돌아보고 있을 때입니다. 거대한 불상의 머리가 보리수에 가려 있고, 원숭이들이 그 위를 오르락내리락하는 가운데 모든 게 야생 그대로 남아 있는 아름다운 유적지에서, 저는 상상도 못할 전혀 다른 세상을 만났습니다. 저는 거기서 프랑스군이 캄보디아에서 철수한 뒤에도 계속 남아 있던 한 프랑스 여자를 만났습니다. 그 여자가 제게 이렇게 말했습니다.

"정말로 캄보디아를 알고 싶다면, 여기 이 유적지에 앉아 있으면 안 돼요. 여기서 나가서 사람들을 만나보세요. 그 사람들이 어떻게 살고 있는지를 보세요. 마침 때맞춰 잘 오셨군요. 몬순이 지나가는 시기라 생활 방식이 변하는 때거든요. 특히 톤레사프로 가보세요."

'톤레사프'는 캄보디아의 대부분을 차지하고 있는 거대한 호수입니다. 여인의 말은 이렇게 계속되었습니다.

"그곳 사람들이 지금 아주 재미있는 일을 하고 있거든요. 몬순이 닥치면 엄청난 폭우가 몰아쳐서 집이며 세간을 모조리 휩쓸어버리죠. 그러면 사람들은 공동으로 뗏목을 만들어서 몇 집이 함께 살아요. 비가 내리면 여기저기서 뗏목이 모습을 보이고, 사람들의 삶은 계속되죠. 바로 공동체 생활이 시작되는 것이지요."

이 말을 듣고, 저는 해마다 6개월 동안 이웃 사람들과 함께 살 수 있다면 얼마나 근사할까 하고 생각했습니다. 여러분은 지금 모두 옆집 사람과 함께 살고 싶어 할 사람이 어디 있겠느냐는 표정이군요. 하지만 이웃과 함께 생활하면서 서로에게 의지하며 상대방에게 '당신이 필요하다'고 말하는 게 얼마나 아름다운 일인지를 알게 되는 것도 의미 있지 않을까요?

우리는 어른이 되면 독립을 해서 어느 누구의 도움도 거부해야 한다고 생각합니다. 하지만 저는 이렇게 말하고 싶습니다. 바로 그 때문에 우리가 모두 외로움으로 죽어가고 있다고 말입니다. 다른 사람을 도울 수 있다는 건 얼마나 멋진 일입니까? 그리고 다른 사람에게 도움을 청한다는 것, 누군가에게 도와달라고 말할 수 있는 것은 또 얼마나 아름다운 일입니까?

짧은 인생 속에서, 서로의 삶이 맞물리면서 마음이 통하는 순간이야말로 우리가 누릴 수 있는 일생 최대의 기쁨이 아닐까요? 캄보디아 사람들은 이 기쁨을 자연의 가르침 덕분에 아주 오래 전부터 알고 있었습니다.

자전거를 타고 톤레사프로 갔더니 정말로 그들이 있었습니다. 호감을 얻을 생각에 이사하는 걸 돕고 싶다고 했더니, 프랑스 여자가 웃음을 터트리며 이렇게 말했습니다.

"그렇게 하시죠. 하지만 이사랄 게 별로 없답니다."

자연이라는 스승 덕분에 그들은 이 세상에서 내 것이라고는 몸뚱이 하나밖에 없다는 사실을 잘 알고 있었습니다. 그들은 살림살이를 따로 챙길 수가 없습니다. 아예 그럴 필요가 없습니다.

해마다 몬순이 찾아오면 물건들을 보관할 데가 없기 때문입니다. 저는 속으로 이런 생각을 하지 않을 수 없었습니다.

'이봐, 버스카글리아. 만약 다음 주에 로스앤젤레스에 몬순이 불어닥친다면 어떻게 할래? 어떤 물건을 챙길래?'

제가 갖고 갈 수 있는 것이라고는 몸뚱이 하나뿐입니다. 여러분은 로스앤젤레스가 지진 지대라는 사실을 잘 알고 있습니다. 내가 어떻게 될지, 우리 집이 어떻게 될지 알 수 없는 상황이 닥치면 정말 묘한 기분이 듭니다. 얼마 전에 로스앤젤레스에 심한 지진이 발생했을 때, 우리 집도 꽤 심각한 피해를 입었습니다. 거실 천장이 무너졌고 벽난로가 주저앉았습니다. 마실 물도 없었습니다.

그런 때 사람들은 문득 재물의 진정한 가치를 깨닫게 됩니다. 지진은 재물은 부질없고, 내가 가진 것이라곤 몸뚱이 하나뿐이라는 사실을 진지하게 깨닫게 해주는 사건이었습니다. 모든 게 무너져 내리는 가운데, 저는 밖으로 걸어 나왔습니다. 새벽 무렵이라 하늘이 희미하게 밝아오고 있었습니다.

우리 집 뒷마당에는 꽃이 만발한 커다란 복숭아나무가 있었습니다. 그런데 그날 새벽 땅의 흔들림에 꽃잎은 흩날렸지만 여전히 그 복숭아나무는 꿋꿋하게 서 있었습니다. 그 순간 퍼뜩 이런 생각이 들었습니다.

'이것 봐, 내가 있건 없건 이 세상은 계속될 거야.'

이런 엄청난 사실을 깨닫게 되다니, 제게 지진은 겪어 볼 값어치가 충분히 있는 것이었습니다. 철학자들은 오래전부터 이런 말을 해왔습니다.

"당신이 소유하고 있는 것은 당신이라는 존재 하나뿐이다. 그러니 당신을 이 세상에서 가장 아름답고 다정하고 훌륭하고 멋진 사람으로 가꾸어라. 그러면 언제나 살아 숨을 쉴 수 있다."

내 가 남 았 으 니
결국 사라진 건 없다

그리스 비극에 등장하는 마녀 메데이아를 알고 있습니까? 세상의 모든 것이 사라지자 예언자가 나타나서 '메데이아, 무엇이 남았느냐? 모든 게 무너지고, 모든 게 사라졌다'라고 말했을 때 메데이아가 '무엇이 남았느냐고요? 제가 남아 있습니다!'라고 대답했던 에우리피데스Euripidēs의 희곡 〈메데이아Mēdeia〉의 대사를 기억하십니까?

"무엇이 남았느냐니, 그게 무슨 말씀이십니까? 사라진 건 아무것도 없습니다. 제가 남아 있으니까요!"

내가 얼마나 중요한 존재인지를 깨달으면 나를 진실로 존중하고 사랑할 수 있습니다. 내게서 모든 것이 비롯된다는 사실을 깨달으면 다른 사람들에게 무한정으로 사랑을 베풀 수가 있습니다. 그렇게 되면, 누구나 아주 중요한 위치에 도달하게 됩니다. 이제까지와는 전혀 다른 나, 전혀 새로운 나를 만들 수 있습니다.

누구나 그렇게 할 수 있습니다. 주변 환경이 마음에 들지 않으면 박차고 일어나서 새로운 틀을 만드십시오. 주변 사람들이 마음에 들지 않으면 모두 갈아치우고 새로운 인간관계를 시작하십시오. 그렇지만 주체는 항상 여러분 자신이어야 합니다. 그 결과도 여러분의 몫으로 남겨놓아야 합니다. 지금 이대로 강의가 끝난다 해도, 여러분은 이미 선물을 하나 받으셨습니다. 여러분 자신으로 돌아가라는 당부 말입니다. 《어린 왕자Le Petit Prince》로 유명한 생텍쥐페리Saint-Exupery는 《인간의 대지Terre Des Hommes》라는 작품에서 이런 말을 남겼습니다.

"사랑이란 당신이 본래의 모습을 되찾도록 돕는 과정일지도 모른다."

저는 사랑에 대해 정의를 내리지는 않겠습니다만, 이 말은 사랑에 관한 가장 멋진 정의라고 생각합니다. 그렇습니다. 사랑은 당신이 본래의 모습을 되찾도록 돕는 과정입니다. 누군가 원하는 당신의 모습이 아니라 당신 자신이 원하는 본래의 모습으로 돌아가는 것 말입니다.

　여러분들 중에 샌프란시스코에 있는 시티 라이츠City Lights 서점을 알고 계신 분이 있을지 모르겠습니다. 여기는 참으로 훌륭한 곳입니다. 샌프란시스코에 들를 일이 있으면 꼭 한번 찾아가 보십시오. 그곳의 3층엔 문고본이 가득 진열되어 있습니다. 이 세상에 선을 보인 책이 이렇게도 많은가 놀라게 될 정도입니다.

　이 서점에는 아주 특별한 코너가 있습니다. 바로 작가의 길을 포기한 사람들의 원고를 출판해주는 곳입니다. 한쪽에 보면 시집 코너가 있습니다. 시를 발표하고 싶은 사람은 몇 부든 간에 복사를 한 다음에 스테이플러로 철을 해서, '5센트를 넣어주세요'라고 적혀 있는 선반 위에다 올려놓게 됩니다. 5센트는 종이 값에 해당하는데, 사람들이 이 돈을 내고 시집을 사 가게 됩니다.

　어느 날 저는 이 서점을 어슬렁거리다가 어느 아마추어 시인이 발간한 책을 발견했습니다. 초판으로 500권이 발행되었다는 이 책의 제목을 본 순간, 저는 걸음을 멈추고 말았습니다.

　'나는 저주받은 계층도, 특권층도 아니다. 나는 유능하지도, 잘나지도 않았다. 그래도 나는 살아 있다.'

　책으로 얼굴을 한 대 얻어맞은 듯한 심정이었습니다. 이름을 미셸이라고만 밝힌 젊은 여성이 만든 그 시집은, 본인이 직접 그림을 그리고 몇 편의 시를 담은 소박한 책이었습니다. 그중에 특별히 시선을 사로잡는 시가 한 편 있었습니다. 바로 이 작품입니다.

나의 행복은 당신이 아니라 나 자신.
당신은 그저 내 곁을 스쳐 지나가는 바람일 뿐.
그리고 당신은 내가 아닌 나를 원하는 사람……

이 구절을 교육자인 여러분의 입장에서 한번 생각해보십시오.

오로지 당신의 이기심을 충족시키기 위해 나를 바꿀 때
나는 행복할 수 없습니다.
당신과 똑같이 생각하지 않는다고,
당신과 똑같은 시각을 갖지 않는다고 비난받을 때
나는 기뻐할 수 없습니다.
나를 반항아라 불러도 좋습니다.
하지만 내가 당신의 사고방식을 거부할 때마다
당신도 내 사고방식을 외면해왔습니다.
당신의 판단을 본받지 않겠습니다.
당신도 본래의 당신이 되기 위해 노력하고 있지 않나요?
당신은 내게 어떤 사람이 되라고 말할 권리가 없습니다.
나도 본래의 내가 되기 위해 애를 쓰고 있으니까요.

당신은 내게 말합니다,

너는 너무 평범해서 쉽게 잊힐 인간이라고.

그런데 왜 당신은 내 인생을 끌어다가

당신의 자아 찾기 놀이에 쓰려는 거죠?

이 말을 교사의 입장에서 한번 생각해보십시오. 연인의 입장
에서 생각해보십시오. 시민의 입장에서 생각해보십시오. 아버지
와 어머니의 입장에서 생각해보십시오. 이 시가 그 모든 상황에
얼마나 적절하게 적용되는지 알게 될 것입니다. 저는 미셸이라
는 여성이 누구인지 알아보기 시작했습니다. 머리말에 이런 구
절이 있더군요.

미셸! 너는 우리 곁에 잠시 머물다가 안개 자욱한 해변에서 너만
의 길을 선택했어. 1967년 7월, 네 나이 겨우 스무 살이던 때에 말
이야. 너는 우리 곁에 25편의 시를 남기고 떠났어. 온전한 나로 살
기가 그렇게 힘들었니? 미셸, 이 시집이 마음에 들었으면 좋겠어.
너는 살아 있어. 너를 사랑해. 지금도 여전히 네가 필요한 우리는
다시 만날 그날까지 너를 영원히 잊지 않겠다고 약속할게.

사 랑 한 다 면
무엇에도 노예가 되지 않는다

사랑할 줄 아는 사람의 두 번째 특징은 온갖 수식어의 구애를 받지 않는다는 사실입니다. 인간은 정말 놀라운 존재입니다. 누구나 뛰어난 독창성을 가지고 있습니다. 지구를 가득 덮고 있는 발명품들을 보십시오. 독창성과 상상력이 없었다면 불가능했을 그 엄청난 것들을 생각해보십시오.

그런데 인간은 시간을 발명하고 시간의 노예로 전락하고 말았습니다. 저 역시 하루 종일 시계를 볼 수밖에 없습니다. 몇 시가 되면 커피를 마셔야 하고, 몇 시가 되면 강의실로 가야 하고, 또 몇 시가 되면 점심을 먹어야 합니다.

사람들은 12시가 되면 배가 고프지 않아도 점심 식사를 합니다. 12시이기 때문입니다. 초등학교부터 고등학교 때까지 그랬던 것처럼 수업을 듣고 있다고 칩시다. 수업에 한창 몰두하는 중이고 재미있는 내용을 듣고 있습니다. 그런데 종이 울리면 모두들 약속이나 한 듯이 벌떡 일어나 교실을 빠져나갑니다. 그들은 말합니다.

"수업이 끝났잖아요? 죄송하지만 이제 나가봐야겠네요."

교육이 시계의 노예로 전락하고 말았습니다. 9시부터 9시 5분까지는 자유 토론을, 9시 5분부터 9시 30분까지는 독서 토론을, 그다음 9시 30분부터 9시 45분까지는 과학 토론을 합니다. 독서 토론이 흥미진진하게 진행되고 있는데도 선생님은 이렇게 말합니다.

"시간이 벌써 이렇게 되었네. 자, 이제 과학 토론을 시작하자."

우리는 누군가 정한 법칙과 관행에 따라 받아쓰기를 하다가 난데없이 서부 개척 시대로 관심을 옮겨야 합니다. 왜 우리가 이런 짓을 반복하고 있는지 이유를 묻는 사람도 없습니다. 우리 모두 시간의 노예가 되어버렸기 때문입니다.

인간은 언어도 만들었습니다. 진정한 언어의 역할은 인간을 해방시키고 우리의 의사소통을 거드는 것입니다. 그런데 언어는 인간을 가두는 상자와 봉투가 되고 말았습니다. 버크민스터 풀러 교수는 이렇게 말합니다.

다른 사람들이 가르쳐준 말에 너무 젖어 있었기에, 나는 가족과 친구가 없는 시카고 빈민가로 가서 2년 동안 내 머릿속에 들어 있던 단어들을 모두 지우고 내게 알맞은 말을 찾아냈다. 그런 후에야 나는 비로소 다른 사람의 언어가 아닌 나의 언어로 말할 수 있게 되었다.

1960년대 미국 저항 문화의 기수였던 티머시 리어리Timothy Leary는 하버드 대학교에서 언어심리학을 연구하던 중에 '언어는 현실을 고정시킨다'라는 명언을 남겼습니다. 어른들은 아이들이 어떤 단어의 의미를 정말로 이해하고 거기에 대해 의문을 제기할 나이가 되기도 전에 단어의 뜻을 가르칩니다. 그뿐입니까? 언어를 통해 두려움과 편견을 가르칩니다. 언어가 얼마나 현실과 떨어져 있는지를 알아보려면 옆 사람을 쿡쿡 찌르면서 이렇게 말하기만 하면 됩니다.

"버스카글리아라는 녀석을 조심해. 리스트에 올라 있는 놈이거든. 공산주의자래."

그 순간 저는 죽은 목숨이 됩니다. 이제부터 제가 하는 말은 모두 공산주의라는 단어를 통해 받아들여집니다. 아시아의 어느 대학에서 미국인들을 대상으로 공산주의가 무슨 뜻인지를 조사한 적이 있습니다. 시민들에게 이렇게 물었습니다.

"공산주의의 정의가 뭡니까?"

그러자 몇 사람은 기겁을 하며 안색이 하얗게 질리더랍니다. 기회가 되면 그 연구 결과를 한번 읽어보세요. 얼마나 우스운지 모릅니다. 어떤 여자는 이렇게 말했다고 합니다.

"글쎄요, 그게 무슨 뜻인지는 잘 모르겠지만, 아무튼 워싱턴에서는 공산주의자가 없어졌으면 좋겠네요."

흑인, 멕시코계 미국인, 기독교도, 가톨릭, 유대계의 경우에도 마찬가지입니다. 사람들은 흑인이라는 수식어 하나만 들어도 그 사람에 대해 이미 모든 걸 알게 됐다고 생각합니다.

"공산주의자들에게도 눈물이 있을까? 아프리카 흑인들에게
도 감정이라는 게 있을까? 이해를 할까? 희망을 가지고 있을까?
자기 자식을 사랑할까?"

이렇게 물어보는 사람은 없습니다. 그렇게 물어보는 것 자체
가 부질없는 짓이라고 생각합니다. 수식어의 노예가 되어 버렸
기 때문입니다. 사랑할 줄 아는 사람은 언어의 주인이 되지 노예
가 되지 않습니다. 사람들이 알려준 단어의 뜻을 곧이곧대로 믿
지 않고, 직접 느낀 뒤에 그 단어의 정의를 내립니다.

오 늘 은
뭘 배웠니?

저는 어렸을 때 재미
있는 경험을 한 적이 있습니다. 제 고향은 로스앤젤레스입니다.
이탈리아에서 이민을 온 부모님과 다른 이탈리아 출신 이웃들 틈
에 섞여 빈민가에서 자랐습니다. 아주 행복하게 말입니다.

그러다 한 살 되던 해에 부모님이 고향으로 돌아가야만 하는
상황이 생겼습니다. 스위스와 이탈리아가 만나는 알프스 산맥
자락의 아오스타라는 부모님의 고향으로 이사를 했죠. 밀라노와
토리노로 가는 기차는 많이 지나갔지만, 아오스타 역에서 정차
하는 기차는 딱 한 대밖에 없었습니다. 그때 칙칙폭폭 지나가는

기차를 바라보곤 했던 기억이 납니다.

　그 조그만 마을의 주민들은 서로 모르는 사람이 없었습니다. 와인이 그 지방 주산물이었기에 어떤 날은 사람들 모두 얼큰하게 취한 채 하루를 보내기도 했습니다. 참 행복한 나날이었습니다. 서로를 걱정하는 마을 사람들의 마음이 그 동네에서 보고 겪은 것 중 제일 좋았습니다. 마리아가 몸이 아프면 모르는 사람이 없었고, 마리아네 집에 닭고기나 주스를 가져다주거나 아이들을 대신 돌봐 주었습니다. 진실로 사람 냄새가 풍기는 마을이었습니다.

　그러다가 다섯 살 때 부모님이 다시 로스앤젤레스로 이사를 했습니다. 그때 느꼈던 문화적인 충격이라니! 내가 죽었는지 살았는지 관심조차 없는 대도시 속으로 갑자기 내동댕이쳐진 기분이었습니다.

　수식어에 얽힌 재미있는 일화가 있는데, 그 당시는 마피아가 판을 치던 시절이라 이탈리아 사람이라고 하면 누구나 마피아 조직의 일원이라는 오해를 받았습니다. 그 당시 저의 별명은 '이태리 촌놈, 촌뜨기'였습니다.

　"저리 가, 지저분한 촌놈아."

　이렇게 말하면서 자기들끼리 키득키득 웃는 아이들의 모습을 여러분도 상상할 수 있을 것입니다. 한번은 아버지에게 이렇게 물었습니다.

"아버지, 촌뜨기가 뭐예요? 촌놈이 뭐예요?"

그러자 아버지는 이렇게 말씀하셨습니다.

"아무것도 아니야. 신경 쓸 것 없어. 사람들은 저마다 이름이 있잖니? 사람들이 너를 찾을 때 부르는 이름에 아무 뜻이 없는 거나 마찬가지란다."

하지만 저는 신경을 쓰지 않을 수 없었습니다. 그 때문에 친구들과 거리감이 느껴졌고, 촌놈이니 촌뜨기니 하는 별명이 저에 대해 특별히 달리 말해주는 건 아무것도 없었기 때문입니다.

저는 다른 이름으로 불리고 싶었습니다. 고향에서 우리 어머니는 오페라 가수였고 아버지는 웨이터였습니다. 당시 우리는 오페라단을 만들어도 될 만큼 대가족이었습니다. 어머니가 피아노 앞에 앉아서 오페라 곡을 연주하면, 우리는 하나씩 역할을 맡아 함께 노래를 부르면서 즐거워했습니다. 저는 여덟 살 때 이미 오페라 다섯 편을 알고 있을 정도였습니다. 어떤 역할을 맡아도 문제없을 정도였답니다.

하지만 저를 촌뜨기나 촌놈이라 부르는 사람들은 그런 사실을 알았을까요? 그들은 우리 어머니가 마을을 만병통치약으로 여겼다는 사실도 알지 못했습니다. 매일 아침 어머니는 우리를 한 줄로 세워놓고 마늘을 문지른 작은 손수건을 목에 감아 주시곤 했습니다.

우리가 '어머니, 제발 이러지 마세요'라고 하면, 어머니는 '가만히 있어!'라고 하셨죠. 우리는 손수건을 목에 두른 채 하늘을 찌를 듯한 마늘 냄새를 풍기며 학교에 갔습니다. 저는 어릴 때 단 하루도 병을 앓은 적이 없습니다. 냄새 때문에 아무도 저를 가까이 하지 않아서 전염병이 접근할 수 없었던 게 그 이유일지도 모르겠습니다. 아무튼 저는 초등학교를 졸업하는 날 개근상을 받을 정도로 건강했답니다.

하지만 이제 세파에 찌든 저는 마늘 손수건을 목에 감지 않고, 해마다 감기에 걸립니다. 저를 촌놈이나 촌뜨기라고 불렀던 사람들은 과연 이 사실을 알까요?

그 사람들은 우리 아버지가 훌륭한 가장이었다는 사실도 알지 못했습니다. 아버지가 집에 계신 일요일이면 우리는 커다란 식탁에 둘러앉아서 그날 배운 새로운 지식을 이야기해야 했습니다. 때문에 식사를 하기 전에 손을 씻으면서 저는 동생들에게 묻곤 했죠.

"오늘은 뭘 배웠니?"

"아무것도 못 배웠어."

"그럼 뭐라도 하나 배워야겠다!"

그러면 우리 형제들은 다 함께 백과사전을 들춰서 네팔의 인구 같은 새로운 지식을 알아냈습니다. 그걸 식사를 하는 내내 잊어버리지 않도록 외웠다가 차례가 오면 아버지 앞에서 발표를 했습니다. 식사가 다 끝나면 아버지가 접시를 한쪽으로 치우면서 저를 보고 물으십니다.

"얘야, 오늘은 뭘 배웠니?"

"네팔의 인구가 600만 명이고……."

아버지는 그 어떤 지식도 하찮게 여기지 않으셨습니다. 아버지는 진지한 표정을 지으며 어머니에게 고개를 돌려 이렇게 말씀하셨습니다.

"여보, 네팔 인구가 600만 명이라는군."

저는 가끔 친구들에게 이렇게 물어보기도 했습니다. 너도 부모님께 네팔 이야기를 해드리니? 그럼 친구들은 이렇게 대답합니다. 우리 부모님은 내가 공부를 하든 말든 관심 없어.

저는 지금도 하루 종일 일을 하고 난 다음에, 지친 몸을 이끌고 이불 속으로 기어 들어가 깜빡 잠이 들려는 그 기분 좋은 순간에도 이런 생각에 사로잡히곤 합니다.

"오늘은 뭘 배웠니?"

선뜻 대답을 할 수 없으면 저는 벌떡 일어나 백과사전을 꺼내 듭니다. 그리고 뭔가 새로운 걸 알아내야만 비로소 편안히 잠이

들 수 있습니다.

약한 사람은 잔인하고
강한 사람은 너그럽다

섣불리 장담할 수는 없지만, 교육은 원래 이래야 하는 것인지도 모릅니다. 하지만 저를 보고 촌뜨기, 촌놈이라고 불렀던 사람들은 제가 이런 사람이라는 걸 알지 못합니다. 여러분이 저에 대해 진정으로 알고 싶다면 제 머릿속으로 뛰어들어야 합니다. 그리고 저도 여러분에 대해 알고 싶다면 '저 사람은 뚱뚱해. 저 사람은 날씬해. 저 사람은 유대인이야. 저 사람은 가톨릭이야' 이런 식으로 말해서는 안 될 것입니다. 그것만으로는 턱없이 부족하기 때문입니다.

특수교육에 관심이 있는 사람이라면 우리가 흔히 쓰는 가당치도 않은 수식어에 대해 너무도 잘 알고 있을 것입니다. 우리가 자주 쓰는 말 중에 '저능아'라는 표현이 있는데, 그게 도대체 무슨 뜻입니까? 저는 저능한 아이를 본 적이 없습니다. 제 눈에는 그저 아이들의 저마다 다른 모습만이 보일 뿐입니다.

진정으로 사랑할 줄 아는 사람은 수식어의 구애를 받지 않을 뿐만 아니라 낭비를 혐오하고 위선을 거부합니다. 교육학자 레오 로스튼Leo Rosten이 한 말이 떠오릅니다.

"약한 사람은 잔인한 법이다. 강한 사람만이 너그러울 수 있다."

사실입니다. 우리 교육계에서는 벌떡 일어서서 '이건 위선입니다. 이런 관행을 계속할 수 없습니다!' 하고 말할 수 있을 만큼 강한 사람이 필요합니다. 우리 교육은 파멸을 향해 달려가는 것과 마찬가지입니다. 벌써 내일이 시작되고 있는데 가르치는 내용은 오늘에 머물러 있으니 더욱 그렇습니다. 자살 행위라는 표현도 무리는 아닙니다.

위선에 관한 일화를 하나 소개할까 합니다. 제가 사범대학 학생들을 가르치던 시절에 만났던 한 여학생은 주체할 수 없을 정도로 교직을 사랑했습니다. 드디어 그 학생이 교사가 되어 꿈에 그리던 교단에 서는 날이 왔습니다. 그 초등학교 1학년 교실로 들어가서 교과목 지침서라고 적혀 있는 예쁜 책을 펼쳤습니다.

저는 책을 매우 신성시하는 사람입니다만, 이 세상에서 제일 먼저 불태워 없애버려야 할 책이 바로 이 교과목 지침서라고 거리낌 없이 말할 수 있습니다. 어쨌거나 그녀가 교과목 지침서를 펼쳐봤더니, 캘리포니아의 이 학교에서는 1학년 때 최초 6주간은 슈퍼마켓에 대해 가르쳐야 한다고 적혀 있었습니다. 그 순간, 그녀는 이렇게 중얼거렸습니다.

"이럴 수가! 내 눈이 잘못된 게 아닐까? 슈퍼마켓을 가르치라니."

요즘 아이들은 슈퍼마켓 속에서 자라는 것이나 마찬가지입니다. 두세 살 때부터 카트를 타고 슈퍼마켓을 누비기 때문에 그 안에 어떤 물건이 있는지 모두 알고 있을 정도입니다. 그녀는 다시 한 번 중얼거렸습니다.

"이럴 리가 없는데……."

하지만 하얀 종이 위에 검은 글씨로 분명히 적혀 있었습니다. 슈퍼마켓에 대해 이런저런 수업을 하라고 말입니다.

거기엔 심지어 슈퍼마켓을 세우고, 찰흙으로 바나나를 만들라는 과정까지 나열되어 있었습니다. 어렸을 적부터 물리도록 바나나를 먹고 바나나 껍질에 미끄러진 적도 있는 아이들이 찰흙으로 바나나를 만드는 데 6주를 쏟아부어야 하는 것이었습니다.

이건 아이들의 능력을 낭비하는 짓이야. 이렇게 생각하면서 그녀는 책상에 가서 앉았습니다. 그리고 아이들을 향해 이렇게 입을 열었습니다.

"여러분, 슈퍼마켓에 대해 공부하는 거 어때요?"

그러자 아이들이 일제히 대답했습니다.

"재미없어요!"

여러분도 알다시피 요즘 아이들은 예전에 비해 무척 영리합니다. 캐나다의 미디어 이론가이자 문화 비평가인 마셜 매클루언Marshall McLuhan의 연구 결과에 따르면, 요즘 아이들은 유치원에 입학하기 전에 이미 5,000시간 이상 TV를 시청한다고 합니다.

아이들은 사람이 죽는 광경을 총천연색으로 목격합니다. 끔찍한 사고도 목격합니다. 전쟁과 대량 학살 장면도 목격합니다. 이런 아이들을 데려다 놓고 동화책으로 흥미와 동기를 유발하겠다는 것입니다. 겨우 진흙 바나나로 공부에 재미를 느끼게 하겠다는 것입니다. 그래서 그녀는 획기적인 발언을 했습니다.

"그럼 좋아요. 어떤 걸 배우고 싶죠?"

그러자 한 아이가 용감하게 대답했습니다.

"우리 아빠가 로켓 공장에 다니시는데, 아빠한테 로켓을 하나 달래서 교실에서 조립을 하고 달나라로 여행을 떠나요."

그러자 아이들이 일제히 외쳤습니다. 야, 그거 재미있겠다! 그녀는 잠시 생각한 뒤에 입을 열었습니다.

"좋아요, 그럼 아버지께 로켓을 하나만 갖고 와달라고 하세요."

다음 날 아이의 아버지가 로켓 모형을 교실로 가지고 와서 조립을 해주었습니다. 그리고 로켓이 무엇인지, 어떤 용도로 쓰이는지, 어떤 부품으로 이루어져 있는지를 세세히 설명했습니다.

초등학교 1학년 교실에서요? 로켓에 관한 공부는 대학교에 가서나 하는 거잖아요! 초등학교 1학년 때 벌써 공부를 다 해버리면 대학교에 가서는 뭘 배우죠? 이건 용납할 수 없는 일입니다. 말도 안 되는 일이라고요. 1학년이면 슈퍼마켓 견학을 해야 하잖아요!

하지만 실제로 어떤 일이 벌어졌는지 아십니까? 아이들은 상상조차 안 될 만큼 어려운 수학적 개념들을 공부했습니다. 토요일에 로켓 공장으로 견학까지 가서 실제 로켓을 구경했습니다. 로켓 안을 돌아보기도 했습니다. 아이들은 가슴이 두근거렸습니다.

교과목 지침서를 옹호해야 하는 교육청의 장학사들을 보면 참으로 안됐다는 생각이 듭니다. 그들도 더 나은 일을 하고 싶겠지만, 그런 교과목을 가르치는 게 교사의 일이듯 지침서를 들고 다니면서 교사들이 묵묵히 따르는지 확인하는 게 그들의 일입니다.

마침내 장학사가 이 학교에 찾아와 그 교실에 들렀습니다. 교실 한가운데에는 로켓이 있고, 벽에는 듣도 보도 못 한 물건이 걸려 있고, 장학사조차 절반쯤은 뜻을 모르는 단어며 공식들이 적혀 있고, 아이들이 좋아할 만한 희한한 물건들이 주렁주렁 매달려 있었습니다. 입이 딱 벌어진 장학사가 선생님에게 물었습니다.

"도대체 슈퍼마켓은 어떻게 된 거죠?"

"우리 아이들이 달나라 여행을 하고 싶다고 해서 로켓을 직접 조립하고 있어요……."

"초등학교 1학년 학생은 분명히 슈퍼마켓을 배워야 한다고 되어 있을 텐데요?"

이 말을 들은 선생님은 잠시 망설이다가 뭔가 결심한 듯이 아이들에게 고개를 돌리며 이렇게 물었습니다.

"여러분, 내년에도 선생님의 얼굴을 보고 싶어요?"

"그럼요!"

"좋아요, 그럼 이제부터는 슈퍼마켓을 만들어볼까요?"

여러분도 아시다시피 아이들이란 무척 사랑스러운 존재입니다. 자기들을 인간적으로 대하는 어른들에게는 늘 그렇듯이 말입니다. 아이들은 사태를 재빨리 알아차리곤 일제히 소리쳤습니다.

"선생님, 빨리 만들어요."

이렇게 해서 이 반은 6주에 해당하는 단원을 단 이틀 만에 해치웠다고 합니다. 아이들은 상자를 쌓아서 슈퍼마켓을 만들고 찰흙으로 바나나를 빚었고, '위선에는 위선으로'라는 식으로 장학사의 방문이 있을 때마다 계산대 뒤로 가서 '찰흙 바나나 사실래요?'라고 소리쳤습니다. 장학사가 만족스러운 얼굴로 떠나면, 그들의 달나라 여행은 다시 시작되었습니다.

하지만 교육이 이런 식이어서는 절대 안 됩니다. 벌떡 일어서서 '저는 아이들을 데리고 슈퍼마켓 견학을 하지 않겠습니다. 정원하신다면 당신이 직접 인솔해서 데리고 가시죠!' 하고 당당하게 말할 수 있는 교사가 생겨야 합니다. 그렇게 될 때 비로소 우리 아이들에게 희망이 있습니다. 그것이 바로 교육의 본래 목적입니다.

'조 용 히 좀 해 !' 를
'내가 기분이 좋지 않아'로

진정으로 사랑할 줄 아는 사람은 매사가 자연스럽습니다. 저는 여러분이 본래의 자연스러운 모습을 되찾는 걸 세상 그 무엇보다도 보고 싶습니다. 자신의 감정과 생각을 자연스럽게 밝히고, 상대의 감정과 생각을 쉽게 받아들이는 어린아이처럼 말입니다. 서로의 모습을 다시 한 번 쳐다보십시오. 우리는 모두 세상이 정한 원칙과 당위의 노예로 전락하는 바람에 원래 우리가 어떤 사람이었는지를 잊어버렸습니다. 사람들은 젊은 여성의 에티켓에 대해 이렇게 말합니다.

"젊은 여성은 큰소리로 깔깔대지 않고 조용히 웃어야 한다."

깔깔대면서 바닥을 뒹굴고 싶으면 그렇게 하십시오. 그래도 됩니다. 화를 내면 안 된다, 성숙한 인간은 결코 쉽게 화를 내지 않는 법이다, 이렇게 생각하면서 꾹꾹 누르며 참기만 하다가는 정신병원 신세를 지게 될 것입니다.

학교 선생님이라면, 기분이 안 좋을 때는 목을 뻣뻣이 세우고 눈을 부라리면서 '여러분, 조용히 좀 하세요!' 하고 으르렁대는 것보다는 처음부터 '여러분, 오늘은 행동을 좀 조심해주세요. 선생님 기분이 안 좋거든요' 하고 말하는 게 훨씬 낫습니다. 그럼 아이들은 말귀를 알아듣고는 교실을 돌아다닐 때도 조심조심 걸어 다닐 겁니다. 아이들은 인간적인 모습을 보이는 사람에게 쉽게 동화되기 때문입니다.

즉, 교사가 먼저 인간적인 모습을 보여야 합니다. 아이가 재미있는 말을 하면 맘껏 웃으세요. 교직 생활을 하면서 깜짝 놀랄 만한 사실을 하나 알았습니다. 교사들은 어떤 아이가 늘어놓은 이야기를 놓고 교무실에 가서는 배꼽을 쥐면서 깔깔대지만 정작 그 아이 앞에서는 절대로 그렇게 웃는 모습을 보이지 않습니다.

왜 아이들 앞에서는 웃지 않는 걸까요? 참 이해할 수 없는 노릇입니다. 정말 재미있는 이야기로구나. 자, 이제 그만하고 자리에 앉으렴. 왜 이런 식으로 있는 그대로의 모습을 보이지 않는 걸까요? 자연스러운 인간이 되는 것이 사랑의 시작임을 안다면 그렇게 하지 않을 이유가 없습니다.

의례적인 것을 좋아하는 사람들 앞에서 강연을 하면 아주 재미있는 현상이 벌어집니다. 어떤 풍경이 펼쳐질지 강연장에 들어서기 전부터 눈에 선합니다. 저는 스킨십을 좋아합니다. 상대방의 몸에 손을 대보면 그가 어떤 사람인지 금세 알 수 있을 정도입니다.

실존주의 운동이 극에 달했을 때는 이런 말이 나돌았습니다. 자아를 찾고 싶으면 살인을 하거나 자살을 하라, 그래야 자신이 존재했었다는 사실을 알 수 있으니까. 빌딩에서 뛰어내리는 순간에야 비로소 내가 살아 있었다는 걸 알 수 있다는 것입니다.

우리는 서로 너무나 멀리 떨어져 있기 때문에 나를 쳐다보거나 만져주거나 알아주는 사람이 없는 것입니다. 너나없이 투명 인간이 되어버린 것입니다. 이래서는 안 됩니다. 옆 사람에게 손을 내밀어보세요. 그래도 됩니다. 유럽에서는 이런 문화가 일상적입니다. 크리스마스나 명절 때 우리 집 식구들은 현관에 들어서는 순간 서로 입을 맞춥니다. 꼬맹이에서부터 할아버지에 이르기까지 제일 처음 하는 게 입을 맞추는 겁니다.

하지만 오늘의 미국을 살아가는 사람들은 어떻습니까? 엘리베이터 문이 열리면, 우리 사이에 얼마나 높다란 장벽이 있는지를 똑똑히 볼 수 있습니다. 엘리베이터를 타고 있는 사람들을 보면 모두들 고개를 똑바로 들고 양손을 허리춤에 늘어뜨린 채 서 있습니다.

'이쪽으로 오지 마세요. 그랬다가는 한 방 날아갈지도 모르니까!'

마치 이렇게 말하고 있는 것 같습니다. 사람들 모두 바짝 긴장한 얼굴로 서 있습니다. 문이 열리면 한 사람이 내리고, 한 사람이 탑니다. 그런데 이 사람은 엘리베이터에 올라타자마자 잽싸게 문 쪽으로 몸을 돌립니다. 엘리베이터 안에서는 반드시 앞을 보고 서 있으라고 누가 가르치기라도 한 것일까요? 저는 엘리베이터를 탈 때마다 문을 등지고 서 있는 걸 좋아합니다.

"안녕하세요! 엘리베이터가 멈추면 우리는 서로 알 기회가 생길 테니 좋은 일 아닐까요?"

그러면 희한한 일이 벌어집니다. 다음 층에서 문이 열리면 한 사람이 잽싸게 내립니다. 그는 이렇게 생각하는 게 분명합니다.

'이상한 사람이 타고 있어! 우리에 대해 알고 싶대!'

다시 인간으로 돌아가서, 우리 모두 인간임을 즐깁시다. 당신도 인간이고 나도 인간이라고 고백합시다. 우리는 이따금 터무니없는 짓을 저지르기도 하지만, 그래도 여전히 인간이기에 아름답습니다. 우리는 지구상에서 가장 아름다운 존재입니다. 우리 스스로 그것을 인정한다는 사실이 그렇게도 어려울까요?

원 하 는 것 을 표 현 하 라
스스로 잊어버리기 전에

의례적인 사람들에게 강연을 하러 가면, 꼭 누구누구의 부인이라는 여성이 정문에서 저를 맞이하면서 이렇게 말합니다.

"버스카글리아 박사님, 반갑습니다."

양손을 허리 아래로 내린 채 이렇게 말하는 게 그 여성의 인사법입니다. 그러면 저는 손을 내밉니다. 그 부인은 '왜 이러는 걸까?'라고 생각하겠죠. 제가 그녀의 손을 잡고 손등 위에다 다른 쪽 손을 올려놓으면, 그녀는 황급히 손을 뿌리치고 다른 여성들이 반원 모양으로 앉아 있는 거실로 황급히 안내합니다.

그들은 모두 똑같은 자세로 앉아 있습니다. 다리를 꼬고, 양손을 무릎 위에 가지런히 모으고, 미소를 지으며 말입니다. 그 모든 건 학습의 효과일 것입니다. 바닥에 엎드려서 팔꿈치를 괴고 있으면 훨씬 편할 텐데, 그렇게 엎드려 있는 사람은 아직 본 적이 없습니다. 제가 그런 모습으로 있다면 아마 미쳤다는 말을 듣겠지요. 도대체 우리들 본래의 자연스러운 모습은 어디로 사라진 걸까요?

기분이 좋으면 좋다고 말합시다. 학생들에게도 이렇게 말해주는 겁니다.

"오늘 선생님 기분이 날아갈 것 같네요. 하루 종일 재미있게 놀아볼까요?"

왜 우리는 감정을 억제하고 감추는 데에 더 익숙해져 있을까요? 웃으세요! 우세요! 자신의 감정에 충실하게 사는 것이 왜 어려울까요?

남자는 눈물을 흘리지 않는다는 말이 있습니다. 도대체 누가 그런 말을 만들어낸 겁니까? 저는 툭하면 눈물을 흘립니다. 학생들은 제가 보고서를 꼼꼼히 읽어본다는 걸 알고 있습니다. 감동적인 부분에 작은 눈물 자국이 남아 있기 때문입니다.

저는 돈키호테를 보고 큰 공감을 느꼈습니다. 풍차를 향해 돌진하는 멋진 돈키호테! 도저히 풍차를 무찌를 수 없다는 사실을 모르기에, 번번이 풍차를 향해 뛰어들고, 엉덩방아를 찧습니다. 하지만 다시 일어서서 다시 뛰어들고, 또다시 엉덩방아를 찧습니다.

저는 이 책을 덮으면서 돈키호테 엉덩이에 굳은살이 박혔을지도 모르겠다고 생각했습니다. 그렇다 하더라도, 참으로 멋진 인생이 아닙니까. 자기가 살아 있다는 기분을 느낄 테니까요. 작가 헨리 데이비드 소로 Henry David Thoreau 는 《월든Walden》에서 이렇게 말합니다.

"이런 세상에, 눈을 감는 순간에 이르러서야 지금까지 내가 죽은 채로 지내온 걸 알게 되다니!"

얼마나 슬픈 이야기입니까? 이 세상과 작별하는 순간에 자신의 삶이 사실은 죽은 목숨이었다는 사실을 알아채다니 말입니다. 하지만 돈키호테의 경우는 그렇지 않습니다. 그는 평생을 펄펄 살아 있다는 기분을 느끼면서 살았습니다.

이 소설을 각색한 뮤지컬 〈맨 오브 라만차Man of La Mancha〉의 마지막 부분에서 돈키호테가 눈을 감자 사람들이 주위를 에워싸고는 애도의 눈물을 흘립니다. 그러나 정작 본인은 눈물을 흘리지 않습니다. 살아 숨 쉬는 삶을 살았기 때문입니다. 그랬기에 한 자락의 후회도 미련도 없었던 것입니다.

잠시 후 그가 일어서고, 무대 뒤쪽이 환하게 밝아지면서 커다란 계단이 내려옵니다. 돈키호테는 창을 집어 들고 사랑했던 사람들을 둘러본 뒤 미소를 지으면서 빛이 보이는 쪽으로 걸어갑니다. 그러면 오케스트라와 합창단이 〈불가능한 꿈The Impossible Dream〉을 웅장하게 합창합니다. 그 장면을 보고 청중석에 앉아 있던 저는 그만 눈물을 주르륵 흘리고 말았습니다. 그랬더니 옆자리의 여자가 남편을 쿡쿡 찌르며 이렇게 소곤거렸습니다.

"여보, 저 남자 보세요. 울고 있어요."

그래도 상관하지 않고, 저는 손수건을 꺼내 들고 흐느껴 울었습니다. 여자는 더욱 놀라는 눈치였습니다. 그 여자는 아마도 돈키호테는 잊어버려도 저는 잊을 수 없을 것입니다.

사랑할 줄 아는 사람이 되기 위해서는 먼저 자연스러움을 되찾아야 합니다. 다시금 서로를 어루만지고, 서로를 끌어안고, 서로 미소 짓고, 서로를 생각하고, 서로를 아껴야 합니다.

여러분 누구라도 저를 끌어안아도 됩니다. 그런들 제가 쓰러지기야 하겠습니까? 그렇게 해서 우리가 본래의 모습을 되찾을 수 있다면, 다시 어우러질 수 있다면, 저는 하루 종일 여기 서 있어도 상관없습니다.

사랑할 줄 아는 사람은 자신의 욕구를 잊지 않는 사람입니다. 사랑할 줄 아는 사람은 자신의 욕구를 잊지 않는다니, 말을 해놓고 보니까 근사하게 들리는군요. 인간에게는 누구나 욕구가 있습니다.

사실 사람에게 육체적인 욕구는 그다지 많지 않은데도 사람들은 착각 속에서 육체적인 편안함만을 위해 평생을 허비합니다. 누구나 의식주만큼은 철저하게 챙깁니다. 몸이 아프면 병원에 갑니다. 육체적인 욕구를 만족시키기 위해 허다한 시간을 허비합니다. 하지만 우리에게 가장 중요한 욕구는 따로 있습니다. 봐줬으면, 알아줬으면, 인정해줬으면, 성공했으면, 재미있게 살았으면, 인생을 즐겼으면, 살아 있다는 게 얼마나 좋은지 알 수 있었으면, 하는 욕구입니다.

그럼에도 우리는 다른 사람을 어떻게 쳐다봐야 하는지 잊어버렸습니다. 아니, 우리는 아예 다른 사람을 쳐다보지도 않습니다. 다른 사람의 말에 귀를 기울이지도 않습니다. 다른 사람의 몸에 손을 대지도 않습니다. 절대로! 아이들에게조차도 말입니다. 어른들은 아이가 세 살만 되면 무릎에서 내려놓고 이렇게 단호히 말합니다.

"이제 이러면 안 돼. 이건 어린아이들이나 하는 짓이야. 아버지한테 그러면 안 돼. 무릎에서 내려오라니까. 세 살이나 된 아이가 아버지한테 키스를 하다니, 넌 이제 남자야. 남자는 남자한테 키스를 하는 게 아니야."

저는 가끔 우리 학교 학장님을 포옹합니다. 그럼 학장님은 움찔합니다. 지금까지 책상을 넘어서 학장님 곁으로 접근한 사람이 없었기 때문입니다. 저는 심지어 엘리베이터에서도 학장님을 만나면 '안녕하세요, 학장님!' 하고는 어깨를 와락 끌어안습니다.

이 시대에 왜 초기 실존주의 같은 철학이 유행하는지 이유를 알 것 같습니다. 엄청나게 높은 벽이 사람들 사이를 가로막고 있기 때문입니다. 나는 실체일까? 나는 존재할까? 아무도 날 쳐다보지 않는데. 아무도 내게 손을 내밀지 않는데. 사람들에게 말을 걸어봤자 내 말을 듣지 못하는데. 이젠 아무도 내 눈을 들여다봐주지 않는데. 외로워, 외로워서 죽을 것만 같다……. 슈바이처 Albert Schweitzer 박사는 이렇게 말합니다.

"주위에 사람들이 이렇게나 많은데도, 우리는 외로움으로 죽어가고 있다……."

기 대 에 부 응 한 다 면
최고의 교육이다

오래전에 작가 손턴 와일더Thornton Wilder는 《우리 읍내Our Town》라는 아름다운 희곡을 통해 놀라운 메시지를 전달했습니다. 여주인공 에밀리가 죽는 장면을 기억하십니까? 마침내 눈을 감은 에밀리에게 이상한 목소리가 들려옵니다.

"에밀리, 넌 이제 과거의 어느 날로 얼마든지 돌아갈 수 있단다. 언제로 돌아가고 싶니?"

에밀리가 대답합니다.

"열두 살 생일날 행복했던 순간들이 생각나요. 열두 살 생일날로 돌아가고 싶어요."

그랬더니 무덤 속에 있던 사람들 모두가 일제히 입을 엽니다.

"에밀리, 안 돼! 안 돼, 에밀리!"

하지만 에밀리는 그들의 말을 듣지 않습니다. 엄마 아빠 얼굴이 너무도 보고 싶었기 때문입니다. 장면이 바뀌고 열두 살짜리 에밀리가 등장합니다. 가장 행복했던 순간으로 기억하는 그날로 돌아간 것입니다. 머리를 예쁘게 빗은 에밀리가 고운 옷을 입고 계단을 내려갑니다. 하지만 생일 케이크 준비에 바쁜 어머니는 딸을 찬찬히 쳐다볼 시간이 없습니다. 에밀리가 입을 엽니다.

"엄마, 저 좀 보세요. 오늘이 제 생일이에요."

"그래, 오늘이 네 생일이지. 앉아서 아침 먹어라."

에밀리가 선 채로 다시 말합니다.

"엄마, 저 좀 보세요."

하지만 엄마는 고개를 돌리지 않습니다. 아빠가 들어옵니다. 돈을 벌기에 바쁜 아빠 역시 딸을 쳐다보지 않습니다. 가방을 챙기느라 정신이 없는 남동생도 마찬가지입니다. 결국 에밀리는 무대 한가운데 서서 이렇게 외칩니다.

"제발 저를 좀 쳐다봐 주세요. 케이크도, 돈도 다 필요 없어요. 제발 저를 쳐다봐 주세요."

아무도 이 말을 듣지 않자, 에밀리는 다시 한 번 어머니를 향해 뭔가 말을 하려다가 쓸쓸히 고개를 돌리며 이렇게 중얼거립니다.

"저를 다시 데리고 가주세요. 아무도 서로를 쳐다보지 않고, 아무도 서로에게 상관하지 않는 그런 세상은 정말 싫어요!"

그렇습니다! 아이들은 어찌나 빨리 자라는지 그 모습을 지켜보고 있을 겨를이 없습니다. 어느 날 고개를 돌려보면 사춘기 아이가 거기 서 있고, 얼마 뒤에는 결혼할 나이가 된 아이가 서 있습니다.

우리 사회는 목적지를 중요시합니다. 새로운 사실을 하나 알려드릴까요? 목적지가 아니라 여행 과정, 그게 바로 인생이라는 사실입니다. 삶은 여행입니다. 삶은 과정입니다. 삶은 여정입니다. 목적지에 도착하면 과연 무엇이 있을까요? 여러분을 우러러보는 사람들이 있을까요? 고급 승용차가 있을까요? 하지만 그런 것들이 행복을 보장하는 건 아니라는 사실을 목적지에 도착해서야 깨닫게 됩니다.

높은 곳에 당도한 사람이 다른 사람을 쳐다보는 법, 다른 사람에게 손을 내미는 법, 다른 사람과 이야기를 나누는 법, 다른 사람을 걱정하는 법을 잊어버렸기 때문에 외로움으로 죽어가는 것도 특별한 사건은 아닙니다.

저는 발표 시간을 좋아합니다. 교실에서 아이들 얼굴을 자세히 들여다볼 수 있는 좋은 기회이기 때문입니다. 그러나 실상은 어떻습니까? 선생님들은 교실에 들어가자마자 출석 체크를 합니다. 교장 선생님이 9시 15분까지는 체크를 마치라고 했기 때문입니다. 그런데 이 와중에 샐리가 돌멩이를 꺼내면서 말을 겁니다.

"선생님, 등굣길에 이상하게 생긴 돌멩이를 주웠어요."

선생님이 대답합니다.

"잘했어요. 과학실 탁자 위에 올려놓도록."

단지 이뿐입니다. 더 이상의 말은 필요하지도 않고, 그럴 시간도 없습니다. 돌멩이를 보고 이렇게 말할 수는 없는 걸까요?

"샐리, 그 돌멩이는 어디서부터 왔을까요? 누가 그 돌멩이를 거기다 갖다 놓았을까요?"

그날 출석 체크는 잊어버리고 그 돌멩이에 대해 온갖 이야기를 나눌 수는 없는 걸까요? 세상의 모든 사물 안에는 온갖 진실이 숨어 있는 법입니다. 아이들에게 그것을 말해줄 수는 없는 걸까요?

인위적으로 상황을 만들 필요가 없습니다. 진실은 바깥세상이 아니라 우리들 곁에 있습니다. 바로 지금 여기에 말입니다. 우리가 알아야 할 모든 지식은 나무 한 그루 속에 있습니다. 우리가 알아야 할 모든 지식은 한 사람의 마음속에 있습니다.

어느 선생님이 학생들을 A, B, C의 세 그룹으로 나눠 가르친 결과, 애정 이론에 대한 눈부신 연구 결과를 얻었습니다.

A그룹이 제출한 보고서에는 성적만 매겼습니다. 정성을 쏟아서 멋진 리포트를 탄생시켰는데 돌아온 거라곤 A, B, C, D, F라는 성적에 불과했을 때의 심정은 여러분도 기억하실 겁니다. B그룹의 리포트에는 성적과 함께 잘했음, 우수함, 훌륭함, 하는 식으로 평가를 하나씩 적었습니다. 한편 C그룹에게는 다음과 같은 편지를 적었습니다.

"자네에게. 네가 쓴 문장은 끔찍하구나. 더구나 문법은 믿을 수가 없을 정도로 엉망이었다. 하지만 어젯밤에 잠자리에 들기 전에 나는 아내에게 이렇게 말했단다. '여보, 이 리포트에는 정말 기발한 아이디어가 꽉 차 있어요. 이 학생이 이런 아이디어를 계속 개발할 수 있도록 있는 힘껏 도와줄 생각이에요.' 그러니 너도 더 노력하기 바란다. 선생님으로부터."

선생님은 정말로 훌륭한 리포트를 제출한 학생에게는 이런 편지를 썼습니다.

"고맙구나. 너의 리포트를 읽는 내내 감동을 금할 수 없었단다. 멋진 아이디어로 가득한 리포트라고나 할까. 계속 노력해주기 바란다. 다음엔 어떤 내용이 들어 있을지 벌써부터 기대가 된다."

선생은 이렇게 하고는 통계를 냈습니다. 그 결과는 어떠했을까요? A그룹은 변화가 없었습니다. B그룹도 거의 변화가 없었습니다. 그러나 C그룹은 눈부신 발전을 보였습니다.

'피그말리온 효과Pygmalion Effect'라는 말이 있습니다. 그리스 신화에 나오는 피그말리온이 자신이 조각한 석상을 너무나 사랑하게 됩니다. 그 사실을 안 아프로디테가 석상에 생명을 불어넣어 사람으로 만들어 주었다는 이야기입니다. 이 이야기를 토대로 심리학에서는 '타인의 기대나 관심으로 능률이 오르거나 결과가 좋아지는 현상'을 피그말리온 효과라고 말합니다.

결국 타인이 나를 존중하고 나에게 기대하는 것이 있으면 기대에 부응하는 쪽으로 변하려고 노력함으로써 마침내 그렇게 된다는 뜻입니다. 특히 교육심리학에서는 교사의 관심이 학생에게 긍정적인 영향을 미치는 심리적 요인이 된다는 의미로 널리 쓰이는데, 이것이 바로《교실의 피그말리온Pygmalion in the Classroom》이라는 연구 논문에서 나온 이야기입니다. 이 책은 교육자라면 누구나 한번쯤은 읽어봐야 할 필독서입니다.

일전에 하버드 대학교에서 왔다는 사람들이 여러분 같은 교사들을 모아놓고 이렇게 말했습니다.

"이제 교실로 가서 학생들을 대상으로 하버드 대학교에서 시행하는 지력 향상 테스트를 실시하겠습니다. 이 테스트 결과를 보면, 학급에서 올 한 해 동안 지적으로 가장 두드러지게 발전한 학생이 누군지 금방 알 수 있습니다. 테스트는 100퍼센트 정확합니다. 나중에 결과를 알려드릴 테니 선생님들께서는 이 결과를 활용할 방법을 생각해두시기 바랍니다."

이 사람들은 각 학급을 돌면서 구식 IQ 테스트 비슷한 것을 하고는 테스트가 끝나자마자 시험지를 모두 폐기 처분했습니다. 그리고는 출석부에서 무작위로 5명을 선택한 다음 상담을 했습니다. 그리고 교사에게 이렇게 말했습니다.

"이번 학기에 성적이 가장 향상될 학생 명단입니다. 파니타 로드리게스를 비롯해서 모두 5명입니다."

"파니타 로드리게스라고요? 그 학생은 죽었다 깨어나도 성적이 나아지지 않을 학생인데요."

"하지만 하버드의 지력 향상 테스트 결과는 언제나 정확합니다."

그로부터 1년 후에 무슨 일이 벌어졌는지 아십니까? 그들이 작성한 명단에 들어 있던 학생들 모두 성적이 눈부실 정도로 향상되었습니다. 기대한 것만큼 얻는다는 속설이 여실히 입증된 것입니다.

교사가 교실로 들어가면서 '멍청한 녀석들. 너희들은 평생 가야 아무것도 못 배울 거야!' 하고 생각하는 것과 '이 아이들은 발전할 수 있어. 배움이라는 게 얼마나 재미있는지를 알려주는 게 내 역할이야' 하고 생각하는 것이 얼마나 다른지, 하버드 대학교의 이 보고서는 우리에게 명백하게 보여주고 있습니다.

사람들에게는 누구나 성공하고 싶고, 인정받고 싶어 하는 욕구가 있습니다. 인간이라면 누구나 무엇인가를 하고 싶어 하는데, 일을 하면서 느끼는 보람이 있기 때문입니다. 특히 우리 같은 교육자들이 자신의 직업을 싫어한다면 너무도 슬픈 노릇입니다.

여러분들 중에 매일 아침 교실에 발을 들여놓을 때마다 두 눈을 초롱초롱 빛내면서 배움의 길로 인도해줄 선생님을 기다리는 아이들이 있다는 사실에 마음이 설레지 않는 사람이 있다면 지금 당장 교육계를 떠나주십시오. 어린 새싹을 짓밟을 생각일랑 아예 하지 말고 다른 일을 알아보십시오. 세상에는 아이들을 가르치는 일 말고도 얼마든지 좋은 직업이 많으니까요.

사람에게는 누구나 자기 일을 인정받고 싶은 욕구가 있습니다. 가끔씩은 '참 예쁘구나, 참 잘했구나' 하고 말해줄 사람이 필요합니다. 여러분들에게 그런 사람이 필요하다면 아이들도 마찬가지입니다. 틀렸다는 말만 잔뜩 늘어놓는 얼토당토않은 짓은 이제 그만두어야 합니다. 이것도 틀렸다, 저것도 틀렸다. 틀렸다, 틀렸다. 틀린 문제에 표시만 하지 말고 이제부터는 맞힌 문제에 표시를 하십시오.

"두 개나 맞혔어요. 브라운, 아주 잘했어요. 박수!"

몇 개 틀렸는지를 세는 대신에 아이들에게 잘할 수 있다고, 앞으로 발전할 수 있다고 용기를 북돋아주는 선생님이 되십시오. 맞은 것, 잘한 것을 강조하는 일은 식은 죽 먹기입니다. 그러는 편이 채점을 할 때 손가락도 덜 아픕니다.

인간이라면 누구나 자유에 대한 무한한 욕구를 가지고 있습니다.《월든》의 작가 소로는 '새장에 갇힌 새는 울지 않는다'라는 유명한 말을 남겼습니다. 인간도 마찬가지입니다. 뭔가를 배우려면 자유로워야 합니다. 자유롭게 시험하고 시도하고, 자유롭게 실수를 해야 합니다. 그렇게 하나하나 배워나가는 것입니다.

인간은 실수를 통해 교훈을 얻습니다. 중요한 것은 같은 실수를 두 번 반복하지 않는 것입니다. 하지만 먼저 자유롭게 실험하고 시도해야 합니다. 그럴 수 있도록 여러분 자신에게 기회를 주십시오. 있는 그대로의 나를 자유롭게 느끼고, 마침내 욕구가 충족될 때의 기쁨을 당신 스스로 맛보십시오.

여러분의 단점을 물려주려 하지 마십시오! 인간은 누구나 자기가 직접 자신의 단점을 찾아서 극복할 수 있으니까요. 교육학자 레오 로스튼의 말을 인용하면서 오늘 강의를 마무리하겠습니다.

어떻게 보면 우리는 모두 남몰래 조금씩 살짝 미쳐 있다.
사람은 누구나 뼛속 깊이 외로움을 느끼면서 자신을 이해해달라고 부르짖지만, 타인을 완전히 이해하기란 불가능한 법이다. 사랑하는 사람에게조차도 낯설게 비치는 부분이 조금은 있게 마련이다.
약한 사람이 잔인한 법이다. 강한 사람만이 너그러울 수 있다.
두려움을 모르는 사람은 용감한 게 아니다. 용기란 앞으로 닥칠 일을 알면서도 맞서 싸우는 것이므로.
아무리 나이가 많고 대단한 사람이라도 어린아이를 보듯이 바라보면 더욱 잘 이해할 수 있다. 우리는 대부분 정신적으로 성숙한 게 아니라 몸집만 커진 것이므로.

행복이란 머리와 가슴을 한계까지 몰고 갔을 때에야 찾아오는 법. 인생의 목적은 중요하고 의미 있고 소중한 존재가 되는 것, 내가 살았었다는 흔적을 이 세상에 남기는 것이다.

PART 2

본래의 '나'로
돌아가자

'자아 찾기'에는 공식도, 참고서도 없다.
나는 여기 이 자리에 살아 있으며 자아를 찾는 여행을 하는 중이고,
내 삶의 주인은 나이며,
어느 누구도 나를 대신해서 살아줄 수 없다는 사실을 깨달아야 한다.

_조지프 징커

사 랑 이 란,
본래의 모습을 찾아가는 일

오늘의 강의 주제는
'상담'입니다. 굳이 제목을 붙이자면 '본래의 내가 되는 것'이라
고 할 수 있습니다.

강의를 하다 보면 어려운 점이 참 많습니다. 소규모 강의로 진
행할 때는 청중에게 가까이 다가가고, 서로 의견을 교환하고, 피
드백을 얻을 수 있습니다. 저는 청중의 눈동자를 보고 싶어 강의
를 할 때면 늘 조명을 환하게 켜달라고 합니다.

하지만 이렇게 대규모로 강의를 하면 여러분에게 가까이 다
가가거나 서로 의견을 교환하기가 쉽지 않기 때문에 청중의 표
정에 의존하는 수밖에 없습니다. 표정의 변화에 따라 제 강의의
속도나 내용을 그때그때 조절하는 겁니다.

저는 상담을 몇 마디로 정의할 수 있다고 생각합니다. 여러분
중에 혹시 생텍쥐페리의 《인간의 대지》를 읽어보신 분이 계십니
까? 아직 못 보신 분은 꼭 한번 읽어보시기 바랍니다. 시간이 흐
를수록 더욱 빛을 발하는, 정말 아름다운 작품입니다. 생텍쥐페
리는 이 책에서 사랑에 대해 어린아이처럼 아주 단순하게 이야
기하고 있습니다.

"사랑이란 당신이 본래의 모습을 되찾도록 돕는 과정일지도

모른다."

　저는 사랑에 대해 단정적으로 정의를 내리지 않는 편입니다. 사랑이란 끝이 없을뿐더러, 사람이 성숙하고 아름다워지고 넓어지면 사랑도 똑같이 변하게 마련이기 때문에 함부로 정의를 내려 사랑을 하나의 틀 속에 가두어버리는 건 옳지 않은 일이라고 생각합니다. 하지만 사랑에 대한 생텍쥐페리의 정의는 마음에 듭니다.

　가르침이란, 상담이란, 어쩌면 이런 것일지도 모릅니다. 상대방을 내 마음대로 만드는 것이 아니라 본래의 모습, 그 사람만의 독특함, 그 사람 속에 내재된 아름다움을 찾을 수 있도록 도와주는 것 말입니다.

새 로 운　내 가　되 기　위 한
가장 확실한 방법

　　　　　　　　　　우리 주위를 둘러보면 타인을 자기 마음대로 하려는 사람들이 참 많습니다. 대개는 이런 사람들에게 어느 정도 시달리다가 반항을 포기하고는 '이런 걸 적응이라고 하나 보다……' 생각하면서 그의 울타리 속으로 들어가게 되지요. 그러나 가끔은 그런 사람들에게 반항하면서 이렇게 말하는 사람도 있습니다.

　"싫어요! 당신이 원하는 사람이 되지 않겠어요. 나는 나예요.

나는 끝까지 나 자신을 고집할 거예요."

한번은 사랑학 강의가 끝난 뒤에 어떤 사람이 찾아와서는 긴히 할 말이 있다고 한 적이 있습니다. 그래서 그분을 따라 주차장으로 갔는데, 글쎄 그분이 다짜고짜 저를 끌어안더니 눈물을 펑펑 흘리는 겁니다.

"며칠 전에 스물한 살인 아들 녀석이 '아버지, 정말 사랑해요'라는 겁니다. 장난으로 하는 말이 아니었어요. 아들 녀석이 저를 사랑한다는 건 알고 있었지만, 그 녀석이 선생님 덕분에 비로소 표현할 줄 알게 된 겁니다."

저는 변화를 믿습니다. 교사인 우리부터 먼저 변화의 힘과 그 가능성을 믿어야 합니다. 그러지 않으면 가르칠 수가 없습니다. 교육이란 끊임없이 변해가는 과정입니다. 여러분이 누군가에게 무엇을 가르칠 때마다 그 지식을 흡수한 상대방은 새로운 사람이 됩니다.

배움이 이 세상에서 가장 재미있는 모험이라는 걸 사람들이 왜 모르는지 저는 이해할 수가 없습니다. 배움이야말로 새로운 내가 되는 가장 확실한 과정입니다.

오늘 하루가 저물어가는 이 시각, 저는 아침과는 전혀 다른 새로운 사람이 되었습니다. 저는 오늘 텍사스 주민의 후한 인심에 감동을 받았습니다. 결코 인사치레로 하는 말이 아닙니다. 오늘 오후에 저는 강의할 내용을 처음부터 끝까지 다시 작성하고 있었습니다. 예전에 써놓은 내용이 마음에 안 들어 폐기처분한 뒤 새로 시작한 겁니다.

그런데 '오늘 밤 모임이 있는데 함께 가지 않으실래요?'라든지 '저희가 지금 이런저런 곳에 모여 있는데 와서 함께 어울리지 않으실래요?'라는 내용의 전화가 끊이지 않았습니다. 문밖에는 작은 메모 쪽지들이 잔뜩 쌓여 있었습니다. 정말 감동적이지 않습니까?

인간과 인간의 만남, 그것보다 더 중요한 게 어디 있을까요? 그 만남들로 저는 달라졌습니다. 저는 지금 오늘 아침의 제가 아닙니다. 여러분과 함께 새로운 경험을 쌓았기에 새로운 사람이 된 겁니다.

배움이 재미있는 이유, 절대로 싫증 날 수 없는 이유가 바로 여기 있습니다. 책을 한 권 읽을 때마다 새로운 책을 찾게 됩니다. 음악을 한 곡 들을 때마다 새로운 음악 수천 곡을 알게 됩니다. 베토벤의 소나타를 한번 들어보십시오. 자신도 모르게 음악에 푹 빠지게 됩니다. 시집을 한 권 읽어보십시오. 눈이 아니라 가슴으로 읽으면 푹 빠지게 됩니다.

이 세상에는 읽고, 보고, 하고, 만지고, 느낄 게 너무나도 많습니다. 그중에서 하나를 할 때마다 여러분은 새로운 인간이 되는 것입니다. 자, 이제 생각해보십시오. 지금 여러분은 본래의 '나'입니까, 아니면 학습을 통해 탄생한, 타인들이 말하는 '나'입니까?

나를 걱정해주는 사람이
한 사람이라도 있다면

사랑이란 당신이 본래의 모습을 되찾을 수 있도록 돕는 과정일지도 모른다고 한 생텍쥐페리의 말은 참 아름답습니다. 하지만 원래의 나로 돌아가려면 어떤 모습의 내가 편한지를 알고 있어야 합니다. 내가 누구인지를 찾아가는 과정이야말로 이 세상에서 가장 흥미진진한 여행입니다. 여러분은 못난 사람이 아닙니다. 나쁜 사람도 아닙니다. 아주 괜찮은 사람입니다.

오늘 아침에 제가 어떤 이야기를 했던가요? 뭔가 새로운 내용이 있던가요? 솔직히 말씀해보세요. 제가 말한 내용 중에 새로운 건 하나도 없었습니다. 그저 여러분 안에 숨어 있던 자아를 일깨웠을 뿐입니다. 사람들은 보통 이런 반응을 보입니다.

"맞아. 왜 나를 가둬놓고 있었지? 이젠 빗장을 열고 나를 끌어안아야겠어!"

맞습니다. 그렇게 하면 됩니다. 내 안의 나를 해방시키면 되는 겁니다. 이제 참모습으로 돌아가도 된다는 겁니다. 살아 숨 쉬며 발전해도 좋다고 스스로 허락을 내리는 겁니다. 다른 사람들 입에서 본래의 나로 돌아가도 좋다는 허락이 떨어지기를 기다리다니, 이게 어디 말이나 될 법한 소리입니까?

우리의 말은 어린아이에게 엄청난 영향을 미칩니다. 심리학자 웬델 존슨Wendell Johanson의 주장에 따르면, 말 한마디로 한 아이를 말더듬이로 만들 수 있다고 합니다. 예를 들어 어느 꼬마가 흥분한 나머지 이렇게 외쳤다고 칩시다.

"어, 어, 엄마. 밖에 아, 아, 아이스크림을 파, 파는 아저씨가 와, 왔어요!"

그러자 엄마가 말허리를 뚝 자르고는 이렇게 말합니다.

"잠깐! 다시 한 번 천천히 이야기해봐라. 너는 지금 말을 더듬고 있잖니."

이 말을 여러 번 반복해서 들으면 아이는 자신이 정말로 말을 더듬는다는 생각을 하게 되고, '나는 말더듬이'라고 자신을 세뇌시켜버리게 됩니다. 그렇게 삽시간에 한 아이를 말더듬이로 만드는 겁니다.

이것은 어떤 사람에게 '너는 참 예뻐, 너는 참 예뻐, 너는 참 예뻐' 하는 말을 반복했을 때도 마찬가지입니다. 여러 사람에게 이런 소리를 듣다 보면 정말 예쁜 사람처럼 행동하게 됩니다. 허리를 꼿꼿하게 펴고 당당해집니다. 하지만 '너는 못생겼어, 너는

못생겼어, 너는 못생겼어' 하는 말을 계속 들은 사람은 어깨를
움츠리고 점점 초라해져서 정말로 못난 사람이 되고 맙니다.

오늘 아침에 저는 '사랑은 배우는 것'이라는 말씀을 드렸는데,
사실이 그렇습니다. 사랑도, 두려움도, 편견도, 미움도, 근심도,
책임감도, 의무감도, 존경심도, 상냥함과 너그러움도 모두 배우
는 것입니다. 모두 사회와 가정과 인간관계 속에서 배우는 것입
니다.

인간은 한 살에서 두 살 사이에 단어에 담긴 기분과 뜻을 어
렴풋이 짐작하게 되며 본격적으로 말을 배우기 시작합니다. 이
때 배운 언어를 통해 주변을 인식하고, 이때 배운 언어를 평생
사용하면서 언어의 노예가 되기도 하고 주인이 되기도 합니다.
따라서 이 시기는 일생을 통틀어서 매우 중요합니다.

인간이 변화한다는 것은 누구나 즐겁게 선택해야 하는 일이
기는 하지만, 어찌 보면 무서운 일인지도 모릅니다. 미지의 세계
에 발을 들여놓고 익숙한 것들과는 결별을 해야 하기 때문입니
다. 느긋하게 앉아서 '직장도 있고 자동차도 있으니 난 이제 만
족해' 하고 말할 수도 있겠지만, 변하기로 결심한 사람은 이런
것들을 그다지 중요하게 여기지 않습니다. 익숙한 것들과 과감
하게 작별하지 않고서는 자신의 삶에 발전이 없다는 사실을 알
기 때문입니다.

사랑의 반대말은 증오가 아닌 무관심입니다. 신경조차 쓰지 않는 것입니다. 나를 미워하는 사람은 그나마 내게 관심이 있습니다. 그렇지 않고서는 미워할 수가 없으니까요. 이런 사람들과는 최소한 의사소통이라도 되지만, 나를 쳐다보지도 않는 사람들과는 얘기가 끝난 것이나 마찬가지입니다. 그 사람들 속으로 들어갈 방법이 없으니까요.

지금 여러분이 마음의 카메라로 찍고 있는 장면이 마음에 들지 않으면, 불행하면, 외로우면, 장면을 바꿔보십시오. 배경을 새로 만드세요. 배우들을 바꾸세요. 대본이 마음에 안 들면 무대를 내려와서 다시 쓰면 됩니다. 세상에는 수없이 많은 대본이 있습니다.

인간에게는 누구나 길잡이가 필요합니다. 교사, 부모님을 포함하는 포괄적인 의미의 교사, 그들이 바로 우리의 길잡이입니다. 저는 교육자라는 직업을 좋아합니다. 하지만 교수라는 직함은 싫어합니다. 교수는 단순히 수업 내용을 전달하는 이미지를 주지만 교육은 신기한 것들로 가득한 테이블로 사람들을 인도한다는 말이기 때문입니다.

정말 그렇습니다. 교육이란 사람들을 테이블이 있는 곳으로 끌어들이는 과정입니다. 테이블을 예쁘게 꾸미고 산해진미를 차려놓을 수는 있지만, 사람들에게 그 음식을 억지로 먹일 수는 없습니다. 저명한 심리학자 칼 로저스는 이런 말을 남겼습니다.

"인간을 가르친 사람은 없다."

그렇습니다. 나는 나 자신을 가르칠 따름입니다. 자기가 모든 해답을 다 알고 있다고 생각하는 교사야말로 이 세상에서 가장 구제받을 길이 없는 사람입니다. 한 아이가 기발한 질문을 했을 때, '와! 선생님도 답을 모르겠는걸? 우리 같이 한번 생각해볼까?' 하고 대답하는 교사는 얼마나 멋집니까? 이는 '배움은 재미있는 거란다. 세상의 모든 걸 다 알 필요는 없어'라고 말하는 것이나 다름없습니다.

또 하나 제가 내린 결론이 있습니다. 요즘 정신병원에 환자들이 점점 많아지는 추세입니다. 제가 로스앤젤레스 자살 방지 위원회에서 일할 때를 회고해보면, 전화가 밤낮으로 울려댔다는 것이 가장 먼저 떠오릅니다.

이것은 뭔가 단단히 어긋났다는 뜻입니다. 또한 우리가 뭔가 잘못하고 있다는 뜻이기도 합니다. 만일 사랑한다는 말 한마디라도 따뜻이 해주는 사람이 그들 옆에 있었다면 어떠했을까요?

"아무 조건 없이 너를 사랑하마. 네가 머리가 나빠도, 넘어져서 코가 깨져도, 잘못을 해도, 실수를 해도 무조건 너를 사랑하마."

이렇게 말해주는 사람이 옆에 단 한 명이라도 있었다면, 정신병원 신세를 질 사람은 이 세상에 아무도 없을 것입니다. 결혼 생활이란 이래야 합니다. 그럼에도 실상은 어떤가요? 가족이란 이래야 합니다. 하지만 실상은 어떤가요? 우리의 삶이란 이래야 합니다. 하지만 실상은 어떤가요?

사회가 그런 역할을 할 수는 없습니다. 너무 많은 사람들을 책임져야 하기 때문입니다. 하지만 그런 사람이 단 한 명이라도 있어야 합니다. 그런 의미에서 저는 로버트 프로스트Robert Frost가 내린 가족의 정의가 참 마음에 듭니다.

"가정이란 찾아가면 언제든지 나를 반갑게 맞이하는 곳이다."

참다운 가정은 이래야 합니다. 언제든지 나를 반갑게 맞아주는 곳, 아무런 염려 없이 언제든 편히 쉴 수 있는 곳, 그것이 인간이 가정을 꾸리는 단 하나의 이유입니다.

"들어오렴. 그래, 넌 바보처럼 굴었지. 하지만 나무라고 싶지는 않구나. 사랑한다. 너를 있는 그대로 받아들일게."

이것이 바로 제가 말하는 길잡이의 역할입니다. 인간에게는 누구나 걱정해주는 사람이 필요합니다. 다시 한 번 말하지만, 모든 인간에게는 진심으로 걱정해주는 사람이 단 한 명이라도 있어야 한다는 게 제 강의의 요지입니다. 작은 것, 상대방을 걱정하는 작은 마음의 표현. 인간이 얼마나 쉽게 만족을 얻는지는 앞에서 이미 말씀을 드렸습니다. 손가락 하나가 둑을 막을 수 있습니다.

인간은 누구나 성취감을 필요로 합니다. 어느 인간이나 마찬가지입니다. 잘한 일이 있을 때 인정을 받을 수 있어야 하고, 그것을 알아주는 사람이 있어야 합니다. 가끔 어깨를 두드리면서 '잘했어, 정말 마음에 드는데!' 하고 말해주는 사람이 있어야 합니다.

배우고 달라져서 본래의 모습을 되찾으려면 인간에게는 자유가 있어야 합니다. 진정으로 배우려면 자유로워져야 한다는 것입니다. 막대 사탕처럼 생긴 나무가 아니라 여러분만의 나무에 관심을 기울여주는 사람이 있어야 하고, 여러분도 다른 사람의 나무에 관심을 기울여야 합니다.

"네가 그린 나무를 보여주렴, 제니. 네가 어떤 사람인지를 보여주렴, 제니. 그래야 어떤 식으로 시작해야 할지 알 수가 있지."

자기가 그려놓은 막대 사탕 같은 나무를 본떠서 그대로 그리라고 명령하는 교사가 아니라 이렇게 단호하게 말하는 교사가 되어야 합니다.

저는 얼마 전에 도저히 믿기지 않는 일을 겪었습니다. 캘리포니아의 어느 학교에서 영재들을 모아놓고 대화를 나누는 자리였는데, 저는 여느 때와 마찬가지로 큰 소리로 떠들어대면서 말을 이어나갔고 아이들은 무엇에라도 홀린 듯 앉아서 들었습니다. 아이들과 저 사이에는 엄청난 교감이 오갔던 것입니다. 이런 식으로 오전 시간이 끝났고 저는 교직원들과 함께 점심 식사를 했습니다. 식사를 마치고 교실로 돌아갔더니 아이들이 이렇게 말하는 겁니다.

"선생님, 엄청난 사건이 벌어졌어요. 선생님 바로 앞에 앉아 있던 아이 생각나세요?"

"그럼, 생각납니다. 내 수업을 열심히 들어주었는데요."

"글쎄, 그 아이가 2주 정학을 당했지 뭐예요."

"어쩌다가 그랬습니까?"

저의 이야기 중에 무엇이든 제대로 알려면 직접 겪어봐야 한다고 말한 게 화근이 되었던 모양입니다. 바로 이런 말을 했거든요.

"여러분이 나무에 대해 속속들이 알고 싶으면 나무 위로 올라가서 나무를 느껴보고, 가지에 앉아보고, 나뭇잎 사이로 불어오는 바람 소리에 귀를 기울여야 합니다. 그런 뒤에야 비로소 '나는 저 나무를 안다'고 말할 수가 있습니다."

이 말에 그 아이는 이렇게 대답했습니다.

"그 말씀 명심할게요. 그래야 하는 거군요."

점심시간 때, 이 꼬마는 나무가 보이기에 올라갔더랍니다. 그런데 지나가던 교감 선생님이 그 아이를 보고는 당장 끌어내린 다음에 정학 조치를 취했던 것입니다. 저는 이렇게 말했습니다.

"뭔가 착오가 있었겠죠. 오해를 하신 게 분명합니다. 내가 교감 선생님에게 말씀을 드릴게요."

이유는 잘 모르겠습니다만, 남학교의 교감 선생님은 대부분 체육 교사 출신입니다. 저는 교감실로 찾아가서 울퉁불퉁한 근육을 자랑하며 앉아 있는 교감 선생님에게 이렇게 말했습니다.

"저는 버스카글리아라고 합니다."

그러자 그가 제게 벌컥 화부터 냈습니다.

"당신이 아이들에게 나무 위로 올라가 보라고 한 사람입니까?"

"선생님께서 착각하신 것 같군요. 뭔가 오해가……."

"오해는 무슨 놈의 오해! 정말 골치 아픈 사람이군! 아이들더러 나무 위로 올라가라고 하다니, 그러다 다치기라도 하면 어떻게 책임질 거요? 안 그래도 다루기 힘든 아이들인데!"

이야기가 통하지 않았습니다. 도저히 어쩔 도리가 없었습니다. 그래서 저는 앞으로 2주 동안 마음대로 나무를 오르내릴 수 있게 된 그 아이의 집을 찾아갔죠. 아이가 제법 의젓한 얼굴로 이렇게 말하더군요.

"이번 일을 통해 나무 위로 올라가도 될 때와 그러지 말아야 할 때를 배운 것 같아요."

그 아이는 앞으로 2주 동안 학교에 나오지 말라는 제도권의 지시에 순순히 따랐지만, 계속 나무에 오르락내리락할 생각인 건 분명했습니다. 이렇게 사회의 요구 사항을 받아들이면서 내가 하고 싶은 일을 하는 방법도 있는 것입니다.

백만 갈래의 길 중
내가 선택한 길

인간은 누군가의 보살핌을 받아야 합니다. 인간은 사랑을 받아야 합니다. 느껴주는 사람, 만져주는 사람, 사랑을 표현해주는 사람이 있어야 합니다. 특수교육에 종사하는 분이라면 고아원에 버려진 아이들을 대상으로 한 스킬스H. M. Skeels의 연구 내용을 알고 있을 것입니다.

연구원들은 고아원에서 혼자 자란 아이들이 감정이 점점 무뎌지다가 마침내 목석으로 변한다는 사실에 주목했습니다. 들어올 때는 분명히 정상이었던 아이들이 1년 반이 지나자 지능 지수가 심각한 수준으로 수직 하락하는 것도 알아냈습니다.

연구원들은 아이들 중에서 12명을 추려냈습니다. 연구원들은 이 아이들을 지체가 자유롭지 못한 10대 소녀들이 머무는 보호시설로 데리고 가서 한 사람씩 짝을 맺어주었습니다. 그 소녀들은 지적인 면에서는 거의 도움이 안 됐지만 아이들을 아끼는 마음만큼은 지극 정성이었습니다.

우리 주변에는 아주 똑똑한데 인생을 쓸데없이 낭비하는 사람들이 의외로 많습니다. 똑똑한 것 말고는 아무것도 없는 그런 사람들 말입니다. 반면에 평범하지만 착하고 성실하고 애정이 넘치고 함께 있으면 기분이 좋아지는 사람들도 있습니다.

연구원들이 고아원 아이들에게 선물한 것은, 아이들의 작은 부분까지 사랑해주고 마지막 날 버스에 오르는 그들을 보면서 헤어져야 한다는 사실에 눈물을 흘리는 소녀들의 사랑과 관심이었습니다. 모든 게 똑같은 상황에서 달라진 건 오직 하나, 사랑뿐이었습니다. 잠시나마 아이들을 돌봐주고, 사랑해주고, 함께 놀아주고, 쳐다봐주는 사람이 있었다는 사실 하나뿐이었습니다.

스킬스는 그 뒤에 그 12명의 아이들을 추적 관찰했는데, 고아원에 그대로 남아 있던 표준 그룹은 모두 보호 시설 신세를 지거나 심각한 정신장애로 주립 병원 신세를 졌지만 지체가 자유롭지 못한 소녀들의 사랑을 받았던 그룹은 단 한 사람을 제외한 11명이 고등학교를 졸업했고, 모두가 결혼했고, 이혼은 단 한 사람밖에 없었으며, 사회복지 시설에 간 사람은 한 사람도 없이 전원이 자립을 했습니다. 놀랍지 않습니까? 여기서 독립변수로 작용했던 점은 쳐다봐주고, 만져주고, 느껴주고, 조금이라도 관심을 기울여준 사람이 있느냐 없느냐의 여부였습니다.

모든 사람에게 저마다의 길이 있다는 사실을 깨닫는 게 중요합니다. 본래의 나를 찾고, 그리하여 마침내 본래의 내가 되는 길에는 수천 갈래가 있을 겁니다. 인간에게는 모두 저마다의 길이 있다는 것은, 달리 말하자면 다른 사람의 길을 답습하지 말라는 겁니다. 인류학자 카스타네다Carlos Castaneda가 쓴《돈 후안의 가르침The Teachings of Don Juan》이라는 책이 있습니다. 야키 인디언 부족을 연구한 내용을 담은 책인데, 그중에 돈 후안이라는 사람이 남긴 말입니다.

하나의 길은 백만 갈래의 길 중에 하나일 뿐이다. 그렇기 때문에 내가 택한 길은 그중 하나일 뿐이라는 사실을 잊어서는 안 된다. 그 길을 따라가야 할 것 같은 생각이 들면 잠시도 머무르면 안 된다. 내가 택한 길은 그중 하나에 불과하다. 도중에 방향을 바꿨다고 해서 나 자신이나 다른 사람을 나무라면 안 된다. 마음이 가는 대로 행한 것이라면 말이다. 하지만 그 길을 고집하건 포기하건, 두려움이나 야망에서 비롯된 판단이어서는 안 된다. 경고하건대 모든 길을 자세히, 꼼꼼하게 살펴보아야 한다.

따라서 우리는 가능한 한 많은 길을 걸어봐야 한다. 그리고 나에게 이런 질문을 던져봐야 한다. 이 길에는 생명이 있는가. 어떤 길이건 마찬가지다. 뚜렷한 목적지가 있는 길은 없다. 덤불숲을 가로지르느냐, 덤불숲으로 이어지느냐, 덤불숲 밑으로 지나가느냐가 다를 뿐이다. 그 길에 생명이 있느냐가 유일한 관건이다. 그런 길이라면 좋은 길이다. 그렇지 않은 길은 아무짝에도 쓸모가 없다.

남을 도우려면, 먼저 남에게 내 가치관을 강요하지 말아야 합니다. 솔직해야 하며 남의 말을 들을 줄 알아야 합니다. 이 세상에는 온갖 상징이 존재하는데, 언어는 그중 하나에 불과합니다. 입을 여는 것만으로도 끔찍한 실수가 될 수 있습니다. 따라서 때로는 상대방을 쳐다보면서 공감을 나타내는 게 훨씬 나을 때도 많습니다.

저는 언젠가는 모든 사회활동을 접고 인간이 내보내는 주파수에 대해 연구하고 싶습니다. 모든 인간의 몸에서는 지금 제 목소리만큼이나 폭이 큰 파장이 발산된다고 믿기 때문입니다. 그 파장의 비밀이 밝혀지면 말보다 효과적인 의사 전달 수단이 생길지도 모릅니다.

경청도 아주 중요합니다. 우리는 침묵을 싫어하고 두려워합니다. 하지만 이 세상에서 가장 아름다운 것들은 침묵 사이로 오가는 법입니다. 카운슬러가 되고 싶거나 남의 이야기를 듣고 싶은 분은 그저 가만히 계시기만 하면 됩니다. 단 몇 분만 지나면 상대방이 모든 걸 술술 이야기할 테니까요.

그리고 무엇보다도 솔직해야 합니다. 가식을 부리면 안 됩니다. 있는 그대로의 모습으로 다가가야 합니다. 이 세상에서 가장 힘든 일이 내가 아닌 다른 사람이 되는 것입니다. 본래의 내 모습을 찾고, 그 모습으로 다가가야 합니다. 그럼 사는 것이 얼마나 쉬운지 알 수 있을 것입니다. 나를 있는 그대로 내보이는 일이 이 세상에서 제일 쉽습니다.

그에 반해서, 다른 사람들이 원하는 내가 되는 건 어렵습니다. 다른 사람들 때문에 흔들리면 안 됩니다. '나'를 찾고, '내'가 누구인지를 깨닫고, 있는 그대로의 '나'로 다가가십시오. 그래야 단순하게 살 수 있습니다.

그래야 삶을 에워싼 허상을 걷어내는 데 온 힘을 쏟을 수 있습니다. 이제는 허상을 달고 다닐 필요가 없습니다. 세상과 게임을 할 필요도 없습니다. 모든 가면을 벗어던지고 이렇게 말하면 됩니다.

"이젠 나예요. 나의 약점과 어리석음을 있는 그대로 받아들이세요. 그럴 수 없거든 쓸데없이 간섭하지 마세요."

또 하나, 지시를 내리면 안 됩니다. 여러분은 신이 아닙니다. 상대방의 머릿속에 어떤 생각이 들어 있는지 알 수가 없습니다. 안내를 할 수는 있지만 지시는 안 됩니다. 그 대신 대화를 나누면서 상대방을 이해하려고 노력하십시오.

겁에 질린 채 손가방을 꼭 쥔 가엾은 어머니를 앞에 놓고, 책상 너머에 앉아서 이런 식으로 말하는 전문가들이 참 많습니다.

"자녀분을 완벽하게 검사한 결과, 경미한 뇌기능 장애로 인한 난독증이 있는 것으로 판명되었습니다. 무슨 말씀인지 아시겠죠?"

어머니는 억지로 미소를 지으며 대답합니다.

"아, 네……."

그다음 장면은 보지 않아도 뻔합니다. 집으로 돌아가면 남편이 이렇게 묻겠죠.

"여보, 그 사람이 뭐라고 해요? 190달러나 냈잖아요."

"난독증인가 뭔가가 있대요. 뇌에 이상이 있어서 그렇다고……."

"190달러나 내고서 들은 얘기가 겨우 그거예요?"

특수 아동을 자녀로 둔 부모님들이 이런 세상에 살면서 쓰러지지 않는 게 오히려 이상할 정도입니다.

대신 살아 줄 수 없으므로
원망할 수 없다

마지막으로, '나'는 팀의 일원이라는 사실을 명심해야 합니다. 문제 해결의 성공 여부는 팀과 얼마나 조화를 이루느냐에 따라 달라집니다. 백지장도 맞들면 낫다고, 앞으로의 계획도 함께 의논하는 것이 더 좋습니다.

아주 사소한 일을 계기로 사람들이 뭉치는 경우도 있습니다. 하지만 보통 팀을 만들기 위해서는 몇 가지 절차가 선행됩니다. 먼저 부모님에게 진실을 알려야 합니다. 아무것도 숨기지 말고 현재 소견을 밝혀야 합니다. 아이가 지금 어떤 상태이며 어떤 조치를 취할 생각이고, 최종 목표는 무엇인지 하는 것들을 말입니다. 그런 다음에 계획을 차근차근 세워야 합니다.

먼저, 아이의 현 상태를 자세히 파악합니다. 이럴 때 협동이 필요합니다. 아이에게 사소한 뇌기능 장애가 있다는 정도의 말이 무슨 소용이 있겠습니까? 부모나 교사나 이 부분에 대해서는 어쩔 수가 없습니다. 어차피 고치지 못할 테니까요.

그러니 바로 다음에 무엇을 할지를 결정합니다. 이 아이를 위해 10년 후에 가르칠 것 대신 지금 당장 무엇을 가르칠 것인지를 결정하라는 뜻입니다. 앉는 법인지, 집중하는 법인지, 연필 잡는 법인지, 읽기인지…….

세 번째로, 목표를 달성할 방법을 정합니다.

"부모님께서는 이 부분을 맡고, 교사인 저는 이 부분을 맡아서 공동으로 교육을 진행하게 됩니다. 부모님께서는 부모님의 역할을, 저는 제가 맡은 역할을 하는 겁니다."

그런 다음에 성공 여부를 놓고 다시 대화를 나눕니다. 바로 이런 식으로 말입니다.

"성공한 겁니까?"

"네, 그렇습니다. 아이가 이걸 완벽하게 익혔으니까요. 자, 그럼 다음은 어떤 단계로 넘어갈까요?"

교육 상담이란 상대방의 무의식 속으로 들어가서 어떤 고민거리가 있는지를 밝혀내는 게 아닙니다. 한 걸음, 한 걸음, 또 한 걸음씩 나아가는 과정입니다.

마지막으로 한 가지만 더 짚고 넘어가겠습니다. 클리블랜드의 게슈탈트 심리치료 연구소에는 조지프 징커Joseph Zinker라는 뛰어난 학자가 있습니다. 그는 〈만인의 지식과 나만의 깨달음On Public Knowledge and Personal Revelation〉이라는 논문 말미에 이런 글을 남겼습니다.

자아를 찾기로 결심한 사람은 어떤 식으로 자신의 존재를 변화시키겠다고 생각할까? 그는 자신의 머리가 아직은 녹슬지 않았고, 몸도 아직은 기운이 남아 있고, 지금이야 어떻든 자기 앞에 놓인 운명은 자신의 손에 달려 있다는 걸 깨닫게 될 것이다.

운명을 바꾸려면 달라지기로 결심하고, 변화에 대한 사소한 거부감과 두려움을 극복하고, 자신의 생각을 보다 정확하게 파악하고, 마음이 가는 대로 행동하고, 머릿속으로 상상만 하기보다는 구체적인 실행에 옮겨야 한다.

예전과는 다른 차원으로 보고 듣고 만지고 느끼는 연습을 하고, 완벽해야 한다는 욕심 없이 내 손으로 뭔가를 창조하고 해로운 습관은 없었는지 생각해보고, 아내와 아이들과 친구들에게 어떤 식으로 말하는지 들어보고, 자아에 귀를 기울이고, 대화 상대의 말을 귀담아듣고 그 사람의 눈을 들여다보고, 좌충우돌하는 과정을 소중히 여기고, 그 과정이 미래를 위한 밑거름이 된다는 믿음을 가져야 한다.

하지만 구슬땀을 흘리며 고생을 하지 않고는 달라질 수 없다는 점을 명심해야 한다. 자아 찾기에는 공식도 없고, 참고서도 없다. 나는 존재하고, 여기 이 자리에 살아 있으며, 자아를 찾는 여행을 하는 중이고, 내 삶의 주인은 나이며 어느 누구도 대신 살아줄 수 없다는 사실을 깨닫는 것.

나는 내 안에 있는 단점과 실수와 과오를 극복해야 한다. 나의 부재를 나만큼 아파할 사람은 없다. 내일 또 다른 날이 시작되면 나는 자리를 박차고 일어나 다시 살아가야 한다. 실패한다 하더라도 옆 사람이나 인생이나 하느님을 원망할 생각은 없다.

PART 3

빛이 있는
곳으로

진정한 지혜란 무엇일까.
내 머릿속은 텅 비어 있고, 나는 어디서든 초심자에 불과하며,
이 세상에는 내가 알고 있는 것보다 알아야 할 게 100배는 많다고 말하자.
그것이 바로 지혜의 시작이다.

참 을 수 없 다 면
피해라

　　　　　　　　1년 동안 네팔의 어느 사원에서 생활하면서 알게 된 배움의 방법이 하나 있습니다. 그곳에는 훌륭한 일본인 스승이 한 분 계셨습니다. 너무나도 온화하고, 너무나도 신비롭고, 넘치는 미덕으로 빛나는 분이었습니다. 그분은 평생을 베풀면서 사셨는데, 저는 그분을 떠올릴 때마다 나도 그렇게 살고 싶다는 생각에 사로잡히곤 합니다.

어느 날 저는 이 스승님과 함께 넓은 대나무 숲을 걸었습니다. 일본을 방문한 적이 있는 사람이라면 대나무 숲이 얼마나 아름다운지 잘 아실 겁니다. 그날따라 웬일인지 저는 말이 많았습니다. 제가 알고 있는 지식을 쉴 새 없이 늘어놓으면서, '제가 알고 있는 게 이 정도입니다' 하는 걸 스승님께 자랑하려고 무던히 애를 썼습니다. 이렇게 한참 신나게 이야기를 하고 있는데, 온화하기로 유명한 그분이 갑자기 고개를 돌리더니 느닷없이 제 입술을 철썩 때리시는 겁니다. 저는 피가 나는 입술을 깨물면서 물었습니다.

"왜 그러십니까?"

그랬더니 그분이 벌컥 화를 내면서 이렇게 소리치시는 겁니다.

"제 머릿속으로 그 더러운 발을 들여놓으려 하다니요!"

저는 오늘 밤 이 자리에 오기 전에 여러분을 만나기 위해 깨끗이 발을 씻었습니다. 그리고 어느 누구의 머릿속에도 발을 들여놓을 생각이 전혀 없습니다.

오늘 밤에는 그저 여러분과 가만히 함께 이야기를 나누고 싶을 따름입니다. 제가 가진 것들 중에서 여러분에게 어울리는 것이 있으면 모두 가져가셔도 좋습니다. 어울리지 않는 것들은 그냥 놔두시고요. 다른 속셈이 있어서 그러는 게 아닙니다. 뭔가 꿍꿍이속이 있는 것도 아닙니다. 그저 여러분과 함께 나누고 싶은 게 많고, 그 일이 좋기 때문입니다.

나에게 정말
소중한 것

저는 우리가 헤어지기 전에 모두에게 뭔가를 나누는 기회가 있기를 바라고 있습니다. 제 책을 접하신 분들이라면 제가 '사랑은 배우는 것'이라는 믿음의 신봉자라는 사실을 잘 아실 겁니다.

물론 인간은 누구나 사랑할 수 있는 잠재력을 가지고 태어납니다. 하지만 잠재력이라는 게 항상 그렇듯이 애써 계발하지 않으면 끝까지 묻혀 있게 됩니다.

여러 번 강조하지만, 저는 강의를 통해 뭔가를 가르치려는 게 아닙니다. 그저 안내자 역할을 할 따름입니다. 수업을 할 뿐입니다. 저도 강의를 듣는 사람들을 보며 배웁니다. 모두들 함께 배우는 겁니다. 사랑은 배우는 것이기 때문에 여러분 각자가 다른 사랑의 방식을 배웠을 것입니다. 그러니 제가 여러분을 가르치는 만큼 여러분도 저를 가르칠 수 있습니다. 사랑의 본질이 나눔인 것도 바로 그런 이유에서입니다.

저는 정신과 의사가 아니라 교육자입니다. 다른 걸 배우고 싶다는 열의만 있으면 현재 나이나 과거에 알고 있던 지식과는 관계없이 무엇이든 새롭게 배울 수가 있습니다. 그래서 희망과 기쁨이 있습니다. 예전에 받은 상처를 떠올리거나 지금까지 사랑을 잘못 배웠다거나 외로워서 죽겠다며 투덜거릴 필요가 없는 겁니다.

얼마 전에, 재미있는 일을 겪었습니다. 저는 전국 방방곡곡으로 다니는 일이 많은데, 그럴 때마다 일을 산더미처럼 들고 갑니다. 홀로 조용히 보낼 수 있는 시간이 그때뿐이기 때문입니다. '사람이 먼저, 일은 나중에!' 이것이 제가 정한 원칙입니다. 때문에 사무실에 있다 보면 조용할 시간이 없습니다. 집에 있어도 전화가 계속 울리고, 손님이 끊이지 않습니다. 하지만 비행기에 올라타면 나만의 사무실을 갖는 것이나 다름이 없습니다. 비행기를 타고 구름 속으로 숨으면 저를 알아보는 사람이 아무도 없습니다.

그래서 저는 항공기 좌석을 예약할 때는 일이 많으니 옆자리를 좀 비워 달라고 부탁하곤 합니다. 승객이 많지 않으면 소원대로 옆자리까지 차지할 수가 있습니다. 저는 그 자리에 이것저것 늘어놓고 일도 하고 생각도 합니다. 그러다 일이 다 끝나면, 창밖으로 구름을 쳐다보면서 불가사의하고 신비로운 우주를 상상하기도 합니다.

하루는 빈자리를 사이에 두고 보석과 아름다운 옷으로 치장한 매력적인 중년 여성과 자리를 나란히 한 적이 있습니다. 그녀는 일감을 늘어놓는 제 모습을 물끄러미 쳐다보고 있었는데, 제게 말을 걸고 싶어 한다는 걸 느낄 수 있었습니다.

저는 속으로 이렇게 생각했습니다.

'어쩌지? 저 여성과 이야기를 나누고 싶긴 하지만, 시험지 채점도 해야 하고 논문도 읽어야 하는데……'

그러다 그녀가 먼저 입을 열었습니다.

"무슨 일을 하시는 분인지 알겠네요!"

"무슨 일을 하는 사람으로 보이세요?"

"변호사 아니세요?"

"아닌데요."

"그럼 선생님이세요?"

"네, 맞습니다. 선생님이에요."

그녀는 '정말로 훌륭한 일을 하시네요' 하고 말했고 저는 다시 일을 시작했습니다. 하지만 계속해서 입을 여는 그 여성을 보면서 저는 갑자기 이런 생각이 들었습니다.

'내가 지금 뭘 하고 있는 거지? 사람이 먼저라고 늘 입버릇처럼 말하던 나잖아. 그게 진심이었다면, 내가 필요하다는 저 여성을 모른 척하면 안 되지. 나하고 이야기를 하고 싶어 하는 눈치인데, 잠깐 이야기를 나누다가 할 일이 많다고 양해를 구해야지.'

뜻대로 되지는 않았습니다만 아무튼 그건 신기한 경험이었습니다. 그녀가 마치 봇물 터지듯이 온갖 이야기를 늘어놓기 시작했거든요. 가끔은 가장 친한 사람에게도 하지 않는 이야기를 난생처음 보는 사람에게 털어놓을 때가 있습니다. 그녀는 우리가 로스앤젤레스에서 헤어진다는 걸 알고 있었습니다. 그리고 우리가 다시 만날 가능성이 거의 없는 사이라는 것도 알고 있었습니다. 그럼에도 그녀는 가슴속 이야기를 털어놓으려고 마치 오랫동안 기다려온 여인처럼 한꺼번에 많은 말을 쏟아놓았습니다.

"제겐 아이가 넷이랍니다. 지금 바하마에서 오는 길이죠."

"재미있으셨어요?"

"아뇨, 끔찍했어요."

"혼자 가셨어요?"

"네."

"그러셨군요……."

"전 지금 제 자신을 차분히 정리하고 있는 중이거든요."

"아, 그러세요?"

"두 달 전에 남편이 세상을 떠났답니다."

이 말과 함께 그녀는 자신이 살아온 이야기를 하나하나 털어놓기 시작했습니다.

"저는 남편을 위해 인생의 황금기를 모조리 바쳤어요."

저는 이런 식으로 이야기하는 사람이 요즘에도 존재할 줄은 꿈에도 몰랐습니다.

"정말이지 남편을 위해 제 인생의 황금기를 다 바쳤어요. 예쁜 아이들도 낳아줬고, 멋진 집도 선물했죠. 어찌나 청소를 열심히 했는지 집 안엔 먼지 하나 보이지 않을 정도였답니다. 아이들은 한 번도 지각을 한 적이 없고, 요리 솜씨도 좋아서 집에 남편의 손님이 끊일 날이 없었답니다. 저는 남편이 원하는 곳이라면 어디든지 따라갈 준비가 되어 있었죠."

이렇게 끝도 없이 계속되는 이야기를 들으면서 차츰 그녀가 불쌍하다는 생각이 들었습니다. 그녀가 그토록 소중하다고 생각하는 일들은 따지고 보면 모두 다 남편 혼자서도 얻을 수 있었던 것들입니다. 그녀는 남편에게 자신의 가장 소중한 부분은 주지 않았던 게 분명합니다. 자기 안에 숨어 있는 진정한 자아를 말입니다. 맛있는 음식을 만들어줬다고 했지만, 그건 고급 식당에 가면 얼마든지 먹을 수 있습니다. 집 안에 먼지 하나 없었다고 하지만, 그건 가정부를 고용하면 됩니다.

"아주머니 자신을 위해서는 무슨 일을 하셨나요?"

저는 진지하게 이렇게 묻지 않을 수 없었습니다. 그녀의 대답
이 곧 이어졌습니다.

"나 자신을 위해 일을 하다니, 그게 무슨 말씀인가요?"

"아주머니 자신을 위해서는 무슨 일을 했느냐는 거죠."

"나 자신을 위해서는…… 아무것도 할 시간이 없었어요!"

잠시 침묵이 흘렀고, 제가 다시 입을 열었습니다.

"그럼 어떤 일을 해보고 싶으셨는데요?"

"도자기를 구워보는 게 꿈이었어요."

정말로 도자기를 구워봤더라면 얼마나 좋았을까요. 그게 얼
마나 소중한 일이었는지를 그녀는 몰랐던 것입니다. 제가 그녀
를 불쌍하다고 말한 이유는 소중하다고 착각했던 일에 평생을
소진했기 때문입니다. 그녀는 자신의 역할을 충실히 수행했지
만, 그 역할에 파묻혀 살아온 나머지 자아를 잃어버렸습니다.

그리고 이야기는 이렇게 진행됩니다. 먼지나 깨끗한 이불
따위에는 관심도 없는 발랄한 회사 여직원과 사랑에 빠진 남
편……. 그날 우리는 우리 삶에 있어 진정으로 소중한 일이 과연
무엇인지를 놓고 오랫동안 이야기를 나눴습니다. 그녀는 끝내
눈물을 흘렸고, 저도 눈물을 흘렸습니다. 그런 다음에 우리는 잠

시 꼭 껴안은 채로 있다가 각자의 길을 갔습니다.

나한테 정말로 소중한 게 무엇일까? 나의 진가는 과연 무엇일까? 내가 진심으로 하고 싶은 것은 무엇일까? 이런 질문을 자기 자신에게 한 번도 던진 적이 없는 그 여성과 저는 그렇게 헤어졌습니다. 아직도 이해가 안 되는 분이 있다면 조금 더 생각해보기 바랍니다. 사랑에 빠진 사람은 제일 멋진 내 모습을 선물하고 싶게 마련입니다. 이 말은, 사랑하는 사람을 위해서라면 내 안의 모든 신비로움과 개성을 계발해야 한다는 뜻입니다. 그런데 왜 자기 자신한테는 그렇게 하지 않을까요?

지금 여기 앉아 있는 여러분은 하나같이 독특한 개성을 가진 개체입니다. 정말로 신기할 정도입니다. 세상에 똑같은 사람은 아무도 없습니다. 모두가 저마다 다릅니다. 비행기에서 만난 그 여성이 자신만의 개성을 일찌감치 깨달았더라면, 그것을 계발하는 방법을 배웠더라면 얼마나 좋았을까요? 그 개성을 사람들에게 보이는 기쁨을 알았더라면 얼마나 좋았을까요?

인간에게는 한계가 없기 때문에 삶은 늘 즐거울 수 있습니다. 그렇기 때문에 늘 뭔가를 사람들과 나눌 수 있습니다. 하지만 그 여성은 자기 자신을 돌아보지 않고 사람들이 흔히 중요하다고 말하는 역할에만 충실하느라 점점 자아를 잃어갔습니다.

하지만 다행인 것은, '나'라는 존재는 영원히 잃는 게 아니라는 사실입니다. 잠시 사라질 뿐, 언제든지 다시 찾을 수 있는 게 바로 자아입니다. 이따금 가슴이 휑하거나 속이 불편하거나 뭔가가 자기를 꺼내 달라고 소리를 지르는 듯한 기분이 느껴질 때가 있습니까? 그건 바로 개성이라는 멋진 친구가 '나 아직 여기 있어! 나 아직 여기 있다니까! 이 안에서 꺼내줘! 사람들에게 보여줘!' 하며 소리를 지르기 때문입니다. 이 소리가 들리면 정말로 소중한 게 무엇인지 조금 깨닫게 되었다는 뜻입니다.

하지만 대부분의 사람들은 삶에서 정말로 소중한 것은 우리 인생 저 너머 어딘가에 있다고 생각합니다. 절대로 내 안에 있을 리가 없다고 단정하면서 평생 그것을 찾기 위해 방황합니다. 그런 게 결코 살아 숨 쉬는 삶일 수는 없습니다.

소중한 모든 것은
내 안에 있다

이슬람교의 신비주의적 분파인 수피파의 우화에 자주 등장하는 바보 현인 물라 나스루딘Mulla Nasruddin에 관한 이야기를 들어본 적이 있습니까? 하루는 물라가 길거리에 엎드려서 뭔가를 열심히 찾고 있는데, 친구가 다가와서 물었습니다.

"뭘 찾고 있는 거야?"

"열쇠를 잃어버렸어."

"저런, 나도 함께 찾아볼까? 그런데 어디쯤에서 잃어버렸지?"

"우리 집에서."

"뭐? 그런데 왜 여기서 찾고 있는 거야?"

"여기가 더 환하거든."

우스꽝스럽게 느껴질지 모르겠지만, 이게 바로 우리가 살아가는 모습입니다. 해답은 내 안에 있는데 빛이 비쳐서 잘 보이는 저 바깥세상에 모든 해답이 있다고 생각하니까요. 나가서 열심히 찾아보십시오. 아무것도 없을 겁니다. 그렇습니다. 이 세상에 내 문제의 해답을 알고 있는 사람은 나 말고 아무도 없습니다. 오직 나만이 해답의 열쇠를 쥐고 있습니다. 짐을 싸 들고 자기 자신한테서 도망칠 궁리를 하고 있는 분이 있다면 가슴이 철렁할 만큼 깜짝 놀랄 준비를 해야 할 겁니다.

'나'로부터 도망치기 위해 네팔의 산꼭대기로 달려간다고 칩시다. 네팔이라는 신비로움이 시들고 난 다음에 거울을 쳐다보면 누가 보일 것 같습니까? 그 속에 버티고 있는 사람은 여전히 나일 뿐입니다. 단점도 많고 무서움도 많고 혼란스럽고 외로움도 많이 타는 사람, 바로 나입니다.

이제는 있음 직한 곳을 찾기 시작해야 할 때입니다. 소중한 건 저 너머에 있지 않습니다. 소중한 건 모두 다 내 안에 있습니다.

하지만 내 안은 무섭고 어둡습니다. 어두운 곳에서는 길을 쉽게 찾을 수 없습니다. 그리고 찾는 방법을 가르쳐주는 사람도 없습니다.

여러분은 지금까지 교육을 받아오면서 '나'를 주제로 한 수업을 과연 얼마나 받았습니까? 기껏해야 수학이나 배웠겠죠. 수학이 하찮다는 말이 아닙니다. 하지만 수학을 몰라도 살 수는 있습니다. 그렇게 생각해본 적이 있으신가요? 물론 수학을 알면 나쁠 게 없습니다. 글을 읽을 줄 알면 더욱 편하고 좋습니다. 하지만 설령 글을 모른다고 해도 즐겁게 살 수는 있습니다.

글을 배우지 말라는 뜻이 아닙니다. 그러나 문제는 몇 년을 투자해서 글을 배워놓고는 제대로 활용하지 않는 사람들이 대부분이라는 것입니다. 통계에 따르면, 대학교를 졸업한 사람들은 사회에 나와 1년에 책을 평균 한 권 정도밖에 안 읽는다고 합니다.

인생을 다루는 수업도, 사랑을 다루는 수업도, '외로움을 어떻게 이길까?' 같은 강의도 없습니다. 이런 걸 가르치겠다고 했다가는 덜떨어진 인간 취급을 당하기 십상입니다.

도서관으로 가서 종교 서적을 모조리 쌓아놓고 한번 찾아보십시오. 공통점이 얼마나 많은지 깜짝 놀라실 겁니다. 예수는 이렇게 말씀하셨습니다.

"인생을 알고 싶거든 네 안을 들여다보아라."

부처도 이런 말을 남겼습니다. 히브리어로 된 성서에도 이렇게 쓰여 있습니다. 코란에서도, 도교에서도, 세상의 모든 종교가 모두 이렇게 가르칩니다. 바깥으로의 여행이 무의미하다는 것입니다. 내면을 들여다보지 않으면 결국 숲 속에서 길을 잃고 헤매게 될 뿐입니다. 나에 대한 해답은 밖이 아니라 내 안에 있습니다.

하지만 우리는 과연 무엇을 가장 소중하다고 생각할까요? 사람들이 가장 소중하다고 생각하는 것이 바로 육체입니다. 대부분의 사람이 인생의 대부분을 여기에 쏟아붓고 있습니다. 이것을 위해 수많은 시간을 투자합니다. 세상에는 치약만 해도 수천 가지나 됩니다. 샴푸는 또 어떻습니까? 제가 어렸을 때만 하더라도 평범한 비누로 머리를 감는 게 보통이었습니다. 그런데 지금은 부드러운 머리용, 뻣뻣한 머리용, 가는 머리용, 잘 빠지는 머리용에다 헹굼용에, 대머리용까지 등장했을 정도입니다.

어디 그뿐입니까? 어린이, 유아, 성인, 노인별로 모발 보호제가 다릅니다. 한 식구끼리 모발 보호제를 나눠 쓸 수도 없습니다. 정말이지 이해할 수 없는 현상입니다. 이런 말도 안 되는 일들에 이제는 질리지 않습니까?

아침에 눈을 뜨면 인간이 만든 물건들의 노예가 되어 마치 기계처럼 정해진 스케줄대로 움직입니다. 그런 다음 옷을 갈아입어야 출근을 할 수 있습니다. 퇴근을 하고는 이 절차를 거꾸로 반복합니다. 아침에 입었던 걸 모두 벗은 다음 잠자리에 듭니다. 그리고 다음 날 아침에는 다시 입습니다.

혹시라도 냄새를 없애주는 향수를 뿌리지 않으면 주변 사람들한테 따돌림을 당할까 두렵습니다. 향수를 뿌려야 안심하고 사람들 틈에 낄 수 있습니다. 그래서 저마다 향수를 뿌립니다. 육체는 그릇에 불과합니다. 가장 소중한 걸 담고 있기 때문에 좋은 그릇이지 그 자체만으로는 그리 중요하지 않습니다.

그럼 무엇이 가장 소중할까요? 우리는 보통 배움이 중요하다고 생각하면서 배움에 중독되어 있습니다. 지식과 지혜는 다르다는 걸 잊고 있기 때문입니다. 우리는 지식을 배웁니다. 소중하다고 여기는 지식으로 머리를 채우느라 평생을 허비합니다. 하지만 이 지식이라는 것도 대부분 쓸모없는 고정관념에 불과합니다.

하지만 우리는 이런 고정관념에마저 중독되어버렸습니다. 뭔가 새로운 게 들어올라치면 이 고정관념, 즉 시대에 뒤떨어진 쓸모없는 지식의 검열을 거쳐야 합니다. 저는 사람들에게 이런 질문을 자주 합니다.

"지금의 당신은 진정한 당신입니까? 아니면 사람들이 말하는 당신입니까?"

사람들은 서로를 틀에 가두느라 평생을 허비합니다. 그걸 직업으로 삼는 사람도 있고, 무의식적으로 반복하는 사람도 있습니다. 예를 들어, 아이 손을 잡고 장을 보러 나선 길에 친구를 만난 엄마가 이런 말을 한다고 칩시다.

"이 아이는 멍청해. 형은 똑똑하기만 한데! 하지만 똑똑한 아이만 키울 수는 없는 거겠지? 어쨌든 못된 아이는 아니야. 속을 썩이지는 않으니까."

도대체 이 엄마는 아이를 세워놓고 무슨 소리를 하는 겁니까? 아이가 듣지 못할 거라고 생각하는 걸까요? 내가 누구인지, 어떤 사람인지, 인간은 늘 서로가 서로를 가르칩니다. 인간은 모두가 선생님이라는 것도 바로 이 때문입니다. 사랑할 줄 아는 여러분들은 다른 사람에 대한 평가를 내릴 때 조심하고 또 조심해야 합니다.

저는 여러분의 학력에 관심 없습니다. 무지한 건 서로 마찬가지니까요. 우리는 근사한 딱지를 달고 있는 사람을 보면 감탄을 금치 못합니다. 석사니, 박사니 하는 사람들은 모두 똑똑한 사람들일 거라고 생각하는 겁니다.

하지만 한 가지만 알려드릴까요? 제가 이 세상에서 제일 멍청하다고 생각하는 사람들 중에는 박사 학위를 달고 있는 사람도 있습니다. 제가 이 세상에서 제일 슬기롭다고 생각하는 사람들 중에는 박사가 뭔지 모르는 사람도 있습니다.

내가 아는 것만이 진실이라 생각하고, 모든 것을 그 창문을 통해 바라보려고 하면 지식은 삶을 꽁꽁 묶는 족쇄가 될 뿐입니다. 그런 식으로 고여 있어서는 발전을 할 수도 달라질 수도 없습니다.

제 주위엔 똑같은 내용의 강의를 20년 동안 계속하고 있는 사람들이 있습니다. 4학년만 9년째 가르치고 있는 선생님도 있습니다. 서부 개척 시대를 배울 시간이라고 하면, 그는 책상 서랍에서 '서부 개척 시대'라고 적힌 낡고 얼룩진 수업 노트를 꺼냅니다. 이것을 9년 동안이나 우려먹었다는 사실은 그림에 핀을 꽂았던 구멍이 아홉 개라는 데서 알 수 있습니다.

지식과 지혜는 다릅니다. 배웠다고 해서 모두 다 지혜가 되는 건 아닙니다. 지식의 응용편이 지혜입니다. 진정한 지혜란 내가 아는 게 아무것도 없다는 걸 깨닫는 데서 출발합니다. 진정한 지혜란 '내 머릿속은 비어 있습니다, 나는 어디서든 초심자에 불과합니다, 이 세상에는 내가 알고 있는 것보다 알아야 할 게 100배는 많습니다'라고 말하는 것입니다. 그게 바로 지혜의 시작입니다.

우리는 배운 대로 살지 않습니다. 우리 사회는 끊이지 않는 즐거움을 너무 소중하게 여기는 경향이 있습니다. 이렇게 쾌락을 추구하는 문화를 가진 시대를 저는 역사책 어디서도 본 적이 없습니다. 우리는 끊임없는 쾌락을 추구한 나머지 다른 것들은 모두 잊어버렸습니다.

조금만 기분이 안 좋아도 약을 먹거나 기분을 좋아지게 한다는 음료수를 마십니다. 고통을 좋아하는 사람이 누가 있겠습니까? 하지만 우리는 고통을 지나치게 싫어하고 두려워합니다. 고통의 바다에서 뒹굴자고 말을 하려는 게 결코 아닙니다. 제 말뜻을 오해하지 마시기 바랍니다. 저도 즐겁게 가르치고 배우는 게 좋습니다.

기쁨은 위대한 선생님이지만 절망도 마찬가지입니다. 감탄도 위대한 선생님이지만 혼란스러움도 마찬가지입니다. 희망도 위대한 선생님이지만 환멸도 마찬가지입니다. 그리고 삶도 위대한 선생님이지만 죽음도 마찬가지입니다. 이를 부인하는 것은 인생을 절반만 살겠다는 뜻입니다.

우리처럼 인생을 겪지 않은 채 나이를 먹는 사람들이 많은 곳이 이 세상에 또 있을까요? 우리 사회에는 돈, 사물, 굶주림의 가치를 모르는 사람이 너무나도 많습니다. 그들은 고통을 이해하려 하지 않으며 죽음도 이해하려 들지 않습니다.

제가 아주 검소하고 단란한 이민 가정 출신이라는 걸 알고 계실 겁니다. 부모님은 포도 넝쿨이 우거진 이탈리아 북부 지방이 고향이셨는데, 우리를 과잉보호하지 않고 아주 검소하게 키우셨습니다. 우리 가족은 모든 걸 함께했습니다. 기쁨도, 음악도, 경사스러운 일도, 심지어 고통과 절망도 모두의 몫이었습니다. 부모님은 우리에게 감추는 게 아무것도 없었습니다.

우리 가족은 어느 때는 매우 넉넉해서 없는 게 없이 지냈고, 또 어느 때는 말 그대로 땡전 한 푼 없이 지내기도 했습니다. 우리는 가끔 '폴렌타'를 만들어 먹기도 했습니다. 폴렌타가 뭔지 아십니까? 이탈리아 북부 지방의 요리로, 옥수수 가루로 끓인 죽으로 여섯 술만 먹으면 배가 가득 차서 걸어 다닐 수 없을 정도로 든든합니다. 그걸 먹으면 속이 얼마나 든든한지 모릅니다.

우리 가족은 어려움도 늘 함께했습니다. 퇴근하신 아버지 얼굴에 어두운 그림자가 드리워져 있으면 어김없이 이제 남은 돈이 얼마 없다는 것을 알 수 있었습니다. 그때마다 아버지는 이렇게 묻곤 하셨습니다.

"자, 우리 이제 어떻게 할까?"

온 가족이 '우리'라는 울타리 안에 포함된다니 얼마나 보기 좋은 장면입니까? 그러면 여동생은 이렇게 말했습니다.

"저는 시장에 가서 토끼한테 먹일 야채 찌꺼기를 주워 올게요."

저는 잡지를 팔았습니다. 예전에는 집집마다 찾아다니면서 잡지를 팔곤 했습니다. 모두가 한 가지씩 역할을 맡는 것, 이 얼마나 좋은 교육입니까. 우리 가족은 이런 식으로 일체감을 느끼곤 했습니다.

어머니는 아주 재미있는 일을 꾸미시곤 했습니다. 아버지 얼굴에 드리운 그림자를 어떻게 하면 없앨 수 있는지 알고 계셨거든요. 어머니에게는 '희망의 병'이라는 게 있었습니다. 어머니는 가끔 병에다 돈을 몇 푼 넣은 다음에 만일의 경우를 대비해서 뒷마당에다 묻어 두셨습니다. 그 돈으로 누구도 상상 못 할 일을 벌이는 겁니다. 난데없이 닭을 한 마리 사 들고 온다든지 하는 식으로 말입니다.

우리는 절망을 통해 많은 걸 배웠습니다. 배고픔을 통해 많은 걸 배웠습니다. '우리'의 일부가 되고, 가족의 일원이 되는 것을 통해서 많은 걸 배웠습니다.

가 장   확 실 한   시 간 은
오늘뿐

어떤 사람은 재산을 제일 소중하게 생각합니다. 커다란 집, 넘쳐나는 돈만 있으면 모든 게 다 이루어진다고 생각합니다. 또 어떤 사람은 원대한 목표를 소중하게 생각하면서, 그 목표를 향해 무조건 달려갑니다. 그에게 '오늘'이라는 시간은 없습니다. 오직 내일뿐입니다.

진정으로 사랑할 줄 아는 사람은, '지금'만이 유일한 현실임을 아는 사람입니다. 지나가 버린 어제는 이제 어쩔 수 없습니다. 어제가 지난 덕분에 우리는 지금 이 자리에 있을 수 있습니다. 다른 사람들이 뭐라고 하건 지금 이 자리가 가장 살기 좋은 곳이라고 생각하는 태도가 필요합니다. 어제 있었던 일은 어쩔 수가 없습니다. 이미 흘러가 버린 시간이 되어버렸으니까요.

그렇다면 내일은 어떻습니까? 내일을 앞에 놓고 꿈을 꾸는 것만큼 좋은 일도 없습니다. 오늘의 고통스러움도 내일이 있기에 참을 수 있고, 내일이 다가오기에 힘을 낼 수 있습니다. 하지만 내일이라는 시간은 아직 다가오지 않은 미래일 뿐입니다. 어제와 내일을 놓고 몽상하느라 시간을 낭비하면 지금 여기서 벌어지는 일을 그냥 지나치게 됩니다. 직접 피부로 느껴야 할 오늘이라는 현실을 말입니다.

얼마 전에 우리 학교에서 두 학생이 살해됐습니다. 재미있게 파티를 마치고 교정을 걸어가던 중에 자기도 모르는 사이에 머리에 총을 맞은 것입니다. 이유도, 범인도 아직 밝혀지지 않았습니다. 둘 다 한때 제 수업을 들었던 학생들입니다. 한 명은 젊고 예쁜 여학생이고, 다른 한 명은 멋지고 잘생긴 남학생이었죠. 이

끔찍한 사건을 접하고 저는 두 학생이 현재를 즐기며 살았기만을 빌었습니다. 내일을 기다리며 살지 않았기를 바랐습니다.

미래에 너무 많은 투자를 하는 사람들을 생각하면 참 슬픕니다. 지금 이 순간은 지나가 버리면 영영 그만이고, 다음 순간에 어떤 일이 벌어질지 전혀 모르는 노릇인데 말입니다. 한 학생이 시 한 편을 제게 건네주면서 여러분에게 소개해도 좋다고 하더군요. 그 학생은 자기 이름은 밝히지 말아달라고 했는데, 제목은 〈당신은 그러지 않더군요〉입니다.

당신이 새로 산 차를 빌려가서 내가 흠집을 냈던 거 기억나요? 노발대발할 줄 알았는데, 당신은 그러지 않더군요.

비가 올 거라고 말하는 당신을 해변으로 억지로 끌고 갔는데, 정말로 비가 내렸던 거 기억나요? 그러게 내가 뭐랬어! 이렇게 말할 줄 알았는데, 당신은 그러지 않더군요.

당신을 질투하게 만들려고 다른 남자들과 노닥거리는 나를 보며, 당신이 정말로 질투했던 거 기억나요? 헤어지자고 할 줄 알았는데, 당신은 그러지 않더군요.

당신 자동차의 카펫에 내가 딸기 파이를 떨어뜨렸던 거 기억나요? 화를 낼 줄 알았는데, 당신은 그러지 않더군요.

정장을 입어야 하는 파티라는 걸 깜빡 잊고 말하지 않는 바람에, 당신이 청바지 차림으로 참석했던 거 기억나요? 끝내자고 할 줄 알았는데, 당신은 그러지 않더군요.

맞아요, 이런 일들은 이밖에도 얼마든지 있죠. 하지만 당신은 나를 이해해줬고, 사랑해줬고, 보호해줬죠.

당신이 베트남에서 돌아오면, 하고 싶은 일들이 얼마나 많았는지 몰라요. 하지만 당신은 끝내 돌아오지 않더군요.

여러분은 어떨지 모르겠지만, 저는 저를 담고 있는 그릇을 가장 소중한 것으로 생각하지는 않습니다. 여러분은 어떨지 모르겠지만, 저는 교육을 가장 소중한 것으로 생각하지는 않습니다. 집이나 자동차나 옷을 가장 소중한 것으로 생각하지도 않습니다.

그렇다면 제가 가장 소중하게 여기는 건 무엇일까요? 저는 어디에 있든지 지금 현재의 삶을 즐기고 사랑하는 것이 가장 소중하다고 생각합니다. 어제 일을 놓고 후회하느라 시간을 낭비하지 마십시오. 어제는 지나간 일입니다. 저는 과거를 용서했습니다. 제게 상처를 주었던 사람들을 용서했습니다. 욕하고 손가락질하느라 남은 평생을 낭비하고 싶지 않습니다.

부모님을 상대로 투덜대는 사람들, 정말 짜증나고 넌더리가 납니다. 부모님이 도대체 무슨 잘못이 있다는 겁니까? 잘못이 있다면 최선을 다했다는 것뿐입니다. 아이를 위해서 최선이라고 알고 있는 일, 그것을 했을 뿐입니다. 정신병자가 아닌 이상 일부러 자녀에게 상처를 주는 부모님은 없습니다.

여러분도 용서할 수 있습니까? 여러분도 잊을 수 있습니까? 여러분도 괜찮다고 말할 수 있습니까? 부모님도 인간이라고 말하면서 부모님을 두 팔로 껴안을 수 있습니까? 그렇다면, 이제 여러분의 자아를 두 팔로 힘껏 껴안으십시오. 당신이 특별한 존재라는 것, 독특한 존재라는 것, 놀라운 존재라는 것, 그리고 이 세상에 하나밖에 없는 존재라는 사실을 깨달으십시오.

물론 여러분도 실수할 때가 있고, 어처구니없는 일을 할 때도 있고, 자신이 인간이라는 사실을 잊을 때도 있습니다. 하지만 여러분이 갖고 있는 최대의 장점은 발전할 수 있는 잠재력이 있다는 점입니다. 여러분의 삶은 시작일 뿐입니다. 지금은 이 정도밖에 안 되지만, 숨어 있는 잠재력은 무한합니다.

투덜대느라 시간을 낭비하지 마십시오. 다른 사람들을 용서하십시오. 그리고 무엇보다도 완벽하지 못한 자신을 용서하십시오. 그리고 내 인생의 주인은 나라는 사실을 인정하십시오. 니코스 카잔차키스는 이런 말을 했습니다.

"내가 고른 붓, 내가 고른 색깔을 가지고 내 손으로 직접 그린 낙원 속으로 뛰어들자."

우리도 그렇게 합시다. 주황색, 자주색, 파란색, 보라색, 녹색, 노란색으로 여러분의 낙원을 그리는 겁니다. 여러분도 할 수 있습니다. 지금 당장 말입니다. 여러분에게 가장 소중한 건 바로 여러분의 인생입니다.

아서 밀러Arthur Miller의 명작 《전락 후에After the Fall》를 아십니까? 미국 문학사상 가장 저평가된 작품 중 하나일 듯한데, 전처였던 메릴린 먼로가 자살한 직후에 발표한 이 작품에서 그는 제가 일찍이 스스로에게 던졌던 질문, 그리고 여러분도 자신에게 던졌음 직한 질문을 하고 있습니다.

그것은 '내가 어떻게 했더라면 한 사람의 생명을 구할 수 있었을까'라는 질문입니다. 이 희곡 속에서 그는 '나는 용서하는 법을 배워야 한다. 다른 사람들은 물론이고 나 자신까지'라는 멋진 글을 적고 있습니다. 그 책에는 또 이런 구절도 있습니다.

내가 아닌 다른 곳에서 희망을 찾는 건 실수일 거야. 오늘은 갓 구운 빵 냄새를 풍기던 집이 내일은 연기와 피비린내에 젖기도 하기에. 오늘은 손가락이 잘린 정원사를 보며 기절했던 사람이 일주일 뒤에는 지하철 폭발 사고로 죽은 아이들의 시신을 밟으며 다니기도 하고 말이야. 그런 곳, 그런 사람에게서 무슨 희망을 찾을 수 있겠어? 전쟁이 거의 끝날 무렵, 나는 죽고 싶었지. 매일 밤 똑같은 꿈을 꾸는 바람에 무서워서 잠을 잘 수 없었고, 몸은 점점 쇠약해져 갔어.

내겐 꿈속에서 만나는 아이가 하나 있었어. 내게 생명과도 같은 존재였는데, 하지만 난 바보인 그 아이에게서 도망치고 싶었지. 하지만 그 아이는 계속 내 무릎 위로 기어 올라오고 내 옷을 잡아 당기는 거야.

나는 이런 생각이 들었지. 이 아이에게 입을 맞추면 다시 잠을 잘 수 있을지도 몰라. 그래서 나는 아이의 일그러진 얼굴 위로 고개를 숙였지. 끔찍했지만 입을 맞췄어. 퀜틴, 인간은 이렇듯 자신의 삶을 끌어안고 입을 맞춰야 하지.

정말 멋진 문장입니다. 예전에 누군가에게 상처를 주었던 사람은 상처주지 않는 법을 배우면 됩니다. 예전에 실수를 했던 사람은 다시는 똑같은 실수를 반복하지 않는 법을 배우면 됩니다.

배우기만 하면, 삶을 끌어안고 입을 맞추고 거기서부터 다시 시작할 용기가 있으면, 그것으로 됩니다. 그게 바로 발전이고, 그게 바로 인생입니다.

죽음을 받아들이는 것도 우리에겐 소중한 일입니다. 죽음을 받아들여야 삶을 받아들일 수 있습니다. 죽음을 통해서 인간은 한계를 배웁니다. 저는 학생들에게 앞으로 생명이 닷새밖에 남지 않았다면 누구와 무엇을 하고 싶은지 적어서 내라는 숙제를 내주곤 합니다.

학생들의 답은 대개 평범하기 그지없습니다. 저는 리포트마다 커다란 글씨로 '이런 일들을 지금 하면 어떨까?'라고 적어서 돌려줍니다. 앞으로 삶이 닷새밖에 남아 있지 않다면, 누구누구한테 사랑한다고 말하겠다고 지금 당장 결심을 하라는 겁니다. 생명이 닷새밖에 남아 있지 않다면 해변을 걸으며 저녁노을을 감상하겠다고요? 왜 지금 하면 안 되는 거죠?

하지만 우리는 삶과 거리를 두듯이 죽음과도 거리를 둡니다. 대부분 죽음을 어떻게 받아들여야 할지 모른 채 금방이라도 눈물을 흘릴 듯한 얼굴로 죽음이라는 걱정거리를 평생 짊어지고 삽니다. 죽음이란 삶의 이면에 불과하다는 사실을 깨달아야 합니다. 나를 담고 있던 그릇과 이별하는 것이며, 삶의 연장선입니다. 죽음을 통해서 우리는 삶을 계속 이어나가는 법을 배웁니다.

제 어머니는 2년 전에 돌아가셨는데, 어머니는 마지막 순간까지 자식들에게 훌륭한 가르침을 남기셨습니다. 어느 날 의사가 어머니는 의식불명 상태라며 이런 말을 했죠.

"어머님을 걱정하실 필요는 없습니다. 아드님이 지금 여기 있는지 없는지도 모르실 테니까요. 그러니까 괜히 병문안 오실 필요 없습니다. 하던 일을 계속하세요."

하지만 우리는 의사의 말을 듣지 않았습니다. 죽어보지도 않은 그 의사가 어떻게 그걸 알 수 있단 말입니까! 그렇기 때문에 우리 가족은 어머니가 눈을 감으실 때까지 번갈아가면서 밤낮으로 병상을 지키며 어머니의 손을 꼭 잡아드렸습니다. 이 세상에 혼자서 눈을 감는 사람은 없어야 합니다.

한번은, 밤 당번을 맡은 제가 어머니와 단둘이서 병실에 있는데 갑자기 어머니가 눈을 번쩍 뜨시곤 아주 커다랗고 예쁜 갈색 눈으로 저를 조용히 바라보시는 겁니다. 어머니가 마지막으로 제게 남기신 말씀이 뭔지 아십니까? 어머니는 제 뺨 위로 흐르는 눈물을 보시고는 이렇게 말씀하셨습니다.

"얘야, 뭘 그렇게 안타까워하니?"

저는 도대체 뭘 그렇게 안타까워하고 있었던 걸까요? 인간은 죽음을 통해서 인간이 어떤 가르침을 얻는지 여러분도 아실 겁니다. 죽음은 무서운 게 아닙니다. 인간은 죽음을 통해서 시간의 가치를 배웁니다. 시간이 얼마나 소중한지를 깨닫습니다. 영원히 이 세상에 존재할 수는 없다는 사실을 깨닫습니다. 주위를 둘러보게 되고, 사랑하는 사람들이 언제나 같은 자리에 함께 머무를 수 없다는 걸 깨닫습니다.

그럼에도 우리는 살아가면서 서로를 쳐다보지 않습니다. 너무 바빠 서로 쳐다볼 틈이 없는 것입니다. 아이들이 결혼을 할 때가 되어서야, 혹은 아이들이 떠날 때가 되어서야, 그들을 위해서 너무 정신없이 뛰느라 정작 서로 쳐다볼 시간이 없었다는 것을 깨닫는 사람이 얼마나 많은지요. 어느 강연회에서 이런 말을 했더니, 한 여성이 눈물을 글썽이며 이렇게 말하더군요.

"우리 아이를 똑바로 쳐다본 지 하도 오래되어 얼굴이 생각나지 않아요."

그랬더니 다른 한 분이 이렇게 말하더군요.

"저도 마찬가지예요."

그들은 어두컴컴한 밤길을 60킬로미터나 달려서 집에 도착하자마자 잠자고 있던 아이들을 깨웠답니다. 아이들이 눈을 동그랗게 뜨고는 물었겠죠.

"엄마, 왜 그래요? 무슨 일이에요?"

"조용히 하렴. 너희들 얼굴을 보고 싶어서 그렇단다."

여러분, 이 순간을 절대 놓치지 마십시오. 여러분이 사랑하는 사람들의 얼굴은 아침이 다르고 저녁이 다릅니다. 여러분의 얼굴도 마찬가지입니다. 그 변화를 절대 놓치지 마십시오.

길거리에 서 있는 나무를 보면 좋은 교훈을 얻습니다. 아침저녁으로 나무를 관찰해보십시오. 그 오묘한 변화는 흡사 마술을 보는 것이나 다름이 없습니다. 오늘 어떤 사람한테 '나무가 참 예쁘네요!' 했더니 '무슨 나무 말입니까?' 하고 대꾸하더군요. 하긴 캘리포니아 주지사라는 사람마저 '붉은 삼나무를 보면 캘리포니아를 전부 다 보신 거나 다름없습니다'라고 할 지경이니 오

죽하겠습니까? 저는 '⋯⋯할 수 있으면 좋겠는데'라고 말하는
사람을 볼 때마다 정말 슬픕니다. 지금 하면 되지 않습니까? 도
대체 뭘 망설이십니까?

보 답 을   바 란 다 면
불행해질 수밖에 없다

동양에서는 인생을
거대한 강물에 비유합니다. 인간이 무슨 수를 쓰든 강물은 흘러
가게 마련이죠. 강물의 흐름을 따르면서 평화롭고 행복하게 사
느냐, 강물의 흐름에 역행하면서 괴로워하고 절망하느냐는 선택
하기 나름입니다. 하지만 강물은 상관하지 않습니다. 인생도 마
찬가지입니다. 인간이 어느 쪽을 선택하든 물줄기는 예정대로
강에 닿게 마련이니까요. 선택은 여러분의 손에 달려 있습니다.

마지막으로 드릴 말씀은, 인생에서 무엇을 얻으려 하지 말고
인생에 뭔가를 쏟아부으려는 자세를 가지라는 것입니다. 우리는
언젠가부터 베푸는 법을 완전히 잊어버렸습니다. 저는 여러분을
사랑하기 때문에 사랑하는 것이지 사랑받을 생각으로 사랑하는
게 아닙니다.

보답을 바란다면 불행해질 수밖에 없습니다. 여러분이 어떤
사람에게 '안녕하세요?'라고 말하는 것은 인사를 하고 싶기 때

문이지 보답을 바라기 때문이 아닙니다. 보답을 바라고 그런 인사를 했는데 상대방이 대꾸가 없으면, 인사를 하는 게 아니었는데 하면서 화가 나겠죠.

제가 '안녕하세요?' 하고 인사하면 상대방이 '저를 아세요?' 하고 반문하는 경우도 있습니다. 우리는 지금 이 지경에 와 있는 것입니다. 그때마다 저는 이렇게 답합니다.

"아뇨, 하지만 인사를 나누면 좋지 않나요?"

이 말을 듣고 싫다는 사람들도 있습니다. 인사는 자기들만의 특권이라는 뜻인가요? 부처는 아무것도 바라지 않을 때 천하를 얻을 수 있다고 말했습니다. 사랑하고 싶으니까 사랑하십시오. 주고 싶으니까 주십시오. 꽃은 피어야 하니까 피는 거지 사람들이 예쁘다고 하니까 피는 게 아닙니다. 여러분은 살고 싶으니까 살고, 사랑하고 싶으니까 사는 겁니다. 그래야만 하는 거니까요. 며칠 전에 한 학생이 저의 사무실로 찾아와서 이런 말을 했습니다.

"인생이 저한테 어떤 선물을 주기를 바라는지, 저는 잘 모르겠어요."

전 권위적인 태도를 싫어하기 때문에 언제나 친절하게 대답하지만, 그 학생에게만은 이렇게 단도직입적으로 답할 수밖에 없었습니다.

"그렇다면 인생한테는 도대체 어떤 식으로 보답할 생각이죠?

학생은 날마다 땅을 밟고, 공기를 마시고, 아름다움을 감상하고 있어요. 어떤 식으로 보답하고 있나요?"

상담에 관한 책을 쓰면서, 캘리포니아 북부에 있는 작은 오두막집에서 석 달 동안 혼자 지낸 적이 있습니다. 그때 저는 날마다 스미스 강을 따라서 붉은 삼나무 숲으로 이어지는 길을 몇 시간 동안 산책했습니다. 어느 날인가 거대한 삼나무 숲 사이를 걷고 있는데, 나뭇가지에 걸어놓은 표지판이 눈에 띄었습니다. 삼나무의 일생을 설명하는 글이었습니다.

그걸 읽어봤더니 나무가 이만큼 자랐을 때 부처가 탄생했고, 나무가 이만큼 컸을 때 예수가 탄생했고, 나무가 이만큼 성장했을 때 한니발이 알프스를 넘었다는 식이었습니다. 그리고 마지막엔 이런 내용이 적혀 있었습니다.

'나무가 죽어 땅바닥에 쓰러진다 해도 끝난 게 아닙니다. 박테리아가 천천히 나무를 분해하기 시작합니다. 세월이 흐르면 나무는 흙이 되고, 다른 나무들이 자랄 수 있는 토양이 됩니다.'

멋지지 않습니까? 저는 이 문장을 읽는 순간, 이 말이 우리 인간에게도 적용되는 내용이라고 생각했습니다. 결국 인간도 이 세상을 위해서 뭔가 선물을 남길 거라는 뜻이니까요.

끊임없이 돌아가는 놀라운 그 순환이라니! 인생의 목적은 중요하고 의미 있고 소중한 존재가 되는 것, 내가 살았었다는 흔적을 남기는 것이라고 말한 교육학자 레오 로스튼의 말이 맞을지도 모릅니다.

저는 단어를 가지고 구상하거나 마음대로 상상하기를 좋아합니다. 인생에 없어서는 안 될 단어를 몇 개 적어봤습니다.

1. 정확한 지식: 여행에 필요한 도구를 갖추기 위한 것.
2. 지혜: 과거에 축적한 지식을 현재를 발견하는 데 가장 효과적으로 활용하기 위한 것.
3. 공감: 살아가면서 만나는 타인들의 생활 방식이 나와 다르더라도 그 모든 걸 너그럽게 이해하기 위한 것.
4. 조화: 인생의 자연스런 흐름을 받아들이기 위한 것.
5. 독창성: 살아가면서 만나는 새로운 대안과 미지의 길을 깨닫고 받아들이기 위한 것.
6. 의지: 보장도 없고 보상도 없는 불확실한 상황에서 두려움을 이기고 앞으로 나아가기 위한 것.
7. 평온함: 중심을 잃지 않기 위한 것.
8. 기쁨: 살아가면서 늘 콧노래를 흥얼거리고 웃고 춤추기 위한 것.
9. 사랑: 인간이 닿을 수 있는 깨달음의 경지를 꼭대기까지 밝혀주는 횃불이 되기 위한 것.
10. 하나: 이 세상과 내가 하나였던 태초로 돌아가기 위한 것.

사랑을 연구하면서, 저는 이제 인생을 연구하게 되었습니다. 그리하여 인생은 곧 사랑하면서 사는 것임을 알게 되었습니다. 제가 보기에 인간의 삶은 하느님이 주신 선물입니다. 그 삶을 어떻게 가꾸느냐가 바로 내가 하느님께 되돌려 드리는 선물이 됩니다. 우리 멋진 선물을 만들어봅시다.

PART 4

보이지 않는 곳에서
존재하는 것들

인간의 감각에는 한계가 있고, 중추신경계에도 한계가 있고,
개인적인 범주나 사회적인 범주에도 한계가 있고, 언어에도 한계가 있다.
여기에 더 보태자면,
우리는 과학의 법칙 덕분에 진리라고 여겨지는 지식들을
훨씬 많이 수집하게 됐는데 이것 역시 한계가 있다.

레 오   버 스 카 글 리 아,
오른쪽 눈 위에 흉터가 있는 남자

제가 강의를 할 때면 청중들의 눈동자가 보고 싶어서 조명을 환하게 켜달라고 한다고 말씀드렸을 겁니다. 그런데 오늘 밤은 더욱 밝은 불빛이 필요합니다. 이렇게 많은 분들을 모아놓고 강의를 하다 보면 제가 알고 있는 것들을 모조리 전달해야 한다는 엄청난 책임감이 느껴지기 때문입니다.

저는 늘 제 이름에 얽힌 새로운 일화로 강의를 시작하곤 합니다. 제 강의에는 새로운 일화가 끊이지 않는다는 걸 여러분도 잘 아실 겁니다. 이번에 들려드리는 일화는 어쩌나 우스운지, 실화라는 게 믿어지지 않을 정도입니다.

오래전에 아시아를 여행할 때의 일입니다. 비자를 갱신해야 했는데, 그러려면 태국에서 캄보디아로 넘어가야 했습니다. 당시 그곳은 전쟁으로 긴장감이 넘치고 있었습니다. 미국이 캄보디아를 공습하던 때였거든요.

어쨌거나 국경을 넘어갔더니 출입국관리소 직원이 짜증을 부리는 겁니다. 그때까지 포이펫이라는 작은 마을을 찾는 여행객은 거의 없었기 때문입니다. 국경 바로 옆에 있는 그 작은 마을로 가려면 방콕에서 기차를 타고 6시간을 달려야 한답니다.

관리소 직원에게 여권을 내밀었더니, 그가 별 희한한 인간 다

보겠다는 듯한 눈으로 저를 한참 쳐다보다가 엉뚱한 페이지에 다 제 이름을 이렇게 적는 겁니다. '오른쪽 눈 위에 흉터가 있는 남자'라고 말입니다. 공문서인 출입국 서류에다 그렇게 적어놓다니, 얼마나 웃기는 이야기입니까?

전 세계를 돌아다니며 이런저런 재미있는 일들을 경험한 저는 참 운이 좋은 사람입니다. 그렇게 세계를 누비다가 알게 된 사실을 여러분께 소개하다 보면 그 속에 삶의 진실이 숨어 있다는 사실을 깨닫게 됩니다.

소 중 한 것 은
눈에 보이지 않는다

우리 주위를 둘러보면, '바깥세상으로의 여행'에 심취해 있는 사람들이 많습니다. 세상에서 제일 돈이 많고, 제일 위대하고, 제일 훌륭한 사람이 되려는 게 모두 다 바깥세상으로의 여행을 위해서인 듯합니다.

지금 우리는 편안한 생활을 위해 필요한 것들을 거의 모두 갖추고 있지만 과거보다 별반 나아진 건 없습니다. 아직도 몹시 외롭고, 방황하고, 혼란스러우니까요. 그래서인지 요즘은 반대 방향으로의 여행, 즉 '안으로의 여행'이 유행입니다. 저는 이런 현상을 적극 환영하는데, 이것을 통해 우리가 얻을 수 있는 정신적인 소득이 굉장히 많기 때문입니다.

우리의 아동 교육은 아이들에게 눈에 보이는 것만 지나치게 많이 주고 있는 것 같습니다. 하지만 사람은 누구나 나이가 들고 지혜를 터득하면서, 눈에 보이는 게 언제나 제일 중요하진 않다는 진실을 알게 됩니다.

오늘 밤의 강의를 부탁받았을 때, 저는 지체 없이 '소중한 것은 눈에 보이지 않는 법'이라는 주제를 정했습니다. 제가 주제를 소개하자마자 어디서 나온 말인지를 알고 눈을 반짝이는 분들이 많군요. 그렇습니다. 이 말은 생텍쥐페리가 쓴 아름다운 소설 《어린 왕자》에서 인용한 구절입니다.

이 소설의 주인공은 어느 별에 사는 소년입니다. 그 별에는 바오바브나무의 싹과 화산이 몇 개 있을 뿐, 아무도 살지 않습니다. 예민하고 감수성이 풍부한 소년은 거기서 혼자 살고 있죠. 이 소년은 저녁노을을 좋아합니다. 저녁노을은 아름다우면서도 슬프기 때문입니다. 소년이 살고 있는 별은 아주 작기 때문에 소년이 의자를 옮기기만 하면 또다시 저녁노을을 볼 수가 있습니다. 그래서 이 소년은 하루에 저녁노을을 마흔네 번이나 감상하기도 한답니다.

어느 날 조그만 씨앗이 날아오더니, 얼마 후 장미의 싹이 고개를 살짝 내밀었습니다. 소년은 이 싹이 자라서 아름다운 꽃을 피우는 과정을 주의 깊게 관찰합니다. 소년은 이전에 장미꽃을 한 번도 본 적이 없었습니다. 이 꽃은 예쁘기도 하지만 아름다운 것이 대개 그러하듯이 허영심도 많습니다. 장미는 자신의 자태를 뽐내면서 '햇빛을 가려줘', '바람을 막아줘' 하고 소년을 아주 못살게 굽니다.

결국 소년은 장미를 전혀 이해할 수 없는 존재라고 결론을 내립니다. 어느 날 소년은 장미가 있는 별을 떠나서 사랑과 인생, 그리고 사람들에 대한 지혜를 얻기 위해 다른 별들로 여행합니다. 그러면서 신기한 친구들과 만납니다. 그러던 중에 지구에서 지혜로운 여우를 만나게 되는데, 여우가 어린 왕자에게 이렇게 말합니다.

"나를 길들여봐."

"길들인다는 게 뭐지? 그게 무슨 뜻이지?"

그러자 여우는 어린 왕자에게 사람들과 관계를 맺는 방법, 사람들에게 익숙해지는 방법, 사랑하는 방법을 가르칩니다. 워낙 많은 지혜가 숨어 있는 부분이라 자세히 소개하고 싶지만, 여러분이 직접 읽는 것도 괜찮을 겁니다. 어린 왕자가 말합니다.

"너를 길들여봤자 너랑 오랫동안 함께 있을 수 없어. 나는 떠나야 한단 말이야."

"그래, 네가 떠나면 난 정말 슬플 거야. 눈물이 나올 거야."

"그렇게 가슴 아파할 거면서 도대체 왜 날더러 길들여달라는 거지?"

"그건 밀밭 때문이야."

"무슨 말인지 모르겠어."

그 뒤를 잇는 여우의 말은 이렇습니다.

"……난 빵을 안 먹어. 그러니 밀은 나한테 쓸모없는 곡식이지. 밀밭과 나는 아무런 상관이 없는 사이야. 그래서 슬퍼. 하지만 너는 머리가 금빛이잖아. 네가 나를 길들이면 얼마나 멋지겠니! 황금색인 밀밭을 볼 때마다 네 생각이 날 거야. 그리고 밀밭을 스쳐 지나가는 바람 소리에 귀를 기울이게 될 테고."

이렇게 둘은 길들이는 의식, 서로에게 익숙해져 가는 의식을 시작합니다. 오랫동안 친구로 지내왔던 어린 왕자가 떠나는 순간에 여우가 한 말을 여러분께 읽어드리겠습니다.

그래서 어린 왕자는 여우를 길들였습니다. 왕자가 떠나야 할 시간이 가까워오자 여우가 말했습니다. "아, 눈물이 나올 거야."

어린 왕자가 말했습니다. "너 때문이야. 난 너한테 상처를 주고 싶은 마음이 털끝만큼도 없었어. 하지만 네가 길들여달라고 했잖아."

여우가 말했습니다. "그래, 맞아."

어린 왕자가 말했습니다. "그런데 이제 와서 눈물이 나올 거라니!"

여우가 말했습니다. "그래, 맞아."

"그럼 너한테 좋을 게 하나도 없잖아!"

여우가 말했습니다. "아냐, 그렇지 않아. 밀밭이 있으니까. 다시 장미꽃을 찾아가봐. 그럼 네 장미꽃이 얼마나 특별한 존재인지를 알 수 있을 거야. 그런 다음에 내게 다시 와서 작별 인사를 해줘. 비밀을 하나 선물할게."

어린 왕자는 장미꽃이 만발한 곳으로 갔습니다. 어린 왕자가 말했습니다. "너희들은 내 장미꽃이 아니야. 그리고 너희들은 아무 의미가 없는 존재야. 어느 누구도 너희를 길들이지 않았고, 너희도 어느 누구를 길들이지 않았어. 너희는 나를 처음 만났을 때의 여우랑 똑같아. 그때 그 여우는 수많은 여우들 중 하나에 불과했어. 하지만 이제 내 친구가 된 여우는 특별한 존재야."

이 말에 장미꽃들은 무척 당황했습니다. 어린 왕자가 말을 이었습니다.

"너희는 아름다워. 하지만 의미는 없어. 너희를 위해서 죽을 사람은 세상에 아무도 없어. 지나가는 나그네 눈에는 나의 장미꽃이 너희들과 똑같이 보이겠지. 하지만 내 장미꽃은 너희들 같은 장미꽃 수백 송이를 합친 것보다 소중해. 왜냐하면 내가 물을 준 장미꽃이니까. 내가 유리로 상자를 만들어준 장미꽃이니까. 내가 만든 차양 뒤에서 햇빛을 피하던 장미꽃이니까. 나한테 송충이를 없애 달라고 부탁한 장미꽃이니까(두세 마리는 나비가 되라고 남겨놓긴 했지만). 투덜대거나 으스댈 때마다, 가끔은 아무 말도 하지 않을 때에도, 내가 귀를 기울여줬던 장미꽃이니까. 그 장미꽃은 내 장미꽃이니까."

이제 어린 왕자는 다시 여우 곁으로 갔습니다. 어린 왕자가 말했습니다. "안녕." 여우가 말했습니다. "안녕. 이제 나만의 비밀을 알려줄게. 아주 간단한 거야. 마음으로 봐야 정확하게 볼 수가 있어. 소중한 건 눈에 보이지 않는 법이거든."

어린 왕자는 잊어버리지 않도록 그 말을 중얼거렸습니다.

"소중한 건 눈에 보이지 않는 법이다."

아 이 들 을
자세히 보는 방법

몇 년 전 영국의 콘월이란 곳에 갈 기회가 있었는데, 거기서 저는 어느 서점에 들러 종교 서적을 한 아름 구입했습니다. 그 뒤 몇 달 동안 그 책들을 탐독한 결과 한 가지 공통점을 발견할 수 있었습니다. 그것은 바로 '인생이든 인간이든 겉모양만 보고 판단하면 소중한 걸 놓치게 된다'는 가르침이었습니다.

여기서 다시 한 번 짚고 넘어갈 게 있습니다. 제가 '교사'라는 표현을 쓸 때, 그 말은 따분한 수업을 수없이 들은 걸 증명하는 학위를 가진 사람을 가리키는 게 아닙니다. 제가 말하는 교사는 부모님, 후견인, 길모퉁이에서 아이스크림을 파는 사람 등등 내 주변의 모든 사람들을 말합니다. 인간은 서로가 서로를 가르침니다. 그렇기 때문에 저마다 교사인 인간은 정말로 소중한 게 무엇인지를 알아야 합니다. 소중한 게 뭔지 알고 있어야 어떤 일이 가능한지 알 수 있으니까요.

놀랍게도, 우리 삶에서 소중한 것들은 아주 많은데도 그것들 중 눈에 보이는 것은 극히 제한되어 있고 매우 적습니다. 제가 무척 존경하는 하버드 대학교의 버크민스터 풀러 교수가 얼마 전에 우리 학교를 방문했습니다. 그분은 커다랗고 두툼한 안경을 끼고 귀에는 보청기까지 달았지만, 분필 한 자루와 칠판 하나를 가지고 사람들을 3시간 내내 꼼짝 못하게 만들 정도로 열정이 넘쳤습니다.

어떻게 그럴 수 있는지 궁금하지 않으십니까? 얼마 전에 버크민스터 풀러 교수도 수많은 위인들이 던졌던 질문을 똑같이 제기했습니다. 인간에게 있어 가장 소중한 것은 무엇일까? 육체일까? 정신일까? 팔일까? 다리일까? 손가락일까? 정말로 소중한 게 무엇일까? 나는 누구일까? 도대체 '나'라는 인간은 누구일까?

그분이 얼마 전에 《새터데이 리뷰^{Saturday Review}》에 멋진 글을 기고했습니다. 78세의 나이에도 무엇이 인간을 독특한 존재로 만드는지를 탐색한 탁월한 문장이었습니다. 그는 인간이 이렇게 신비로운 이유, 한 인간을 알게 되면 그 독특함과 색다름 때문에 사랑할 수밖에 없게 되는 이유에 대해 썼습니다.

사람은 누구나 어울려 살아야 합니다. 제 삶에는 여러분들이 필요합니다. 여러분 없이는 제 삶이 완전할 수 없으니까요. 그러나 더 중요한 일이 있습니다. 그건 여러분 자신의 존재에 대해 스스로 알고 난 후에 제게 비로소 뭔가를 줄 수 있다는 것입니다. 그건 저도 마찬가지입니다. 자기 자신에 대해 아는 것, 자신의 존재 가치를 분명히 파악하는 것, 그것이 중요합니다.

제가 책을 읽는 이유는 무엇일까요? 여행을 하는 이유는 무엇일까요? 남의 말에 귀를 기울이는 이유는 무엇일까요? 사랑을 하는 이유는 무엇일까요? 그 모든 것은 더 많은 걸 쌓아서 더 많은 사람들과 나누고 싶기 때문입니다. 《새터데이 리뷰》에 기고한 글에서 버크민스터 풀러 교수는 이렇게 썼습니다.

나는 78세다. 그동안 1,000톤이 넘는 물과 음식과 공기를 섭취했으며, 또 그만큼의 머리카락, 피부, 살, 뼈, 혈액을 폐기 처분해온 나이다. 나는 3.2킬로그램으로 태어나 32킬로그램, 72킬로그램이 되더니 92킬로까지 나간 적이 있다. 그러다 다시 32킬로그램이 빠졌는데, 그때 이런 생각이 들었다.

"그 32킬로그램은 누구였지? 난 여기 이렇게 건재하게 살아 있는데."

내 몸에서 빠져나간 32킬로그램은 1895년에 뼈와 살의 재고 목록에 기재되었던 내 몸무게의 열 배에 해당된다. 최근 며칠 동안 먹은 음식의 무게를 모두 더한다고 해서 그때의 내가 되지는 않는다. 그 음식들의 일부는 잠깐 내 머리카락이 되었다가 한 달에 두 번씩 잘려 나갈 것이다. 오장육부에서 빠져나간 32킬로도 '나'가 아니며, 현재 내 몸속에 남아 있는 원자들도 '나'가 아니다.

우리는 이렇게 덧없고, 오감으로 감지할 수 있는 물질의 집합체를 '나', 혹은 '너'로 규정짓는 커다란 오류를 범하고 있다. 사람이 눈을 감으면 부산한 저울질이 시작된다. 암에 걸린 빈곤층들은 아예 저울을 침대로 삼는다. 생전과 사후의 몸무게 차이는 허파에서 빠져나간 공기와 외부로 방출된 소변의 양에 불과하다. 목숨은 전혀 무게가 나가지 않는다.

뒤이어 풀러 교수는 인간의 이성으로 화제를 옮깁니다. 그의 말에 따르면, 인간의 생각은 끊임없이 변합니다. 어린아이의 생각과 어른의 생각은 다릅니다. 오늘 밤의 생각과 일주일 뒤, 혹은 보름 뒤의 생각이 다르니 이렇게 수시로 변하는 생각도 결코 소중하다고 할 수는 없습니다.

그렇다면 '나'라는 인간은 누구일까요? 그가 영원하다고 말하는, 특출하면서 막연한 이것은 무엇일까요? 그는 그 글을 이렇게 마무리 지었습니다.

인간은 우주에서 없어서는 안 될 역할을 담당하고 있다. 위대한 시나리오의 거시적 또는 미시적 측면에서 보나, 시간 개념을 현실화한 점에서 보나, 인간이 완전하고 영원한 존재임을 우리는 본능적으로 알고 있다. 지각은 순간적이지만 지식은 영원하다. 뇌는 순간적이지만, 이성은 영원하다. 인식하고 파악하는 것은 순간적이며 일시적이다. 그러니 이해하고 아는 것은 영원하다. 아이들도 이런 사실을 본능적으로 안다.

어린이와 관련된 직업에 종사하는 사람들은 굳은 결심과 의지로 '나'라는 인간을 찾아서 어린이에게 나눠줘야 할 뿐 아니라 아이들도 자유롭게 '나'라는 인간을 찾고 계발하고 그 기쁨에 빠져들고, 그리하여 다른 이들에게 나눠줄 수 있도록 도와야 합니다.

자기 삶에 가장 소중한 것이 무엇인지를 알아야 아이들에게 소중한 것이 무엇인지 가르칠 수 있습니다. 사실 교육 전문가인 우리도 겉으로 드러나는 아이들의 일부분만 보고 지나치거나 판단하는 경우가 많습니다. 심지어 어떤 사람들은 아이들을 여러 갈래로 나누곤 합니다. 그들은 어른을 대할 때도 전부가 아닌 일부만 쳐다봅니다.

어른들이 아이들을 어떻게 대하는지 관찰하면 참 재미있습니다. 학교 생활에 문제가 있는 아이를 언어 치료사는 혀가 짧고 말을 더듬고 언어 사용에 문제가 있는 아이로 봅니다. 그러나 임상의는 운동 근육에 문제가 있는 아이라고 합니다. 그런가 하면 심리학자는 학습 장애나 정서 장애가 있는 아이로 보고, 신경과 의사는 중추신경계에 이상이 있는 아이로 봅니다. 독서지도사는 지각력에 문제가 있는 아이로 보며, 교장 선생님은 조직 생활에 문제가 있는 아이로 보고, 일반 교사는 골칫덩어리로 여깁니다.

부모의 눈에는 완벽한 아이로 보이는데도 학교를 둘러싸고 있는 소위 교육 전문가라는 사람들은 절대 그렇지 않다고 우깁니다. 그러면 결국 부모도 아이의 잠재력을 발견하는 걸 포기하고 끝내 문제아로 여기게 됩니다. 제가 보기에 이것은 정말로 소중한 것을 놓치는 행위입니다. 어른들은 모두 자신의 눈을 통해 아이를 쳐다보고 판단하는데, 사람의 눈이야말로 인체 기관 중에서 가장 부정확하고 변덕스럽고 편견이 많은 부분입니다.

그들은 아이를 보았다고 하지만, 사실은 제대로 보지 못하는 것입니다. 물론 그들의 눈에 비친 모습들을 전부 합친 것이 그 아이일 수도 있지만, 그 아이는 그 모습들을 종합한 것보다 훨씬 위대한 존재일지 모릅니다. 가장 소중한 부분은 눈으로 볼 수 없는 법입니다. 가진 연장이라고는 망치밖에 없는 사람의 눈에는 모든 게 못으로 보이듯이, 경직되고 편향된 하나의 시선에는 오직 하나밖에 보이지 않습니다.

아이를 제대로 보려거든 아이를 이루고 있는 수많은 것들, 즉

눈에 보이는 것과 보이지 않는 것들을 두루 봐야 하며 망치 하나가 아닌 수많은 연장을 써서 아이를 다뤄야 합니다. 그렇다면 이런 질문이 가능합니다. 무엇이 정말로 소중한 게 무엇인지 보지 못하도록 우리를 방해하고 있을까?

제일 먼저 지식을 꼽을 수 있습니다. 최근 저는 인간의 지각에 관한 책을 읽다가 이런 결론을 내렸습니다. 중추신경계의 역할은 우리가 알고 있는 것처럼 사물을 곧이곧대로 받아들이는 게 아니라 걸러내는 것이라고 말입니다. 이를 전문용어로 '선택적 지각'이라고 합니다. 인간이 주변의 사물 중에서 극히 일부분만 보게 되는 이유도 바로 이 때문이죠.

생각해보십시오. 지금 이 강의실 안에서는 온갖 일들이 벌어지고 있습니다. 그런데도 여러분은 의식적으로 제게 집중하고 있습니다. 서로 마음이 통하려면 집중을 해야 하니까요. 그렇기 때문에 여러분의 귀에는 기침 소리도, 사람들이 들락날락하는 소리도, 옆 사람의 배가 꼬르륵대면서 '배고파요, 선생님. 빨리 끝내줬으면 좋겠어요!' 하는 소리도 들리지 않는 것입니다.

여러분이 저한테 집중하기로 결정하면서 주변 소음을 꺼버렸기 때문에 이런 소리들이 하나도 안 들리는 것입니다. 만약 그렇게 하지 않으면 공상에 잠기거나 집 생각, 애인 생각이 꼬리를 물고 나겠죠. 인간의 지식이 극히 제한적이라는 사실을 지금 이 시간 여러분들이 몸소 입증하고 있는 셈입니다.

언 어 란
의사소통의 장애물일 뿐

지금 여러분과 저 사이에는 제가 던지는 말 때문에 공기가 진동하는 것 외에도 많은 일들이 벌어지고 있습니다. 우리 앞에 놓인 가장 큰 장애물 중 하나는 언어인지도 모릅니다. 저는 때때로 우리가 의사소통이 된다는 게 신기하다고 느낍니다. 제가 사랑의 정의를 내려 달라고 하면, 사람들마다 아주 다른 수많은 정의가 쏟아져 나올 것입니다. 집, 애정, 두려움, 놀라움의 경우도 마찬가지입니다.

우리는 현재 느끼는 것이 현실의 전부라고 생각하는 경향이 있습니다. 말도 안 되는 소리입니다! 여러분은 언제 어디에 있건 시작에 불과한 지점에 놓여 있습니다. 이제 막 우주와 나에 대해 알기 시작하는 단계입니다.

인간의 감성을 계발하는 모임에 참석해보면, 여태껏 한 번도 경험해보지 못한 새로운 감각을 느끼며 깜짝 놀라게 됩니다. 촉각, 후각, 미각 등 지금까지 분명히 몸에 지니고 있으면서 한 번도 사용하지 않은 감각을 실생활에 적용한다는 것이 얼마나 신비로운지를 알게 됩니다. 이런 감각들을 끊임없이 계발해야 합니다. 무슨 마술을 부리자는 게 아닙니다. 그저 감각들을 익히고 계발하라는 것입니다. 제한된 세상에 갇힌 채 느끼는 게 전부라고 생각하지 말라는 뜻입니다.

저는 지각에 관한 한 우리 아버지가 세상에서 제일 위대한 선생님이라는 사실을 몰랐습니다. 제가 강의 중에 우리 아버지에 관한 이야기를 자주 꺼내는 이유는 그만큼 훌륭한 분이기 때문입니다. 아버지는 우리 형제들이 아주 어렸을 때부터 와인 맛을 가르쳤습니다. 멋있지 않습니까? 그리하여 저는 10대 중반의 소년일 때 대부분의 이탈리아산 와인을 감별해낼 수 있었습니다.

미국의 식당에서 외식을 할 때면 웨이터가 와서 '와인 맛을 보시겠습니까?' 하고 묻습니다. 이 말에 사람들은 약간 당황하면서 '그러죠' 하고 대답을 하곤 합니다. 웨이터가 잔에다 와인을 약간 따르면 입에 댔다가 내려놓으면서 이렇게 말합니다. '좋네요!' 아마 와인 대신 식초를 따라놓아도 사람들은 똑같이 대답할지 모릅니다. 아버지는 늘 이렇게 말씀하셨습니다.

"와인을 마신다는 것은 성찬식에 버금가는 의식이란다."

와인을 마시려면 모든 감각을 총동원해야 합니다. 먼저, 잔을 들어서 불빛에 비춰봅니다. 색깔을 보는 겁니다. 와인마다 색깔이 다릅니다. '이 색깔 좀 봐. 예쁘지?' 하면서 모두 쳐다볼 수 있게 잔을 한 바퀴 돌립니다. 웨이터들은 단번에 꿀꺽꿀꺽 마시고 금세 내려놓는 손님들을 너무나 자주 보아왔기 때문에 잠시 기다렸다가 조금 더 따라줄 생각도 하지 않고, 와인 맛을 제대로 음미하기도 전에 벌써 저만큼 사라져버립니다.

그다음은 향기를 맡을 차례입니다. 살짝 흔든 다음에 코를 대면 포도의 상큼한 향이 느껴집니다. 그다음이 맛을 볼 차례입니다. 혀끝으로 살짝! 혀는 아주 예민한 기관이라서 끝에서 느끼는 맛과 뒷부분에서 느끼는 맛이 다릅니다. 먼저 혀로 맛을 보고 난 다음에 입 전체로 맛을 봅니다. 이런 절차를 모두 마치고 난 다음에야 와인의 맛이 좋은지 아닌지를 알 수 있습니다. 실로 다방면에 걸친 경험이라 할 수 있습니다.

우리는 흔히 자신이 만들어놓은 자아를 소중하다고 생각합니다. 하지만 단언컨대 그 자아를 만든 사람은 여러분이 아닙니다. 그것은 유감스럽게도 다른 사람이 만든 것입니다. 어떤 사람이 되어야 하고, 어떤 사람은 되지 말아야 하며, 어떻게 움직여야 하고, 어떻게 냄새를 맡아야 하고, 어떤 것은 어떻게 해야 하는지 그 모두가 다른 사람들이 여러분에게 알려준 것들입니다.

한 발짝 뒤로 물러나서, 자아를 테이블 위에 올려놓고 '너는 여기서 잠깐만 기다려!' 하고 말할 수 있다면 얼마나 좋을까요? 그렇게 한다면 새로운 깨달음이 내 안으로 들어올 수 있습니다. 자아는 자기방어를 위해 주변에다 거대한 담벼락을 쌓아놓는 습성이 있습니다. 그러고는 그 담을 '현실'이라고 부르죠.

그렇게 만들어진 울타리 안에 갇힌 자아가 보기에 현실이 아닌 것은 결코 울타리 안으로 들어올 수가 없습니다. 그리하여 사람들은 흔히 보고 싶은 것만 보고, 듣고 싶은 것만 듣고, 맡고 싶은 냄새만 맡으며 지냅니다. 그 밖의 것들은 없는 것이나 마찬가지가 됩니다. 그러나 사실은 그렇지 않습니다. 우리는 이것들을 받아들이고, 만지고, 맛보고, 끌어안고, 겪어야 합니다. 우리가 원하는 대로가 아니라 있는 그대로 말입니다.

우리는 중독성 습관들을 소중하다고 생각합니다. 제가 '중독'이라는 표현을 쓴 이유는 말 그대로 우리가 터무니없는 생각에 중독된 나머지 거기서 빠져나올 방법을 모르기 때문입니다.

어느 날 저는 라파스 근처의 해변에 앉아서 못된 습관들을 모조리 적어본 적이 있습니다. 잘못된 습관들이 하도 많아서 종이 한 장을 꽉 채우고도 남았습니다. 저도 인간인지라 중독이 됩니다. 저는 결코 완벽하지 못한 사람이거든요. 저도 눈물을 흘릴 때가 있고, 외로울 때가 있습니다. 때문에 제 이야기를 듣겠다고 달려오는 분들을 보면 몸 둘 바를 모르겠습니다. 한번은 제 강의를 듣기 위해 뉴저지에서 비행기로 날아오고 있다는 분의 전화를 받은 적이 있습니다.

"버스카글리아 선생님이 직접 강의를 하시나요? 그렇지 않으면 안 가려고요."

오, 이 얼마나 막중한 책임입니까! 도대체 어떤 이야기를 들려드려야 하는 걸까요? 이런 생각 때문에 이 원고를 열 번도 더 고쳤을 겁니다! 아무튼 라파스 해변에 앉아서 못된 습관들을 적어 봤더니 73개나 되었습니다. 저는 그 습관들에 '자아에 반하는 쓰레기'라고 이름을 붙였습니다.

못된 자아, 우리들 머릿속에 주입된 터무니없는 생각들, 우리는 살면서 새로운 것들을 받아들이고 새로운 방향으로 나아가려 하지만 이 못된 자아의 쓰레기들이 한사코 훼방을 놓습니다. 그런데 그 많은 쓰레기들, 내 삶에서 정말로 소중한 것을 보지 못하게 방해하는 것들 중에서도 무관심이 가장 나쁩니다.

사랑의 반대말은 증오가 아니라 무관심입니다. 무관심은 죽음보다 나쁩니다. 증오나 분노, 절망 같은 나쁜 감정을 갖고 있는 사람은 어떻게든 해볼 수가 있지만 아무것도 느끼지 않는 사람은 도저히 어쩔 도리가 없습니다. 얼마 전에 다음과 같은 내용의 편지를 받고 저는 기운이 쭉 빠지는 기분이었습니다.

"선생님의 강연 테이프를 들었더니 포크너William Faulkner의 《야생 종려나무The Wild Palms》를 인용하셨더군요. 고통과 무감각 중에 하나를 고르라면 고통을 선택하겠다고요. 그 말씀을 저는 이해할 수가 없습니다. 저라면 고통보다는 무감각을 택하겠어요."

제가 자주 인용하는 심리학자 R. D. 랭은 이렇게 말했습니다.

"태어나는 순간부터 인간은 인간이 되도록 프로그래밍되어 있다. 사회와 부모와 교육자가 원하는 인간이 되도록 말이다."

그런데 정말로 무서운 것은 이런 가르침에 중독된 나머지 '배운 나'와 '실제 나'를 동일시하기 시작한다는 점입니다. 원래 있었던 '나'라는 존재 위에다 가족들이 하는 말, 사회가 하는 말, 친구들이 하는 말을 산더미같이 쌓아놓는 겁니다. 그런 말들이 흡수되면 그것이 곧 내가 되고, 평생 동안 그런 '나'를 보호하다 눈을 감고, 새로운 자아의 도전과 마주치기 싫어서 마침내 무관심을 택하게 됩니다.

지 금 의 나 를 인 정 하 지 못 하 면
새로 시작할 수 없다

우리는 살아가면서 완벽한 모델을 만들어놓고, 그것을 이루기 위해 평생을 낭비합니다. 우리는 어떤 날을 보내고 나서 완벽한 하루였다고 생각합니까? 우리의 욕심대로 맞아떨어진 날, 우리가 원하는 대로 흘러간 날을 완벽한 하루였다고 생각합니까?

우리는 흔히 원하는 대로 되지 않은 날을 엉망진창이라고 치부합니다. 생각조차 하고 싶지 않은 날로 기억하고, 아예 기억에서 지워버리려고 합니다. 과연 그럴까요? 엄밀히 이야기해서 하루는 그 자체로 완벽합니다. 완벽해야 한다고 까탈을 부리는 쪽은 바로 우리일 뿐, 그것 자체로 이미 완벽하기 때문에 만족하고 받아들이는 자세가 필요합니다.

욕망은 더 많은 욕망을 낳습니다. 바라는 게 많다 보면 자신의 고정관념들과 맞아떨어지지 않는 새로운 일들이 벌어질 가능성이 사라집니다. 저는 이런 경우를 수없이 목격했습니다. 세상의 모든 부모들은 아이들과 함께 살 멋진 집을 마련하기 위해 밤낮으로 열심히 일하지만, 정작 그런 집을 장만하면 아이들에게 맘껏 지내지 못하게 합니다.

"소파 위에 다리를 올려놓지 마라. 거실에서 뛰면 안 돼. 신발 벗어. 이 집에서는 그러면 안 된다니까!"

중독이 된 고정관념 때문에 빚어지는 부작용들은 너무도 많습니다. 누구나 대학을 가야 한다고 생각합니다. 대학을 안 가는 건 창피한 일이라고 생각합니다. 이런 세상에 내몰린 아이들은 언젠가는 반드시 무너집니다.

예전에 어떤 가족과 가깝게 지낸 적이 있는데, 속상한 일들이 참 많았습니다. 그 집에 열여섯 살 난 아들이 있었는데 심각한 학습 장애로 글을 읽을 수 없었습니다. 하지만 그 애는 제가 보기엔 이 세상에서 가장 눈부신 소년이었습니다. 매일 운동을 하는 게 습관이었던 그 소년은 육체적으로나 정신적으로 건강할 뿐만 아니라 사람들을 좋아했고, 무엇보다도 자연을 대하며 끊임없이 감탄하는 아이였습니다.

교육자들은 그 아이가 글을 읽을 수 없다고 말했지만, 사람은 누구나 글을 읽을 줄 알아야 한다는 중독성 고정관념에 사로잡혀 있는 부모님은 그 아이를 어떻게든 글을 읽을 줄 아는 사람으로 만들어야 한다고 고집을 부렸습니다. 아이에게 정말로 소중한 게 무엇인지를 무시한 부모님 탓에 그 소년은 지금 정신병원에 가 있습니다.

요즘 부모들은 자녀가 만약 부모의 고정관념을 하루에 스무 개씩 만족시킨다 하더라도 나머지 하나를 만족시키지 못하면 그 한 가지가 마음에 걸려서 속상해합니다. 우리 모두는 지금 이런 식으로 살고 있습니다.

만약 주위 사람들이 어떤 사람에게 하루 종일 대단하다, 놀랍다, 너는 지금 최고의 대접을 받을 자격이 있다고 말해준다고 칩시다. 그런데 누군가 나타나서 '나는 네가 싫어!'라고 말하면 당장 절망에 빠져버립니다. 얼마 전에 '깨달음'을 주제로 다룬 어떤 책을 읽었는데, 그 책에 이런 글이 있었습니다.

인간의 감각에는 한계가 있고, 중추신경계에도 한계가 있고, 개인적인 범주나 사회적인 범주에도 한계가 있고, 언어에도 한계가 있다. 여기에 더 보태자면, 우리는 과학의 법칙 덕분에 진리라고 여겨지는 지식들을 훨씬 많이 수집하게 됐는데 이것 역시 한계가 있다.

우리 주변에 있는 모든 사물에는 분명 나름의 한계가 있지만, 이 모든 걸 바꿀 수 있습니다. 당장 내부 프로그램을 바꾸기만 하면 되니까요. 그것은 아주 간단한 일이지만, 먼저 결심을 해야 합니다. 지금 당장 이렇게 말하는 겁니다.

"나는 지금부터 체험을 시작하겠다! 음식의 맛을 보기 시작하겠다! 사람들을 느끼기 시작하겠다! 하늘을 보겠다! 공기의 냄새를 맡겠다! 모든 걸 느껴보겠다! 무심코 잠자리에 들기보다는 이불과 내 몸의 감촉을 느껴보고, 다른 사람의 기분을 살필 것이며, 이웃의 손을 잡을 것이며, 나 자신과 내 변화와 내 발전과 내 존재를 인식하겠다!"

세상이 이렇게 많은 것들로 가득한데 사소한 것들로 만족하다니 말도 안 되는 일입니다. 작은 공간에 갇힌 채 그게 세상의 전부라고 생각하다니, 말이 되는 이야기입니까?

우리는 육체를 가장 소중하게 생각합니다. 그래서 육체를 돌보는 일에 세상 무엇보다도 많은 투자를 합니다. 과연 그럴까요? 아시아로 떠나기 전에 저는 제 몸이 귀찮기 짝이 없었습니다. 시간을 너무 많이 잡아먹어서 말입니다.

한번은 우리 집에 모여서 학생들과 세미나를 하는데, 이 몸이 정말 귀찮다는 말을 꺼낸 적이 있습니다. 그랬더니 몇 사람은 제가 앞으로 몸을 함부로 다루겠다는 말인 줄 알고 걱정을 했습니다. 그건 결코 아닙니다. 저는 저 자신을 사랑합니다. 저는 그 당시 요가를 배우고 있었는데, 한번은 요가 선생님이 이렇게 말했습니다.

"잠깐만요! 몸은 '나'를 담고 있는 그릇이에요. 원하는 곳, 원하는 시간에 제대로 도착하려면 최상의 컨디션을 유지해야죠. 몸을 존중하세요. 소중한 것들을 담고 있는 그릇이잖아요."

그 순간 '저'라는 인간이 새롭게 느껴졌습니다. 평생을 동양적 구도求道 생활을 수행하며 서구인들에게 선禪을 전파하는 데 힘써온 폴 렙스Paul Reps는 이런 현상을 다음과 같은 한 마디로 압축했습니다.

"현대인들은 일에 너무 정신이 팔린 나머지 거울을 들여다보는 걸 잊어버렸다."

지금의 내 모습을 사랑하라는 뜻을 담은 이 말이 저는 참 마음에 듭니다. 지금의 내 모습이야말로 새로운 나로 나아가는 시발점이기 때문입니다. 그렇다면 먼저 이런 말로 시작을 해야 할 것입니다.

"그래, 나는 나쁜 습관도 있고 한계도 있는 지금의 내 모습을 사랑해. 그렇다고 내일도 계속 이렇게 살겠다는 말은 아니야. 그냥 지금의 나도 좋다는 것이지."

이렇게 인정하지 않고서는 새로 시작할 수가 없습니다. 저한테 마법의 지팡이가 있다면 모든 사람들이 '나는 지금의 내가 좋

아. 난 훌륭한 사람이야'라고 말하게 하겠습니다. 아무리 일에 정신이 팔려 있다고 해도 하루에 한두 번씩은 거울을 들여다보며 '나는 지금의 나를 사랑해!'라고 말하게 만들겠습니다.

아시아를 여행할 때, 저는 도교의 전문가인 박사님 밑에서 공부하는 행운을 잡을 수 있었습니다. 그분의 가르침 덕분에 인간을 더 많이 존경할 수 있게 되었습니다. 도교는 현명하고 너그러운 학자인 노자老子를 숭상하는데, 그는 일찍이 모든 인간은 그 자체로 완벽한 존재라고 설파했습니다. 우리는 누구나 할 것 없이 이미 완벽하다는 것입니다. 세상이 이미 그 자체로 완벽하다는 것입니다. 그럼에도 우리가 쓸데없이 완벽을 추구하기 때문에 거기서 모든 문제가 시작됩니다.

우리가 저마다 이미 완벽한 존재라는 사실을 받아들인다면 얼마나 멋질까요? 사실 지금의 나보다 더 완벽한 내가 어디 있겠습니까? 옆집 사람일까요? 완벽한 내가 어떤 사람인지 옆집 사람들이 과연 알 수 있을까요?

완벽한 내가 어떤 사람인지는 나밖에 모릅니다. 지금의 내가 바로 완벽한 나이며, 완벽한 나는 과거와 현재를 통틀어서 나 혼자뿐입니다. 나를 불완전하게 만들려는 사람들이 있을지도 모르지만 시인 E. E. 커밍스E. E. Cummings가 말했다시피 우리는 '진정한 나'가 되기 위해 평생을 끝없이 전투를 벌여야 합니다. 그렇기에 이렇게 말할 수 있습니다.

"이 세상에서 목숨을 걸 만한 가치가 있는 가장 위대한 단 하나의 전투는 바로 '진정한 나'가 되기 위한 싸움이다."

여러분은 저와 만나면서 이제 본격적으로 자아를 들여다보기 시작했고, 자기 안에 존재하고 있는 완벽함을 사랑하기 위한 작업을 시작하는 지점에 서 있습니다.

우리는 흔히 정신과 육체를 끊임없이 움직이는 걸 소중하게 생각하는데, 저는 이런 현상을 가리켜 '헛소동'이라고 부릅니다. 주위를 돌아보면 헛소동을 일삼는 사람들이 참 많습니다. 아까 소개해드린 폴 렙스는《존재Be!》라는 책에서 이렇게 말했습니다.

우리는 관습적으로 긴장하며 살아가는 훈련을 받는다. 사방을 둘러봐도 긴장하는 훈련뿐이다. 편안하고 행복해지는 훈련은 없다. 가엾은 인간들! 모든 숨 쉬는 것들과 친구가 되라고 태어났는데 자기 자신하고도 친구가 되지 못하다니…….

우리는 끊임없이 세상 곳곳을 돌아다니며 분석합니다. 한꺼번에 대여섯 가지는 동시에 생각하고 수행해야 제대로 살아가는 사람이라는 평가를 받을 지경입니다. 온갖 생각들로 머리가 어지러운 채 잠자리에 들지만, 그 생각들을 비워낼 방법을 모르기 때문에 잠을 잘 수가 없습니다. 머릿속을 비워내는 방법을 배우지 않으면 안절부절 못 하면서 하루 24시간 동안 걱정만 하게 되고, 쓸 데없는 생각 때문에 미쳐버릴 것입니다.

가끔은 모든 걸 내려놓아야 합니다. 그렇게 한다면 정말로 놀라운 일이 벌어집니다. 텅 빈 공간이 아니라 꽉 찬 공간이 인생 앞에 펼쳐집니다. 그리고 우리 앞에 순수한 '나'가 자연스럽게 떠오를 것입니다.

겉 으 로   보 이 는   나 는
내면에 비해 티끌보다 작다

네팔의 어느 사원에서 지낼 때, 저는 여러 번 행복의 꼭짓점에 있는 듯한 순간을 맛보았습니다. 그 당시 선禪을 공부하면서 제가 가장 처음 배운 것이 바로 '무심無心'입니다. 무심이 무엇인지 아십니까?

먼저 외부 자극이 전혀 없는 캄캄한 방에 들어가 앉습니다. '나'를 마주보게 되는 거죠. 스님들이 음식을 갖다 주는데, 겨우 생명을 유지할 정도로 극히 적은 양입니다. 방은 캄캄합니다. 읽을 책도 없고, 텔레비전도 없고, 말을 걸 사람도 없습니다. 오직 저 혼자뿐입니다.

여러분도 한번 해보십시오. 가끔 이렇게 나 하나만을 마주 보고 앉아서 무슨 일이 벌어지는지를 살피면 참 행복하다는 느낌이 들 겁니다. 이 과정에 들어가면 제일 먼저 어떤 기분이 드는지

163

아십니까? '자아를 찾으려면 먼저 자아를 잃어야 한다'라는 말이 있습니다. 처음엔 복잡한 생각들이 꼬리에 꼬리를 물고 이어지지만, 마침내 '될 대로 되라지' 하며 생각을 멈추고 머리를 비우면, 아련한 평화가 찾아오고 행복한 느낌이 엄습합니다. 마음을 비우십시오. 그러면 생각지도 못했던 새로운 것들이 찾아옵니다.

유대교 신비주의 카발라 경전에 나오는 글을 여러분에게 소개할까 합니다.

모든 인간은 그대로 머물러 있는 건 아무것도 없다는 것을, 그리하여 모든 게 항상 변하고 달라진다는 것을 깨달아야 한다. 영원 불변인 것은 없다. 모든 게 태어나서 자라고, 언젠가는 죽는다. 무엇이든 정점에 달하는 그 순간부터 저물기 시작한다. 소멸을 향해 끊임없이 움직이는 것이 자연의 법칙임을 잊지 마라.
실재란 없다. 세상 그 무엇도 특성이 유지되거나 고정되거나 불변하는 것은 없다. 영구적인 것은 없이 모든 것은 변한다. 따라서 모든 인간은 모든 것이 진화하고 분해되는 모습의 그 끊임없는 작용과 반작용, 유입과 유출, 축적과 해체, 창조와 파괴, 탄생과 성장과 죽음을 알아야만 한다. 실재하는 것은 없으며, 불변하는 것도 없으며, 모든 게 변한다.

이 사실을 받아들이려면 '헛소동'을 중지해야 합니다. 마음을 비우고 나 자신을 되찾고, 새로운 마음으로 채워야 합니다.

살아가면서 우리는 또 든든한 방패막이를 소중하게 생각합니다. 우리가 얼마나 방패막이에 집착하는 사회에 살고 있는지, 우리가 얼마나 방패막이를 만들어놓는 걸 중요하게 생각하는지 주위를 돌아보면 얼마든지 알 수 있습니다.

우리는 재물을 모아두어야 한다고 생각합니다. 영향력 있는 사람들을 가까이해야 한다고 생각합니다. 목표가 있어야 안심을 합니다. 돈이 많아야 안심을 합니다. 왜냐하면 이 모든 것이 나를 지켜주는 든든한 방패막이라고 믿기 때문입니다.

아시아로 떠나기 전에, 저는 재미있는 일을 겪었습니다. 당시 두 달 사이 우리 집에 도둑이 세 번이나 들었습니다. 처음 도둑을 맞았을 때는 경찰에 신고했고, 경찰관이 달려와서 조사를 했습니다. 경찰과 함께 도난당한 물건들을 조사하면서 제가 말했습니다.

"저보다 그 물건들이 더 필요한 사람이 가지고 갔나 봅니다."

제 말에 경찰관은 노발대발하면서 이렇게 말했습니다.

"그런 생각을 하다니, 정신이 나간 거 아닙니까?"

그런데 그로부터 2주 후에 퇴근해서 집에 와보니 또 도둑이 왔다 간 흔적이 보였습니다. 그리고 그로부터 3주 후에 또다시 도둑이 들었습니다. 저는 거실 소파에 앉아서 이런 생각을 했습니다.

'도둑이 들 때마다 뭔가가 없어지니까 우리 집은 훔칠 물건이 점점 줄어들겠지. 이 집이 몽땅 털리면 가지고 갈 게 남아 있지 않을 테니, 그럼 나 혼자의 힘으로 범죄를 막는 셈이야.'

처음 아시아로 떠났을 때, 저는 하루 생활비로 35센트를 썼습니다. 그리고 가장 최근에 아시아 여행을 했을 때는 하루 생활비가 20달러였습니다. 예전보다 훨씬 풍족하게 지냈지만 그때보다 넉넉하지는 않았습니다. 돈은 있으면 좋지만 필수품은 아니며, 방패막이는 더욱 아니라는 사실을 온몸으로 깨닫는 나날이었습니다. 부처는 이런 말을 남겼습니다.

"아침에 눈을 떴을 때 우리는 천사의 얼굴을 하고 있지만, 잠이 들 때는 악마의 얼굴을 하고 있다. 하루 종일 방패막이를 찾아 헤매느라 그런 것이다."

우리는 다른 사람들을 떠밀고 밀칩니다. 그들이 무섭기 때문입니다. 숨돌리는 걸 잊어버렸기 때문입니다. 그래야만 생존 경쟁에서 이긴다고 생각하기 때문입니다. 정말로 소중한 게 무엇인지, 정말로 중요한 게 무엇인지 생각하는 법을 잊어버렸기 때문입니다. 방패막이는 바로 우리 자신입니다. 자기만이 자신을 지킬 수 있다는 사실을 잊지 마십시오.

살면서 우리는 자신의 오감을 만족시키는 일을 소중하게 생각합니다. 가진 것이 많을수록 욕심도 많아집니다. 재물에 대한 욕심, 관심에 대한 욕심, 더 많은 걸 갖고 싶은 욕심이 끝이 없습니다. 이런 욕심을 만족시키기 위해 우리는 늘 바쁩니다.

우리는 끊임없이 더 높은 자리를 찾아 헤맵니다. 그러면서도 고통을 바라지는 않습니다. 하지만 살아가면서 고통을 겪으며 배우는 게 얼마나 많은지 아십니까? 애써 고통을 자초하며 살라는 말이 아닙니다. 고통을 두 팔로 껴안고서 이겨내라는 뜻입니다. 그러는 과정에서 깨닫는 것들이 인생의 뿌리와 줄기와 가지를 튼튼하게 하는 자양분이 된다는 사실을 잊지 마십시오.

아무 생각 없이 고생만 하는 건 정말 어리석은 짓입니다. 인생은 더 나은 것을 이루기 위해 끊임없이 노력하는 과정입니다. 높은 자리를 경험해보는 것도 좋은 일입니다. 아니, 높은 자리를 가능한 한 많이 경험해봐야 합니다. 높은 자리에 올라서서 잠재력을 더 많이 계발하고 발휘하면 침체기가 온다 해도 처음 시작한 자리보다는 몇 단계 높은 곳에 굴러 떨어지는 것에 불과합니다. 그럼 그 상태를 더욱 쉽게 받아들일 수가 있고, 더욱 쉽게 마음을 비울 수 있습니다.

그렇게 깨닫게 되는 '나'는 과연 무엇일까요? 육체가 곧 나는 아닙니다. 프로그램도, 교육도 나의 전부는 아닙니다. 육체적인 껍데기도, 감각도, 지각도, 힘도, 현재 느끼는 감정도, 지금 눈앞에 나타나는 반응도 나의 전부는 아닙니다.

우리는 이 모든 것들을 전부 합친 것보다 훨씬 더 거대한 존재입니다. 그것들은 그저 내가 가진 잠재력의 일부일 뿐입니다. 겉으로 드러난 나보다 숨어 있는 내가 훨씬 더 크다는 걸 알아야 합니다. 겉으로 드러나는 나는 숨어 있는 나에 비하면 티끌이나 마찬가지입니다.

지 금 가 고 있 는 길 은
가능성 중의 하나

인간은 누구나 '나'라는 존재의 모습을 선택하지만, 그게 정말로 나의 모습을 선택하는 것일까요? 인간의 외형과 내면에는 여러 가지 모습들이 존재하며, 그 모습의 조합으로 '나'라는 존재를 만들게 되는데, 그 중에서 실제로 나와 일치하는 조합은 하나뿐입니다. 호기심이나 경외감이나 욕심으로 인해 생긴 가식, 삶의 신비를 여행하지 못하게 하고, 자기에게 부여된 재능을 깨닫지 못하게 하고, 진정한 '나'를 보고 감탄하지 못하게 하는 이러한 가식들을 모두 없애야 실제의 자기 자신과 일치하는 조합을 찾을 수 있습니다.

그렇다면 어떻게 해야 자아와 만날 수 있을까요? 첫째는, 인식을 해야 합니다. '인식'이라는 말은 얼마나 멋진 단어입니까? 인식해야 합니다. 모든 걸 인식해야 합니다. 삶을 인식해야 합니다. 발전을 인식하고, 죽음을 인식하고, 아름다움을 인식하고, 사람을, 꽃을, 나무를 인식해야 합니다.

열린 마음으로 보고, 느끼고, 체험하기 시작하십시오. 지금까지와는 전혀 다르게 만지고, 느끼고, 씹어보십시오. 그러한 행위를 부끄러워하지 마십시오. 한순간도 발전을 멈추지 마십시오. 발전할 때마다 여러분은 달라집니다. 머리를 열고, 가슴을 열고, 두 팔을 벌리고, 세상 모든 걸 내 안에 담아야 합니다. 담고, 담고, 또 담아도 끊이지 않을 것입니다. 언제나 더 많은 것이 기다리고 있을 겁니다.

가령 나무를 보면서 무언가를 발견할수록 점점 더 발견할 것들이 많아집니다. 베토벤 소나타를 들어보십시오. 시집 한 권을 펼쳐보십시오. 한 사람을 사랑해보십시오. 그러면 자연의 신비를, 아름다움을, 더 많은 사람을 사랑하게 될 것입니다. 절대로 발전을 멈추면 안 됩니다.

다른 길을 찾아보십시오. 지금 걷고 있는 길은 하나의 가능성에 불과합니다. 세상 모든 것마다 수천 갈래의 길이 있게 마련입니다. 저는 이 말을 할 때마다 언제나 사랑하는 남자의 전화를 기다리는 여성을 예로 듭니다.

그녀는 전화를 기다립니다. 남자가 4시에 전화를 하겠다고 했으므로 1시부터 전화받을 준비를 합니다. 여자는 이번에 남자가 청혼할지도 모른다는 기대에 차 있습니다. 그러면 그녀는 남자의 프러포즈를 기쁘게 받아들일 작정입니다. 마침내 4시가 되었습니다. 하지만 전화벨은 울리지 않습니다. 그녀는 계속 기다립니다. 하지만 4시 반에도 전화벨은 울리지 않고, 5시에도 울리지 않고, 6시에도 울리지 않습니다. 9시가 되자, 그녀는 멍한 얼굴로 화장실에 가서 칼로 손목을 그었습니다. 왜 그랬을까요? 남자한테 배반당했다고 생각한 그녀는 그것밖에는 달리 선택할 게 없다고 생각했기 때문입니다.

정신적으로 건강한 사람은 대안을 많이 준비해놓습니다. '이게 어긋나면 또 어떤 방법들이 있을까?' 하고 생각할 줄 아는 사람입니다. 그 여자에게는 칼로 손목을 긋는 것 말고 또 어떤 방법이 있었을까요? 남자에게 전화를 걸면 됩니다. 전화를 걸어 '4시에 전화를 하겠다고 해놓고 어떻게 된 거예요? 손가락이 부러지기라도 했어요?'라고 따지면 됩니다.

세상에는 수없이 많은 문제가 있고 해답이 있지만, 또 그만큼의 대안이 숨어 있습니다. 이 말은, 세상의 모든 문제에 대한 해답은 하나뿐이 아니라는 것입니다. 좋은 것/나쁜 것, 맞는 것/틀린 것, 정상/비정상, 이렇게 흑백으로 가르지 말고 흰색과 검은색을 섞어가면서 창조적으로 여러 가지 대안을 만들어봅시다.

지금 제 수업을 듣는 학생들 중에 시각장애인 여학생이 있는데, 그녀는 저보다도 훨씬 정상적인 사람입니다. 때로는 저보다도 훨씬 또렷하게 볼 줄 알기 때문입니다. 그 학생은 이렇게 말합니다.

"선생님이 앞을 보는 게 정상이듯이, 저는 앞을 보지 못하는 게 정상이랍니다."

무엇이 정상입니까? 무엇이 맞고, 무엇이 틀린 겁니까? 진정한 자유인은 대안을 자유롭게 찾고, 자유롭게 선택합니다. 물론 그 자유에 따르는 책임을 지겠다는 결심은 필수입니다. 대안을 선택했는데, 생각대로 일이 안 풀린다고 해서 저를 원망할 생각은 하지 마십시오. 여러분이 선택한 대안을 원망하십시오. 그리고 곧바로 다른 대안을 모색하십시오.

직접 선택한 붓과 직접 선택한 물감으로 여러분만의 천국을 그리고, 그다음엔 그곳의 주인이 되십시오. 실존하지 않는 인간이 된 책임은 오직 그 사람에게 있습니다. 그러니 과거는 잊어버리고 현재에 집착하십시오. 현재가 알아서 해결해줄 겁니다.

인생이란 한 컷 한 컷으로 나뉘는 필름이 아닙니다. 지금의 내가 마음에 안 드십니까? 그럼 바꾸십시오! 다른 사람이 되면 됩니다. 여러분 나름대로 변화의 방법을 모색하고, 그 방법을 시험하십시오. 그런 과정에서 겪게 되는 좋지 않은 경험을 피하지 마십시오. 나쁜 경험을 통해서도 배우는 게 많기 때문입니다.

불쾌한 기분을 주는 사람들을 회피하지도 마십시오. 그들을 보면 고개를 돌리게 되지만, 그들 덕분에 나 자신을 재평가하고 새로운 시각에서 나를 바라볼 수 있으니 어떤 의미에서는 그들 또한 나의 스승인 셈입니다.

아시아에 있을 때 깨달은 교훈 중에 또 하나 여러분께 소개할 게 있는데, 그것은 바로 기대를 버리라는 겁니다. 깊은 교훈을 쉽게 풀어서 전달하는 것으로 유명한 부처는 '아무것도 바라지 않을 때 천하를 얻을 수 있다'라고 말했습니다. 정말 가슴에 와 닿는 말입니다. 아무런 기대 없이 묵묵히 자기 일에만 집중하는 사람은 이미 바라는 모든 걸 손에 넣은 셈입니다.

아무것도 바라지 마십시오. 그럼 천하를 얻을 수 있습니다. 사람들이 주는 선물은 모두 반갑게 받으십시오. 고마워하고, 끌어안고, 기쁘게 생각하십시오. 하지만 그로부터 더 이상의 기대는 하지 맙시다. 다른 사람들은 여러분의 기대를 만족시키려고 태어난 게 아니니까요.

마지막으로 한 가지, 여러분에게 꼭 필요한 것은 모두 여러분 안에 있다는 사실을 전하고 싶습니다. 그 사실을 인정하기만 하면 세상 모든 것이 여러분의 소유가 될 겁니다. 여러분은 이미 그 자체로 완벽합니다. 고통스러운 완벽함을 추구하는 대신 여러분 나름의 완벽함을 인정하십시오.

노자의 《도덕경道德經》 중 일부를 말씀드리면서 오늘 강의를 마칠까 합니다. 이 책은 제가 지금까지 늘어놓은 이야기를 훨씬 간결하고도 아름답게 표현해놓은 책입니다. 세상의 모든 지혜가 담겨 있는 책이 이토록 얇다는 사실을 알면 깜짝 놀랄 것입니다. 제가 75분 동안 늘어놓은 말을 노자는 단 50단어로 이야기하고 있습니다.

존재란 말로 정의할 수 없는 것이다. 존재를 정의한 문장이 있을지는 모르겠지만, 완벽한 것은 없다. 하늘과 땅이 처음 열렸을 때는 말이라는 게 없었다. 만물이 생기면서 말이 비롯되었다. 인간이 인생의 내면을 무심하게 바라보든, 인생의 표면을 열심히 바라보든, 그 겉과 속은 같으며 다만 표현이 다를 뿐이다. 겉과 속에 이름이 필요하다면 '신비'라고 부르자. 신비하고 신비한 그 속에서 존재가 열린다.

여러분이라는 한 분 한 분의 존재에는 한계가 없습니다. 우리가 만나는 아이들에게 온갖 수식어가 달려 있을지는 모르지만, 아이들의 본질만큼은 한계가 없이 영원합니다. 아이들과 함께 생활해본 분이라면 그 무한한 잠재력을 아실 겁니다. 우리가 해야 할 역할은 아이들 스스로 자신의 잠재력을 깨닫도록 도움과 용기와 힘을 주는 것입니다. 그러면 신비라는 이름하에 아이들은 모두 무럭무럭 자라날 것입니다.

PART 5

내일로 가는 다리

지금의 내가 나의 전부는 아니다.
내 속에는 지금보다 더 많은 잠재력이 담겨 있다.
현재보다 더 많은 내가 내 속에 숨어 있다는 사실을 믿어야 한다.
지금 모습 그대로의 자기 자신을 인정하면
'진정한 나'의 궤도에 진입할 수 있다.

내 가 알 고 있 는 '다 리'
다섯 살 아이가 아는 '다리'

오늘 강의 주제가 '내일로 가는 다리'라는 걸 알고, 저는 무척 기뻤습니다. 내일이라는 말 속에는 희망이 담겨 있기 때문입니다. 아마 여러분도 마찬가지일 겁니다. '다리'라는 말을 사전에서 찾아보면 이렇게 정의되어 있습니다.

'틈새를 이어주는 물체. 움푹 꺼진 곳이나 장애물을 건널 수 있게 하는 길.'

이 내용을 보고 저는 놀랐습니다. 지난 4~5년 동안 제가 해온 일이 사람들 사이의 틈을 좁히고, 움푹 꺼진 곳을 뛰어넘는 길을 만들고, 장애물을 극복하고, 제가 아는 사람들 모두가 좀 더 온전한 삶을 살 수 있도록 도와주고자 애를 쓰는 것이었기 때문입니다.

저는 이따금 어린아이들에게 어떤 단어의 정의를 묻곤 합니다. 그러면 놀랍게도 아이들은 이 세상에서 가장 멋진 대답을 하곤 합니다. 뭔가 기쁨을 느끼고 싶다면 당장 아이들에게 '이건 무슨 뜻이지?' 하고 물어보십시오.

이제 막 다섯 살이 된 제 조카는 지금 한창 세상을 더듬는 중입니다. 무엇이든 만져보고 맛을 봅니다. 그 아이를 보고 있으면 이보다 더 아름다운 광경이 또 있을까 싶을 정도입니다. 그 아이

176

에게 물었죠.

"다리가 뭐지?"

아이는 한참 동안 생각을 하더니 이렇게 대답하는 것이었습니다.

"밟고 있던 땅이 무너졌을 때 그 틈을 이으려고 만드는 거예요."

표 현 하 지   않 는   사 랑 은
아무 소용없다

내일로 가는 다리를 만들기 위해 정신을 집중해서 틈을 잇고, 틈새를 좁히고, 장애물을 극복하고……. 그렇게 하기 위해 오늘 이 시간을 모조리 바칠 수만 있다면 얼마나 좋을까요? 달리 말해, 여러분 하나하나가 자기 자신에게 온전히 완벽하게 몰입할 수 있다면 얼마나 좋을까요?

그러기 위해서 우리가 반드시 먼저 실행해야 할 일이 하나 있습니다. 그것은 여러분 자신에게로 가는 다리를 만드는 일입니다. 저는 자기 자신을 아끼지 않고, 신뢰하지도 않는 사람들을 보면 속이 상합니다. 자기 자신조차 믿지 않으면서 어떻게 세상을 향해 나아가겠다는 것인지 이해가 되지 않습니다. 사랑학 강의를 할 때 저는 사람들에게 이렇게 묻곤 합니다.

"만약 이 세상 어느 누구라도 될 수 있으면 과연 누가 되고 싶은가? 이 세상 어디라도 갈 수 있으면 과연 어디를 가고 싶은가?"

놀랍게도 80퍼센트 이상이 나 아닌 다른 사람이 되고 싶고, 이곳 아닌 다른 곳에서 살고 싶다고 대답합니다. 그렇다면 누가 되고 싶은지를 묻자, 한 여성이 재클린 오나시스Jacqueline Onassis가 되고 싶다고 대답하는 것이었습니다. 한번 생각해보십시오. 재클린 오나시스보다 더 훌륭하게 그녀의 역할을 할 수 있는 사람은 없을 것입니다. 따라서 확실한 것은 그 여성이 재클린 오나시스의 흉내를 내려고 하면 절대로 성공할 수 없다는 사실입니다. 왜냐하면 그녀가 아무리 노력해도 재클린 오나시스는 이 세상에 한 명밖에 없기 때문입니다.

어떤 남성은 영화배우 버트 레이놀즈Burt Reynolds가 되고 싶다고 했습니다. 이 세상에 버트 레이놀즈는 한 사람으로 족합니다. 저는 버트 레이놀즈와 함께 이 세상을 살고 있다는 게 기쁩니다. 재클린 오나시스와 함께 살고 있다는 게 기쁩니다. 하지만 무엇보다도 더 기쁜 것은 여러분과 함께 살고 있다는 사실입니다.

여러분은 거울 앞에 서서 '거울아, 거울아, 이 세상에서 누가 제일 멋있니?'라고 묻고 '바로 당신이죠!'라고 대답하는 거울의 말을 믿을 수 있어야 합니다. 자신이 바라는 것보다 키가 좀 작고 허벅지가 좀 굵으면 어떻습니까. 지금 모습 그대로의 자기 자신을 인정하기만 하면 여러분은 이제 '진정한 나'의 궤도에 진입하는 겁니다. 그렇게 되면 어느 누구도 여러분을 막을 수가 없습니다.

지금의 내가 나의 전부가 아니라는 사실을 알아야 합니다. 지금보다 더 많은 잠재력이 숨어 있다는 사실을 알아야 합니다. 현재보다 더 많은 내가 내 속에 숨어 있다는 사실을 믿어야 합니다. 우리는 어떻게든 아이들에게 이렇게 알려줘야 합니다.

"단순히 책을 읽기만 하면 안 돼. 소극적으로 지식을 받아들이기만 하면 안 돼. 너는 네가 알고 있는 것보다 훨씬 더 무한한 잠재력을 갖고 있으니까."

저는 서던 캘리포니아 대학교에서 처음 교편을 잡았을 때를 잊을 수 없습니다. 대학에서 강의를 하는 건 그때가 처음이었으니까요. 이전까지는 초등학교와 고등학교에서 가르쳐왔었습니다.

그러다 2년 동안 아시아를 다녀온 뒤에 대학생을 가르쳐보자는 생각을 하게 된 겁니다. 대학생을 가르치면서 저는 우리 기성세대가 아이들을 너무 무관심한 인간으로 키워왔구나, 배움에 싫증이 난 인간으로 키워왔구나 하고 뼈저리게 느꼈습니다. 가르칠 내용을 잔뜩 들고 기대감에 차서 교실로 들어가 봤자 제가 말하는 것을 하나도 빠짐 없이 기계적으로 받아 적는 학생들의 표정 없는 얼굴만 볼 뿐이었습니다. 이따금 저는 이렇게 소리를 질러야 했습니다.

"빌어먹을 그 볼펜일랑 내려놓고 내 말을 들으세요!"

저는 권위하고는 거리가 먼 사람이지만, 학생들에게 오렌지를 집어던지는 교수로 유명했습니다. 그러면서 학생들과 눈높이를 맞추며 그들을 똑바로 쳐다보곤 했습니다. 저는 그렇게 상대방의 눈동자를 똑바로 쳐다보는 걸 소중하게 생각하는 사람인데, 우리 사회에서는 이를 매우 거북하게 여기는 습관이 있습니다. 제가 상대방의 눈동자를 쳐다보면, 그에겐 당장 이런 표정이 떠오릅니다.

'이 사람이 도대체 뭘 바라고 이러는 거지?'

제가 뭘 바랄 리가 있겠습니까? 그저 인간 대 인간으로 만나고 싶을 따름입니다. 여러분, 저를 무서워하실 필요가 없습니다. 저는 껴안고 쓰다듬는 걸 좋아합니다. 여러분이 제게 그렇게 해도 좋습니다.

사람들 앞에서 말하는 걸 두려워하는 사람이 있으면 저는 이렇게 말해줍니다. '제가 말씀드린 다정한 눈동자가 주변에 있는지 잠깐 동안이라도 한번 둘러보세요'라고 말입니다. 그러면 다정한 눈빛을 가진 사람들이 우리 주변에 얼마나 많은지 알고는 깜짝 놀랄 겁니다.

그런 눈빛이 하나라도 보이면, 그 사람에게 시선을 고정하십시오. 앞뒤가 안 맞는 말을 하게 되거나 이야기가 스스로 생각해봐도 횡설수설 흘러간다 싶을 때면 그 눈동자를 쳐다보세요. 그러면 그가 '괜찮아요, 그냥 계속하세요!' 하고 말하고 있다는 것을 금방 알게 됩니다. 그런 마음을 느끼면, 다른 사람들 앞에서 이야기하는 게 조금도 두렵지 않게 되고 말이 술술 나올 것입니다.

대학 강단에 서면서, 저는 다정한 눈동자부터 찾았습니다. 하지만 유감스럽게도 별로 많지가 않았습니다. 강의를 받아 적기 위해 고개를 숙인 머리통과 쉴 새 없이 움직이는 볼펜은 꽤 많았지만 다정한 눈동자는 거의 보이지 않았습니다.

그런데 어느 날 맨 뒤에 앉은 학생에게서 그런 눈동자를 발견했습니다. 제가 무슨 말을 할 때마다, 그 학생은 별처럼 반짝이는 눈동자로 저를 바라보았습니다. 그 순간 내가 적어도 한 사람하고는 교감을 나누고 있다는 생각이 들었고, 그때부터 저는 그 학생을 끔찍이 아꼈습니다.

저는 학생들에게 자발적인 숙제를 많이 냈습니다. 이를테면 한 사람도 빠짐 없이 적어도 한 번 이상 내 방에 찾아와야 한다는 식의 숙제였죠.

"내 방으로 와서, 나와 마주 보고 이야기를 합시다. 교재니 수업이니 하는 이야기는 싫어요. 그런 이야기는 나중에 해도 되니까요. 여러분이 가장 최근에 유니콘과 만난 게 언제인지, 산타클로스의 존재를 아직도 믿는지, 저는 그런 게 알고 싶습니다. 내 방에 오면, 내가 여러분의 몸에 손을 댈 겁니다. 그게 싫은 사람은 신경안정제를 먹고 오도록 하세요!"

몸을 만지고 싶다는 말에 겁부터 먹는 사람들이 얼마나 많은지 모릅니다. 내 몸을 만지고 싶다고? 교수가 가르치기만 하면 되지 몸은 왜 만진다는 거야?

여러분도 아시다시피 저는 이탈리아 출신의 대가족 틈에서 자랐는데, 틈만 나면 서로 포옹을 했습니다. 명절 때 식구들이 모이면 잘 지냈느냐는 말을 하는 데만 45분, 잘 가라는 말을 하는 데도 45분이 걸렸습니다. 어린아이, 부모님, 애완견, 모두에게 사랑을 표현하려면 그만한 시간은 반드시 필요했지요.

2년 전에 젊은 여성이 제 사무실을 찾아온 적이 있습니다. 얼굴을 보는 순간, 저는 그녀에게 뭔가 문제가 있다는 걸 직감했습니다. 제가 흐릿한 그녀의 눈동자를 보며 입을 열었습니다.

"어떻게 오셨습니까?"

"박사님을 만나는 데 용기가 필요해서 술을 한 병이나 마시고 왔어요."

저를 만날 용기가 필요해서 술을 한 병이나 마시다니, 어디 상상이나 되는 노릇입니까? 저는 그저 손을 내밀면서 '안녕하세요' 하고 말할 뿐입니다. 제가 손을 잡고 사무실 안으로 안내하면 사람들은 겁에 질린 표정부터 짓습니다. 무슨 해를 입히려는 게 아닙니다. 저도 울고 싶고, 가슴이 아프고, 걱정이 된다는 걸 전달하고 싶을 따름입니다.

저라고 모든 걸 다 알 수는 없습니다. 저 역시 인간에게 주어지는 고통으로부터 벗어날 수 없는 평범한 사람입니다. 저한테 '나를 따르라!' 하는 말을 기대하는 분들은 실망하실 겁니다. 저도 아는 게 없기는 마찬가지이니까요.

저에게 인생을 헤쳐나가기 위한 뾰족한 방법을 기대했던 분들은 고개를 갸우뚱거릴 것입니다. 하지만 여러분과 마찬가지로 저 역시 그런 방법을 모르기는 마찬가지입니다. 한 가지 분명한 차이점이 있다면, 저는 제가 아는 게 별로 없다는 사실을 알고 있다는 사실입니다. 네팔에 있을 때, 한번은 어떤 스님이 제게 이런 말씀을 하신 적이 있습니다.

"도대체 왜 그렇게 계속 돌아다니십니까? 이미 도착해 있는데."

쓸데없이 돌아다니며 시간을 허비하지 말고 지금 서 있는 이곳에서 삶의 지혜를 찾으라는 이야기였습니다. 인생의 해답을 이미 손에 쥐고 있는데 왜 엉뚱한 곳을 헤매고 있느냐는 질책에, 저는 머리를 크게 한 대 얻어맞은 심정이었습니다.

세 상 의　모 든　다 리 는
지금의 나로부터 시작된다

내가 이 세상에 하나뿐인 특별한 존재라는 걸 깨닫는 순간, 여러분은 눈이 번쩍 뜨이는 듯한 기분을 느끼실 겁니다. 여러분은 어느 한구석도 우연히 생긴 게 없습니다. 여러분이라는 특별한 존재가 탄생한 데는 다 이유가 있습니다. 여러분은 여러분의 소임을 다할 수 있도록 만들어졌습니다. 이 세상에 기여할 게 아무것도 없다는 생각일랑 하지 마세요.《월든》의 작가 소로는 이렇게 말했습니다.

"이런 세상에! 눈을 감는 순간에 이르러서야 지금까지 죽은 채로 지내온 걸 알게 되다니!"

여러분은 지금까지 한 게 아무것도 없습니다. 강렬한 기분을 느껴본 적도, 진심으로 웃어본 적도, 맘껏 흐느껴 울어본 적도 없습니다. 정말로 절망을 느껴본 적도 없습니다. 이런 모든 것들을 거부하면서 환상에 불과한 '아니야, 아니야'라는 나라에 살고 있습니다. 하지만 이 세상에 나보다 더 나은 내가 있을까요? 이 세상에서 나는 단 한 사람뿐인데 말입니다.

여러분의 인간적인 면모를 찬양하십시오. 여러분의 엉뚱함을 찬양하십시오. 여러분의 부족함을 찬양하십시오. 여러분의 외로움을 찬양하십시오. 그리고 무엇보다도 여러분을 찬양하십시오.

우리가 인간이라는 사실은, 곧잘 잊어버린다는 뜻입니다. 걷다가 벽에 부딪힌다는 뜻입니다. 집을 잘못 찾아간다는 뜻입니다. 엘리베이터를 타고 가다 잘못 내린다는 뜻입니다. 엘리베이터 문이 열리기에 내렸더니 3층이 아니라 6층입니다. 그럼 저는 '이런!' 하고 소리를 질렀다가 다시 이렇게 생각합니다.

'이 귀여운 인간아, 또 그러는구나!'

인간이기에 실수를 할 수 있고, 인간이기에 그 실수를 통해 뭔가를 배울 수 있습니다. 그런데도 우리는 실수를 저지르는 나를 용납하지 않으려고 합니다. 매몰차게 나를 구석에 몰아세우면서 더 완벽해지라고 채근합니다.

더 심각한 일을 나는 학교에서 자주 목격합니다. 학생들에게 '너 뭐하고 있니? 다른 친구들이 기다리고 있잖아!' 하고 으르렁거리는 교사들이 너무 많습니다. 진정한 교사라면 그 아이가 왜 그러는지, 무슨 말을 하려는지 궁금해하고, 귀를 기울여야 합니다.

아이들에게 일방적으로 명령하는 어른들이 얼마나 많은지 아십니까? 학교 현장에 가보면, 교사들이 아이들과 대화를 나누는 게 아니라 계속 통보하고 명령하는 말만 한다는 사실에 절망할 때가 많습니다.

사우스다코타에 살고 있는 인디언 부족을 만나러 간 적이 있습니다. 공항으로 마중 나온 인디언 일가족과 함께 커다란 트럭을 타고 불모지인 배드랜드 전역을 여행했는데, 트럭 앞자리에 인디언 꼬마 데이비드와 엄마 아빠, 그리고 제가 타고 있었습니다.

아이의 부모와 앞으로 할 일을 얘기하던 중에 갑자기 데이비드를 따돌린 채 대화를 나누고 있다는 생각이 들어서 그 아이에게 물었습니다.

"데이비드, 넌 어떤 일을 잘할 수 있겠니?"

그랬더니 데이비드가 의기양양하게 대답했습니다.

"저도 잘할 수 있는 게 많아요!"

"어떤 일을?"

"침 뱉는 거요!"

저처럼 평생 특수 아동의 교육에 관계된 일을 하는 사람들이라면 잘 알겠지만, 입술 근육에 문제가 있는 아이들이 입을 오므려서 자유롭게 침을 뱉으려면 여러 해 동안 훈련을 받아야 합니다. 그런데 우리는 그것을 너무 당연하게 생각합니다.

"그것 말고 또 할 수 있는 게 뭐지, 데이비드?"

"손가락으로 코를 누를 수도 있어요."

손가락으로 코를 누르고 싶을 때 그렇게 할 수 없는 아이들이 있다는 사실을 알고 계십니까? 그 아이에 비해 데이비드는 아무 때나 그렇게 할 수 있으니 얼마나 훌륭합니까? 그 놀라운 능력을 찬양합시다!

모든 건 나로부터 시작됩니다. 사람들에게로 향하는 위대한 다리는 바로 내가 만드는 것입니다. 이건 아주 중요합니다. 내가 계속해서 발전하고 또 발전할수록 주위 사람들에게 할 수 있는 게 점점 더 많아집니다.

저는 지금도 열심히 공부합니다. 여러분에게 더 많은 걸 전해주기 위해서입니다. 저는 지혜를 찾아 헤맵니다. 여러분에게 삶의 진실을 알려드리기 위해서입니다. 제가 깨달음을 넓히고 감수성을 다지는 것은 여러분의 감수성과 깨달음을 좀 더 잘 받아들이기 위해서입니다. 나와 여러분을 잇는 다리는 그렇게 함으로써 더 견고해지고, 더 오래갑니다.

그러니 이제 '나'를 벗고 '우리'가 됩시다. 그것이야말로 나 자신을 이해하고, 다른 사람들도 자기 자신을 이해할 수 있도록 돕는 가장 아름다운 길입니다. 거기서 힘이 생깁니다. 나에게로 가는 다리를 건설하는 게 최우선이지만 거기서 멈추면 안 됩니다. 다른 사람들에게로 향하는 커다란 다리를 건설하는 게 다음 순서입니다.

1960년대는 우리 모두에게 실로 엄청난 시대였습니다. 모든 사람들이 모든 것에 궁금증을 갖던 그때는 제 교직 생활의 황금기였다고 해도 과언이 아닙니다. 그 당시의 학생들은 가만히 앉아서 교수가 하는 말을 기계처럼 받아 적기만 하지 않았습니다. 제가 하는 모든 말에 의문을 제기했습니다. 가르치는 사람도 행복하고, 배우는 사람도 행복했던 시절이었죠.

1960년대가 기본적으로 '표현, 행동, 이의, 질문'이 특징이었던 데 비해서 1970년대엔 과연 어땠을까요? 그때는 자기 성찰의 시대였습니다. 그만큼 조용한 시대였죠. 모두들 '자기 자신으로의 여행'을 떠나느라 밖으로 여행할 시간이 없었습니다.

그렇게 우리는 10여 년 동안 안을 들여다본 셈인데, 그 부산물이라고는 밖으로 다시 연결되는 방법을 잊어버린 이기적인 사람들뿐입니다. 이제는 밖으로 향하는 발을 내딛어야 할 때입니다. 이제는 다른 사람들에게로 향하는 다리를 건설하기 시작해야 할 때입니다. 두 번째 다리를 말입니다.

공동의 목적을 위해 함께 일할 때, 우리는 비로소 구원을 받을 수 있습니다. 제가 지난 몇 년을 거치면서 얻은 소중한 깨달음이 하나 있다면, 항상 옳을 필요는 없다는 사실입니다. 멋지지 않나요? 가끔은 틀려도 된다는 것. 제가 맞을 수도 있고, 여러분이 맞을 수도 있다는 것. 그러니까 우리 둘 다 맞을 수도 있다는 것입니다. 맞는 말을 하는 사람이 둘이 되는 겁니다.

그러고 나서 생각해봤더니 맞는 말을 하는 사람이 200명이 될 수도 있겠다 싶고, 또 생각해봤더니 흰색 검은색으로 나눌 게 아니라 여러 색깔이 공존하는 거대한 회색 지대가 존재하는 게 아닐까 싶었습니다.

흑백논리에 의한 차이점보다는 공통점을 먼저 찾읍시다. 지금 이곳에 모인 우리는 똑같은 사람이 하나도 없지만, 그래도 서로가 많은 공통점을 갖고 있습니다. 바로 그 공통점에서 출발을 합시다. 공통점을 찾는 순간, 우리는 우리들만의 궤도에 진입하는 셈입니다.

우리는 카슈미르의 계곡이건, 네팔의 산골짝이건, 아니면 티베트의 외딴 마을이건, 그 어디든 26시간이면 갈 수 있는 시대에 살고 있습니다. 전 세계가 이웃입니다. 이제 우리는 낙엽 한 장이 떨어져도 모두 그 영향을 받는 시대에 살고 있습니다. 이제는 숨을 곳이 없습니다. 우리들 모두 서로가 서로에게 영향을 미치는 시대에 살게 된 것입니다.

거대한 떨림이 지금 사방으로 퍼져나가고 있습니다. 지금 당장 다리를 건설하지 않으면 골이 너무 깊어져서 다시는 건널 수 없을 것입니다.

우리가 걱정하는 것의 90%는
결국 상상으로 끝난다

태국 중부 지방에 '차야'라는 외딴 마을이 있습니다. 거대한 강물 한가운데 조그만 섬이 있고, 그 섬에 사원이 하나 있는 그런 마을입니다. 식수가 없기 때문에 마을 사람들은 배를 타고 육지로 건너가서 물을 가져와 커다란 물통에 저장합니다. 그 마을에서 만난 스님이 그 지방의 특징에 대해 설명하면서, 이런 아름다운 얘기를 들려주신 적이 있습니다.

189

"하루 종일 열심히 일하고 난 뒤에 집에 돌아왔다고 칩시다. 소중한 물을 한 모금 마시고 싶은 생각이 간절하겠죠. 물통 뚜껑을 열고 국자를 담그려는데 개미 한 마리가 둥둥 떠다니는 겁니다. 화가 나겠죠? 감히 소중한 내 물에 들어갈 생각을 하다니! 그러면서 개미를 눌러 죽입니다. 이게 바로 집착입니다. 하지만 개미를 죽이려다가 이런 생각을 할 수도 있죠. 오늘 하루는 무척이나 더웠는데, 개미도 너무 더워서 물에 들어가 있었구나. 어쨌거나 개미 때문에 물이 더러워진 건 아니니까……. 이러면서 개미가 다치지 않게 물을 떠 마시는 겁니다. 이게 바로 중용입니다."

스님은 또 이렇게도 말했습니다.

"물속에 있는 개미를 보는 순간 좋다, 나쁘다, 옳다, 그르다 하는 생각 없이 그냥 한 덩이의 설탕을 개미에게 주는 겁니다. 이게 바로 사랑입니다."

우리는 이제 내게 필요한 설탕을 줄 사람은 저 사람이고, 저 사람에게 필요한 설탕을 줄 사람은 나라는 생각을 가져야 합니다. 그렇게 서로의 손을 잡을 때, 우리는 지금보다 훨씬 더 풍요한 삶을 이룰 수 있습니다.

'내일로 가는 다리'라는 주제는 좋습니다만, 저는 '내일'에 대해서는 별로 관심이 없습니다. 오늘, 이곳, 이 순간에 대해서만 관심이 있기 때문입니다. 우리는 흔히 이미 지나가버린 어제 속에 삽니다. 어제 있었던 일을 놓고 걱정합니다. 그러나 어제를 되돌릴 수 있는 방법은 없습니다. 어제 벌어진 일을 놓고 다른 사람을 원망만 하다가는 발전할 수가 없습니다. 그러니 어제는 그냥 흘러가게 놔두십시오. 그러지 않으면 굴레가 되어 여러분을 짓누를 겁니다.

이렇게 말하는 사람이 있습니다. 이게 다 부모님 탓이야. 도대체 부모님이 무슨 잘못이 있습니까? 부모님은 자신이 알고 있는 모든 걸 여러분에게 선물한 잘못밖에는 없습니다. 부모님이라고 완벽할 수는 없습니다. 여러분이 부모님을 완벽한 존재로 믿었고, 부모님이 그런 오해를 방치했다는 게 슬픈 일이고 여러분이 실망한 이유일 것입니다. 현명한 부모라면 아이에게 이렇게 말합니다.

"날 보렴. 나도 울고 있잖니. 나도 외롭단다. 잘될지 어떨지는 모르겠지만, 너와 함께 의논을 하고 싶구나."

우리 아버지는 가족들을 옹기종기 거느린 채 커다란 식탁에 앉아서 이렇게 말씀하신 적이 있습니다.

"얘들아. 우린 이제 전 재산을 잃었단다. 버스카글리아 집안을 일으킬 수 있도록 우리 모두 노력하자꾸나."

골방에서 소곤대는 부모님을 보면서 무슨 일이 있기는 한데 무슨 일인지 알 수 없어 발을 동동 구르는 게 아니라 버스카글리아 집안을 일으킬 수 있도록 함께 노력을 하자니, 이 얼마나 엄청난 특권을 아이들에게 나눠주는 것입니까.

저는 집집마다 돌아다니면서 잡지를 팔았고, 그 일을 통해서 많은 걸 배웠습니다. 눈앞에서 문을 쾅 닫는 집도 있었고, 욕을 하는 집도 있었지만 상관없었습니다. 무엇이든 배운다면 좋은 경험이니까요. 어머니는 이렇게 말씀하셨습니다.

"괜찮아, 얘들아. 우린 해낼 수 있어. 텃밭이 있잖아. 그걸로 매일 저녁마다 샐러드를 만들어 먹으면 되지."

"야, 신난다!"

어머니의 말씀에 우리는 모두 이렇게 소리를 질렀습니다. 양배추와 빵과 물, 이거면 충분해요! 양배추와 빵과 물이 배 속으로 서서히 퍼져나가면 배가 불러오니까요. 함께 있다는 것, 함께 노력한다는 것만으로 우리는 행복했습니다. 우리 가족은 언제나 현재만 생각했습니다. 어느 날 어머니가 아버지에게 하셨던 말씀이 지금도 귀에 쟁쟁합니다.

"어제는 환불을 요구당한 영수증이고, 내일은 약속어음에 불과해요. 손에 쥐고 있는 현금은 바로 오늘뿐이라고요."

여러분! 이 현금을 마음껏 써봅시다. 한번 지나가버린 오늘 이 시간은 다시는 내게로 돌아오지 않을 테니 지금 당장 그것을 맘껏 누려봅시다.《인본주의 심리학Journal of Humanistic Psychology》이라는 잡지에서 읽은 아름다운 글을 여러분께 소개할까 합니다. 올해 여든다섯 살로, 불치병에 걸렸다는 걸 알게 된 할아버지가 기고한 글입니다.

다시 한 번 살 수 있다면 좀 더 많은 실수를 하고 싶다. 완벽해지
려고 애쓰지 않겠다.

이 글을 읽는 순간, 눈물이 찔끔 날 만큼 감동을 받았습니다.
우리는 모두 완벽함에 집착합니다. 만일 주위 사람들에게 내가
완벽하지 않은 인간임을 알리면 어떤 변화가 생길까요? 사람들
이 박수를 치며 다가와 당신의 말에 공감하기 시작할 것입니다.
완벽한 사람에게 공감할 수 있는 사람은 아무도 없기 때문입니
다. 그 할아버지는 또 이런 말을 남겼습니다.

지금보다 여유롭게 살고 싶다. 유연하게 살고 싶다. 지금보다 어
리석은 사람이 되고 싶다. 심각하게 생각하지 말고, 엉뚱하게 살
고 싶다. 지저분하게 살고 싶다.
더 많은 기회를 잡을 것이며, 더 많은 여행을 할 것이다. 더 많은 산
을 오르고, 더 많은 강을 헤엄치고, 더 많은 저녁노을을 감상하며,
가보지 않은 곳들을 더 많이 찾아다니고 싶다. 아이스크림은 더 많
이, 콩은 더 적게 먹을 것이다.

우리는 자기 자신을 이겨내는 일에 너무 몰두해 있습니다. 일

종의 자기 학대에 몰두해 있습니다. 그렇게 세상 누구보다 자기가 자신을 모질게 대합니다. 원하는 걸 전부 다 할 수는 없지만, 가끔은 엉뚱한 짓도 저질러야 합니다.

우리는 지금 어떤지 아십니까? 슈퍼마켓 음식 코너를 돌다가 전부터 먹고 싶던 게 눈에 띄면 얼른 집어 듭니다. 그런데 한 병에 2달러 98센트인 것을 보고는 '세상에!' 하면서 얼른 제자리에 내려놓습니다. 별로 안 비싸군! 한번쯤은 이렇게 호기롭게 말하면서 대여섯 병을 한꺼번에 사기도 해야 합니다. 여러분은 그런 사치를 누릴 자격이 있습니다. 잡지의 그 노인은 또 이렇게 말합니다.

직접 부딪쳐 실제로 골치를 앓게 되는 일은 더 늘리고, 머릿속으로 상상만 하는 일은 줄이겠다.

우리가 살아가면서 걱정하는 일 중에 90퍼센트가 단지 상상으로 끝난다는 말이 있습니다. 그럼에도 우리는 계속 이런저런 걱정을 하느라 정신이 없습니다. 미국에서 보험회사가 가장 돈을 많이 버는 이유도 바로 이 때문입니다. 노인은 또 이렇게 말합니다.

나는 날이면 날마다 매 시간을 절도 있게, 분별 있게, 건전하게 살았던 사람이다. 아, 즐거웠던 순간들. 다시 살 수 있다면 그런 순간들을 좀 더 맛보고 싶다. 아니, 행복한 기억만을 만들려고 노력하고 싶다. 매 순간순간을 즐기고 싶다.

나는 평생 동안 어디를 가든지 체온계, 따뜻한 물을 담은 병, 가글액, 우비, 낙하산을 가지고 다녔던 사람이다. 다음 세상에서는 모든 것을 다 내려놓고 정말이지 가벼운 차림으로 여행을 하고 싶다.

부처는 '가진 것이 적을수록 근심이 사라진다'라고 말했습니다. 모두들 이 말이 맞는다고 하면서도 재물을 모으고, 모으고, 또 모으다 마침내 생의 마지막 비탈길에 들어서서는 이게 아닌데 하면서 후회를 합니다. 그들의 다락방에는 몇십 년 동안 쓰지 않아 먼지를 뒤집어쓰고 있는 물건들이 즐비합니다. 이제 그 물건들이 바깥공기를 맛보게 합시다.

인생이 어떻게 진행될지는 각자의 선택에 달려 있습니다. 즐겁게 살 수도 있고, 반대로 절망만 하며 살 수도 있습니다. 모두 여러분이 하기 나름입니다. 세상을 바라보면 아름다운 하늘과 풀과 사랑스런 꽃과 멋진 인간들만 보인다는 사람들이 있는 반면에, 아름다운 것이라고는 눈을 씻고 찾아봐도 없다는 사람들이 있는 이유는 무엇일까요?

저는 여러분이 살면서 '열정'으로 향하는 다리를 만들었으면 좋겠습니다. 저는 가끔 우리 사회가 이제는 억지웃음만이 가득한 세상이 된 것은 아닌지 걱정이 됩니다. TV에 누군가 나와서 말도 안 되는 짓을 하자, 방청석에서 폭소를 터트리는 소리가 들립니다. 저는 그것을 보면서 생각합니다.

'내가 비정상일까? 나는 하나도 웃기지 않는데.'

예전에 가족들이 누군가의 말에 바닥을 구르고 카펫을 치면서 배꼽을 잡고 웃었던 시절이 있지만 이제는 먼 옛날의 추억이 되어 버렸습니다.

제게 불교를 가르쳤던 스승님은 '황홀경'이라는 단어를 썼습니다. 황홀경이라니, 황홀경이라니, 멋지지 않습니까? 여러분은 고통, 절망, 근심이 아닌 황홀경을 느낄 권리가 있습니다. 커다란 기쁨과 환희를 느낄 권리가 있습니다. 하지만 커다란 기쁨과 환희, 황홀경을 느껴보는 사람은 드뭅니다. 날마다 똑같은 일을 똑같은 방식으로 되풀이하며 따분하게 살아가기 때문입니다.

이제 일상을 깨뜨립시다. 관습을 무너뜨립시다. 한번 생각해 보십시오. 우리는 대부분 날마다 똑같은 생활을 하고 있습니다. 매일 침대 왼쪽이면 왼쪽, 오른쪽이면 오른쪽에 누워서 잠을 자다가 아침이면 눈을 뜹니다. 세면대에 가서 치약을 꺼내 칫솔에 바른 다음, 거울을 보면서 신음 소리를 냅니다.

"아, 힘들어."

샤워를 하고는 밖으로 나와 커피를 마시고, 어제와 똑같이 현관문을 열고 출근길에 나섭니다. 꽉 짜인 일과에서 단 한 발짝도 벗어나지 못합니다. 한번쯤은 침대에 누워 있는 아내나 남편을 타고 넘어봅시다.

"뭐하는 거예요?"

"내 생활을 바꿔보는 거라고요!"

베란다 문을 열고 밖으로 나가서 잠옷을 입은 채로 집 주변을 일곱 바퀴 뛰어봅시다. 누군가 이렇게 물을 것입니다.

"뭐하는 거예요?"

그럼 명랑한 목소리로 이렇게 외치는 겁니다.

"조깅 하는 중이에요!"

이러한 일탈이 어떤 기분으로 다가오는지 직접 체험해보십시오. 여러분의 일상을 이루고 있던 관행으로부터 탈출하는 것이 진짜 행복의 시작임을 잊지 마십시오. 첫 시도가 중요합니다. 일단 용기를 내어 시도하면 다음은 의외로 쉽습니다. 마지막으로, 여러분께 작가 손턴 와일더의 말을 전하면서 물러갈까 합니다.

이 세상에는 산 자가 머무는 땅과 죽은 자가 머무는 땅이 있는데, 두 곳을 연결하는 다리가 사랑이다. 사랑이야말로 죽은 자들이 남긴 유일한 유품이며, 살아 있는 자들의 유일한 목적이다.

PART 6

완전한 인간이 되는
기술

학생들이 부디 '인간'이 될 수 있도록 해주십시오.
박식한 괴물이나 유능한 정신병자,
혹은 고등교육을 받은 폭군으로 만들지 말아주십시오.
읽기, 쓰기, 철자법, 역사, 수학은
학생들을 인간답게 만들고 난 다음에나 비로소 중요한 것입니다.

_ 하임 G. 기너트

몸으로 느껴야
진짜다

제 평생 가장 잊지 못할 경험이 하나 있는데, 전국 시각장애인협회 사람들에게 강연을 했을 때입니다. 강연이 끝난 뒤에 맹인 남성 한 분이 저를 찾아왔습니다.

"선생님을 손으로 한번 더듬어봐도 될까요?"

상대방이 내 몸을 손으로 더듬는다는 것. 여러분은 경험해보신 적이 있습니까? 그건 상쾌한 바람이나 전류가 몸을 타고 흐르는 것 같은 그런 기분이랍니다. 여러분이 지금 당장 제 몸을 손으로 더듬어봐도 좋습니다. 오랫동안 열심히 해보고 싶으시다면 강연이 끝난 뒤에 맘껏 더듬어보셔도 좋습니다. 제 어머니는 늘 이렇게 말씀하셨습니다.

"손으로 직접 만져봐야 믿을 수 있다."

그러니 상대방으로 하여금 나를 믿게끔 하고 싶다면 어떻게 해야 하는지 아시겠죠? 손으로 만지고 몸으로 체험해봐야만 비로소 믿을 수 있다는 말은 영원한 진리입니다.

지 금   당 장
사랑한다고 말하자

오늘 밤 여러분께 강연할 주제는 제가 정말로 소중하게 여기는 테마로, 이름 하여 '완전한 인간이 되는 기술'입니다. 그렇습니다, 그것은 기술입니다. 여러분은 어떤지 모르겠습니다만 저는 제가 인간이라는 것이, 인간이 되는데 필요한 모든 잠재력을 가지고 있다는 것이 정말이지 끔찍이도 좋습니다.

저는 교육심리학자 하임 G. 기너트Haim G. Ginott의 책을 읽고 깊이 감동한 적이 있습니다. 그 책에는 어느 선생님이 기너트에게 보내온 글이 소개되어 있는데, 이런 내용입니다.

저는 나치의 강제수용소에서 살아남은 사람입니다. 거기서 저는 사람으로서 차마 눈뜨고는 못 볼 광경을 수없이 목격했습니다. 유식한 공학도들이 만든 가스실, 고등교육을 받은 의사들 손에 독살당한 소년소녀, 간호사들 손에 살해당한 아이들, 고등학교와 대학교를 졸업한 사람들에게 총살당한 여자와 젖먹이들……. 그래서 저는 교육에 회의를 품게 되었습니다. 선생님이 가르치는 학생들을 부디 '인간'이 될 수 있도록 해주십시오. 박식한 괴물이나 유능한 정신병자, 혹은 고등교육을 받은 폭군으로 만들지 말아주십시오. 읽기, 쓰기, 철자법, 역사, 수학은 학생들을 인간답게 만들고 난 다음에나 비로소 중요한 것입니다.

제가 이 글을 읽고 어떤 생각을 했는지 아십니까? 교육이 학생들에게 이 세상의 모든 지식을 가르쳤지만 정작 가장 중요한 것은 가르치지 못했다는 생각이 들었습니다. 바로 인생 말입니다. 우리가 살아가면서 반드시 알아야 하는 것인데도 학생들에게 인생에 대해 가르치는 학교는 어디에도 없습니다. 인간이 되는 법과 인간이 되는 것의 의미, '나는 인간이다'라는 말이 뜻하는 존엄성을 가르치는 교사는 이 세상에 아무도 없습니다.

저는 토크쇼를 좋아합니다. 멋진 사람들을 많이 만날 수 있기 때문이죠. 토크쇼에 나가보면 모두들 정의를 원합니다.

"버스카글리아 박사님. 사랑의 정의는 무엇이라고 생각하십니까?"

그럼 저는 대뜸 이렇게 대답합니다.

"잘 모르겠는데요. 하지만 저를 따라오시면 사랑을 하면서 사는 게 어떤 것인지는 보여드릴 수 있습니다."

사랑의 범주는 너무나 광범위해서 쉽게 정의를 내릴 수 없습니다. 게다가 정의를 내린다는 것은 한계를 긋는다는 뜻이므로 그 행위 자체가 매우 위험합니다. 오늘 밤 이 자리에는 2,000명쯤 되는 분들이 모여 있습니다. 그중에 외로움을 모르는 분은 없을 것입니다. 놀랍지 않습니까? 절망이라는 것을 모르는 분도 없을 것입니다. 놀랍지 않습니까? 눈물을 흘려본 적이 없는 분도 없을 것입니다.

하지만 진정으로 웃어본 적이 있는 사람, 삶의 진정한 기쁨을 느껴본 적이 있는 분은 그리 많지 않을 것입니다. 그런 관점에서 보자면 우리는 서로 공감대를 형성할 수 있습니다. 우리는 이렇게 서로 비슷한 생각으로 살아갑니다. 우리는 모두 같은 일에 노력을 기울이고 있습니다. 완전한 인간이 되려는 노력 말입니다.

완전한 인간이 되는 것은 우리에게 허락된 최고의 경지입니다. 저는 제가 완전한 인간이 되는 데 필요한 잠재력을 가지고 있다는 사실을 깨달을 때 가장 가슴이 두근거립니다. 저는 신이 될 수는 없지만, 온전히 제 역할에 최선을 다하는 인간이 될 수는 있습니다. 이제부터 제 역할에 온전히 최선을 다하는 인간이 되려면 무엇이 필요한지를 말씀드리려고 합니다.

먼저, 원론적인 말부터 시작하겠습니다. 제가 지금부터 하는 말을 듣고 충격을 받으시거나 제 말에 동의하지 않는 분들이 있겠지만, 그래도 해야겠습니다. 제가 뼈저리게 느끼는 내용이니까요. 그것은 우리가 언제 어디서든 흔쾌히 '나는 내가 좋아'라고 말할 수 있어야 한다는 사실입니다.

그러기 위해서는 나한테 없는 걸 남에게 줄 수는 없는 노릇이므로, 우리는 먼저 가지는 데 주력해야 합니다. 이 세상에서 가장 아름답고 감수성이 풍부하고 멋있고 독특한 사람이 되어야 모든 걸 가질 수 있습니다. 그리고 모든 걸 가져야 버릴 수 있고, 그때 비로소 남에게 베풀 수 있습니다.

생각해보십시오. 제가 지혜를 모르면 여러분에게 무지를 가르칠 따름입니다. 기쁨을 모르면 절망을 가르칠 따름입니다. 자유를 모르면 여러분을 새장 안에 가둘 따름입니다. 하지만 제가 가지고 있는 것이라면 무엇이든 여러분께 드릴 수가 있습니다. 무엇인가를 드리려면 먼저 제가 가지고 있어야 합니다.

그렇기 때문에 저는 이 세상에서 가장 훌륭한 나 자신이 되기 위해 혼신의 힘을 다하는 것입니다. 이 세상에서 가장 훌륭한 레오 버스카글리아가 되어야 이 세상에서 가장 훌륭한 여러분을 사랑할 수 있습니다.

저는 '나를 따르라!'라는 식으로 말하지는 않습니다. 여러분이 제 뒤를 따랐다가는 제가 될 테고, 그러면 길을 잃게 될 테니까요. 여러분은 여러분의 길을 따라가야 합니다. 여러분은 과거, 현재, 미래를 통틀어서 단 하나뿐인 신비로운 조합입니다. 여러분이 어떤 사람이건 얼마나 기쁘건 얼마나 외롭건, 그건 저에게 아무 상관없습니다.

여러분은 한 사람 한 사람 모두가 특별합니다. 아이들에게도 이런 말을 자주 들려줬으면 좋겠습니다. 눈을 감을 때가 되어서야 겨우 이 사실을 깨닫는 불상사가 없게 말입니다.

지각과 감각을 공부한 사람은 인간이 저마다 다른 시각으로 세상을 받아들인다는 사실을 알고 있습니다. 그들은 나무 하나를 봐도 보는 관점이 다릅니다. 똑같은 나무인데도 말입니다. 그렇다면 각자가 본 나무를 서로 교환해서 두 가지 시각에서 볼 수 있다면 더 멋지지 않을까요? 생각만 해도 저는 짜릿합니다. 그런데 주위를 보면 이런 말을 하는 사람들이 있습니다.

"제가 뭐 가진 게 있어야지요."

여러분이 뭘 갖고 있는지 알려드릴까요? 여러분은 그림 맞추기 퍼즐의 한가운데 조각을 갖고 있습니다. 여러분이 자기 역할을 제대로 하지 않으면 그 그림은 절대로 완성될 수 없습니다. 여러분이 나타나서 조각을 내놓지 않으면 제가 여러분의 나무를 볼 수 없고, 이 세상에는 고통, 절망, 슬픔 등등이 여전히 남아 있을 겁니다. 조각을 내놓는 사람이 많을수록 그림이 더욱 또렷해지기 시작할 테니까요.

여러분은 그림을 완성시킬 수 있는 자기만의 조각을 가지고 있습니다. 그 기회를 놓치지 마십시오. 여러분은 훌륭합니다. 멋집니다. 이 세상에 여러분이라는 존재는 여러분 한 사람뿐입니다. 그러니 나중에 거울 앞을 지나갈 일이 있으면 쳐다보면서 이렇게 말씀하십시오.

"세상에! 사실이잖아! 세상에 나는 나 하나뿐이잖아!"

우리들 모두 이런 습관이 몸에 익는다면 얼마나 좋을까요. 그리고 또 한 가지 기쁜 사실은, 내 안에서는 지금 내가 어떤 인간인지가 중요하지 않다는 것입니다. 이제 겨우 시작일 뿐이니까요. 인간 잠재력의 한계를 발견했다는 사람에 대해 들어본 적이 있습니까? 에리히 프롬Erich Fromm은 이렇게 말했습니다.

"현대 생활에서 가장 애석한 점은 사람들이 대부분 완전히 태어나기도 전에 눈을 감는 것이다."

진정한 나로 거듭나는 기회를 놓치지 마세요! 스위스의 정신과 의사이자 작가로 '죽음학'이라는 생소한 분야를 개척하여 현대인들에게 삶의 가치를 일깨운 엘리자베스 퀴블러 로스Elisabeth Kübler-Ross는 이렇게 말했습니다.

"평생을 죽은 채로 살았던 사람들이 정작 눈을 감는 순간이 오면 가장 큰 소리로 비명을 지른다."

인생의 적극적인 참여자가 아니라 방관자였던 사람들, 모험을 외면했던 사람들, 팔짱을 낀 채로 그저 서 있기만 했던 사람들이 마지막 순간이 되면 악착같이 몸부림을 친다는 말에 저 또한 그럴까 봐 얼굴이 뜨거워집니다.

어느 날 공원을 산책하다가 잊지 못할 광경을 목격한 적이 있습니다. 아이를 데리고 공원에 놀러온 엄마 아빠가 있었습니다. 아이가 호수 쪽으로 걸어가자 아빠가 얼른 아이를 다른 곳으로 데리고 가려고 했습니다. 그런데 그 순간 아이의 엄마가 남편의 손을 잡으면서 말했습니다.

"내버려둬요!"

최근에 겨우 걸음마를 배웠음 직한 그 아이는 호수 쪽으로 계속 아장아장 걸어갔습니다. 이 이야기는 해피엔딩입니다. 아이가 호수에 빠지지 않았으니까요. 엄마는 분명 가슴이 쿵쾅거렸겠지만, 아이가 발전하려면 위험이 따른다는 사실을 아이에게 가르쳐 주기 위해 참고 또 참았던 것입니다.

우리도 그래야 합니다. 현대인들이 외로움에 시달리는 이유는 쳐다봐주는 사람이 아무도 없기 때문입니다. 존재한다는 기분이 들지 않기 때문에 그토록 뼈아픈 외로움에 시달리는 것입니다. 그래서 저는 교정을 걸을 때마다 만나는 사람들에게 이렇게 말합니다.

"안녕하세요. 어떻게 지내요?"

이때 나타나는 반응은 실로 다양합니다.

"안녕하세요."

이렇게 선뜻 대꾸하는 사람들도 있지만 사생활을 침해당했다는 듯이 몹시 화를 내면서 '나를 아세요?'라고 대드는 사람도 있습니다. 제가 '아뇨, 그렇지만 서로 인사하면 좋잖아요?' 하고 말하면 그는 당장 이렇게 대꾸합니다.

"난 싫은데요!"

모르는 사람끼리도 건성으로라도 인사할 수 있어야 한다고 믿는 저로서는 이런 반응에 매번 상처를 입지만, 제게는 그 상처를 뛰어넘을 수 있는 놀라운 무기가 하나 있습니다. 저는 이런 사람들 옆을 걸어가면서 이렇게 중얼거리죠.

"세상에! 나를 알고 싶지 않다니, 정말 불쌍한 사람인데! 이렇게 좋은 사람인 나를 알고 싶지 않다니, 내일 또 만나면 다시 인사를 해야지. 다시 기회를 주는 거야."

그다음 날 그를 다시 만나면 이렇게 외칩니다.

"안녕하세요."

그 사람이 또다시 '나를 아세요?'라고 묻습니다. 그러면 저는 이렇게 말합니다.

"그럼요, 어제 만났던 분이잖아요!"

우리 모두 위험을 감수하면서 삶에 대해 하나하나 배워나갔던 그 시절로 돌아갑시다. 거대하고 신비로운 수수께끼로 가득한 세상을 어떻게든 이해하려고 애를 썼던 그 시절로 돌아갑시다. 그리고 그 시절에 영원히 머무르면서 이렇게 말합시다.

"난 모든 걸 알고 싶어. 모든 걸 느끼고, 만지고, 맛보고 싶어. 그걸 모두 다 하려면 시간이 없으니 당장 시작해야 해."

지금 이 순간이 내 인생의 마지막 순간인 것처럼 소중하게 생각합시다. 정말로 그럴지도 모르는 일이니까요. 죽음을 못된 악당으로 여기는 사람들이 많지만, 저는 지금 죽음을 편안히 받아들일 수 있게 됐습니다. 저는 죽음을 아주 긍정적으로 생각합니다. 죽음은 시간이 유한하다는 사실을 알려주기 때문입니다.

살아 있는 채로 인생을 끝낼 수 있는 사람은 없습니다. 하지만 그럴 수 있다고 생각하는 사람들도 있다는 사실을 아십니까? 영원히 살 수 있는 것처럼 생각하는 사람들 말입니다.

"아, 그건 내일 하지 뭐."

"운동을 해야 하는데 지금은 바쁘니 내일부터 하지, 뭐."

그들은 내일이 찾아오지 않을 수도 있다는 사실을 모르고 있습니다. 이런 말을 하는 학생이 많습니다.

"학교를 졸업하면 책을 읽을 시간이 많겠죠?"

그때마다 저는 이렇게 말해줍니다.

"절대로 그렇지 않아요! 지금 책을 읽지 않으면 나중에도 읽을 수 없습니다."

기회는 지금뿐입니다. 내일 사랑한다고 말하겠다는 생각일랑 아예 하지도 마십시오. 지금 당장 말하십시오. 지금 당장 사랑하는 사람을 가슴 떨리게 하십시오. 지금 당장 어머니에게 전화를 걸어서 말하십시오.

"어머니, 저예요. 새벽 3시인 건 알지만 말씀드릴 게 있어요. 어머니, 사랑해요."

그러면 어머니는 심장마비로 돌아가실지도 모르지만, 그 순간 일생을 통틀어 가장 행복한 순간을 맛보실 겁니다. 주위를 보면 이렇게 말하는 사람들이 아주 많습니다.

"그걸 굳이 말로 해야 합니까? 우리 어머니는 말씀드리지 않아도 아실 거예요."

그럴지도 모릅니다. 하지만 사랑한다는 말은 아무리 들어도 싫증이 나지 않는 법입니다. 그러니 지금 당장 사랑한다고 말하십시오.

치 약 의 중 간 부 터 눌 러 쓰 는
아내가 싫다면

사랑의 표현에는 여러 가지가 있습니다. 손을 내밀어서 쓰다듬으세요. 손을 꼭 쥐어주세요. 말을 하세요. 집으로 돌아가면 잠자는 아이들을 깨우세요.

"얘들아! 사랑한다. 사랑한다. 사랑해."

"엄마, 미쳤나 봐!"

"그래. 그럴지도 모르지! 하지만 그래도 난 너를 사랑한단다!"

모든 것이 여러분으로부터 시작된다는 사실을 잊지 마십시오. 나를 먼저 찬양하지 않는 한 다른 사람을 찬양할 수 없습니다. 여러분의 엉뚱함, 건망증, 그리고 남에게 상처를 주는 습관까지도 찬양하십시오. 인간이 가지고 있는 가장 위대한 특징 중의 하나가 용서입니다. 저는 완벽하지 않은 여러분들을 용서합니다. 저는 제가 완벽해지는 날 여러분에게도 완벽을 바랄 겁니다.

제 책을 읽어보신 분이라면, 제가 낙엽을 무척이나 좋아한다는 사실을 아실 겁니다. 그리고 제가 1년 중에서 가을을 제일 좋아한다는 사실도 아실 겁니다. 저는 낙엽을 보면 만감이 교차합니다. 가을이 되면 단풍나무 숲 속에 몸을 담그는 저는 마당에 낙엽이 가득히 떨어져도 치우지 않습니다. 심지어 낙엽을 주워서 학생들 책상에 하나씩 놓아주기도 합니다.

"놀랍지 않니? 낙엽을 보면 마술을 보는 기분이 들지 않니?"

이렇게 낙엽을 예로 들면서 감각과 지각에 대한 이야기를 시작합니다. 그러면 나를 본척만척하던 학생들마저도 낙엽을 집어 들고 유심히 쳐다봅니다. 그때서야 비로소 낙엽은 그 학생의 눈에 의미심장한 존재로 부각됩니다. 하지만 그것은 처음부터 그 자체로 의미심장한 존재였습니다.

제가 가르치던 학생 중에 앞을 못 보는 여학생이 있었습니다. 우리가 모두 '예쁘다, 멋지다'라는 말로 낙엽에 대해 말을 하는데 그 여학생이 어느 누구도 생각하지 못했던 말을 불쑥 꺼냈습니다.

"마른 잎사귀는 냄새가 더욱 좋지 않아요?"

여러분도 이제는 마른 잎을 집어 들고 냄새를 맡아보십시오. 그 나뭇잎이 봄부터 가을까지 온갖 날씨들을 버티며 그때까지 존재해온 냄새를 맡을 수 있을 겁니다. 나뭇잎을 좋아하는 저는 낙엽이 쌓이면 그대로 놔두는 걸 좋아합니다.

하지만 제 이웃에는 아주 깨끗하고 깔끔한 사람들이 살고 있습니다. 그들은 항상 치우고, 치우고, 치우고, 치우고, 또 치웁니다. 그 사람들이 보기에 버스카글리아의 집은 지저분하고, 지저분하고, 지저분하고, 지저분하고, 또 지저분할 겁니다. 그리하여 다시 치우고, 치우고, 치우고, 치우고, 치우는 작업을 시작합니다. 심지어 낙엽을 빨아들이는 진공청소기를 구비한 사람도 있습니다.

청소기에 빨려 들어가면서 낙엽이 비명을 지르는 그 처절한 광경을 저는 차마 지켜볼 수가 없습니다. 그러니 그냥 놔둘밖에요. 한번은 집에서 소모임을 하는데 이웃 사람들이 찾아왔습니다. 그들은 모두 좋은 사람들이고, 아주 깔끔한 사람들이죠. 문을 두드리는 소리가 들리기에 잠시 대화를 멈추고 밖으로 나갔더니 그들이 이렇게 말하더군요.

"주말에는 여행을 하시느라, 주중이면 하루 종일 학교에서 강의를 하시느라 낙엽을 치울 시간이 없다는 걸 잘 알아요. 다행히 우리 집에 청소기가 있으니 대신 치워드릴게요!"

저 대신 낙엽을 치워주겠다고 말할 만큼 착한 사람들인 것은 알겠지만, 저는 고개를 흔들며 이렇게 대답합니다.

"그러실 것 없습니다. 저희 집 마당에 있는 낙엽 때문에 신경 쓰이신다는 건 미처 몰랐군요. 제가 직접 치울게요."

집 안으로 들어갔더니 학생들이 들고일어났습니다.

"선생님, 비겁해요! 여긴 내 집이고 내가 하고 싶은 대로 하면서 살겠다고 말씀했어야 하지 않나요?"

학생들의 항의에 저는 조용히 대꾸했습니다.

"밖에 나가 낙엽을 주운 다음, 집 안으로 가지고 와서 거실에 깝시다."

"정말요?"

"당연하죠! 우리 집 거실에 갖다놓은 걸 뭐랄 사람은 없을 테니까."

이렇게 우리들은 거실 바닥에다 낙엽을 가져다놓고는 그 위에 앉아서 대화를 계속했습니다. 상상이 되십니까? 학생들 중누구도 그날의 그 특별한 느낌을 평생 잊어버리지 못할 것입니다. 작은 것을 포기하면 더 큰 것을 얻을 수 있을 때가 있죠. 마당에 있는 낙엽을 치웠으니 이웃들이 행복해졌고, 그래도 여전히 낙엽을 볼 수 있으니까 제가 행복합니다.

세상 이치란 이렇게 간단한 것입니다. 이런 이치는 결혼 생활에도 적용됩니다. 사람들이 이혼을 하고 헤어지는 이유가 대부분 사소하고 말도 안 되는 일에서 비롯된다는 사실을 아십니까?

"이혼을 하고 싶습니다."

"왜죠?"

"아내가 치약을 가운데부터 쓰잖아요! 그걸 바라볼 때마다 미칠 것 같아요!"

그럼 치약을 따로 쓰면 되지 않습니까?

"남편이 여기저기다 옷을 벗어놓는 바람에 제가 가정부 노릇을 한다니까요!"

가정부 노릇을 강요한 사람은 없습니다. 그냥 바닥에 놔두세요! 피해서 걸어 다니면 되지 않습니까?

"하지만 이웃 사람들이 뭐라고 생각하겠어요?"

이웃 사람들이 그것을 보고 '이게 대체 뭐예요?' 하고 말하면 이렇게 대답하면 됩니다.

"아, 그건 남편 거예요. 남편이 옷가지를 바닥에 늘어놓는 걸 좋아하거든요. 그래서 저도 그냥 놔두는 거예요. 아침에 이걸 입을까 저걸 입을까 하면서 남편이 얼마나 좋아하는지 몰라요."

정말 화가 나고 짜증나는 일이 있으면 곰곰이 생각해보십시오. 그러면 지금 골치 아픈 일들이 처음에는 말도 안 되는 일에서 시작되었다는 사실을 알게 될 겁니다. 가만히 앉아서 곰곰이 생각하다보면 키득키득 웃음이 나올 정도입니다.

저는 우리 사회에 유머가 부족한 게 제일 무섭습니다. 우리는 모두 웃음을 잃어버린 채 너무도 심각하게 살아가고 있습니다. 하하 웃으며 넘길 일에도 그 문제에 인생이 걸린 일인 양 아등바등 매달리며 울고불고합니다.

다른 여인들에 비해 정말로 남다르셨던 우리 어머니가 생각납니다. 어머니는 몸집이 무척이나 거대하셨고 먹는 걸 무척이나 좋아하셨습니다. 저도 그 식성을 물려받았답니다. 요즘 TV 광고에서는 빼빼 말라야 매력적인 몸매라고 떠들어대지만 그건 나라마다 판단 기준이 다릅니다.

거리를 지나다니면서, 과연 어떤 사람들이 제일 인상을 쓰고 다니는지 한번 살펴보십시오. 통통한 사람일수록 표정이 밝습니다. 빼빼 마른 사람일수록 오만상을 찌푸리고 있는 걸 발견할 수 있을 겁니다. 저희 어머니는 한번 웃기 시작해서 도저히 주체할 수 없게 되면 바닥을 데굴데굴 구르곤 하셨습니다. 80킬로그램에 달하는 거구로 말입니다. 그러면 우리들도 따라서 웃곤 했답니다.

하지만 주위를 둘러봐도 이제는 그런 웃음소리를 들을 수 없습니다. 사람들은 이제 웃지 않습니다. 재미있는 일이 없습니다. 즐거워지는 방법을 잊어버렸고, 열정을 잊어버렸습니다.

툭 까놓고 말하자면, 우리는 모두 조금씩은 바보 같은 면을 가지고 있습니다. 그 바보 같은 면을 다시 발견하고 계발해서 실생활에 적용합시다. 그랬을 때의 기쁨이란 어떤 것과도 비교가 안 될 겁니다. 미친 듯이 살아봅시다. 가끔, 아주 가끔은 말입니다. 그러면 인생이 밝아질 겁니다

낙엽, 호박, 빵
그리고 치즈

얼마 전 저는 위스콘신 주에서 1,000명의 수녀님을 상대로 강연을 한 적이 있습니다. 수녀님이 1,000명입니다! 얼마나 재미있고 유쾌한 주말이었는지 모릅니다. 저를 초청한 대표 수녀님은 이렇게 말씀하셨습니다.

"저희는 수녀원 동창들인데, 10년 만에 처음 만나는 사람들도 있죠. 참 따뜻한 자리가 될 겁니다. 선생님이 오셔서 저희와 함께 사랑을 나눠주셨으면 합니다."

때는 가을이었는데, 위스콘신의 그 계절은 참으로 찬란합니다. 제가 낙엽이 참 아름답다고 했더니, 수녀님들이 낙엽을 한가득 담은 커다란 가방을 선물하셨습니다. 위스콘신의 호박은 괴물입니다. 말 그대로 어마어마합니다. 제가 이렇게 큰 호박은 난생처음 본다는 말했더니 수녀님들이 큼지막한 호박도 선물하셨습니다.

게다가 고급 레스토랑에 내놔도 될 만큼 맛있는 빵을 만들어주신 수녀님도 계셨습니다. 저는 거의 울음을 터트릴 뻔했습니다. 식탁에 앉아 있는 제 모습을 여러분이 보셨어야 하는데⋯⋯. 정말로 눈물을 흘렸거든요. 수녀님들이 그러시더군요.

"왜 그러세요?"

"아, 너무 좋아서요!"

저는 그 자리에서 빵 두 덩어리를 덤으로 얻었습니다. 그뿐이 아닙니다. 늦은 시각에 출발하는 밤 비행기를 타기 직전에는 배웅 나온 수녀님한테 위스콘신의 명물인 치즈를 4킬로그램이나 선물로 받았습니다.

비행기를 탄 사람은 스튜어디스 몇 명과 호박에 낙엽이 든 가방에 치즈를 들고 있는 저밖에 없었습니다. 잠시 후 비행기가 이륙했고, 기내는 곧 어두워졌습니다. 스튜어디스들마저 모두 자기 자리로 돌아가자 기내가 쥐 죽은 듯이 고요했습니다. 바로 그때 제 안에 있던 뜨거운 열정이 발동했습니다.

저는 비행기의 가운데 자리로 가서 팔걸이를 모두 치우고는 낙엽을 꺼내 좌석 위에 좍 깔았습니다. 그리고는 호박을 꺼내 좌석 한가운데에 놓고 빵 두 덩어리와 치즈는 양쪽에 놓은 다음, 스튜어디스 호출 버튼을 눌렀습니다. 피곤에 지친 얼굴의 스튜어디스가 음료를 부탁하려는 거겠지 하는 표정으로 느릿느릿 걸어왔습니다. 제가 대뜸 말했습니다.

"이것 좀 보세요!"

그랬더니 그녀가 '어머나!' 하는 비명을 지르면서 잠시 멍한 표정을 짓고 있다가, 얼굴이 점점 크리스마스트리처럼 환해지는 것이었습니다.

"함께 나누고 싶어서요. 저는 충분히 감상했으니, 괜찮으시다면 다른 스튜어디스들에게도 보여드리고 싶어서요."

그녀가 '잠깐만요!' 하고 사라지더니 곧바로 동료들을 모두 데리고 왔습니다. 그들은 캘리포니아산 와인을 멋진 와인 잔에 따라서 전부 돌렸습니다. 그날 시카고에서 로스앤젤레스로 돌아오는 길은 너무나도 짧게 느껴졌습니다. 그리고 우리는 매년 가을마다 만나기로 약속했습니다. 그냥 평범하게 끝났을 수도 있는 여행을 마법으로 둔갑시킨 사람이 있었기에 가능한 일이었습니다.

여러분도 마법을 부릴 수 있습니다. 삶의 현장 곳곳에서 마법을 시험해보십시오. 광기가 발동할 때는 억누르지 마십시오. 단 한 번만이라도 맘껏 표현해보십시오.

한번은 제가 교육자들 스무 명과 함께 세인트루이스에 있는 '두뇌 은행'이란 곳에 간 적이 있습니다. 거기서 저는 사흘 동안 저명한 학자들로부터 유식한 발표를 들었습니다.

결론부터 말하자면, 미국 교육의 미래가 그런 사람들 손에 맡겨졌다가는 끝장이겠다 싶은 생각밖에 안 들었습니다. 발표를 절반가량 들었을 때 참을 만큼 참은 저는 미안하다는 말을 남기고 그곳을 황급히 빠져나와 버렸습니다. 거기서 나와 강가를 걸었는데, 체구가 작은 노인 한 분이 보이더군요. 싸구려 술에 치즈를 먹고 있는 그 노인은 치아가 모두 빠져서 하나도 없는 입으로 싱글싱글 웃고 있었습니다. 픽이나 지저분하게 느껴지는 사람이었습니다.

"안녕하신가, 친구."

노인이 저에게 먼저 말을 걸었습니다. 저에게 '친구'라고 부르는 사람은 모두 저의 친구입니다. 그래서 저는 노인의 친구가 되어 그 옆에 앉았고 대화를 시작했습니다. 술도 나눠 마시고, 치즈도 나눠 먹고, 이런저런 이야기도 나눴습니다. 그러다 노인에게 물었습니다.

"무척이나 행복하고 만족스럽고 평화롭게 보이시는데요? 비결을 알려주시겠어요?

"평생 행복하게 살려거든 마음은 가득 채우되 배는 언제나 비워두게나."

저는 그 노인이야말로 두뇌 은행에 가야 한다고 생각했습니다. 그 노인의 말은 두뇌 은행에서 강의하는 저명 학자들이 도저히 깨달을 수도 실천할 수도 없는 이야기입니다.

마지막으로, 인간이 갖고 있는 특성들 하나하나는 모두 하느님의 선물이라는 사실을 다시 한 번 강조하고 싶습니다. 그 선물을 잘 활용하십시오. 바로 그것이 여러분이 하느님께 되돌려드릴 수 있는 최고의 선물이라는 사실을 잊지 마시기 바랍니다. 감사합니다.

PART 7

미래의
어린이들

이 세상에는 산 자가 머무는 땅과 죽은 자가 머무는 땅이 있는데,
두 곳을 연결하는 다리가 사랑이다.
사랑이야말로 죽은 자들이 남긴 유일한 유품이며,
살아 있는 자들의 유일한 목적이다.

_ 손턴 와일더

세 상 은   커 다 란   나 무,
인생은 그 나무를 알아가는 과정

오늘의 강의 주제가 '미래의 어린이들'이라는 말을 듣고 흥분을 감출 수 없었습니다. 1년 중에 따로 하루를 정해 어린이날로 이름 붙인 달력을 보면서, 여러분도 저처럼 좀 우습다는 생각을 하셨을 줄 압니다. 1년 내내 365일이 전부 어린이날이 되어야 하는데 말입니다. 오늘 제가 여러분과 함께 나눌 이야기의 주제는 이것입니다.

'어린이란 과연 누구인가, 미래의 어린이들은 승리자가 될 것인가, 아니면 패자가 될 것인가.'

정신의학자 앤서니 스토Anthony Storr의 《어린이들의 세계The World of Children》라는 작품에 등장하는 구절로 오늘 강연을 시작할까 합니다. 책에서 스토는 이렇게 말하고 있습니다.

"우리들 대부분이 잊고 있지만, 사실은 우리들 모두가 어린아이다."

저는 언제나 맨 처음 세상을 만져보았던 어릴 적 그 시절로 돌아가면 참 좋겠다고 생각하곤 합니다. 나무라는 것을 처음 보았던 그 시절, 처음으로 꽃을 보았던 그 시절로 돌아가서 그때 느꼈던 그 기분을 되살리고 싶기 때문입니다.

우리는 지금 어른이 되어 있지만, 아직도 여전히 세상을 만져보는 중입니다. 나이가 얼마이고 지위가 어떻든 간에 인간은 누구나 세상을 만져보는 긴 여정 속에 존재한다고 생각합니다. 그러니 우리는 나무를 보는 데 만족하지 말고, 올라가 보고, 냄새를 맡아보고, 안아보고, 맛을 보고, 씹어보면서 그 모든 것을 온몸으로 느껴봐야 합니다. 그래야 비로소 놀라움과 신비로 가득한 삶을 영위할 수 있습니다.

과 거 를 　 원 망 하 면
현실과 미래가 행복할 리 없다

　　　　　　　　　　　　　　　　교사들처럼 남을 돕는 직업에 종사하는 사람들은 자아를 찾고, 자아를 유지하면서 타인을 향해 '나는 지금 자아를 찾는 중이랍니다' 하고 말하는 게 얼마나 어려운 일인지 잘 알고 있습니다. 그런 까닭에 우리는 어쩌면 누구나 진정한 의미에서는 아직 태어나지 않은 상태인지도 모릅니다.

누군가 인생에 대해 가르치는 교사가 되어 '인생은 좋은 것이며, 세상은 아름다운 곳입니다' 하고 말해줘야 합니다. 그래야 교사의 말에 이끌려 더 나은 방향으로 가는 사람들이 더 많이 생길 테니까요. 제가 아끼는 책 중에 도스토옙스키 Fyodor Mikhailovich Dostoevskii의 《백치 Idiot》라는 소설이 있습니다. 이미 읽어보신 분이 계실지 모르겠습니다만, 시간을 내어 꼭 한번 읽어보시기 바랍니다. 조금 두꺼운 책이지만 그만한 시간을 투자할 가치가 있습니다.

소설의 주인공은 미슈킨 왕자로 신분을 감춘 채 죄로 얼룩진 세상을 살아가는 성인聖人입니다. 그런데 그의 손길이 닿기만 하면 좋았던 것도 고통과 절망으로 바뀌어버립니다. 놀라운 사실은 그 이유를 왕자 자신도 알 수가 없다는 것으로, 왕자는 간질병 발작을 일으킬 때마다 엄청난 깨달음을 얻습니다. 도스토옙스키는 마술과도 같은 필치로 그 상황을 이렇게 묘사합니다.

슬픔과 암흑과 절망을 뚫고 그의 머릿속으로 갑자기 한 줄기 섬광이 지나갈 때가 있다. 이렇게 거대한 자극이 가해지면 그의 생명력이 갑자기 팽팽하게 긴장하면서 움직이기 시작했다. 머리와 가슴속으로 눈부신 빛이 쏟아져 들어왔다. 불안, 회의, 근심이 모두 한순간에 사라졌다. 하지만 이 순간 그 섬광은 발작이 시작되는 마지막 순간을 알리는 전주곡에 불과했다.

하지만 발작을 겪을 때마다 그는 깨달음을 얻고, 소설이 끝나갈 무렵에는 머릿속 가득 차오르는 빛을 느끼며 외칩니다.

"오 하느님, 어린아이들에게 이것을 알리면 안 되겠습니까?"

저도 똑같이 외치고 싶습니다. 어린아이들에게 이것을 알리면 안 되겠습니까? 아이들에게 인생의 승자가 되느냐 패자가 되느냐 하는 문제는 오직 자신의 손에 달린 거라고 알리면 안 되겠습니까?

주위를 둘러보면 세상엔 패배자들이 너무나 많습니다. 여러분은 어떨지 모르겠습니다만, 저는 미국에서 매년 자살에 성공하는 사람들이 2만 6,000명을 넘는다는 말을 듣고 소름이 끼쳤습니다. 가장 최근에 발표된 통계에 따르면 전국적으로 범죄율이 10년 전에 비해서 7퍼센트나 증가했다고 합니다.

20년, 30년, 40년, 50년 동안 단란하게 결혼 생활을 유지하면서 가정을 꾸리던 예전의 그 사람들은 대체 어디로 사라진 걸까요? 과연 무엇이 달라졌기 때문일까요? 아마도 우리가 예전과는 달리 벽으로 가려진 정원에서 자랐기 때문인지도 모릅니다. 우리는 진정한 삶이 보이지 않는 보호막 안에서 자랐습니다. 인생이라는 게 무섭고 끔찍한 괴물이라도 되는 양 꽃과 신기한 식물로 가득한 정원에다 담벼락을 쌓아놓고 진정한 삶으로부터 눈을 돌린 채 그 안에서 살았습니다.

성인이 되면 그 벽을 열심히 넘어보지만, 현실은 너무도 심란합니다. 우리는 고통을 피하려고 약을 먹다가 끝내 중독이 되고, 머리를 비우려고 술에 취하다가 끝내 알코올의 노예가 되고 맙니다. 사는 것도 무섭지만, 죽는 건 더 무섭습니다. 그러면서 과거를 끈질기게 원망합니다. 과거 속의 모든 사람들을 끈질기게 원망하지만, 현재는 물론이고 미래에는 어떻게 해야 하는지 전혀 모릅니다.

우리는 사람들을 의심합니다. 하지만 무엇보다도 자기 자신을 가장 의심합니다. 내 안에서 들리는 음성을 듣지 못한 채로 살아갑니다. 그리하여 마침내 본래의 모습과 전혀 다르게 살아갑니다. 현재를 느끼지 못한 채 그냥 지나쳐버립니다. 우리에게 기쁨을 선택할 권리가 있다는 사실을 모릅니다. 목적의식을 잃었기에 어떻게 살아야 할지 알지 못합니다.

그리고 더 심각한 문제는, 그렇게 살면서도 '도대체 내가 뭐하는 거지?' 하는 질문도 던지지 않는다는 사실입니다. 여러분에게 묻고 싶습니다. 여러분의 역할이라는 게 고작 이 세상의 빈자리를 메우는 것에 불과하단 말입니까?

책 상 줄 을 맞 추 라 는 교 육 보 다
눈을 맞추는 교육이어야 한다

저는 예전에 네팔의
사원이나 인도의 힌두교 성소聖所에서 지내면서 여러 문화의 다양한 시각과 지식들을 가급적 많이 배우려고 노력했습니다. 그런 과정을 통해서, 세상에는 여러 갈래의 길이 존재한다는 사실을 알게 된 저는 행운아입니다.

인도에 있을 때, 저는 아주 신비로운 경험을 했습니다. 어느 날 콜카타에서 기차를 타고 한나절을 달린 끝에 어느 소도시에 내려, 거기서 자동차를 갈아타고 다시 어느 시골 마을을 향해 30킬로미터쯤 갔을 때의 일입니다. 갑자기 내 몸의 감각 기관이 예민해지기 시작하더니 인생의 모든 단면이 한눈에 들어오기 시작했습니다.

사람들의 고통과 절망이 보였고, 굶주린 어린아이들과 절망스러운 표정의 어른들이 보였고, 그럼에도 사람들의 얼굴에 넘치는 기쁨이 보였습니다. 그때까지 삶이 무엇인지 깨닫는 데 많은 세월이 걸렸는데, 단 30킬로미터를 달리면서 그 모든 걸 경험한 셈입니다. 감히 말씀드리건대, 인도에서는 이런 일이 가능합니다. 우리 인간의 삶과 죽음을 에워싼 모든 희로애락 말입니다.

제가 어른들이 아이들에게 진정한 삶의 의미를 가르쳐주지 않는다고 말하는 것도 이 같은 맥락에서입니다. 우리는 어른이 되어서야 겨우 아이들에게 죽음이 뭔지 가르칩니다. 그 전까지는 인생이란 장밋빛 정원과도 같은 것이라는 환상을 심어줍니다. 그러다 실상을 알게 되면 아이들이 얼마나 실망을 할까요? 어른들이 완벽한 존재인 줄 알고 사란 아이들이 사실은 그렇지 않다는 걸 알고 나면 얼마나 충격이 클까요?

어른들이 아이들에게 정말로 인간다운 모습을 보여줌으로써 그들에게 참된 인간애를 가르치자는 게 잘못된 일일까요? 하지만 여기에도 전제가 있습니다. 아이들에게 인생이 뭔지를 가르치기 이전에 우리는 먼저 아이들과 대화하는 법을 다시 배워야 합니다.

다음에 기회가 주어진다면, 저는《아이들과 대화하는 법》이라는 책을 쓰고 싶습니다. 대부분의 어른들은 아이들과 진정한 의미의 대화를 나누는 게 아니라 일방적으로 의사를 전달하는 경우가 태반이니까요. 그건 명령이자 통보나 다름없습니다.

아이들과 이야기를 나누려면 무릎을 구부리는 법부터 알아야 합니다. 아이들의 눈높이에 맞춰 몸을 낮춰야 합니다. 내 이야기만 하지 말고 아이들이 하는 말을 이해하려고 노력해야 합니다. 그러니 이제부터 아이들의 말에 귀를 기울이십시오. 어떤 게 보이고, 어떤 걸 느끼고, 어떤 게 들리는지 물어보십시오. 그러면 아이들의 말 속에 담긴 교훈을 알고 깜짝 놀라게 될 것입니다. 오랫동안 잊고 있었던 놀라움을 다시 맛보게 될 것입니다.

저의 경우, 지난 몇 년 동안 어떠했는지 아십니까? 새로운 것을 배우기보다는 알고 있던 것을 잊어버리는데 더 많은 시간을 할애해야 했습니다. 사람들이 가르쳐준 쓰레기 같은 지식을 내다버리는 데 무던히도 애를 써야 했습니다. 여러분도 마찬가지 과정을 거쳐야 합니다. 쓰레기를 하나씩 버릴 때마다 자유로워집니다. 자유로워질수록 새로운 사람이 됩니다.

학교를 돌아다니다 보면 아직도 교사들이 '책상 줄을 똑바로 맞춰놓지 않으면 교실 밖으로 한 발짝도 못 나갈 줄 알아!' 하며 으르렁대는 소리가 들립니다. 그게 그렇게도 중요한 일일까요? 학생들이 진정한 삶에 대해 아무것도 배우지 못하는 건 괜찮고 책상의 줄이 좀 어긋나는 건 안 된다니, 대체 말이나 됩니까?

그렇다면 아이에게 무엇을 알려줘야 할까요? 무엇보다 먼저, 인간에게는 상상력이라는 놀라운 금광이 있는데 거기서 자기 마음대로 황금을 캐내어 쓸 수 있다는 사실을 알려줘야 합니다. 그리고 이 세상에 '나'라는 존재는 오직 하나뿐이라는 사실도 일깨워줘야 합니다. 대부분의 어른들마저도 잊어버린 이 엄연한 사실을 아이들에게 꼭 알려줌으로써 자존감 넘치는 인간으로 성장할 수 있게 해야 합니다.

이 사회는 모든 것들을 하나의 틀 속에 짜 맞춰 넣고 스스로 흐뭇하게 여기는 경향이 있습니다. 아이들의 얼굴을 보십시오. 저는 이 세상에 똑같이 생긴 아이가 하나도 없다는 사실이 얼마나 좋은지 모르겠습니다. 저는 아이들이 제각각 과거, 현재, 미래를 통틀어서 단 하나뿐인 존재라는 사실이 너무도 좋습니다. 이런 생각을 하면 여러분도 자긍심을 느낄 수 있을 겁니다. 아이들이 이 세상에 괜히 태어난 것이겠습니까? 아이들의 독특한 면모가 괜히 생겨난 것이겠습니까?

이 세상은 우리들 각자가 하나의 조각이 되어 거대한 그림을 맞춰야 하는 퍼즐과도 같습니다. 여러분이 이 퍼즐을 맞춰주지 않으면 그림은 완성되지 못하고, 그 때문에 우리들 모두는 영원히 불완전한 조합으로 남을 것입니다.

저는 여러분이 저와 똑같아지는 걸 원치 않습니다. 이 세상에 저는 저 하나로 충분합니다. 저는 '나를 따르라' 하는 방식은 좋아하지 않습니다. 대신 저는 여러분은 여러분 자신을 따르라고 말하고 싶습니다. 여러분이 스스로를 따를 때 여러분 자신의 참모습과 만날 수 있고, 저도 저의 참모습을 만날 수 있습니다. 그러면 언젠가 우리는 하나가 될 것입니다.

그렇기 때문에 아이들에게 '너희들 각자가 이 세상에서 단 하나뿐인 존재란다' 하고 말해줘야 합니다. 이 세상에서 가장 훌륭한 '나'는 세상의 그 누구도 아닌 바로 나 자신이라는 사실을 알려줘야 합니다. 자기보다 멋지고 훌륭해 보이는 누군가를 찾아 평생을 떠도는 방랑자가 되지 말고 '나 자신 속의 나'를 더 아끼고 사랑해서 최고로 만들어야 한다고 말해줘야 합니다.

하지만 우리 어른들조차 이런 사실을 믿지 않습니다. 인간의 잠재력은 지금 보이는 것보다 숨어 있는 것들이 훨씬 더 많습니다. 우리는 누구든 어디에 있든 무엇을 하든 모두 새롭고 멋진 '나'를 발견해가는 신비로운 여행의 출발점에 서 있는 셈입니다.

아주 오래전에 들었던 '우리 집에는 방이 아주 많다'는 말의 뜻을 저는 요즘에야 겨우 이해했습니다. 그동안 우리 집은 커다랗고 편안한 거실 하나로 이루어져 있다고 생각해왔습니다. 물론 그렇게 생각하는 것도 나쁘지는 않았습니다. 그 거실은 예쁘고 깨끗하고 아늑했으니까요. 그리고 모든 일이 거실에서 이루어졌습니다. 먹고 자는 것도, 사람들을 접대하는 것도, 좋은 일들을 하는 것도.

그러던 어느 날 그 방에 있는 물건들이 모두 다른 사람들 덕분에 갖게 된 거라는 생각이 갑자기 들었습니다. 수백 명의 사람들이 그 방과 연관을 맺은 덕분에 그곳이 예쁘게 꾸며지고 있다는 생각이 들었습니다. 가만히 생각해보니, 그 방에는 문이 무한대로 달려 있다는 사실을 알 수 있었습니다. 음악으로, 미술로, 사랑으로, 아름다움으로, 기쁨으로 연결되어 있는 문입니다.

우리에게 있어 정말로 신나는 일이 무엇인지 아십니까? 그것은 생각하고 상상할 줄 아는 동물은 인간밖에 없다는 것입니다. 우리는 상징적인 기호를 통해 생각할 수 있을 뿐만 아니라 분석할 수 있고, 꿈꿀 수 있고, 상상할 수도 있습니다. 제대로 된 인간이라면 이런 능력을 통해 눈앞의 사물에 대해 경탄하고 신기하게 여겨야 합니다.

저는 여러분 모두가 자기 자신으로 돌아갔으면 합니다. 여러분 모두가 이기적인 사람이 되었으면 하는 게 아니라 '나'라는 사람을 이 세상에서 가장 특별하고, 가장 뛰어나고, 가장 개방적이고, 가장 아름답고, 가장 독창적인 존재로 만들 수 있다는 사실을 알았으면 한다는 얘기입니다. 그런 사람이 되어 혼자만 즐길 것이 아니라 다른 사람들과 함께 즐길 수 있도록 말입니다.

남에게 뭔가 주고 싶어도 갖고 있는 게 있어야 줄 수 있는 법입니다. 아는 게 없으면 남에게 무지를 전할 수밖에 없습니다. 그렇기 때문에 지혜를 쌓아야 합니다. 고정관념의 쇠사슬에 묶여 있으면 남에게 편견을 가르칠 수밖에 없습니다. 그렇기 때문에 자유를 쌓아야 합니다.

모든 것이 내게서 비롯됩니다. 제가 저를 위해 하는 일들은 모두 여러분을 위한 것입니다. 제가 저를 사랑할수록 더 많은 사랑과 더 깊은 관심을 여러분에게 드릴 수 있습니다. 우리 어른들은 아이들에게 이런 사실을 일찍부터 알려줘야 합니다.

아이들에게 다른 사람들의 존재도 일깨워줘야 합니다. 엉뚱하게 들릴지는 모르겠습니다만, 저는 일전에 아주 놀라운 사실을 알게 됐습니다. 바로 이 지구상에서 인간의 발길이 닿을 수 없는 곳은 한 군데도 없다는 사실입니다. 인도와 파키스탄의 국경에 있는 지구의 최고 오지 카슈미르 계곡도 23시간이면 갈 수 있습니다. 요컨대 우리 모두는 이웃이라는 얘기입니다.

예전에는 멀리 떨어져 있는 사람은 아예 잊어버려도 된다고 생각했고, 또 까맣게 잊어버리고 살았습니다. 하지만 이제는 그렇지 않습니다. 이제는 인간과 인간 사이를 가로막는 장벽이 모두 사라졌습니다. 세계의 오지를 정복하기도 쉽고, 누구든 방문하기도 쉬워진 시대에 살고 있는 것입니다.

아이들도 죽음을
알아야 한다

얼마 전에 미국의 어느 대학에서 '나눔과 베풀기'라는 주제를 놓고 학생들을 대상으로 재미있는 사회학 실험을 한 적이 있습니다. 먼저 학생들에게 다음과 같은 말을 하며 각자 10센트씩을 가지고 오도록 했습니다.

"인도에서는 사람들이 기아와 질병으로 허덕이고 있습니다. 정말로 도움이 필요한 사람들입니다. 10센트를 기부하고 싶은 학생은 봉투에 넣고 겉봉에 '인도'라고 쓰십시오."

교수는 한 마디 더 보탰습니다.

"우리 주변의 빈민가에는 음식이 필요한 사람들이 많습니다. 그들을 돕고 싶은 학생은 익명으로 기부를 하세요. 이번에는 10센트를 넣은 봉투에다 '가난한 사람들'이라고 쓰십시오. 그리고 우리 학교에는 아직 복사기가 없어 보고서나 원고를 복사해

야 하는 학생들이 고생이 많습니다. 복사기 구입에 도움을 주고
싶은 학생은 10센트를 넣은 봉투에다 '복사기'라고 쓰십시오."

어떤 결과가 나왔을까요? 참여자의 80퍼센트가 인도나 가난
한 사람들을 외면하고 복사기 구입에 돈을 기부했다고 합니다.
우리는 이제 더 이상 이웃에 관심을 기울이지 않습니다. 우리 주
변에 높고 단단한 울타리를 쳐놓고 살면서 이렇게 말합니다.

"신경을 써야 할 게 너무 많아서, 다른 사람들 일에는 신경을
쓸 수가 없답니다."

떨어지는 낙엽 하나도, 가볍게 볼을 스치는 바람도 여러분에
게 영향을 미칩니다. 그런 시대에 우리는 살고 있습니다. 직장
에서 상사가 부하 직원에게 고함을 질렀다고 칩시다. 그는 퇴근
해서 남편이나 아내에게 고함을 지릅니다. 남편이나 아내는 아
이를 때립니다. 아이는 개를 발로 차고, 개는 고양이를 물고, 고
양이는 카펫에다 오줌을 쌉니다. 모두 어디서 비롯된 일일까요?
이제 우리는 더 많은 것을 얻기 위해 조금은 포기하는 법을 배워
야 합니다. 이제 다시 서로를 믿고 신뢰하고 함께 노력하는 법을
배워야 합니다.

손뼉도 마주 쳐야 소리가 나는 법입니다. 내가 어떤 사람인지
알고 싶습니까? 그럼 나를 사랑하는 사람들의 눈을 보십시오.
코에 뭐가 묻었다고 알려줄 수 있는 사람은 그들밖에 없습니다.

다른 사람들은 내가 코에 얼룩이 묻은 채 하루 종일 돌아다녀도 상관하지 않습니다. 나를 진정 사랑하는 사람만이 '어? 코에 뭐 묻었네?' 하고 말을 할 겁니다.

우리 어른들은 또한 아이들에게 죽음이 어떤 것인지를 알려줘야 합니다. 더 이상 숨기려 하지 말고, 인간의 생명이 유한하다는 사실을 알려줘야 합니다. 우리는 누구나 영원히 살 수 있을 것처럼 착각하면서 살고 있습니다. 프로이트Sigmund Freud는 인간이 겪는 모든 문제점은 영원히 살 수 있다는 착각에서 비롯된다는 말을 남겼습니다.

우리는 이 상태가 끝없이 계속될 거라고 믿습니다. 한번 곰곰이 생각해보십시오. 다른 사람들은 모두 눈을 감아도 나만은 그렇지 않을 거라고 생각하고 있지는 않습니까?

인간은 모두 죽게 마련입니다. 세상에 이보다 더 공평한 일이 어디 있습니까? 돈이 많건 적건, 유명하건 유명하지 않건, 학위가 있건 없건, 인생을 함부로 살았건 아름답게 살았건, 인간은 모두 죽게 마련입니다. 그런데 왜 죽음을 두려워하나요? 평생 죽은 채로 살았던 사람만이 죽음을 두려워합니다. 삶이라는 아름다운 여행을 즐겼던 사람은 종착에 이르러 울부짖거나 고함을 지르지 않고 기꺼이 죽음을 받아들입니다.

우리는 죽음을 참으로 어색하게 생각합니다. 아이들은 장례식에 참석도 못하게 합니다. 여러분 중에도 어느 날 아침에 눈을 떴더니 어른들이 할아버지나 할머니한테 가서 작별 인사를 하라고 했던 기억이 있는 사람이 있을 것입니다.

죽음은 삶이라는 아름다운 여행의 일부일 뿐입니다. 그러니까 죽음에 맞닥뜨려도 두려워하지 마십시오. 죽음은 우리에게 영원히 살 수 없으니 현재를 즐겨야 한다는 사실을 가르쳐줍니다. 죽음이 존재하는 덕분에 우리는 매 순간이 얼마나 소중한지를 알 수 있는데, 우리는 지금 어떻게 살고 있습니까?

죽음은 우리에게 기회는 현재밖에 없다는 사실을 가르쳐줍니다. 사랑하는 사람에게 전화를 걸 기회가 지금밖에 없다는 사실을 말입니다. 죽음은 우리에게 이 순간의 참다운 기쁨이 무엇인지를 가르쳐줍니다. 우리가 영원히 살 수 없다는 사실을 가르쳐줍니다. 우리에게 영원한 것은 아무것도 없다는 걸 가르쳐줍니다.

죽음은 또한 손에 쥐고 있는 것을 놓아버리는 법을 가르쳐줍니다. 저 세상으로 떠날 때는 아무것도 가지고 갈 수 없다는 사실을 가르쳐줍니다. 그리고 오늘 패배의 쓴잔을 마셨더라도 내일의 태양이 뜨기를 기다리는 방법을 가르쳐줍니다.

이제 아이들에게 이 모든 걸 일깨워줍시다. 저는 아이들에게 뉴스에서 접하는 것처럼 세상이 고통과 불행과 절망으로 얼룩져 있는 건 아니라는 사실을 알려주고 싶습니다. 오히려 그렇지 않기 때문에 그런 일들이 뉴스거리가 된다는 사실을 말해주고 싶습니다.

세상 구석구석에서는 재미있고, 놀랍고, 신기하고, 근사한 일들이 무수히 벌어지고 있는데 대부분의 사람들은 그 광경을 못 보고 그냥 지나칩니다. 아이들을 그런 세상의 주인공으로 만들어줘야 합니다. 그러기 위해서 우리 어른들은 나만의 기쁨과 광기를 되찾아야 합니다. 우리 모두 엉뚱한 사람이 되는 겁니다.

여러분은 엉뚱한 사람이 될 자질이 있습니다. 따분함은 반복적인 일상에서 비롯됩니다. 예기치 않았던 일이 생겼을 때 기쁨, 놀라움, 환희가 생깁니다. 반복적인 일상은 따분함으로 연결되며, 따분함이 계속되면 여러분도 따분한 사람이 됩니다. 사람들이 여러분을 멀리하는 이유를 아직도 모른단 말인가요?

선택권은 우리가 갖고 있습니다. 어떻게 살 것인지는 우리가 선택하기 나름입니다. 기쁨, 자유, 창의력, 엉뚱함을 선택할지, 무관심과 따분함을 선택할지는 우리의 손에 달려 있습니다. 제가 정말로 아끼는 글이 있는데, 여러분께 꼭 들려 드리고 싶어서 들고 나왔습니다. 뉴욕의 교육 관리국에서 일하는 프레더릭 J. 모핏Frederick J. Moffit이라는 사람이 남긴 글로, 제목은 〈어린아이는 어떻게 배우는가Thus a Child Learns〉입니다.

어린아이는 손가락과 발가락을 동원해 기술을 익히면서 배운다. 주변 사람들의 습관과 태도를 흡수하고, 자기만의 세상을 확장시켰다 축소시켰다 하면서 배운다. 시행착오를 통해서, 기쁨보다는 고통을 통해서, 힌트나 충고보다는 경험을 통해서, 명령보다는 충고를 통해서 배운다. 그리고 애정을 통해서, 사랑을 통해서, 인내를 통해서, 이해를 통해서, 관계를 통해서, 실행을 통해서, 존재를 통해서 배운다.

아이는 날마다 당신이 알고 있는 걸 조금씩 알게 되고, 당신이 생각하고 이해하는 걸 조금씩 더 많이 알게 된다. 따라서 당신의 꿈과 믿음대로 그 아이는 변해간다. 당신이 세상을 흐리멍덩하게 쳐다볼 때도, 똑바로 쳐다볼 때도, 당신이 멍청한 생각을 할 때도, 기발한 생각을 할 때도, 당신이 터무니없는 믿음을 키울 때도, 올바른 믿음을 키울 때도, 당신이 칙칙한 꿈을 꿀 때도, 황금빛 꿈을 꿀 때도, 당신이 거짓 증언을 할 때도, 진실을 말할 때도, 아이는 그 모습을 그대로 배운다.

아이들에게 승리자가 될 것인지 패배자가 될 것인지는 자신이 선택하기 나름이라는 걸 알려줘야 합니다. 인생의 진정한 승리자는 자기 삶을 사랑할 줄 아는 사람입니다. 손턴 와일더는 이렇게 말했습니다.

"이 세상에는 산 자가 머무는 땅과 죽은 자가 머무는 땅이 있는데, 두 곳을 연결하는 다리가 '사랑'이다. 사랑이야말로 죽은 자들이 남긴 유일한 유품이며, 살아 있는 자들의 유일한 목적이다."

이제 아이들에게 이 모든 것을 이야기합시다!

PART 8

친밀한
나

우리는 지구의 궤도를 돌 수도 있고, 달에 착륙할 수도 있다.
하지만 이 사회는 두 사람이 70일 동안 함께 살면서
상대방의 목을 조르고 싶다는 생각이 들지 않게 할 방법은 아직 개발하지 못했다.

_조지 레너드

괜 찮 다, 괜 찮 다
그래도 괜찮다

태연하게, 아무렇지
도 않게 쓰다듬어줘도 되는 사람이 이 세상에 한 사람만 있어도
우리는 외롭다고 울부짖을 일이 없을 것입니다. 50명도, 100명
도, 1,000명도 아닌 단 한 사람만 있으면 말입니다. 남자든 여자
든 상관없습니다. 언제든 달려가서 속내를 털어놓을 때, 가만히
귀 기울여줄 사람이기만 하면 됩니다. 나의 모든 것을 있는 그대
로 보여줄 수 있는 사람이기만 하면 됩니다.

"난 지금 이런 기분이야."

이렇게 말하면 '그래, 그런 기분을 느껴도 괜찮아' 하고 대답
해주는 사람이기만 하면 됩니다.

"난 이런 사람이야."

"그래도 괜찮아."

이렇게 말해주는 사람이면 됩니다. 저는 학생들에게 곧잘 이
런 질문을 던지곤 합니다.

"주변에 이런 친구가 있는 사람이 몇이나 됩니까?"

여러분도 이 질문에 대해 한번 생각해 보십시오. 집안에 그런
사람이 몇이나 되나요? 남편에게 그럴 수 있습니까? 아내에게
그럴 수 있습니까? 이웃 사람에게 그럴 수 있습니까? 그들이 여
러분에게 그럴 수 있습니까?

인 간 관 계
피라미드

사람과 사람 사이의
친밀감이 무엇인지를 아는 사람은 그다지 많지 않습니다. 이것
은 너무도 무서운 일입니다. 그런데 더 무서운 사실은 우리가 친
밀감의 기쁨을 누리고자 마음만 먹으면 얼마든지 누릴 수 있다
는 사실을 모르고 살아간다는 것입니다.

"난 사람들과 가까워지는 게 무서워. 상처받을까 봐 두려워."

"난 사람들과 만나는 게 싫어. 서로를 알자마자 새로움이 사
라지고, 그렇게 되면 흥분도 사라지거든."

"그들과 가까워지길 원하는 게 아니라 그저 알기를 원할 뿐이
야."

"사람들이 내 본래 모습을 알게 될까 봐 무서워. 그럼 놀라서
달아날 것 같거든."

"나는 타인과 가까워질 수 있다는 걸 믿지 않아. 그건 불가능
한 일이라고 생각해. 다들 너무 다르니까."

"사람들과 가까워지면 불안해져. 관계가 깊어질수록 불안하
기 때문에 난 그냥 편안한 사이가 좋아. 그래야 상처를 받지 않
거든."

"상대방과 가까워질 때마다 속는 기분이야. 그래서 뭔가가 더
있을 거라는 생각에 열심히 찾아보지만 결국엔 관계를 망칠 뿐

이지."

"사람들은 저마다 다양한 욕구를 갖고 있게 마련이지. 다른 사람의 욕구를 해결해주다가 내 생활마저 복잡해질 뿐이야. 지금 안고 있는 문제만 해도 골치 아픈걸."

아주 솔직하고 인간다운 대화입니다. 친밀한 인간관계에는 모험이 따른다는 것도 맞는 말이고, 상처를 준다는 것도 맞는 말입니다. 요구 사항이 많아진다는 것도 맞는 말이고, 달라져야 한다는 것도 맞는 말이며, 가슴 깊은 곳에 있던 감정까지 드러나서 가끔은 비참한 기분이 든다는 것도 맞는 말입니다. 하지만 분명한 것은, 친밀한 인간관계를 거부했을 때 기다리고 있는 건 절망과 외로움뿐이라는 사실입니다.

현대사회는 친밀한 인간관계를 장려하는 사회가 아닙니다. 결혼한 부부 4쌍 가운데 1쌍이 이혼합니다. 캘리포니아 남부에서는 이혼율이 거의 50퍼센트에 육박한다고 합니다. 2쌍 중 1쌍이 결혼 생활에 실패하다니, 처음에는 사랑으로 출발했던 관계임에도 그 수명이 3개월밖에 안 된다니 이게 어찌 된 일입니까? 관계가 복잡해지고 거북해져서 참을 수 없게 되면 그것을 극복할 생각을 하기보다는 그냥 헤어져버리는 것이 요즘 사람들의 일반적인 태도라면 너무 슬프지 않습니까?

얼마 전에 베스트셀러가 되어 독자들에게 뜨거운 반향을 불러일으킨 어떤 책에 다음과 같은 글이 보였습니다.

관계가 지루하고 따분해지면 자유롭게 청산하자. 죄책감을 느낄 필요는 없다. 영원히 지속되는 인간관계란 불가능하므로. 제멋대로 생각하시지! 다시는 너랑 안 만나면 되니까! 골치를 썩일 일이 뭐가 있어? 뭐하러 문제를 해결해? 다른 사람을 만나면 되는데!

오늘을 사는 사람들에게 인간의 무한한 잠재력을 일깨워온 철학자 조지 레너드George Leonard는 이렇게 말했습니다.

"우리는 지구의 궤도를 돌 수도 있고, 달에 착륙할 수도 있다. 하지만 이 사회는 두 사람이 70일 동안 함께 살면서 상대방의 목을 조르고 싶다는 생각이 들지 않게 할 방법은 아직 개발하지 못했다."

현대인들은 누구나 이제 친밀한 인간관계는 기대할 수도 없는 시대를 살고 있다고 말합니다. 과연 그럴까요? 저는 이렇게 말하고 싶습니다. 우리가 살아가면서 친밀한 인간관계는 없어서는 안 되며, 그것이 없으면 우리 모두 정신병원 신세를 지게 될 것이라고 말입니다. 한 사람의 정신 건강은 그 사람이 의미 있는 인간관계를 얼마나 오랫동안 지속시킬 수 있는지에 따라 판가름 납니다. 이런 인간관계에서는 양이 아니라 질이 중요합니다.

인간관계에는 여러 단계가 있습니다. 제가 '구제불능의 정신병 환자들'을 대상으로 박사 논문을 쓸 때 보니까 그들은 다른 사람들과의 접촉이 전혀 없었습니다. 제가 몸에 손이라도 대려 하면 '건드리지 마!' 하고 큰 소리치곤 했습니다. 또 창가에 서서 몇 시간이고 멍하니 밖을 쳐다보곤 했습니다. 그들은 소통 부재의 세계에 갇혀 혼자만의 세상에 주저앉은 사람들입니다.

그 바로 위 단계는 '의례적인 관계'입니다. 예를 들어 길을 가다가 메리를 만나서 '안녕, 메리. 어떻게 지내?' 하고 물었는데, 메리는 당장 불치병으로 죽어가는데도 그냥 건성으로 '잘 지내요' 하고 대답합니다. 요컨대 '어떻게 지내요?' 하고 물었을 때 '허리가 아파서 죽을 것 같아요' 하는 대답을 듣고 싶지 않은 관계입니다.

그렇다면 인사는 왜 합니까? '안녕, 메리?'라고 말한 다음에 상대방의 눈을 보면서 안부가 정말 걱정된다고 말하면 어디 덧나기라도 합니까? 안부가 궁금하지 않거든 물어보지도 마세요. 안부를 물었는데 상대방이 잘 지내지 못한다고 대답하면, 옆에 다소곳이 앉아서 그 이유에 귀를 기울여주시고요.

그보다 한 단계 위를 저는 '칵테일 파티 관계'라고 부르는데, 이건 정말 이상한 관계입니다. 지극히 사소한 이야기만 늘어놓는 관계이기 때문입니다. 여러분은 칵테일 파티에 가서 '솔직하게 한번 대화를 나눠봅시다. 지금부터 종교, 정치, 사랑에 대해 이야기해봅시다. 신은 죽었을까요?'라고 말해본 적이 있나요? 그렇게 말한다면 대답하는 사람이 아무도 없을 것입니다.

그보다 한 단계 위는 '게임의 관계'입니다. 이 역시 이상한 오락인데, 원하는 대답을 들을 때까지 게임을 벌이는 관계입니다. 예를 들어 요즘 남편이 나한테 소홀한 것 같다든지, 혹은 그 반대의 경우일 때 이렇게 묻는 겁니다.

"여보, 왜 그래요?"

"아무것도 아니에요."

"아무것도 아니긴요. 지금 당신 얼굴이 어떤지 알아요? 죽을 상을 하고 있다고요."

"아무것도 아니라니까요."

"아무것도 아닐 리가 없어요."

"아니라니까."

이런 식의 대화에서 친밀한 인간관계가 형성될 리 만무합니다.

인간이 누릴 수 있는 최고의 인간관계는 이용하거나 이용당하지 않고 마음껏 소통할 수 있는 관계입니다.

"널 이용하고 싶지 않아. 널 사랑하고 싶어. 널 느끼고 싶어. 알고 싶어. 너의 냄새를 맡고 싶어. 너와 함께 발전하고 싶어. 너와 함께 춤을 추고, 너와 함께 눈물을 흘리고 싶어. 너를 어루만지고 싶어."

하지만 이미 말씀드렸다시피 이런 관계를 맺으려면 내 안의 모든 에너지를 쏟아부어야 합니다. 친밀한 인간관계는 모험이며, 거기엔 고통이 따를 수도 있습니다. 하지만 진정한 인간관계를 통해서만이 나를 알 수 있고, 발전시킬 수 있습니다. 저의 책《사랑Love》에서, 저는 이렇게 썼습니다.

내가 당신을 사랑하고 당신이 나를 사랑할 때, 우리는 서로의 거울이 된다. 우리는 그렇게 상대방의 거울에 비친 모습 속에서 무한함을 발견한다.

기 대 가   크 면
뜻밖의 선물이란 없다

혼자 사는 사람은 자신이 누구인지 알 수 없습니다. 사람은 주변 모든 사람들에게서 나타나는 반응을 통해 자신이 어떤 존재인지를 발견해야 하기 때문입니다. 주위 사람들이 나에게 반응을 보이지 않으면 자기 자신을 돌아봐야 합니다.

우리 주위를 둘러보면 타인들에게 비난의 화살을 돌리는 사람들이 의외로 많습니다. 사회가 자기를 미워하고, 비서가 자기를 미워하고, 아이들이 자기를 미워한다는 식으로 말입니다. 심지어는 그는 하느님마저 자기를 미워한다고 말합니다. 그게 사실이라면, 그 사람이 미움을 받는 이유는 자기 자신에게 있는 게 아닐까요? 그렇다면 무엇보다도 먼저 자기 자신을 반성해야 하는 게 아닐까요?

사랑을 하면 두 번째로 좋은 것이 바로 헌신할 사람이 생긴다는 점입니다. 헌신이야말로 외로움에 맞서 싸우는 가장 아름다운 일입니다. 집으로 돌아가면 따뜻하게 맞이해 주는 사람이 있다는 것, 정말 멋지지 않습니까? 작가 조앤 디디언Joan Didion은 이렇게 말했습니다.

"우리는 자존감, 혹은 자신의 본질적 가치에 대한 의식을 가질 때 비로소 모든 것을 가질 수 있다."

조앤 디디언의 《기도서A Book of Common Prayer》라는 소설을 보면, 이 작품의 주제는 '여성해방'입니다. '여성들을 착취하는 짓일랑 집어치우자. 여성들이 이제는 착취의 대상으로 머무르지 않을 것임을 명심하자'라는 식의 여성해방입니다.

그녀의 작품 중에 《있는 그대로의 모습Play It as It Lays》이라는 책이 있습니다. 이 소설의 주인공은 할리우드의 젊은 여배우로, 모든 이들에게 이용당하고 혹사당하는 인물입니다. 감독에게 이용당하고, 프로듀서에게 이용당하고, 음악가들에게 이용당하는 바람에 그녀는 천천히 미쳐갑니다. 말 그대로 마음껏 쓰다가 버릴 수 있는 생활용품이나 다름없는 존재가 되어버린 그녀는 끝내 외로움으로 죽어가지만, 솔직해질 수가 없었습니다. 솔직해질 때마다 배신을 당하기 때문입니다. 이 소설에서, 뼛속 깊은 외로움이 어떤 것인지를 묘사하는 부분이 있는데, 우리 모두 이런 식의 외로움을 가끔은 느껴봤을 거라고 생각합니다.

슈퍼마켓에서 관찰을 해보면 증거가 보인다. 토요일 아침 7시, 그들은 계산대 앞에 서서 오늘의 운세나 잡지를 보고 있다. 장바구니 안에는 양고기 한 조각과 고양이에게 먹일 사료 두 캔, 그리고 만화가 곁들여 있는 일요일 조간신문이 들어 있다. 그들은 길이가 적당한 치마를 입고 색깔이 알맞은 선글라스를 끼고 입가에 엷은 미소를 짓는 등 가끔은 아주 예쁜 모습을 하고 있을 때도 있지만 양고기 한 조각과 고양이 사료 두 캔, 조간신문을 들고 서 있다는 점에서는 다르지 않다.

마리아는 그런 증거를 남기지 않기 위해서 온 가족이 쓰고도 남을 만한 양을 샀다. 자몽 주스 한 통, 칠리 살사 소스 한 병, 말린 렌즈콩과 알파벳 모양의 국수, 마카로니, 감자 캔, 10킬로그램짜리 세제. 그녀는 외로운 사람이 흘리는 증거를 잘 알기 때문에 소형 치약이나 외로운 사람이 보는 잡지를 절대 사지 않는다. 비버리힐스에 있는 그녀의 집에는 설탕, 빵 만드는 가루, 냉동 고기, 양파 등이 가득하지만 마리아는 치즈를 꺼내 먹었다.

우리 모두에게 사랑하고 헌신할 수 있는 상대가 얼마나 필요한지 아십니까? 사랑을 하면 또 좋은 것이 세상이 넓어진다는 점입니다. 여기 '나'가 있고 '당신'이 있습니다. 서로에게 끌렸고 공통점이 있었던 우리는 함께 어울리면서 친밀함을 주고받았습니다. 이렇게 주고받으면, 그 순간 '우리'가 됩니다.

서로 주고받은 게 많아질수록 '우리'는 커져가지만 '당신'은 예전 그대로 '당신'이고, '나'는 예전 그대로 '나'입니다. 우리 두 사람은 결코 사라지는 게 아닙니다. 하지만 둘이서 함께 쌓아놓은 '우리'가 우리 두 사람을 잇는 끈이 됩니다.

내 전부를 상대방에게 줘버리고 나의 존재 자체를 연소시키면 슬퍼질 수밖에 없습니다. 나를 잃게 되니까요. 예전 그대로의 나와 예전 그대로의 당신이 만나야 합니다. 그렇게 '우리'를 만들어야 합니다. 함께 만든 '우리'가 점점 커질수록 '나'와 '당신'도 점점 커지고, '우리'라는 거대한 구심점도 영원히 발전할 수 있게 됩니다. 그 '우리'가 바로 친밀한 인간관계입니다. 어쩌다가 그 '우리'를 잃게 된다 하더라도 '나'와 행복했던 기억은 남아 있고, 이것을 바탕으로 나는 다시 '우리'를 만들기 시작할 수 있습니다.

제가 몸담고 있는 대학에는 남편이 학업을 마칠 수 있도록 뒷바라지하는 아내들이 많습니다. 저는 충고를 자주 하는 편은 아니지만, 그들에게 여러 가지 대안을 제시하고 경고를 합니다. 남편은 대학원에서 온갖 새로운 세상을 접하고 있는데 따분한 사무실에 앉아서 하루 종일 타이핑이나 하고 있지 말라고 말입니다. 저는 아내들에게 남편에게 이렇게 말하라고 충고합니다.

"여보, 인간관계는 평등해야 하는 거라고 생각해요. 매주 수요일 저녁마다 외출을 할까 하는데, 그때는 당신이 집안 청소를 해주세요."

여러분은 발전을 거듭해야 합니다. 날마다 새로워져야 합니다. 최우선으로 책임져야 할 사람은 바로 '나'라는 생각을 해야합니다. 그러지 않으면 다른 사람들에게 아무것도 줄 수가 없습니다. 나한테 없는 걸 줄 수는 없는 노릇이니까요.

우리를 가까워지게 하는 것은 공통점이지만 관계를 계속 유지시켜주는 건 새로움이라는 사실을 잊지 마십시오. 항상 현명하고 활기 넘치고 유쾌하고 새로운 아이디어로 가득하고 발전하고 성장하는 사람이 되십시오. 항상 예측 가능한 사람에 머무르지 마십시오.

언젠가 학부모 상담을 할 때, 이런 이야기를 들려준 부부가 있었습니다. 그 부부에게는 아이가 셋이 있었는데 허리가 휘도록 열심히 일했고, 드디어 막내딸까지 결혼을 시켰습니다. 결혼식이 끝나자 두 사람은 집으로 돌아와서 서로를 마주 보고 앉았습니다. 이때 남편이 아내에게 느닷없이 이렇게 말했습니다.

"그런데, 당신은 누구시죠?"

이런 상황은 상상 외로 자주 벌어집니다. 다른 사람들을 위한 답시고 열심히 뛰어다니기에 바빠서 내 인생은 내 것이라는 사실을 잊어버리는 겁니다. 가끔은 남편을 잡아서 억지로 앞에 앉히고는 엉뚱한 일을 벌여보십시오. 촛불을 켜놓고 생선국을 먹는다든지 하라는 말입니다. 생선국이 싫다면, 햄버거는 어떻습니까! 촛불과 감미로운 음악을 잊지 마십시오. 와인 한 병을 따서 음미하는 일도 덧붙이면 좋습니다.

"지금은 우리 둘만의 시간이에요. 전화도 받지 말자고요."

새벽녘이라도 좋습니다. 사실은 새벽녘이 더 좋을지도 모릅니다. 떠오르는 태양을 감상하는 게 얼마나 가슴 벅찬 일인지도 잊어버렸을 테니까요. 변화가 없으면 친밀한 인간관계는 파괴되게 마련입니다. 우리는 누구나 변화를 두려워하지만, 친밀한 인간관계에는 변화가 필요하다는 사실을 잊지 마십시오.

하지만 친밀한 인간관계에 대한 기대감을 갖는 것은 금물입니다. 사람들과 만날 때 기대를 가져서는 안 됩니다. 여러분이 바라는 대로 해줄 수 있는 사람은 아무도 없습니다. 기대를 버릴 때 모든 게 뜻밖의 선물이 됩니다. 한번 생각을 해보십시오. 상대방이 여러분의 기대를 저버리면 짜증이 납니다. 상대방이 전화를 하지 않거나 생일을 잊어버리면 실망을 했습니다.

차라리 상대방이 생일을 기억해주면 껑충껑충 뛰면서 한바탕 춤을 추십시오. 그리고 상대방이 잊어버린 눈치면 그럴 수도 있다고 생각하십시오. 자연스럽게 받아들이기만 하면 되는 일입니다. 다른 사람들은 끙끙대며 속을 앓을 때 여러분은 피식 웃어넘기십시오.

"내 생일을 잊어버렸군, 귀여운 사람. 내가 나한테 선물을 해야지. 내가 바라는 걸 살 수 있으니까 더 좋잖아?"

예측이 가능한 건 따분합니다. 매력적인 사람이 되려거든 예측 불가능한 사람이 되십시오. 예측 불가능이라면 저는 자신이 있습니다. 제가 무슨 짓을 할지, 어떤 말을 할지, 어느 누구도 짐작을 하지 못할 테니까요. 저는 끊임없이 변하는 제가 좋습니다. 제 수업을 듣던 학생이 손을 들고 '지난 화요일에 말씀하신 것과는 다른데요?'라고 하면, 저는 이렇게 대답합니다.

"저도 압니다. 화요일보다 발전을 했거든요. 지금의 제가 화요일의 나와 똑같을 거라고 생각했나요?"

여러분의 감정을 마음껏 표현하십시오. 울고 싶으면 눈이 퉁퉁 부을 정도로 우세요. 웃고 싶으면 배꼽이 빠질 정도로 웃는 겁니다. 소리를 지르고 싶으면 맘껏 소리를 지르십시오. 마룻바닥을 뒹굴어도 좋습니다. 사람들을 깜짝 놀라게 하십시오.

감정을 표현하는 걸 미루지 마십시오. 친밀한 인간관계를 파괴하는 가장 큰 요인이 지금 느끼는 감정을 꽁꽁 담아 두는 것입니다. 저는 항상 사람들에게 말다툼을 하려거든 끝장을 보라고 말합니다. 그렇게 하여 마음에 찌꺼기가 남지 않도록 해야 합니다. 오래 이야기를 나눌수록 내 감정을 정확하게 파악할 수 있는 법입니다. 상대방이 문밖으로 나가버리려고 하거든 끝까지 쫓아가세요.

"잠깐만! 나는 아직도 이해가 안 돼. 이야기를 계속하자!"

이야기를 하다 보면 결국에는 아주 사소한 일 때문에 말다툼이 시작됐다는 걸 알게 될 겁니다.

우리에겐 지금 서로가 필요합니다. 가정이 무너지고 있고, 이혼율이 증가하고 있습니다. 인간관계는 점점 일상적이고 무의미한 쪽으로 흘러가고 있습니다. 특히 젊은이들의 자살률이 폭등하고 있습니다.

친밀한 인간관계란 간단하게 얻을 수 있는 게 아닙니다. 성숙해지기 위해서는 반드시 거쳐야 할 커다란 도전 과제이며, 동시에 우리의 가장 커다란 희망이 거기 있다는 사실을 잊지 마시기 바랍니다.

PART 9

나 자신의 삶을
선택하자

삶이 우리에게 던진 상처를 치료할 수 있는 사람은 아무도 없다.
우리에게 가해진 이 상처는 무슨 일이 벌어지고 있는지
미처 깨닫기도 전에 내가 바라는 나와 지금의 나 사이를 끊임없이 파고든다.
이런 식으로 살다가는 평생 동안 진정한 나를 찾을 수 없을 것이다.

_ 유진 오닐

태 어 나 고 싶 어
태어난 사람은 없다

제가 보기에, 인간이 갖고 있는 것들 중에서 삶 그 자체가 가장 소중합니다. 삶이 있는 곳에 희망이 있습니다. 따라서 우리가 원하는 삶을 선택할 수 있다면 더 나은 인생을 구가할 수 있습니다. 하지만 삶을 선택하기는커녕 원하는 삶이 무엇인지조차 모르는 사람들이 너무도 많습니다. 얼마 전에 몹시 의기소침한 표정의 학생이 저를 찾아왔습니다.

"선생님이 삶 어쩌고 하는 말씀을 들으면 이젠 넌더리가 납니다. 선생님은 '삶을 선택하라'고 하는데, 대체 어떻게 하란 말씀인지 모르겠습니다. 사실은 삶이 나를 선택한 겁니다. 나는 태어나고 싶지도 않았단 말입니다. 어쩌다 보니 이 세상에 태어나게 된 건데, 내가 선택하지도 않은 삶을 왜 책임져야 한단 말입니까?"

오늘도 수없이 많은 사람들이 정신병원을 찾고, 의사와 심리치료사의 손에 자신의 삶을 맡깁니다. 어떤 사람은 아예 인생을 포기한 채 이렇게 말합니다.

"나 대신 살아주세요."

우리에게 주어진 선물인 삶 자체를 맘껏 누릴 생각은 하지 않고, 이렇게 무책임한 말을 내뱉는 사람에게 희망이 있을 턱이 없

습니다. 희망은 그것을 품을 자격이 있는 사람에게만 결과물을
보여주기 때문입니다.

살 면 서   나 만
할 수 있는 것은 없다

'아동 학대 증후군'이
점차 증가하고 있다고 합니다. 이는 어른들이 아이들을 상상도
못 할 만큼 심하게 학대하는 현상을 말합니다. 최근 로스앤젤레
스에서 한 소녀의 눈알이 아버지의 구타로 빠진 사건이 대표적
입니다. 아이들을 때리고 짓밟고 모질게 대하는, 믿어지지 않는
일들이 도처에서 벌어지고 있는 겁니다.

여기다 또 한 가지 이해할 수 없는 끔찍한 현상이 있는데, 바
로 노인 학대입니다. 자녀들이 나이 든 부모에게 손찌검을 합니
다. 젊은이들이 노인을 함부로 대합니다. 65세 이상의 노인 수
천 명을 대상으로 인터뷰를 한 결과 고작 20퍼센트만이 자신이
행복하다고 대답했다고 합니다. 나머지 80퍼센트는 자신을 피
해자로 여긴다는 겁니다. 우리의 목적지가 고작 이것이란 말입
니까? 결국엔 피해자로 전락하는 것이 우리 삶의 최종 목적지란
말입니까?

요즘 많은 사람들이 죽음과 절망, 고통에 대해 이야기합니다.

주위 어디서나 이런 이야기를 접할 수 있습니다. 신문을 읽어보십시오. 텔레비전을 켜보십시오. 온갖 곳에 삶의 비극에 대해 말하는 목소리가 독버섯처럼 퍼져 있습니다.

우리는 마음만 먹으면 삶은 아름다운 것이라고, 삶을 찬양하자고 말할 수도 있습니다. 인생이라는 단어가 어떻게 정의되어 있는지 사전을 찾아본 적이 있습니까? 제가 발견한 멋진 정의를 하나 말씀드리겠습니다.

"삶이란 죽음의 반대 의미로, 제 역할을 다할 수 있는 생생한 상태를 말한다."

멋진 말이 아닙니까? 여기 또 하나 제가 아주 좋아하는 정의가 있습니다.

"삶이란 뭔가 쓸모가 있는 시기를 일컫는다."

쓸모가 있느냐 없느냐가 살아 있느냐 죽어 있느냐를 결정짓는 요소라고 한다면, 우리 주변에는 죽은 채로 돌아다니는 사람들이 너무나도 많다는 사실을 알 수 있습니다. 하지만 제가 제일 좋아하는 정의는 세 번째입니다.

"목숨을 이어나가는 것."

우리들은 목숨을 이어나갑니다. 우리 모두는 삶을 살아가고 있습니다. 하지만 대부분의 사람들은 단지 목숨을 이어나가기만 할 뿐, 진정한 의미에서 완전하게 살아 있는 사람은 그다지 많지 않습니다. 내 삶을 다른 사람들의 손에 맡기는 한 살아 있는 게 아닙니다. 내 삶을 스스로 선택하고 정의를 내려야 할 사람은 바로 나 자신입니다.

우리는 사는 걸 두려워하기 때문에 미지의 세계에 대해 모험하기는커녕 겪어보지도 않고 미리 고개를 돌려버립니다. 느껴볼 엄두도 내지 않고 관심도 기울이지 않습니다. 삶이란 적극적으로 참여하는 것입니다. 삶이란 구슬땀을 흘리는 것입니다. 삶이란 한가운데로 풍덩 뛰어드는 것입니다. 삶이란 쿵 하고 넘어지는 것입니다. 삶이란 나를 뛰어넘어서 저 별로 날아가는 것입니다.

그러기 위해서는 먼저 스스로 결정을 내려야 합니다. 삶이란 내게 무엇일까? 매일 뭘 먹을까? 이렇게 고민하는 시간의 4분의 1만 인생과 삶과 사랑을 생각하는 데 투자한다면, 여러분은 모두 놀라운 인간이 될 것입니다.

저는 완전하게 살아주지 않으면 안에서 폭발해버리는 삶을 볼 때마다 세상의 이치가 몹시 신기하다는 생각이 듭니다. 삶을 완전하게 살아주지 않는 건 끓고 있는 냄비 뚜껑을 꽉 누르고 있는 것과 마찬가지입니다. 무슨 일인가가 반드시 일어나게 되기 때문입니다. 그런 삶은 극단적인 공포나 두려움, 외로움, 편집증, 무관심이 생기게 마련입니다. 그게 바로 제대로 살고 있지 않다는 신호입니다.

따라서 이런 신호가 보일 때면 팔을 걷어붙이고 말해야 합니다. '어디 한번 살아보자!'라고 말입니다. 그렇게 삶의 한복판에 뛰어드는 순간 끓고 있던 냄비는 가라앉고, 이제 안심해도 됩니다. 쉬운 일은 아니지만 삶이 방향을 알려 줍니다. 사람들은 제게 이렇게 말합니다.

"선생님은 모든 해답을 알고 계신 것 같은데요. 삶이 그렇게 위대한 것이라면 왜 죽음이나 고통, 불행 같은 것들이 있는 겁니까? 왜 아이들이 고통을 겪어야 합니까? 살인과 강간과 전쟁이 끊이지 않는 이유는 뭡니까? 도대체 왜 그런 겁니까?"

그때마다 저는 이렇게 대답합니다.

"제가 어떻게 알겠어요?"

저보다 위대한 사람들도 이런 질문들을 던져왔습니다. 하지만 저는 오래전부터 질문을 그만두고 해답을 묻어둔 채 살기 시작했습니다. 그랬더니 모든 게 달라졌습니다. 인간이 왜 죽느냐고요? 저는 인간이 왜 죽는지 모릅니다. 고통이 왜 존재하느냐고요? 저도 이 세상에서 고통이 사라졌으면 좋겠습니다만, 고통이 왜 존재하는지는 모르겠습니다. 확실한 것은, 평생 이에 대한 해답만 찾으며 돌아다녔다가는 완전히 살아 있을 수 없다는 사실입니다.

하지만 저는 삶에 대해서 아주 조금은 알고 있다고 대답합니다. 삶에는 기쁨이라는 게 있다고 대답합니다. 제가 그것을 분명히 느끼고 있다고 대답합니다. 저는 또한 우리 모두의 삶에 놀라운 광기가 있다고 대답합니다. 제가 그렇게 살고 있으니까요. 삶에는 사랑이라는 게 있다고 대답합니다. 제가 사랑하며 살고 있으니까요. 삶에는 환희라는 게 있다고 대답합니다. 제가 환희가 어떤 건지 알고 있으니까요. 그리고 또 저는 삶에는 황홀경이라는 게 있다고 대답합니다. 제 주변에 황홀경을 경험한 사람들이 있으니까요.

아무튼 저는 여러분도 이런 모든 것들을 맛볼 수 있다는 걸 알고 있습니다. 이런 걸 창조할 수 있다는 사실도 알고 있습니다. 여러분은 평생 주입된 대로 살아왔습니다. 주위 사람들이 말하는 대로 살아왔습니다. 배운 대로 살아왔습니다. 한 사람의 교육자로서 장담하건대, 배운 건 얼마든지 잊어버릴 수 있고 새롭게 다시 배울 수 있습니다.

따라서 여러분은 원하는 대로 얼마든지 다시 태어날 수가 있습니다. 구슬땀을 흘리고, 약간 고생을 하고, 약간 몸부림을 치고, 약간 노력을 기울일 각오만 되어 있다면 말입니다. 그것은 거저 얻을 수 없지만, 노력만 하면 얼마든지 손에 넣을 수 있는 것이기도 합니다.

여러분은 세상에 태어나는 순간 이 세상을 선물받은 셈입니다. 예쁜 리본으로 묶은 눈부신 상자를 말입니다. 어떤 사람들은 그 상자를 열어볼 생각은커녕 리본을 풀 생각도 안 합니다. 또한 어떤 사람은 상자를 열자마자 아름다움과 놀라움과 환희만 가득 들어 있으리라고 생각합니다. 그러다가 고통과 절망과 외로움과 혼란스러움도 삶의 일부라는 걸 알고는 깜짝 놀랍니다.

저는 삶을 대충 살고 싶지 않습니다. 그 상자 안에 들어 있는 모든 걸 알고 싶습니다. 이 작은 상자는 고통이라고 되어 있구나. 이것도 선물이니까 열어서 고통을 경험해야지. 이 작은 상자는 외로움이라고 되어 있구나.

외로움이라고 적혀 있는 상자를 열면 어떻게 되는지 아십니까? 외로움을 경험하게 됩니다. 그러면 여러분이 '외로워' 하고 말할 때 저도 여러분의 외로움을 조금은 이해할 수가 있고, 그러면 우리는 서로의 외로운 손을 붙잡고 하나가 될 수 있겠죠.

저는 이 모든 걸 알고 싶습니다. 그래야 삶의 황홀경이 어떤 건지 깨달을 수 있기 때문입니다. 그것도 상자 안에 들어 있다면 언젠가는 찾을 수 있겠죠.

그리고 저는 고통을 기쁨으로 바꿀 수 있다는 것도 압니다. 여러분도 그럴 수 있습니다. 저는 갈망하던 것을 현실로 가져온 적도 있습니다. 저만 할 수 있고, 여러분은 할 수 없는 일이란 없습니다.

저는 슈퍼맨이 아닙니다. 제가 할 수 있는 건 여러분도 할 수 있습니다. 저보다 더 잘할 수 있는 분도 계실 겁니다. 여러분이 지금껏 그러지 못했다면 능력이 없기 때문이 아니라 노력을 하지 않았기 때문입니다. 그 능력은 여러분 안에 있습니다. 여러분의 것입니다.

생 의 마 지 막
5센트짜리 슬롯머신

세상을 다스리는 힘에는 외적인 것과 내적인 것이 있습니다. 폭풍이나 지진, 홍수, 사고, 질병, 고통 등 외적인 힘은 우리로서는 어쩔 도리가 없습니다. 중요한 것은 내적인 힘입니다. 그러한 재앙이 닥쳤을 때 어떤 반응을 보이느냐, 이것을 말합니다.

몇 년 전 로스앤젤레스에 큰 지진이 일어난 적이 있습니다. 새벽 무렵이었죠. 쿵 하는 소리가 들리더니 거실이 폭삭 주저앉고, 현관 쪽에서 사나운 먼지바람이 일었습니다. 그 순간 저는 살고 싶었습니다. 그래서 제일 먼저 이런 반응을 보였습니다.

"버스카글리아, 빨리 어서 여길 빠져나가!"

문밖으로 달려 나가면서, 저는 의기소침한 얼굴로 이렇게 생각했습니다. 우리 집이 완전히 무너지고, 지금까지 모아온 것들이 깡그리 사라져버리다니……. 시간이 흐름에 따라 마음이 차분하게 가라앉자, 저는 뒤쪽 베란다에 털썩 주저앉았습니다. 먼지바람은 끊이질 않았고 작은 진동이 계속 느껴지는 가운데, 저는 담 너머로 이웃 사람들이 서 있는 걸 보고는 소리를 질렀습니다.

"안녕하세요!"

"박사님! 집이 무너졌네요……."

"네, 알아요. 뭔가 잘못된 모양인데, 그게 뭔지 모르겠네요. 기다려봐야 할 것 같아요."

그렇게 말하면서 우리는 서로 웃음을 터트렸습니다. 하필 우리 집만 피해를 입다니, 너무 어처구니없었지만 그렇게 웃고 나니 속이 좀 후련해졌습니다. 우리 집은 전기며 가스가 완전히 끊겼지만, 이웃집에는 가스가 들어와서 그나마 따뜻한 커피 한 잔을 얻어 마실 수 있었습니다.

저는 해가 뜰 때까지 나무 옆에 앉아 있다가 집으로 들어와서 피해 상황을 살폈습니다. 하지만 엉망진창이 되어버린 집안에서 손을 쓸 방법이 없어 포기하고 말았습니다. 저는 화를 내는 대신 마음을 가라앉히고 상황을 받아들여야 한다고 생각했습니다. 저는 그렇게 했고, 잠시 후에 제가 지금부터 해야 할 일들의 순서가 떠오르기 시작했습니다. 사람들은 제게 이렇게 묻곤 합니다.

"어쩌다 사랑학 강의를 하게 되었나요? 어쩌다 사랑에 대한 이야기를 설파하게 되었나요?"

글쎄요, 잘 모르겠습니다. 네팔의 산꼭대기에서 영감을 얻었다는 대답을 기대하고 계셨다면 실망시켜서 죄송합니다. 저도 그렇게 대답할 수 있다면 좋겠지만 거짓말이거든요. 언제 이런 삶이 시작되었는지는 모르겠지만, 훌륭한 모범을 보이셨던 제 부모님으로부터 시작되지 않았나 싶습니다.

제 부모님은 이 세상에서 가장 엉뚱한 분들이셨습니다. 여러분께 그분들을 소개시켜 드리고 싶은데, 이 세상에 안 계시다는 게 안타까울 따름입니다. 두 분은 유별나셨습니다. 아름답고 유별나게 사셨습니다. 우리 형제들은 태어나면서부터 부모님으로부터 엉뚱해지는 법을 배웠습니다. 세상 모든 것들이 유별나게 정상적으로 돌아갈 때 혼자서 광기를 부리고 유지할 수 있는 비법을 말입니다.

사람들은 모두들 이렇게 말합니다. 버스카글리아는 미쳤어! 대학교에서 제 별명이 뭔지 아십니까? '괴짜'입니다. 하지만 저는 이 별명이 좋습니다. 덕분에 행동반경이 넓어지니까요. 괴짜는 어떤 일을 해도 벌을 면할 수 있습니다. 다른 사람이라면 경찰을 불렀을 일을 해도 특별대우를 받습니다.

제 아버지는 6년 전에 돌아가셨습니다. 저는 샌프란시스코에 갈 때마다 엄청난 향수를 느낍니다. 아버지가 무척이나 사랑하셨던 도시거든요. 어머니와 아버지는 특히 샌프란시스코의 노스

비치를 자주 찾으셨는데, 두 분이 보시기에 그곳이 이탈리아를 빼닮았기 때문입니다.

두 분은 그곳에서 배가 터질 때까지 파스타를 먹고 이탈리아 어로 이야기하면서 이탈리아의 분위기를 맘껏 누리다가 로스앤 젤레스라는 불모지로 다시 돌아오곤 했습니다. 우리 형제들한테는 정말이지 신나는 시간이었습니다. 두 분은 자식들을 언제나 함께 데리고 다니셨거든요. 두 분만 여행하는 법은 결코 없었습니다.

우리는 한 사람씩 작고 낡은 자동차에 차곡차곡 몸을 실었습니다. 창밖으로 몸을 내밀어야 할 정도였답니다. 그러다 어머니는 휴게소가 보이면 어김없이 차를 세우게 했습니다. 그곳에서 어머니는 휴대용 레인지, 소형 냉장고, 파스타 만드는 기계 등을 자동차에서 내려 뇨키Gnocchi, 밀가루나 감자로 만든 이탈리아 파스타의 일종 를 만드셨습니다.

그렇게 해서 벌어지는 야외 파티를 우리 형제들은 가장 소중한 추억으로 간직하고 있습니다. 이렇게 하다 보면 샌프란시스코까지 가는 데 며칠이 걸렸는데, 이 때문에 저는 어렸을 적에 샌프란시스코가 로스앤젤레스에서 3,000킬로미터는 되는 줄 알았다니까요.

이 세상 사람들 모두 아버지, 어머니, 형제, 남매, 사랑하는 이들과 눈을 감기 전에 화해했으면 좋겠습니다. 하루는 아버지가 암 진단을 받으셨습니다. 제가 찾아가서 이렇게 말씀드렸죠.

"아버지, 살아계시는 동안 뭔가 해드리고 싶어요. 그동안만이라도 항상 아버지 곁에 있고 싶어요. 가고 싶은 데 있으세요? 이탈리아로 돌아가고 싶으세요?"

"아니다. 이젠 여기가 내 고향이야. 하지만 샌프란시스코에는 꼭 한번 가고 싶구나."

그래서 우리 가족은 자동차에 옛날 그랬던 것처럼 샌프란시스코로 떠나 닷새 동안 거리 구석구석을 돌아다니며 구경하고, 하루에 다섯 끼씩 식사하며 기쁨을 나눴습니다. 아버지가 또 뭘 원하셨는지 아십니까? 이 이야기를 들으면 여러분도 저희 아버지가 얼마나 엉뚱한 분인지 알 겁니다.

젊은 시절에 라스베이거스의 도박장에 드나드는 걸 좋아하셨던 아버지는 라스베이거스에 가서 5센트짜리 슬롯머신을 하고 싶다고 하셨습니다. 큰돈을 걸고 하는 게 아니라 단 5센트짜리를 말입니다. 제가 그곳의 직원한테 미리 말을 해놓았죠.

"저기 5센트짜리 슬롯머신 앞에 심각한 얼굴로 앉아 있는 분이 보이죠? 돈이 떨어지는 일이 없게 해주세요."

이 말과 함께 저는 돈을 건넸고, 직원은 부지런히 오가면서 기계 안에 5달러씩을 넣었습니다. 그러면 아버지가 이렇게 말씀하시는 걸 밤새 들을 수 있었죠.

"와, 또 땄다! 오늘 밤새도록 따기만 하는걸!"

아버지가 진실을 모를 정도로 어리석은 분이었다고는 믿지 말아 주십시오. 아버지는 사실을 아시면서도 그 어느 때보다도 큰소리로 웃으며 그 시간을 즐기셨습니다. 그런 아버지가 눈을 감으셨을 때는 견디기 힘들었습니다. 장례식을 마치고 나서, 저는 기진맥진한 몸으로 간신히 집에 돌아왔습니다. 그런데 현관을 향해 걸어가는데 대형 꽃다발과 커다란 초콜릿 케이크가 보이는 겁니다. 그 속에 친구가 보낸 쪽지가 있었습니다.

"레오, 이 세상에는 아름다운 것과 맛있는 음식들이 아직 많다는 걸 알려 주려고 보내는 걸세."

아버지가 눈을 감으시는 순간 견딜 수 없었지만, 저는 주위 사람들의 응원 덕분에 이렇게 말을 할 수 있었습니다.

"그래, 나는 괜찮아!"

제 아버지는 모든 걸 나눠주는 분이었습니다. 말 그대로 모든 걸 말입니다. 아버지는 아무것도 가지고 있으려하지 않았습니다. 집안 사정이 좀 나아져서 여러 가지 물건들을 조금 더 구입할 형편이 되자 어떻게든 돈을 쓸 일만 만드셨습니다. 그런 까닭에 우리 가족은 부자와 가난뱅이 사이를 계속 왔다 갔다 할 수밖에 없었습니다.

그럼에도 우리 집의 식탁은 늘 풍성했습니다. 어머니가 별 것 아닌 재료로 맛있는 음식을 만들 줄 아는 분이셨기 때문입니다. 우리 집엔 고정 식단이 있었는데, 바로 빵과 죽과 양배추였습니다. 그 음식들은 뱃속에서 엄청나게 불어나 허기를 느끼지 못하게 합니다. 그래서 그 식단이 등장하기만 하면 우리들은 집안 사정이 안 좋다는 걸 알게 되곤 했습니다.

부모님은 자식들에게 숨기는 게 하나도 없었습니다. 우울하거나 슬플 때면 항상 우리들에게 말씀하심으로써 부모님이라고 해서 항상 든든한 버팀목일 수만은 없다는 사실을 일깨워주셨습니다. 저는 어려서부터 부모님도 인간이라는 사실을 알려주신 것이 얼마나 고마운지 모릅니다. 완벽함이 아닌 인간다움의 상징으로 우리들 앞에 섰던 부모님은 저에게 진정한 영웅이었습니다.

어느 날 아버지가 몹시 우울한 표정으로 자리에 앉으시더니 동업자가 공금을 가지고 도망치는 바람에 당장 오늘 저녁의 끼니를 해결할 돈도 없다고 말씀하셨습니다. 그런데 이게 웬일입니까? 어머니가 갑자기 터질 듯이 웃음을 터트리시는 겁니다. 어머니의 난데없는 반응에 아버지가 버럭 화를 내셨지만, 그래도 어머니는 웃음을 멈추지 않으셨습니다.

그날 어머니가 무슨 일을 벌이셨는지 아십니까? 저녁 식사로 세례식이나 결혼식에나 어울릴 법한 만찬을 준비하셨습니다. 전

채 요리에서부터 파스타, 송아지 고기에 이르기까지 모든 게 갖춰진 만찬을 말입니다. 아버지가 입을 여셨습니다.

"맙소사, 이게 무슨 짓이지?"

"저녁 내내 준비한 거예요."

"당신 미쳤군!"

"기쁨은 나중이 아니라 지금 당장 즐겨야 하는 거예요. 지금은 우리가 행복해야 할 시간이라고요. 그러니 입 다물고 드시기나 하세요!"

재미있지 않습니까? 우리는 다 같이 식탁에 둘러앉아 어머니가 준비한 맛난 음식을 실컷 즐겼습니다. 수십 년 전 일이지만, 저는 지금도 그 만찬을 잊을 수가 없습니다. 그리고 우리 가족은 그런 사건에도 굶어죽지 않고 살아났습니다. 정말 엉뚱한 일 아닙니까? 보세요, 제가 여기 이렇게 서 있지 않습니까! 완전히 주저앉았던 아버지는 여든여섯 살까지 장수하셨습니다.

무 엇 이   남 았 느 냐 고 요 ?
제가 남았습니다

우리는 분명 외적인 힘에 흔들리고 좌우될 때가 많지만, 이런 사실을 여러분이 어떤 식으로 받아들이는지가 중요합니다. 우리는 지극히 절망적인 상황에서도 기쁨을 누릴 수 있습니다. 제 말을 믿으십시오. 직접 한번 실험해보십시오.

저는 불행은 혼자 오지 않는다는 말을 믿습니다. 아니, 불행은 혼자 오지 않는 게 아니라 꼭 누군가를 끌어들이려고 합니다. 불행한 사람은 여러분도 불행하게 만들려고 듭니다. 반드시 그렇습니다. 감히 너 혼자만 행복할 생각은 아예 하지도 말라는 식으로 말입니다. 하지만 저한테 시도를 했다가는 실패할 겁니다. 그가 저까지 불행에 동참시키려 들면 이렇게 말하겠습니다.

"나는 불행의 동반자가 아니라 기쁨의 동반자가 되겠다!"

이렇게 되기 위해서는 해야 할 일들이 많습니다. 그중 첫 번째가 '나'를 선택하는 일입니다. 그러기 위해서는 먼저 자기 자신을 미워하는 일부터 하지 말아야 합니다. 자기 자신을 헐뜯지 마십시오. 자기 자신을 비난하지도 마십시오. 언제나 자신을 감싸 안으며 이렇게 말을 하십시오.

"넌 참으로 괜찮은 사람이야! 몇 가지 단점이 있기는 하지만, 나한테는 너뿐이라고!"

자신의 약점까지 사랑하게 되면 성공한 인생인 셈입니다. 약점은 대단한 게 아니라 나의 작은 일부에 불과합니다. 그러니 여러분은 무엇보다 자기 자신을 선택해야 합니다. 자기를 아끼지 않는 사람은 죽은 채로 살아가는 사람입니다.

여러분이 마지막으로 이 말을 들은 게 언제인지는 모르지만, 제가 다시 한 번 강조해서 말씀드리자면 여러분은 기적과도 같은 존재입니다. 저는 늘 감탄을 금할 수 없습니다. 각기 다른 얼굴들을 보면 언제나 신비롭고 아름답습니다. 눈도 다르고, 코도 다르고, 입도 다르고, 다들 어찌나 다른지 지문 하나만으로도 그가 누군지 알 수 있을 정도입니다. 비록 지문이 인간의 독특함을 모두 말한다고 할 수는 없지만, 그렇게 우리는 모든 면에서 다릅니다.

인간은 왜 독특하게 태어났을까요? 남들과 똑같은 사람이 되기 위해서일까요? 제 생각은 다릅니다. 하느님의 의도가 그런 것이었다고는 생각하지 않습니다. 인간이 독특하게 태어난 이유는 저마다의 목소리를 내기 위해서입니다. 그 목소리가 어떤 것인지를 알아내는 데 인생을 바치십시오.

그리고 중요한 것은, 여러분의 존엄성을 잃지 말라는 것입니다. 여러분의 고결함을 잃지 말라는 것입니다. 이 세상 누구도 여러분을 무시할 수 없습니다.

그리스의 비극 작가 에우리피데스가 쓴 〈메데이아〉를 아십니까? 주인공 메데이아에게 신이 '메데이아, 무엇이 남았느냐?'라고 물었을 때, 메데이아가 이렇게 대답하는 장면이 나옵니다.

"무엇이 남았느냐고요? 제가 남아 있습니다!"

정말 아름다운 대사입니다. 나는 그만큼 크나큰 존재라는 걸 메데이아는 알고 있었던 겁니다. 인간은 한 사람 한 사람이 역사입니다. 가령 같은 어머니, 같은 아버지 밑에서 함께 자란 형제라 해도 한 사람은 성인이 되고, 한 사람은 악인이 됩니다. 왜 그럴까요? 이것이야말로 인간이 얼마나 특별한 존재인지, 인간이 어떤 식으로 세상을 받아들여야 하는지를 알려주는 대목이라고 생각합니다.

여러분들이 살아온 역사는 저마다 다릅니다. 자상하고 다정하고 사랑이 넘치는 훌륭한 부모님 밑에서 자란 사람도 있을 겁니다. 좋은 부모가 되려고 노력은 했지만 실패로 끝난 부모 밑에서 자란 사람도 있을 겁니다. 중간이 듬성듬성 빠져 있는, 불완전한 역사를 갖고 있는 사람도 있을 겁니다. 반면에 완벽하고 흥미진진한 역사를 갖고 있는 사람도 있을 겁니다.

하지만 여러분들은 모두 오늘 이 자리에 모여 있습니다. 그것이 바로 또 하나의 커다란 의문입니다. 어떻게 모이게 되었을까요? 어떤 공통점이 있기에 우리는 오늘 이 자리에 모이게 된 걸까요? 잘은 모르겠습니다만, 뭔가 분명히 있을 겁니다. 여러분은 각자가 여러분만의 독특한 역사를 갖고 있습니다. 그리고 또 여러분만의 감정의 역사도 갖고 있습니다.

지금 이 순간 아주 외롭고 슬픈 사람도 있을 겁니다. 몹시 혼란스러운 사람도 있을 겁니다. 고통스러운 사람도, 즐거운 사람도, 환희에 젖어서 온몸으로 영혼의 떨림을 발산하고 있는 사람도 있을 겁니다.

이 모두가 정당하고, 이 모두가 소중하고, 이 모두가 아름답습니다. 그러니 이 모든 걸 끌어안으십시오. 모두가 여러분의 일부입니다. 그 덕분에 우리가 한자리에 모였다는 게 신비로운 겁니다. 이유는 묻지 맙시다.

우리 사회는 모든 걸 분석합니다. 누군가 '사랑해' 하고 말하면 여러분은 '사랑이라는 게 뭔데?' 하고 말합니다. 이 세상을 완전하게 경험하는 방법을 잊어버리고는 모든 자극을 이상한 검열 기구를 통해 받아들이는 것입니다.

검열 기구를 통과한 자극은 원래의 모습을 잃고 우리가 바라는 모습으로 바뀌기 때문에 우리를 변화시킬 수 없습니다. 때문에 우리는 발전하지 못하고, 성숙하지 못합니다. 날이면 날마다 똑같은 모습으로 살아갑니다. 하지만 여러분은 그 자체로 하나의 역사입니다. 여러분만의 독특하고 놀라운 역사입니다. 하지만 역사란 좋은 기억이든 나쁜 기억이든 지나간 과거를 말합니다.

사랑하고 끌어안으십시오. 용서하는 마음을 되찾으십시오. 용서하는 법을 배우지 못한 사람은 삶을 선택할 수 없습니다. 용서하는 법을 배워서 상처를 주었던 사람들에게 괜찮다고 말하십시오. 그러지 않으면 그 상처를 무거운 짐처럼 짊어지고 다니게

276

될 테고, 그 무게에 눌려서 숨을 쉴 수 없을 겁니다. 용서를 배우면 자비를 알게 되고, 그러면 비로소 이런 짐을 내려놓을 수 있습니다.

짐을 짊어지고 다니느라 허비했던 에너지를 아름다운 인간으로 발전하는 데 쓸 수 있습니다. 과거를 온몸을 짓누르는 무거운 짐처럼 짊어지고 다니지 마십시오. 이제 모든 걸 떠나보내십시오. 과거를 통해 교훈을 얻은 다음에 떠나보내십시오. 노벨문학상을 수상한 우리 시대의 위대한 극작가 유진 오닐Eugene O'Neill은 이런 말을 남겼습니다.

삶이 우리에게 던진 상처를 치료할 수 있는 사람은 아무도 없다. 무슨 일이 벌어지고 있는지 미처 깨닫기도 전에 우리에게 가해진 이 상처는 내가 바라는 나와 지금의 나 사이를 끊임없이 파고든다. 이런 식으로 살다가는 평생 나를 찾을 수가 없을 것이다.

여러분은 과거이기도 하지만, 미래이기도 합니다. 미래가 어떻게 될지 예측할 수 있는 사람은 아무도 없습니다. 그렇다면 무엇 때문에 미래에 대한 걱정을 합니까? 미래에 대해 걱정하면서 돈을 벌 수 있는 사람은 보험회사 직원들밖에 없습니다. 우리는 보험을 들어놓고 안심을 합니다. 누구도 믿을 수 없지만, 보험만큼은 믿을 수 있다고 생각합니다. 보험회사가 어찌나 해괴한 발상을 퍼트렸는지 우리는 이제 걱정을 앞에 놓고 걱정하는 지경에 이르렀습니다.

하지만 여러분은 현재이기도 합니다. 바로 지금이기도 합니다. 의지와 지성과 희망과 환희만 가지고 있으면, 지금부터 여러분은 원하는 대로 될 수가 있습니다.

언 제 나,　가 능 하 다,
할 수 있다, 좋다

　　　　　　　　　　　무척이나 순진한 발상으로 들릴지 모르겠습니다만, 만약 오늘 밤 여러분이 달라지기로 결심한다면 어떻게 될까요?

'삶을 사랑하는 게 어떤 것인지 깨닫고 말겠어. 사랑할 줄 아는 사람이 어떤 사람인지 깨닫고 말겠어. 오늘 밤부터 사랑할 줄 아는 사람으로 살겠어. 부정적인 단어가 입에서 튀어나올 때마다 입을 틀어막겠어.'

오늘 밤 강당을 빠져나가면서 이렇게 결심을 한다면 앞으로 적어도 3~4주 만에 놀라운 일이 벌어질 것입니다. 믿어지지 않는 일이 말입니다. 여러분에게는 그럴 수 있는 힘이 있습니다. 니코스 카잔차키스는 이런 말을 했습니다.

"내가 고른 붓, 내가 고른 색깔을 가지고 내 손으로 직접 그린 낙원 속으로 뛰어들자."

지옥을 그리고 싶은 사람은 지옥을 그리십시오. 하지만 부모님이나 사회를 원망하지는 마십시오. 하느님을 원망하지도 마십시오. 지옥을 만든 것은 그런 그림을 그린 사람의 책임이니까요. 우리는 과거입니까? 그렇습니다. 우리는 미래입니까? 그렇습니다. 하지만 우리가 전념하고 선택해야 할 삶은 현재입니다. 바로 지금의 삶입니다. 중요한 것은 현재니까요.

우리는 누구나 잠재력을 지니고 있습니다. 하지만 잠재력을 계발하려면 먼저 '못된 나'를 내다버려야 합니다. '자아에 반하는 쓰레기'를 말입니다. 이런 쓰레기들이 얼마나 많은지 모릅니다. '하지 마'라는 쓰레기, '난 못해'라는 쓰레기, '안 돼'라는 쓰레기, '불가능'이라는 쓰레기, '절망'이라는 쓰레기를 치워버려야 합니다.

이런 것들은 바보들이나 쓰는 말이지 현명한 사람들이 쓰는 말이 아닙니다. 그러니 여러분의 머릿속에서 지워버리세요. 절대라는 말을 결코 하지 마세요. 불가능하다고요? 누가 그러던가요? 당연히 가능합니다!

인류가 이룩한 가장 위대한 꿈들은 모두가 한때는 불가능하다고 여겨졌던 것들입니다. 그런데 누군가가 나서서 가능하다는 걸 입증한 거였습니다. 시한부 인생이라는 말을 들었을 때 벌떡 일어나서 '말도 안 되는 소리. 나는 죽지 않아!'라고 말하고, 실제로 병을 이겨낸 사람들이 우리 주변에 얼마나 많습니까?

《새터데이 리뷰》의 편집장이었던 노먼 커즌스Norman Cousins는 웃음 치료 분야를 개척한 사람으로 유명합니다. 그는 한때 강직성 척수염이라는 병에 걸려 굳어가는 뼈와 근육 때문에 큰 고통을 받았습니다.

그런데 어느 날 코미디 프로그램을 보고 난 후에 통증이 줄어드는 것을 실감했습니다. 그는 15분 동안 웃으면 2시간 동안 통증이 사라진다는 사실을 발견했습니다. 이후 적극적인 웃음 치료로 병을 치료하고 본격적으로 이 분야를 연구했습니다. 그는 《웃음의 치유력Anatomy of an Illness》를 통해 두 달 남짓의 시한부 인생을 선고받았던 그가 어떤 방식으로 죽음을 거부하고 새로 태어났었는지를 생생한 육성으로 들려주고 있습니다.

이제 여러분도 삶을 향해 '좋다!'라고 말하십시오. 놀라움, 기쁨, 절망을 향해 '좋다!'라고 말하십시오. 고통을 향해, 이해하지 못할 일에 대해 '좋다!'라고 말하십시오. 그리고 '언제나'라고, '가능하다'라고, '희망적'이라고, '하겠다'라고, '할 수 있다'라고 말해보십시오.

여러분은 불완전하게 살았기 때문에 고통스러운 것입니다. 여러분 안의 모든 걸 있는 그대로 표현하십시오. 여러분 안의 모든 걸 끌어안으십시오. 하지만 그것만으로는 부족합니다. 지독하다는 생각이 들 정도로 표현하고 끌어안는 데 집착하십시오. 그게 바로 인생이니까요.

새로운 깨달음과 새로운 능력과 새로운 창의력을 끊임없이 계발하십시오. 500살이 될 때까지 미친 듯이 새로운 일을 만들어 내면서 살 수 있을 겁니다. 하지만 좀 더 빠르고 획기적인 변화를 원한다면 '나'를 변화시켜 '우리'로 확대해야 합니다. '우리'에는 저도 포함시켜 주십시오. 저는 '나'를 주장하는 세대에 신물이 났습니다.

여러분을 제 삶에 초대하려면 저를 조금은 포기해야 합니다. 그래도 저는 좋습니다. 그럼으로써 더 많은 걸 얻을 수 있으니까요. 똑같은 이치로 제가 여러분을 초대하면 여러분도 조금은 포기해야 합니다. 그렇게 조금씩 자기 자신을 양보하고 포기하면서 더 넉넉하고 큰 '우리'가 되는 것입니다.

저는 나무와 나뭇잎을 아주 좋아합니다. 한번은 뉴잉글랜드에 사는 학생 한 명이 가을 낙엽을 감상하라며 저를 초대한 적이 있습니다. 여러분도 오늘 밤 집으로 돌아가시거든 일기에 이렇게 적으십시오.

'무슨 일이 있더라도 뉴잉글랜드의 가을을 놓치지 말아야지. 회사를 결근하는 일이 있더라도 뉴잉글랜드의 가을을 내게 선

물해야지. 사랑하는 사람들을 데리고 가서 함께 감상해야지!'

그 학생과 돌아다니면서 저는 감탄을 금할 수 없었습니다.

"아, 자동차를 잠깐만 세워주세요! 세상에! 저것 좀 봐!"

저는 정신을 잃을 지경이었습니다. 그런 광경은 처음이었거든요. 로스앤젤레스에서는 그런 광경을 볼 수가 없지만 뉴잉글랜드에서는 빨간색 잎, 노란색 잎, 파란색 잎, 자주색 잎, 갈색 잎, 주홍색 잎, 검은색 잎 모두 한 나무에 매달려 있었습니다. 믿어지십니까?

저는 대학원을 다니고 있는 그 총명한 학생에게 고개를 돌렸습니다. 대학원생이라서 총명하다는 게 아닙니다. 저는 교육이라는 게 아무 효과가 없다는 걸 이미 오래전에 터득한 사람입니다. 제가 알고 있는 이 세상에서 가장 멍청한 사람들 중에는 박사학위를 갖고 있는 사람도 있습니다. 저도 박사학위를 하나 가지고 있죠. 아무튼 이 총명한 학생에게 물었습니다.

"이유가 뭘까요? 왜 어떤 이파리는 검게 물들고, 어떤 이파리는 노랗게 물드는 걸까요?"

"잘 모르겠는데요. 원래 그런 거 아닐까요?"

"원래 그런 게 어디 있습니까? 이유가 있을 거 아닙니까. 이유가 뭔지 알아야겠어요. 도서관으로 안내해주세요."

"선생님, 하나도 안 변하셨군요."

그래서 우리는 도서관으로 향했습니다. 책을 뒤진 결과, 저는 그것이 바로 자연의 마술이라는 걸 알게 되었습니다. 어떤 마술인지는 저만 알고 있으렵니다. 이파리의 색깔이 변하는 과학적인 이유를 알게 됐다고 해서 단풍의 감동이 더하거나 덜하지는 않습니다. 그래도 여전히 마술이고, 그래도 여전히 장관이죠.

삶을 선택하려면 위험을 거듭해야 하고 사랑을 거듭해야 합니다. 그보다 더 중요한 일이 있을까요? 우리는 무엇 때문에 열심히 일을 합니까? 무엇 때문에 땀을 흘립니까? 무엇 때문에 고생을 합니까? 도대체 무엇을 바라고 그렇게 합니까?

그것은 바로 사랑을 위해서입니다. 삶을 위해서입니다. 그걸 놓친다면 돌이킬 수 없는 손실입니다. 하지만 모험과 상처와 고통을 감내하면 진정한 사랑이 뭔지 보다 정확히 알 수 있습니다. 반 고흐 Vincent van Gogh는 이런 말을 남겼습니다.

"삶을 사랑하는 최선의 길은 많은 걸 사랑하는 것이다."

멋있지 않습니까? 삶을 사랑하는 최선의 길은 많은 걸 사랑하는 것이다. 여러분이 얼마나 삶을 사랑하는지 알고 싶다면 하루에 몇 번이나 '싫다'라는 말을 쓰는지 세어보면 됩니다.

"이건 싫어. 저리 치워. 보기 싫어. 난 저런 사람들 정말 싫어. 난 이런 거 정말 싫어."

삶을 사랑하신다고요? 그럼 이렇게 묻겠습니다. '너무 좋아. 이거 너무 좋아. 나는 꽃이 너무 좋아! 나는 아이들이 너무 좋아'

같은 말을 하루에 몇 번이나 하십니까?

그리고 또 하나 맞닥뜨리고 선택해야 할 게 있습니다. 바로 죽음입니다. 삶을 선택하려면 죽음을 편하게 받아들여야 합니다. 죽음은 우리가 영원할 수 없다는 걸 알려주는 좋은 친구니까요. 삶을 제대로 살고 싶다면 꿈꾸는 일을 지금 당장 시작하는 게 좋을 겁니다. 우리 삶이 언제 마감될지 모르니까요.

죽음이 공평한 점은, 언제 찾아올지 아무도 모른다는 겁니다. 그러니까 죽음이 바로 곁에서 '내가 기다리고 있어, 내가 기다리고 있어, 내가 기다리고 있어' 하고 중얼거리기라도 하는 것처럼 매순간 열심히 살아야 합니다.

우리 사회는 죽음이라는 것을 가장 싫어합니다. 저는 미국인들만큼 죽음을 두려워하는 사람들을 본 적이 없습니다. 죽음을 싫어하는 이유가 뭔지 아십니까? 제대로 살아보지 못했기 때문입니다. 열심히 살았다면 죽음을 두려워할 이유가 없습니다.

하느님께서 선물한 매순간을 열심히 보낸 사람은 눈을 감을 때 비명을 지르거나 고함을 치지 않습니다. 죽음을 연구한 사람들에게 어떤 사람들이 행복하게 눈을 감는지 한번 물어보십시오. 삶을 알려고 노력했던 사람들이라고 말할 겁니다.

죽음은 일종의 도전입니다. 죽음은 우리에게 낭비할 시간이 없다고 말합니다. 발전하라고, 달라지라고 재촉합니다. 지금 당장 사랑한다고 표현하라고 말합니다. 지금 당장 나눠주라고 말합니다. 그러니 생명이 유한하다는 걸 아는 사람이라면 지금 당장 옆 사람을 보고 이렇게 말씀하십시오.

"당신은 참 훌륭한 사람이군요. 당신이 있어줘서 고마워요."

전화기를 들고 이렇게 말해도 좋습니다.

"지금까지 엄마랑 수도 없이 싸웠지만, 엄마, 사랑해요."

키르케고르Søren Kierkegaard는 '삶은 거꾸로 회상할 때 비로소 이해할 수 있다'라는 말을 남겼습니다. 옳은 말이지만, 여러분은 미래를 향해 살아야 합니다. 삶을 이해할 수 없을지도 모릅니다. 하지만 삶을 꼭 이해할 필요가 있는지 저는 잘 모르겠습니다. 여러분은 한 사람 한 사람이 하느님이 지상에 보낸 선물입니다.

조앤 앳워터Joan Atwater의《소박한 삶The Simple Life》중에서 한 구절을 인용하면서 오늘 강연을 마무리 지으려 합니다. 삶의 모든 지혜를 짧고 멋있게 모아 놓은 이 책에서 그녀는 이렇게 말했습니다.

우리의 삶은 짐이 너무 많아서 사는 게 너무 무겁고 복잡한 일처럼 여겨질 때가 많다. 세상이 너무 복잡해서 단순한 해답이 없는 것이 오늘의 문제다. 복잡할수록 무기력하고 무능한 존재가 된 듯한 기분이 든다. 그렇기 때문에 삶을 어떻게 살아가느냐가 점점 중요한 문제로 떠오른다. 진정으로, 단순하게, 솔직하게, 곁가지

없이 명료하게 사느냐의 여부가 우리에게 달린 문제다. 삶을 온전하게 사는 데 관심이 있는 사람이라면 삶에 대해서 배우고 삶을 사는 건 그 사람이 할 나름이다.

함께 이야기하고, 함께 노력하고, 함께 배울 수는 있지만 결국 자신의 삶을 정의 내리는 것은 각자의 몫입니다. 어느 누구의 것이 아닌 바로 여러분의 삶이기 때문이죠. 각자가 정의 내릴 수밖에 없는 자기 자신의 삶을 용감하게 선택합시다!

PART 10

삶으로부터
배우는 것들

모험을 하지 않는 사람은 아무것도 하지 않는 사람이고,
아무것도 하지 않는 사람은 가진 게 아무것도 없는 사람이고,
가진 게 아무것도 없는 사람은 무의미한 사람이다.

미 리 정 해 진
사랑해야 하는 날

밸런타인데이가 되면 저는 전국적인 영웅이 됩니다. 그때가 되면 전국에서 토크쇼에 참석해 달라는 전화, 인터뷰를 하고 싶다는 언론으로부터의 전화 등이 빗발칩니다. 1년에 딱 하루, 제가 영웅이 되는 겁니다.

하지만 저는 어버이날을 따로 정해놓은 것과 마찬가지로 우리 사회가 이렇게 사랑하는 날을 별도로 정해놓고 있다는 게 슬픕니다. 저는 1년 내내 365일이 어버이날, 자매의 날, 형제의 날, 할머니 할아버지의 날, 일가친척의 날이 되어야 한다고 생각합니다. 그런 일에 무관심한 사람들을 위해 1년에 단 하루라도 날을 정해 이따금씩 기억을 되살리게 하는 게 나쁘지는 않습니다. 하지만 따로 날을 정해서 기념해야 한다는 것은 그만큼 우리 삶이 삭막해졌다는 증거인 것 같아 씁쓸합니다.

"누 가 너 에 게 멍 청 하 다 고 했 니?"
"우리 선생님이요"

밸런타인데이를 보내는 사람들의 태도를 보면 저는 때때로 화가 납니다. 저희 집 근처에는 큰 쇼핑센터가 하나 있는데, 지난번 밸런타인데이에 저도 친구들에게 보낼 카드를 사러 갔습니다. 정말로 특별한 카드를 보내고 싶었기 때문에 오랫동안 고르고 골랐죠.

그러면서 저는 다른 손님들을 유심히 관찰했습니다. 한 남자가 빨간색 작은 하트며 미소나 사랑이라고 적힌 예쁜 카드들이 가득한 가판대 쪽으로 걸어오더군요. 그는 계속해서 '젠장!'이라고 투덜대며 정신 나간 사람처럼 카드를 뒤졌습니다. 아내에게 줄 카드를 사러 왔다는 그 남자는 그렇게 카드를 한참 동안 고르다가 갑자기 이렇게 내뱉는 것이었습니다.

"이거 정말 귀찮지 않습니까? 왜 이 따위 짓을 해야 하는 거죠?"

이 말을 듣고, 제가 말했죠.

"그렇게 귀찮은데 왜 카드를 고르고 계시나요?"

"카드를 안 줬다가는 마누라 손에 살아남지 못할 겁니다."

잠시 후, 이번엔 젊은 여자가 가판대 쪽으로 왔습니다. 제가 그녀에게 미소를 지으며 '해피 밸런타인데이!'했더니 그녀가 이렇게 입을 열더군요.

"제가 여기 왜 왔는지 아세요? 안 믿어지시겠지만, 사장님이 사모님한테 보낼 카드를 사오라고 저를 보내셨다니까요. 제가 남편이 다른 여자에게 카드를 사오라고 시킨 걸 알게 된다면 그 자리에서 가만두지 않을 거예요."

하트 무늬와 사랑한다는 말이 가득한 가판대 앞에 서서, 저는 단 5분 만에 두 건의 살인 계획을 들은 셈입니다. 전국을 돌며

'사랑을 선택하자, 삶을 선택하자'라고 말하고 다니는 저에게는 참으로 심란한 경험이었습니다.

교사로서, 저는 교육자라는 직업을 세상 무엇보다도 사랑합니다. 그러나 저는 사람이 사람을 가르칠 수 없다는 사실을 이미 오래전에 터득한 사람이기도 합니다. 제가 삶의 모든 비밀을 터득하여 여러분에게 소상하게 알려준다고 한들, 여러분에게 알고자 하는 마음이 없다면 한 가지도 배울 수가 없을 것입니다. 상대방이 지식을 던져줄 수는 있지만, 그것을 손에 넣는 것은 여러분이 결정하는 일이기 때문입니다.

스탠퍼드 대학교의 연구팀이 인간의 학습에 관해 연구한 결과 사람은 본보기를 통해서 배우는 것이 가장 확실하게 머리에 남는다고 합니다. 즉 누군가의 일방적인 지시를 통한 배움이 아닌 직접 보고 관찰하고 채집하고 실험하면서 익힌 것이 사람을 움직입니다. 그렇게 자발적으로 발견하는 과정을 통해 인간은 진정한 배움의 길로 접어들 수 있습니다.

오늘을 사는 어른들은 아이들에게 사랑과 책임감, 그리고 삶의 기쁨을 배우라고 침이 마르도록 강요하면서도 그들에게 좋은 본보기는 결코 보여주지 않습니다. 텔레비전에 등장하는 광고 중에 저를 정말로 화나게 하는 게 하나 있습니다. 부모님을 생각하라는 것이 그 광고의 주제인데, 전화만 걸면 부모님이 계신 곳으로 즉각 선물을 배달해주는 회사의 광고입니다.

통화가 끝나면, 화면이 바뀌면서 곱게 늙은 두 노인이 등장합니다. 초인종이 울리고, 두 노인이 현관으로 달려갑니다. 그리고는 누군지도 모르는 사람이 고른 선물을 받으며 환하게 웃습니다. 그것이 진정한 선물이겠습니까? 여러분은 그렇게 무의미한 선물은 아예 보내지도 마십시오.

최근에 발표된 정신건강 조사 결과에 따르면, 삶을 즐기며 행복하게 살고 있다고 대답한 응답자는 고작해야 20퍼센트에 불과하다고 합니다. 마흔 살이 되기 전에 정신과 치료를 받는 사람이 7명 중 1명꼴이고, 결혼한 부부 3쌍 중 1쌍이 이혼을 합니다. 그보다 놀라운 통계 결과가 하나 더 있는데, 미국에서 1년 동안 판매되는 신경안정제가 600만 개에 달한다는 것입니다.

우리가 이런 지경인데 어린아이들이 무엇을 보고 배우겠습니까? 어렸을 적에, 키가 작고 말랐던 저는 체육시간이 늘 공포스러웠습니다. 온몸이 따로 놀아서 공을 제대로 던질 줄도 몰랐고, 가늘고 호리호리한 다리와 길고 얇은 팔에 보이는 거라곤 큰 눈밖에 없었습니다.

'나중에 클 테니, 지금 아예 큰 걸 사야지'라고 말씀하시는 어머니 덕분에, 저는 체육시간이 되면 언제나 세 배나 사이즈가 큰 반바지를 입고 운동장으로 나갔습니다. 무릎까지 내려올 정도로

헐렁한 반바지였죠. 체육복으로 뒤덮여서 보이는 거라곤 커다란 눈밖에 없는 꼬마. 그런 제가 아이들 틈에 끼어 줄을 서 있으면, 저 앞에 덩치가 크고 우락부락하게 생긴 아이가 보였습니다.

그 아이는 우리 팀의 리더로, 반대편 쪽으로는 다른 팀의 리더가 될 아이가 서 있습니다. 이제 두 아이가 선수를 고르기 시작합니다. 여러분도 기억나시겠죠? 덩치가 큰 아이부터 차례차례 뽑혀나가 점차로 줄이 짧아지고 마침내 남는 것은 작달막한 아이들뿐. 그때마다 저는 속으로 이런 기도를 하기 시작합니다.

"하느님, 제발 빨리 뽑히게 해주세요. 제발 마지막까지 남지 않게 해주세요."

그러나 저는 항상 제일 꼴찌였습니다. 착하고 뚱뚱한 다른 친구와 제가 언제나 마지막까지 남게 마련이었죠. 타석에 올라서면서 저는 또 이렇게 기도합니다.

"하느님, 딱 한 번만 담장을 넘기게 해주세요."

하지만 하느님이 제 소원을 들어주신 적이 한 번도 없었습니다. 제가 이 경험을 통해서 무엇을 배웠는지 아십니까? 나는 부족한 존재이며, 다른 아이들은 할 수 있는 걸 하지 못하는 존재라는 사실을 뼈저리게 배웠습니다. 저는 열일곱 살이 되어서야 겨우 이런 말을 들을 수 있었습니다.

"너도 공을 잘 던질 수 있어. 너라고 못할 게 뭐가 있니? 아주 간단해. 내가 가르쳐줄까?"

이런 말을 들으면서, 예전에는 왜 내 주위에 이런 사람이 없었는지를 생각했습니다. 외로움과 절망에 휩싸인 채 나 자신을 혐오하느라 몇 년을 허비했는지 모르는데 말입니다. 제 몸은 나무랄 데가 한 군데도 없었습니다. 좀 말랐을 뿐이죠. 지금 제 몸은 나무랄 데가 한 군데도 없습니다. 좀 뚱뚱할 뿐이죠. 저는 그때나 지금이나 제 몸을 사랑합니다.

우리는 날마다 무의식적인 세뇌를 당하며 살아갑니다. 항상 아이들과 어울려 지내는 저는 '나는 그거 못해요. 멍청하거든요' 하는 말을 하루에도 몇 번이나 듣는지 모릅니다. 이런 말을 들을 때마다 저는 이렇게 묻습니다.

"누가 너더러 멍청하다고 그랬니?"

그러면 아이들은 대답합니다.

"우리 선생님이요."

"우리 아빠가요."

저는 당장에 그 사람들을 잡아들이고 싶습니다. 제가 쓴 책의 소재로 자주 등장하는, 제가 가장 존경하는 그 선생님에게 당장 데려가고 싶습니다. 저의 스승이신 헌트 선생님이 보시기에 이 세상에 멍청한 인간이란 단 한 사람도 없었습니다. 그분은 모든 사람이 특별한 존재라는 걸 알고 계시는 분이었죠. 체중이 135킬로그램에 달했던 그분은 늘 애정이 넘치고 모든 걸 끌어안을 수 있는 분이셨습니다.

그 선생님을 보면 무엇이든 항상 배울 수 있었습니다. 우리 어른들도 그분처럼 날마다 아이들의 본보기가 됩니다. 그렇다면 우리가 아이들에게 어떤 본보기를 보이며 살아가고 있는지를 짚고 넘어가지 않을 수 없습니다. 아이들에게 전혀 모범을 보이지 않으면서 사랑할 줄 아는 사람이 되라고 말할 수 있을까요? 책임감 있고 다른 사람들을 배려할 줄 아는 사람이 되라고 요구할 수 있을까요?

아이들은 보고 배운 대로 행하게 마련입니다. 아이들은 주변의 어른들과 꼭 닮은 사람이 될 수밖에 없습니다. 때문에 저는 우리가 어떤 본보기를 아이들에게 보여야 하는지에 대한 이야기를 하려고 합니다.

저는 미국인 중 자기만의 삶을 선택하는 사람이 20퍼센트에 불과하다는 통계를 접하고 깜짝 놀랐습니다. 나머지 80퍼센트는 주어진 삶을 억지로 살아가고 있다는 얘기입니다. 저는 지금까지 '나는 태어나고 싶지 않았다'라고 말하는 소리를 얼마나 자주 들었는지 모릅니다. 얼마나 안타까운 노릇입니까?

저에게는 그 어떤 것도 당연하게 받아들이지 않는 습관이 있습니다. 아주 사소한 것을 접해도 마치 하느님의 선물인 양 펄쩍 뛰며 좋아합니다. 제가 이렇게 격렬하게 사랑을 표현하는 이유는 이 세상에는 알아야 하고, 보아야 하고, 직접 실행해봐야 하고, 맛봐야 하고, 씹어봐야 할 게 너무나 많기 때문입니다.

여러분은 혹시 이런 생각을 해보신 적이 있는지 모르겠는데, 저는 당근은 당근 맛이 나고 딸기는 딸기 맛이 나는 게 참으로 신기하다는 생각을 합니다. 게다가 이 두 가지를 섞어서 야채수 프 비슷한 걸 만들면 또 색다른 맛이 나지 않습니까? 저는 이런 걸 접할 때마다 깜짝 놀라곤 한답니다.

아 직 죽 지 않 았 다.
하지만 언젠가는 죽을 것이다

아이들에게 반드시 그들 하나하나가 신성한 존재라는 사실을 일깨워주어야 합니다. 그러나 어른들부터 먼저 이 사실을 믿지 않으면 가르칠 수가 없습니다.

저는 청중 앞에 서거나 사람들을 만날 때마다 경탄을 금할 수 없습니다. 각자가 빨간 머리, 노란 머리, 밤색 머리, 대머리를 하고서는 눈을 반짝이고 있는 얼굴들을 보는 것 하나로 그렇게 놀랍니다. 여러분들 중에 똑같이 생긴 사람이 하나도 없다는 게 참으로 놀랍지 않습니까? 어린이들에게도 이 사실을 일찌감치 알려줘야 합니다. 아이들이 개성을 잃기 전에 말입니다.

어른들이 지금 이렇게 삶을 무서워하게 된 것도 무리는 아닙니다. 그들에게 인생이 무엇인지 가르쳐준 사람이 없으니까요. 인생에 흠뻑 젖기만 하면 기쁨과 놀라움과 신비함과 황홀경을 느낄 수 있다는 걸 알려준 사람이 하나도 없으니까요. 그뿐만 아니라 보다 일찍 아이들에게 인생은 고통과 절망, 불행과 눈물로 가득한 험난한 여정이기도 하다는 사실을 일깨워준 사람도 없었으니까요.

저는 이 중 어떤 것도 모르는 채 그대로 살아가고 싶지 않습니다. 인생이란 것을 끌어안고서 그게 무엇인지 터득하고 싶습니다. 저는 눈물이 어떤 것인지 모르는 채로 인생을 그냥 스쳐지나가고 싶지 않습니다. 눈물을 흘리라고 눈물샘이 있는 것일 테니까요. 눈물을 흘릴 일이 없다면 우리가 눈물샘을 갖고 태어날 이유가 없을 것입니다.

저는 이스라엘의 종교철학자인 마르틴 부버Martin Buber의 작품을 참 좋아하는데, 그중에서도 《나와 너Ich und Du》라는 책이 특히 마음에 듭니다. 이 책에서 그가 말하기를, 우리는 각자가 한 사람의 그대이며 특별한 존재이기 때문에 다른 사람과 만날 때는 서로 신성한 존재가 되어야한다고 했습니다.

따라서 저와 여러분이 만나면, 여러분이 나의 그대가 되는 겁니다. 그는 또 말하기를 그럼에도 불구하고 우리는 '나와 그것'의 관계로 만날 때가 더 많다고 합니다. 하필이면 '그것' 취급을 당하다니, 기분이 상하지 않습니까? 저는 그때마다 이렇게 외칩니다.

"나는 물건이 아니에요! 나는 나예요. 레오 버스카글리아라고요. 당신과 똑같은 인간이란 말입니다. 나를 무시하지 말아요. 나도 존엄성이 있는 인간이에요."

부버는 우리가 '나와 너'로 만날 때면 대화가 이루어지지만 '나와 그것'으로 만나면 독백이 된다고 합니다. 달리 말하자면 벽에다 대고 말하는 꼴이 된다는 것입니다. 저는 혼자 중얼거리고 싶지 않습니다. 여러분과 함께 이야기를 나누고 싶습니다. 그러니 부탁하건대, 여러분도 저와 함께 이야기를 나눠주셨으면 합니다.

우리 모두 존엄한 인간이라는 사실을 아이들도 알아야 합니다. 외부에서 나를 찾을 수 없다는 사실도 배워야 합니다. 내 안에서 나를 찾는 법을 배워야 한다는 뜻입니다. 물론 나만의 개성을 찾고, 그것을 남들과 함께 나누는 과정은 쉽지 않습니다. 대부분의 사람들이 평생 동안 남의 말에 의존해서 살아왔으니까요.

지금의 나는 진정한 내가 아니라고 생각해본 적이 있습니까? 지금의 나는 고작해야 타인들이 말하는 존재에 불과하다고 생각해본 적이 있습니까? 세상에서의 내 역할이 어색하게만 느껴진다면, 그 이유는 사람들이 말하는 나와 진정한 내가 일치하지 않는다는 뜻입니다. 그렇다면 그 역할을 깨부숩시다. '내가 어떤 사람인지를 알아내고야 말겠어!' 하면서 말입니다.

그 과정은 일생일대의 도전이 될 것입니다. 늘 교전이 그치지 않는 치열한 싸움이 될 것입니다. 하지만 그 덕분에 인생이 전혀 지루하지 않을 것입니다. 여러분의 잠재력은 지금까지 계발된 것보다 숨어 있는 것이 훨씬 더 많습니다. 아인슈타인조차도 운명하기 직전에 말하기를, 자기 내부에 묻어놓은 채 그냥 썩혀버린 것이 너무도 많다며 한탄했습니다.

우리들도 모두 마찬가지입니다. 자신이 무한한 가능성의 소유자라는 사실을 깨닫는 일생일대의 도전을 피할 생각은 하지 맙시다. 당당하게 이 과정을 계속하십시오. 실패를 두려워하지 마십시오. 실패해도 됩니다. 완벽할 필요는 없으니까요. 제가 이 자리로 나오기 전에 어떤 분이 친절하게도 이런 말씀을 해주시더군요.

"저쪽에 전선이 있으니까 조심하세요. 그리고 계단이 두 개니까 넘어지지 않게 조심하세요."

저는 이렇게 대답했습니다.

"저를 기다리는 많은 분들 앞에서 넘어지는 것도 재미있지 않을까요? 그럼 제가 대단한 사람인 줄 알았던 분들도 금방 생각을 바꾸실 테니까요."

또한 아이들에게 다른 이들의 소중함을, 다른 이들을 이해하지 않고서는 자신이 발전할 수 없음을 가르쳐줘야 합니다. 더욱 많은 사람들을 이해할수록 더욱 넓은 사람이 된다고 말입니다. 그리고 또 다른 이들을 믿으라고 가르쳐줘야 합니다. 지금 우리는 서로가 서로를 무서워하는 지경에 이르렀습니다. 점점 더 높이 벽을 쌓고 점점 더 단단하게 문을 잠그고 살아가고 있습니다. 그 벽을 무너뜨리십시오! 우리는 사람을 다시 신뢰하는 법을 배워야 합니다. 물론 대단한 모험이지만 세상에 모험이 아닌 것이 어디 있습니까?

단순히 존재하는 상태를 벗어나서 인간답게 살아야 합니다. 존재하는 것과 인간답게 사는 것은 다릅니다. 길을 가는데 누가 도와달라고 하면, 그냥 도와줍니다. 누가 고속도로에서 끼어들려고 하면, 그냥 끼워줍니다. 누가 울고 있으면 이렇게 말합니다. 제가 도울 방법이 있을까요? 제가 이렇게 말했더니 어떤 사람이 이렇게 묻더군요.

"어떤 사람에게 다가가서 말을 걸었는데 상관하지 말라고 대꾸하면 어떻게 하죠?"

그럴 가능성이 있는 것도 사실이지만, 그렇다고 뭘 잃는 것도 아니지 않습니까? 보답을 바라기에 사랑하는 게 아니지 않습니까? 사랑하기 때문에 사랑하는 겁니다.

그리고 우리는 아이들에게 삶은 연속적으로 이어져 있다는 사실도 알려줘야 합니다. 우리는 계층으로 나뉜 사회에 살고 있습니다. 어린아이들은 어린아이들끼리 뭉칩니다. 10대는 10대끼리 뭉칩니다. 신혼부부는 신혼부부들끼리 뭉칩니다. 결혼을 하지 않으면 가장 친한 친구를 잃게 됩니다. 심지어는 노인마저 노인들끼리 뭉칩니다. 이렇게 단단히 벽이 쳐진 사회에서, 삶은 곧 여행이라는 사실을 아이들이 대체 어디서 배울 수 있겠습니까? 삶이 연속적으로 이어져 있다는 사실을 누구에게 배울 수 있겠습니까?

그러고 보면 저는 어린 시절에 무척이나 행운아였습니다. 저희 집은 할아버지, 할머니, 갓 태어난 아이들, 임산부, 신혼부부 등등 온갖 종류의 사람들로 늘 북적댔거든요. 우리 형제들은 삶이 계단식으로 되어 있는 게 아니라 연속적으로 이어져 있다는 걸 아주 어렸을 때부터 배웠습니다. 노인들을 보면서 언젠가는 우리도 노인이 된다는 걸 깨달았습니다. 죽음이 임박한 사람들을 보면서 생명을 소중히 여기기 시작했습니다.

죽음을 직접 목격하지 못한 사람은 죽음이 우리를 항상 기다리고 있다는 사실을 알지 못하고 무작정 두려워만 합니다. 따라서 그들은 품위 있게 사는 법도, 품위 있게 죽는 법도 모릅니다.

지난 한 해 동안 제 앞으로 도착한 편지 중에는 생명이 3, 4개월밖에 안 남은 어느 여성의 편지가 있었습니다. 온통 '나는'이라는 말로 가득한 편지였는데, 저는 그녀가 감수성이 풍부하고 아름다운 사람이라는 걸 느낄 수가 있었습니다. 다만 죽음에 대처하는 법을 몰랐을 뿐입니다. 저는 이런 답장을 보냈습니다.

'가만히 앉아서 죽음을 기다리지 말고 아직 남아 있는 며칠, 혹은 몇 달을 마음껏 누리세요. 뭔가를 하면서 보람을 느껴보세요. 어린이 병원을 방문해보세요. 그곳에는 죽음을 눈앞에 둔 어린이들이 있는 병동이 있습니다. 그런 어린이들에게 병문안을 가보세요.'

다행스럽게도 그녀는 제 충고를 따랐습니다. 그리고 놀랍게도, 아이들을 보면서 죽는 법을 배웠습니다. 병실 안으로 들어가는 순간 아이들이 다가와서 묻더랍니다.

"아줌마도 곧 죽나요?"

어른들 중에는 감히 그런 말을 내뱉는 사람이 없습니다. 그녀는 죽음을 눈앞에 두고 괴로웠을 뿐만 아니라, 자신이 외로워서 죽을 지경이었다는 것을 깨달았습니다. 그녀가 '그렇단다' 하고 대답하자 한 아이가 '죽는 게 무서우세요?' 하고 물었답니다. 그녀가 고개를 끄덕이자 그 아이가 이렇게 말했답니다.

"뭐가 무서우세요? 하느님 곁으로 가는 거잖아요."

우리는 죽으면 하느님 곁으로 간다는 말을 하면서도, 막상 죽는 순간이 찾아오면 무서워서 고함을 지르며 발버둥을 칩니다.

아이의 갑작스런 말에 잠시 멍하게 있는데, 또 다른 여자아이가 다가오더니 이렇게 묻더랍니다.

"인형은 갖고 갈 생각이세요?"

그 여자는 아직 죽지 않았고, 지금 이 시간에도 열심히 일을 하고 있습니다. 제가 보기에 언제 눈을 감게 될까 하는 걱정은 하지 않는 것 같습니다. 아직도 할 일과 시간이 남아 있으니까요.

고함을 지르는 대신
미소를 지어 보자

나이를 먹는다고 해서 모두 다 무기력해지는 것은 아닙니다. 이제는 선택의 여지가 없다는 생각을 할 때 비로소 무기력해지는 것입니다. 목숨이 붙어 있는 한 눈을 감는 그 순간까지 열심히 살 수 있습니다.

저는 우리의 사랑스러운 아이들도 죽음이 무엇인지 알고 있어야 한다고 생각합니다. 심지어 죽음을 직접 목격하도록 만들어야 한다고 생각합니다. 선택은 자기 손에 달려 있는 법이라는 진실도 아이들에게 잊지 말고 가르쳐야 합니다. 여러 가지 대안을 제시해줘야 아이들도 선택권이 있다는 걸 믿을 수 있으니까요.

편협한 시각으로 세상을 바라보던 사람들, 선택의 여지가 없었던 사람들이 자살을 택합니다. 대학가에서는 해마다 기말고사 기간이면 자살을 시도하는 사람들이 있습니다. 젊고 아름다운 학생들이 단지 실패에 대한 두려움 때문에 칼로 손목을 긋습니다. 시험 때문에 목숨을 포기할 정도로 자신을 하찮게 여기는 사람들이 있다니 믿어지십니까? 저는 학생들에게 늘 이렇게 묻습니다.

"다른 대안에 대해서는 생각해보지 않았나요?"

사람들은 선택의 범위를 넓히기 위해 재물을 모은다고 말합니다. 하지만 이건 말도 안 되는 소리입니다! 자살률이 가장 높은 게 부유층입니다. 지금 대안을 생각하지 못하는 사람이, 온 세상의 재물을 끌어 모은다고 해서 대안이 생각나겠습니까?

제가 어렸을 때 매주 손꼽아 기다리던 순간은 바로 우리 집의 낡아빠진 자동차에 온 가족이 몸을 싣고 여행하는 때였습니다. 우리 집 같은 대가족이 자동차 한 대로 이동하는 모습을 상상할 수 있습니까? 이런 상황에도 더 편안한 여행을 즐기려는 어머니 덕분에 지붕 위에 온갖 물건들을 가득 싣고서 우리는 롱비치를 향하곤 했습니다.

두 시간이면 가는 그곳으로 향하면서, 우리 가족은 도착할 때까지 신나게 노래를 불렀습니다. 온갖 오페라를 불렀습니다. 하루는 〈라 보엠La Boheme〉을 불렀습니다. 또 하루는 〈라 트라비아타 La Traviata〉를 불렀습니다. 어머니는 샌드위치로 만족하는 법이 없으셨기 때문에 우리 가족은 해변에서 스파게티를 만들어 먹었습니다. 해변에서 전채 요리까지 즐기는 가족이 상상이나 되십니까? 주위 사람들이 신기한 눈으로 쳐다보았지만 우리는 전혀 상관하지 않았습니다. 해변에 도착하면 짐을 내리는 데만 2시간 이상 걸렸지만 우리는 즐겁기만 했습니다.

"파라솔을 여기다 꽂고, 바람이 불지 않는 저쪽에 햇빛을 마주보게 의자들을 내려놓으렴."

어머니의 지시에 따라 하나하나 정리가 끝나면 우리는 바다에 풍덩 뛰어들어서 온몸을 적셨습니다. 저희는 경제적으로는 가난했습니다. 가진 게 아무것도 없는 집안이었죠. 가진 게 많은 사람들은 저희를 보고 이런 표정을 지었습니다.

"저 괴짜들은 도대체 누구야?"

하지만 우리 가족은 가난을 대신할 대안이 있었습니다. 선택의 여지가 있었습니다. 어쩌면 너무 순진해서 그렇게 믿은 것인지도 모르지만, 인생을 제대로 살면서 즐길 수 있다면 순진하면 어떻고 어리석으면 어떻습니까?

돌아가시기 전에 아버지께 하와이 여행을 선물했던 때가 생각나는군요. 아버지가 암 선고를 받으신 뒤였습니다. 알아봤더니 아주 저렴하게 이용할 수 있는 비행기 좌석이 있더군요. 음식은 물론이거니와 아무런 기내 서비스도 못 받는, 비행기 꽁무니에 처박혀 있는 그런 자리였습니다.

저희는 그런 좌석이라도 개의치 않았기 때문에 일등석을 거쳐서 비행기 꽁무니 쪽으로 걸어갔습니다. 도시락을 갖고 탑승하는 게 허용되었기 때문에 우리 가족은 저마다 손에 큼지막한 보따리를 들고 있었습니다.

우리가 비행기 안에서 벌인 엉뚱한 일들을 저는 평생 잊지 못할 겁니다. 여동생과 조카들까지 포함한 우리 가족들은 한 줄을 모두 차지하고 앉았습니다. 아버지가 도시락을 열었고, 그 안에 들어 있던 마늘 양념 치킨이 맹렬한 냄새를 풍기며 비행기 안을 헤집기 시작했습니다. 맨 앞좌석에 앉은 일등석 승객들은 군침깨나 흘렸을 겁니다.

스튜어디스들이 수시로 달려와서는 '대체 무슨 음식을 들고 탑승하신 겁니까?'라고 묻던 모습이 눈에 선합니다. 마늘 드레싱을 얹은 버섯까지 있었거든요. 정말 특별한 저녁 식사였습니다. 그때 비행기 안에서 우리 가족만큼 맛난 음식을 먹은 사람은 없었을 겁니다. 다른 사람들이 쳐다보기라도 하면 '치킨 한 조각 드실래요?'라고 물으면서 친절하게 나눠주기도 했습니다.

여러분에게는 선택권이 있습니다. 슬픔 대신 기쁨을, 눈물 대신 행복을, 무관심 대신 실천을, 정체 대신 발전을 선택할 수 있습니다. 그리고 지금까지와는 전혀 다른 모습을, 전혀 다른 삶을 선택할 수 있습니다. 이제는 다른 사람들에게 내 운명은 나의 것이라고 말할 때가 되었습니다. 여러분의 인생을 책임질 사람은 바로 여러분입니다.

직접 한번 시험해보십시오. 상대방에게 고함을 지르는 대신 미소를 지어보십시오. 놀라운 일이 벌어질 겁니다. 일전에 공항에 갔더니 심한 눈보라 때문에 비행기가 이륙할 수 없는 상황인데도 비행기를 타야 한다고 여행사 사람들에게 고래고래 소리를 지르는 남자가 있었습니다. 그런가 하면 배가 고픈 아이들을 죄다 모아서 먹을 것을 나눠주면서 함께 놀아주는 여자도 있었습니다.

바로 이런 상황에서 우리는 선택의 기로에 놓입니다. 짜증을 폭발할 것인지 미소를 발산할 것인지를 말입니다. 얼마든지 다른 사람들을 행복하게 만들 수도 있는데, 결국엔 자기 자신한테 화살이 돌아오게 될 신경질을 왜 부리는 것인지 이해되지 않습니다.

어떤 남자가 저에게 이런 말을 듣고 난 뒤에, 그에게도 똑같은 상황이 시카고 비행장에서도 일어났습니다. 비행장에 도착했더니 심한 폭설 때문에 비행기가 이륙할 방법이 없다고 하면서, 목적지까지 버스로 모시겠다고 하더랍니다. 그런데 승객 중에는 휠체어에 앉은 채로 비행기를 기다리던 두 여자 분이 있었다고 합니다. 그 여성들은 서로 모르는 사이로 한 사람은 이쪽 끝에, 한 사람은 저쪽 끝에 있었는데 그 남자는 문득 이런 생각을 했답니다.

'버스카글리아 박사가 이런 상황에서는 그냥 멍청하게 앉아 있지 말고 계속 몸을 움직이라고 했지……'

모두가 버스 쪽으로 부지런히 이동하는 가운데, 그는 용기를 내어 휠체어에 앉아 있는 한 여성에게 다가갔습니다.

"짐은 어디 있나요?"

"보시다시피 휠체어에 앉아 있는 몸인데, 안내원이 없어서……"

"제가 도와드리죠."

그는 짐을 찾아다 버스에 싣고는 두 여자 분이 버스에 안전하게 올라탈 수 있도록 도와줬다고 합니다. 그가 나중에 저에게 이렇게 전해왔습니다.

"그렇게 뿌듯했던 순간은 처음이었어요. 나에게는 정말 아름답고 행복한 경험이었습니다."

그는 다른 사람들처럼 자기 한 몸만 움직이면 되었습니다. 어쩌면 나중에 항공사 직원들이 나서서 그 여자들을 이동시켜줬을지 모릅니다. 하지만 그는 기꺼이 몸을 움직였고, 일을 다 끝낸 후에는 진짜 행복을 맛봤습니다. 이렇게 삶이란 선택하기 나름입니다. 무엇을 선택하느냐에 따라 기쁨이 되기도 하고 분노가 되기도 한다는 사실을 잊지 마십시오.

모 험 을   하 지   않 는   사 람 은,
무의미한 사람이다

저는 몇 년 전에 주변
의 만류에도 불구하고 갖고 있는 모든 것을 모조리 내다판 적이
있습니다. 세계 여행을 하고 싶었기 때문입니다. 네팔에서 구슬
처럼 맑은 종소리를 들으며 사람들과 이야기를 나누고 싶었고,
태국의 논두렁에 앉아 그곳 사람들을 힘껏 끌어안아 보고 싶었
습니다. 그래서 하고 싶은 대로 했습니다. 보험증권이며 집, 자동
차 등등 모든 것들을 처분하고 떠났습니다. 그러자 사람들은 이
렇게 말했습니다.

"세상에, 안정적인 직장을 그만두다니! 다시 직장을 잡기가
쉽지 않을 텐데. 나중에 돌아와서는 굶어죽을지도 몰라."

미국에 다시 돌아왔을 때, 저의 주머니에는 단돈 10센트만이
남아 있었지만 저는 굶어죽지 않았고, 이 세상 어느 무엇보다도
소중한 깨달음을 얻었습니다. 저는 그 여행을 통해 먼저 마음가
짐의 중요성에 대해서 배웠습니다. 태국을 가면 사람들이 '마이
펜라이'라는 말을 잘 씁니다. 여기저기서 '마이펜라이, 마이펜라
이'라고 하는 겁니다. 그게 무슨 뜻인지 궁금해서 사람들에게 물
어봤더니 '괜찮다, 상관없다'라는 뜻이라고 했습니다.

문득 머리가 환하게 밝아지는 느낌이었습니다. 세상에, '괜찮
아, 상관없어'라고 말하는 사람들이 이렇게나 많다니, 태국을 미

소의 나라라고 부르는 것도 무리는 아니구나. 저는 모든 걸 시시콜콜 따지며 걸핏하면 짜증을 내는 미국의 문화를 떠올리지 않을 수 없었습니다.

　정말로 괜찮습니다. 진짜 상관없습니다. 여러분이 없어도 세상은 잘 굴러갈 겁니다. 우리가 걱정하는 일의 90퍼센트는 일어나지도 않습니다. 그런데 우리는 걱정하고, 걱정하고, 또 걱정합니다. 심지어는 이렇게 걱정이 많은 것을 걱정합니다. 이제 가만히 앉아서 걱정만 하지 말고 당장 몸을 움직여 보십시오. 저는 입을 열 때마다 모험을 합니다.

　"안녕하세요?"

　입으로만 인사를 하지 않고 두 팔을 벌린 채로 다가가서 '저 아시죠?' 하고 말합니다. 한번은 학장님이 아주 멋진 말씀을 하시기에, 그 순간 저는 이런 생각을 했습니다.

　"우리 학장님은 정말 멋진 분이구나. 그런 분이라면 껴안아 드리는 걸 좋아하실 거야."

　그래서 저는 벌떡 일어나서 이렇게 소리쳤습니다.

　"학장님, 정말 좋은 말씀을 들었습니다."

　이렇게 말하고는 거대한 책상 너머 저쪽 회전의자에 앉아 계시는 학장님께 달려들었죠. 그분이 비명을 질러댔지만, 저는 상관하지 않고 힘껏 껴안았습니다. 멍한 눈으로 쳐다보는 동료들 앞에서 말입니다.

"세상에, 저 사람은 내가 생각하는 것보다 훨씬 더 이상한 인간이잖아!"

동료들이 그렇게 말하는 것 같았지만, 저는 일관성이 있는 사람이기 때문에 그 후로도 학장님을 만날 때마다 '학장님, 안녕하세요?' 하고는 꼭 껴안았습니다. 안아주는 걸 싫어할 사람은 없습니다. 모두들 안아주기를 바랍니다. 포옹을 하면 신진대사가 달라집니다. 한번 모험을 해보세요. 마지막으로 여러분께 삶의 태도에 관한 세상의 통념들과 그에 대한 제 생각을 말씀드리고 싶습니다.

"아무 때나 웃음을 터트리는 건 바보같이 보일지도 모르는 위험을 감수하는 일이다."

뭐 어떻습니까? 바보처럼 살아도 재미있다면 우리 모두 웃음을 선택합시다.

"눈물을 흘리는 건 감상적인 사람으로 보일지도 모르는 위험을 감수하는 일이다."

저는 감상적인 사람입니다. 저는 그게 좋습니다. 눈물을 흘리면 더욱 감상적인 사람이 됩니다.

"다른 사람에게 손을 내미는 건 그 사람의 인생에 휘말릴지도 모르는 위험을 감수하는 일이다."

그걸 위험한 일이라고 할 수 있습니까? 저는 다른 사람들의 인생에 휘말리고 싶습니다.

"함부로 감정을 표현하는 것은 내 참모습이 드러나 보일지 모르는 위험을 감수하는 일이다."

그렇다면 참모습 말고 무엇을 내보이겠습니까?

"사람들 앞에서 나의 생각과 꿈을 섣불리 이야기하는 것은 순진한 사람으로 여겨질지도 모르는 위험을 감수하는 일이다."

저는 그보다 더한 말도 들었답니다.

"누군가를 사랑하는 건 일방적인 사랑이 될지도 모르는 위험을 감수하는 일이다."

저는 사랑을 하면서 보답을 바라지 않습니다.

"우리가 산다는 것은 죽음이라는 위험을 감수하는 일이다."

저는 죽음을 맞을 준비가 되어 있습니다. 혹시 제가 죽었다는 말을 듣더라도 여러분은 눈물 한 방울 흘리지 마시길 바랍니다. 아주 기쁘게 죽음을 맞이할 테니까요.

"희망을 갖는 건 실망이라는 위험을 감수하는 일이고, 시도를 하는 건 실패라는 위험을 감수하는 일이다."

하지만 모험은 반드시 해야 합니다. 일생일대 가장 큰 모험이 바로 아무런 모험도 하지 않는 것이라는 사실을 잊지 마십시오.

모험을 하지 않는 사람은 아무것도 하지 않는 사람이고, 아무것도 하지 않는 사람은 가진 게 아무것도 없는 사람이고, 가진 게 아무것도 없는 사람은 무의미한 사람입니다. 그런 사람은 슬품과 고통을 피할 수 있을지는 모르지만 배울 수도, 느낄 수도, 달라질 수도, 발전할 수도, 사랑할 수도, 살 수도 없습니다. 그런 사람은 자기만의 공간에 꽁꽁 묶여 있는 노예이면서도 스스로는 자유롭다고 착각하는 사람입니다. 모험을 하는 사람만이 진정 자유로울 수 있습니다. 모험을 하십시오. 그리고 그 결과를 기꺼이 맞이하십시오.

PART 11

사랑에 대해
이야기하자

내가 나라는 존재를 완전히 이해하고 있는지,
내가 눈을 감으면 어떤 일이 벌어지는지를 깨닫는 게 중요하다.
인간답게 발전하고, 내 안을 들여다보고,
내 속에서 평화와 이해와 힘의 근원을 발견하고,
그것을 토대로 성장하는 것이 우리의 목적이니까.

_ 엘리자베스 퀴블러 로스

백 마 디 의 설 교 보 다
'믿음, 믿음, 믿음, 믿음'

주어진 시간이 1시간 밖에 없으니 서둘러서 시작하겠습니다. 이 강연이 위성으로 쏘아진다니 참 신기하지 않습니까? 여러분과 제가 함께 말입니다. 위성을 향해 떠나기 전에 새로 산 재킷을 여러분께 선보였으니, 이젠 벗겠습니다.

며칠 전에 이웃에 사는 분이 찾아오셔서 저희 동네 교회에서 아주 아름답고 거룩한 행사가 진행되고 있는데 함께 가지 않겠느냐고 하셨습니다. 좋다고 대답하고 따라나섰죠. 교회 문을 열자마자 안에 계시던 모든 분들이 저를 향해 손을 내미셨습니다. 제 손을 잡고, 어깨를 토닥이고, 머리를 쓰다듬어주셨습니다.

그런 다음에야 저를 안으로 안내하시는데, 그제야 저는 정말로 성대한 찬양 모임이 열리고 있다는 사실을 알게 되었습니다. 잠시 후 목사님이 '형제자매 여러분. 조나단 형제께서 오늘의 설교를 준비했는데, 주제는 믿음입니다'라고 말씀하셨고, 곧이어 조나단이라는 어린 형제가 일어났습니다. 키가 160센티미터쯤 되는 그가 사람들 앞에서 손을 가지런히 모으고는 이렇게 입을 열었습니다.

"믿음, 믿음, 믿음, 믿음, 믿음, 믿음."

그러고는 자리에 다시 앉는 겁니다. 그런데도 목사님은 얼굴

가득 환한 미소를 지으며 이렇게 말씀하셨습니다.

"믿음에 관한, 조다난 형제의 아름다운 말씀에 감사합니다."

그 순간 저는 '내가 앞으로 좀 더 깨우치면 사랑에 대한 강연을 할 때는 오늘 밤처럼 두 손을 가지런히 모으고 '사랑, 사랑, 사랑, 사랑, 사랑, 사랑'이라고 말하면 되겠구나 하는 생각이 들었습니다. 하지만 저는 지금도 그 정도 수준이 못되기 때문에 조나단 형제가 1분도 안 되는 시간에 한 말을 1시간에 걸쳐 말하고자 합니다.

사랑은 내가 가진 보물을 나누는 일이다

우리 모두 사랑을 간절히 원하는데, 정작 사랑을 하는 모습이 잘 보이지 않는다는 사실이 저는 늘 불만입니다. 오래전에, 그러니까 제가 특수교육 지도자 초보 시절에, 한번은 어린이들을 위한 놀이 요법 코스를 맡은 적이 있습니다.

언어를 통해 치료받고 건강을 되찾는 어른들과는 달리 아이들에게는 함께 놀아주는 게 제일 자연스러운 치료 방법입니다. 이 과정은 매우 중요합니다. 먼저 아이들을 방안으로 데리고 들어가 장난감을 보여주면서 이렇게 말합니다.

"얘들아, 우리 모두 함께하면서 보고, 말하고, 느낌을 나누자."

그런데 마침 제가 맡은 아이는 감정 굴곡이 매우 심한 여자아이였습니다. 그때의 그 일은 지금도 생생히 기억납니다. 초보자였던 제가 처음 맡은 아동이었기 때문이기도 하지만, 다섯 살이었던 그 여자아이가 이 치료 요법으로 놀라운 결과를 보여주었기 때문입니다.

레널리라는 이름의 그 여자아이는 저와 함께 여러 가지 놀이를 함께했는데, 처음 며칠 동안은 우려할 만한 행동을 보여 저를 곤혹스럽게 만들었습니다. 점토 조각을 쌓아 작은 눈사람을 만든 다음에 완성이 되면 우르르 무너뜨리곤 '엄마!' 하고 소리를 질렀고, 다시 또 눈사람을 만들고는 우르르 무너뜨리고는 '아빠!' 하고 소리를 질렀습니다.

이런 식으로 온 식구를 때리고 부수던 그 아이가 제게 시선을 돌리더니 한번 그렇게 해보라고 권했습니다. 이런 때는 즉각 '이 아이는 이런 식으로 엄마를 때리고 싶어 하는 거구나' 하고 반응을 보였어야 하는데, 그때 저는 초보 지도자라 영문을 모르고 이렇게 물었습니다.

"레널리, 사랑하는 엄마 아빠를 왜 그렇게 때리니?"

그러자 레널리는 잔뜩 화가 난 표정으로 저를 빤히 바라보며 이렇게 대답하는 것이었습니다.

"저를 가슴 아프게 만드는 사람들이니까요!"

다섯 살짜리 아이의 입에서 엄마 아빠를 그토록 심하게 원망하는 말이 나오다니! 제가 재빨리 말했습니다.

"얘야, 나는 널 사랑한단다. 절대 너에게 상처를 주지 않을 거니까 안심해."

"그야 선생님은 이상한 사람이니까 그렇죠."

래널리는 이미 다섯 살 때 누군가를 사랑하면 가슴이 아플 수도 있다는 사실을 알고 있었던 겁니다. 다섯 살 여자아이가 무조건적인 사랑은 정신 나간 짓이라고 말하고 있는 겁니다.

그 이후로 저는 성인용 토크쇼에 자주 얼굴을 내밀곤 했는데, 그때마다 사랑에 대해 말하고 있음에도 상황은 별로 달라진 게 없는 듯합니다. 전화를 받아보면 이런 음성이 들려옵니다.

"여보세요. 버스카글리아 박사님이죠? 사랑이 도대체 어디 있다는 겁니까? 저는 시카고의 작은 아파트에서 혼자 살고 있는데, 이렇게 삭막한 상황을 탈출할 용기도 없고 방법도 모르겠습니다. 사랑이라는 게 도대체 어디 있죠?"

미국에서 해마다 수만 건의 자살이 발생한다는 사실을 아십니까? 자신이 가진 잠재력을 잃으면 세상에서 가장 소중한 것을 잃는다고 생각하는 저는 버럭 소리를 지르고 싶습니다.

최근 들어 더욱 놀라운 일은, 자살하는 사람의 상당수가 65세 이상의 노년층이라는 사실입니다. 이런 사실은 우리 사회가 노인을 어떻게 대하는지를 알려줍니다. 우리는 사람이고 물건이고

간에 낡고 오래된 대상들을 눈에 거슬리는 존재로만 생각하며 외면해버립니다.

세월의 흔적이 아름다울 수 있다는 사실을 인정하지 않고, 역사를 잃어버린 사람은 스스로 그것을 재건해야 한다는 사실을 깨닫지 못한 채 그저 보이지 않는 곳으로 치워버리기만 하는 겁니다. 하지만 우리들 모두가 언젠가는 그런 처지에 놓이게 된다는 건 분명합니다. 당장 조치를 취하지 않으면 우리 모두가 퇴물 취급을 당할 날이 닥칠 겁니다.

가장 높은 자살률을 보인 층이 65세 이상인 것도 마음이 아프지만, 가장 높은 증가율을 보이는 층이 청소년들이라는 점은 더 마음에 걸립니다. 인생이란 무엇인지, 인생이 얼마나 놀랍고 신비롭고 거룩하고 재미있는 것인지 아직 모르는 10대 청소년들이 스스로 인생을 마감합니다. 삶은 포기하면 그것으로 끝으로, 다음 기회는 없습니다.

미국에서 40세가 되기 전에 정신과 치료를 받는 사람이 7명 중 1명이라는 사실을 아십니까? 하나, 둘, 셋, 넷, 다섯, 여섯, 일곱 - 바로 그 옆에 앉아 있는 분이군요. 하나, 둘, 셋, 넷, 다섯, 여섯, 일곱 - 이번엔 저기 앉아 계신 분이군요. 왜 그래야 합니까? 정신과 치료가 왜 필요합니까?

나를 치료할 수 있는 도구는 모두 내 안에 들어 있습니다. 그렇다면 언젠가 거쳐야 할 치료 과정을 지금 당장에 시작하는 건 어떨까요? 사랑할 수 있는 기회를 놓치지 마십시오. 사랑은 놀라운 선물입니다. 우리는 세상에 태어나는 순간, 이미 이 세상을 생일 선물로 받은 셈입니다.

그런데도 그 선물이 들어 있는 상자의 리본을 풀어볼 생각도 안 하는 사람들을 볼 때마다 저는 섬뜩합니다. 지금 당장 리본을 풀고 뚜껑을 여세요. 사랑과 신비와 삶과 기쁨과 놀라움과 고통과 눈물이 상자 안에 가득 들어 있을 것입니다. 이 모든 게 여러분이 인간으로 태어난 덕분에 받는 선물입니다.

그 안에는 행복한 것들만 있는 게 아니라 고통도, 눈물도 많이 들어 있습니다. 신비도 많고, 놀라움도 많고, 혼란스러움도 많지만 삶이란 원래 그렇습니다. 그런 게 바로 인생입니다. 게다가 참 재미있기도 합니다. 상자 안을 뒤지다 보면 심심할 일이 없습니다. 그런데, 우리 주위를 보면 이런 사람들이 많습니다.

"저는 사랑할 줄 아는 사람이에요. 사랑을 할 줄 아는 사람이란 말입니다. 저는 사랑을 믿습니다. 사랑을 실천합니다."

이렇게 말하고서는 웨이트리스에게 물 좀 갖다 달라고 냅다 소리칩니다. 그런 사람에게 사랑의 모습이 보이지는 않습니다. 여러분이 제게 사랑을 몸소 보여주시면 여러분의 사랑을 믿겠습니다. 모든 사람들이 항상 서로에게 사랑을 가르친다는 사실을 깨달으시면 여러분의 사랑을 믿겠습니다.

"나는 훌륭한 교사일까?"

자기 자신에게 이런 질문을 던져놓고 '그렇다, 훌륭하다'라고 대답할 수 있으십니까? 여러분이 좋다는 말을 하루에 몇 번이나 하는지 세어보십시오.

아이들이 말을 배우는 과정에서 좋다는 말보다 싫다는 말을 먼저 배우는 걸 보면 신기하지 않습니까? 언어학자에게 아이들이 어디서 그런 말을 배우는지 물어보십시오.

"좋다, 좋다, 좋다!"

이런 말을 더 많이 들으면, 아이들도 좋다는 말을 더 자주 쓰게 될 것입니다. 저는 오랫동안 사랑에 대해 관심이 많았기 때문에 심리학 서적과 사회학 서적을 수없이 뒤져봤고, 사랑에 관심이 있어야 할 전문가들이 하는 말에도 귀를 기울여봤습니다. 그런데 그들 사이엔 사랑이라는 단어가 아예 거론조차 되지 않는 것이었습니다. 제가 《사랑》이라는 제목의 책을 썼을 때, 출판사 편집 담당자는 이런 말을 했습니다.

"제목을 바꿔야 할 거예요. 제목이 똑같은 책이 있을 테니까요."

하지만 책은 제가 원하는 '사랑'이라는 제목 그대로 출판되었고, 저는 결국 사랑에 대한 저작권을 갖게 되었습니다. 사랑과 증오, 사랑과 욕망, 사랑과 두려움, 사랑의 기쁨과 힘, 이런 책들은 있었지만 단순히 제목을 '사랑'이라고 할 생각을 한 작가는 없었던 겁니다. 사랑은 얼마나 좋은 말입니까. 얼마나 무한한 개

넘입니까. 그럼에도 우리는 얼마나 이 단어를 말하는 걸 꺼려합니까?

진정으로 사랑할 줄 아는 사람은 과연 어떤 사람일까요? 사랑할 줄 아는 사람은 자기 자신을 먼저 사랑하는 사람입니다. 자기 자신을 사랑하지도 않으면서 남을 사랑한다고 말한다면, 그것은 거짓이고 위선입니다. 제가 이렇게 말할 때마다 사람들은 고개를 끄덕입니다.

"맞아요. 그렇죠."

하지만 실행에 옮기지는 않습니다. 자기 자신을 진정으로 사랑하기 전까지는 결코 남을 사랑할 수 없습니다. 평생을 인종차별 철폐와 인권 신장을 위해 노력한 공로로 1986년에 노벨평화상을 받은 작가 엘리 위젤Elie Wiesel은 이런 말을 남겼습니다.

우리가 숨을 거두고 천당에 가서 조물주를 만나면, 조물주는 왜 구세주가 되지 못했느냐고 묻지 않을 것이다. 왜 이런저런 병의 치료약을 발명하지 못했느냐고도 묻지 않을 것이다. 그 소중한 순간에 우리에게 던져질 질문은 단 하나, '왜 너는 너 자신이 되어 살지 못했는가?'라는 물음일 것이다.

진정한 나 자신이 되는 것이야말로 우리의 최우선 과제입니다. 사람이 제각각 독특하게 태어난 이유가 바로 거기 있습니다. 사람들은 모두가 다릅니다. 사람들은 저마다 이 세상 어느 누구에게도 없는 것을 하나씩 가지고 있습니다. 따라서 여러분이 본래의 여러분이 되면, 여러분 없이는 알 수 없었을 세상을 타인에게 선물하게 됩니다.

하지만 내가 나 자신이 되는 것은 가장 쉬운 일이어야 함에도 불구하고 가장 어려운 일이 되어버렸습니다. 내가 어떤 사람인지 파악하고, 내 안에 감추어진 보물을 발견하는 일입니다. 그리고 그 보물을 더욱 발전시켜서 다른 사람들에게 나누어주는 일입니다.

도 울 수 없 다 면
상처주지 마라

사랑이라는 미명하에 가장 심한 폭력이 가해질 수도 있다는 사실을 아십니까?

"시험을 잘 보면 사랑해주마."

"말 잘 듣고 기대에 어긋나는 짓을 하지 않으면 사랑해주마."

여러분에게 아무 조건 없이 사랑한다고 말해줄 수 있는 사람이 이 세상에 적어도 단 한 사람은 있었으면 좋겠습니다. 그게 바로 가족의 역할입니다. 가정이란 찾아가면 언제든지 반갑게 맞아주는 곳이어야 합니다.

"그러게 내가 뭐랬니? 그러면 안됐다고 했잖아!"

참된 가정이란 이렇게 윽박지르는 곳이 아니라, 밖에서 놀다가 다쳐서 돌아온 아이에게 엄마 아빠가 붕대를 사와서는 심한 장난을 친 것에 대해서는 묻지도 않고 '여기 앉아 봐, 붕대를 감아줄 테니까!'라고 말해주는 곳이어야 합니다.

여러분 주위에 그런 사람이 단 한 명이라도 있다면 좋겠습니다. 그리고 여러분도 누군가에게 그런 사람이 되십시오. 그런 사람이 되어주겠다는 사람이 있으면 흔쾌히 받아들이십시오. 사실, 받는 것도 주는 것만큼이나 어려운 일입니다. 주는 것보다 받는 걸 훨씬 어렵게 생각하는 사람들도 있을 정도입니다.

이 세상에서 가장 힘든 싸움은 진정한 내가 되는 싸움입니다. 남을 마음대로 주무를 수 있어야 안심하는 사람들을 상대로 평생 동안 이 싸움을 벌여야 합니다. '나'를 포기하면 남는 게 아무것도 없지만, 내 안의 보물을 끌어 모으면 본래의 내가 될 수 있습니다. 그리고 그제야 비로소 이렇게 말을 할 수 있습니다.

"나는 본래의 나야. 나는 사랑을 할 줄 아는 사람이야. 아무 거리낌 없이 나를 내보일 수 있으니까. 나를 해방시켰으니까."

이 얼마나 가슴 벅찬 말입니까? 이런 말을 할 수 있는 기회를 놓치지 마십시오. 나를 놓치지 마십시오. 지나가다가 우연히 '나'와 마주치면 악수를 나누면서 이렇게 말하십시오.

"안녕! 그동안 어디 숨어 있었던 거야? 이제 하나가 됐으니까 함께 걸어갈 수 있겠지?"

여러분이 갖고 있는 보물은 끝이 없습니다. 여러분이 갖고 있는 잠재력은 무한대입니다. 지금까지 인간 잠재력의 한계가 어디까지인지 밝혀낸 사람은 아무도 없습니다. 진정한 나를 만나면 전혀 새로운 방식으로 자기 삶을 쓰다듬게 됩니다. 완전히 다른 방식으로 세상의 소리를 듣고, 느낄 수 있습니다.

전혀 새로운 방식의 내가 되면, 전혀 다른 곳에서 새 출발을 하게 됩니다. 점점 더 많은 것을 계발해서 남들에게 나누어 주게 됩니다. 이렇게 되면, 천국으로 들어가는 문에서 '너는 너였느냐? 너는 너로 살았느냐?'라는 질문을 받았을 때 당당하게 '예, 그렇습니다!'라고 대답할 수 있게 됩니다.

저는 여행을 자주 하는데, 공항을 참 좋아합니다. 인간의 태도에 대해 가장 많은 걸 배울 수 있는 곳이기 때문입니다. 여러분도 그것에 가면 사람들을 한번 관찰해보십시오! 지루할 일이 없습니다. 어느 비행기가 이륙했나 하는 것만 쳐다보지 말고, 공항에서 벌어지는 모든 역동적인 삶의 모습들을 관찰하십시오.

비행기에 올라탔더니, 세상 모든 걸 다 가진 표정을 한 젊은이가 제 옆자리에 앉아 있었습니다. 그는 콜로라도에 있는 대학에 가는 중이라면서 제게 이렇게 말했습니다.

"학교는 모자란 사람들이나 가는 곳이에요. 교수들은 정말 짜증이 나요. 그런 곳을 꼭 가야 한다니, 참 짜증나는 세상이에요."

800킬로미터를 날아가는 동안에, 그 젊은이로부터 들은 것은 세상에 대한 불평과 자신이 몸담고 있는 대학에 대한 비난뿐이었습니다. 도대체 그의 삶에서 비난과 불평을 빼면 무엇이 남을까요? 그렇게 불평을 하면 자신이 세상에 비해 우월하다는 착각이 남을까요? 그런데 그런 착각을 빼면 그의 삶에 무엇이 남을까요?

작년에 시카고의 오헤어 공항에 갔을 때는 이와는 정반대되는 일을 겪었습니다. 이틀 밤낮으로 내린 눈 때문에 공항은 말 그대로 눈 속에 갇힌 상황이었습니다. 제가 타려던 비행기는 그날의 마지막 비행기였는데, 비행기가 이륙을 할 수 없을 뿐만 아니라 눈보라가 너무 심해서 공항 밖으로 나갈 수도 없다는 방송이 들렸습니다.

공항 로비에서 오도 가도 못하는 상황이 되었는데, 음식이 무료로 제공된다고 했습니다. 술집도 밤새도록 문을 연다고 했죠. 그렇다면 천국이 아니겠습니까? 그런데도 이리저리 돌아다니면서 공항 관계자들을 향해 '내보내줘요! 당장 신시내티에 가야 한다니까요!' 하며 고래고래 고함을 지르는 사람들이 있더군요. 그 말에 직원들은 이런 표정들을 지었습니다.

"아저씨, 저도 아저씨를 신시내티로 보내드렸으면 좋겠네요."

그런데 당장 내보내달라며 고함을 지르는 사람들과는 정반대의 여성이 한 분 계셨습니다. 아이를 데리고 온 엄마들에게 이런 제안을 한 겁니다.

"제가 아이들을 맡고 있을게요. 전 유치원 교사거든요. 이제부터 공항 유치원을 열어 재미있는 이야기를 들려주고 있을 테니, 어디 가서서 요기나 하고 오세요."

재미있는 이야기로 아이들은 물론이고 부모들까지 행복하게 해주었던 그 사람의 모습을 여러분도 보셨어야 하는 건데……. 눈보라 때문에 공항에 갇힌 똑같은 상황에서, 어떤 사람은 고함을 지르고 어떤 사람은 유치원을 차린 이유는 무엇일까요?

무엇을 선택하느냐, 바로 그 차이입니다. 놀랍고 신비롭고 아름다운 결과를 얻게 되는 걸 선택한 차이 때문입니다. 여러분도 그런 선택을 할 수 있습니다. 저는 여러분을 돕고 싶습니다. 여러분을 도우면서 저도 기쁨을 느끼게 될 테니까요.

티베트의 달라이 라마가 망명에 성공했을 때, 그를 직접 만나볼 수 있는 행운을 누린 사람들 중에는 저도 포함되어 있습니다. 단상에 올라선 그가 강당을 가득 메운 청중을 쳐다봤을 때, 저는 그 따스함에 녹아버리고 말았습니다. 만약 이 세상에 대해 맘껏 독설을 퍼부어도 되는 사람이 있다면, 그러니까 그럴 권리가 있는 유일한 사람이 있다면, 그는 바로 달라이 라마일 것입니다.

그런데 그분이 무슨 말씀을 하셨는지 아십니까?

"우리의 가장 커다란 의무는 바로 남을 돕는 것입니다. 만약 남을 도울 수 없다면 부디 상처를 입히는 일만이라도 피해주시겠습니까?"

만약 여기 모인 우리들 모두가 그런 다짐을 한다면 어떨까요? 내가 나서서 남을 도울 처지는 못 되지만 적어도 의도적으로 남에게 상처를 입히는 일은 하지 않겠다고 말입니다. 그럼 얼마나 아름다운 세상이 될까요? 모진 말이 밖으로 튀어나올 것 같을 때마다 손으로 입을 틀어막아 버리십시오. 이러다 보면 나중에는 보이지 않는 손이 입을 틀어막을 테고, 결국에는 그럴 필요조차 없어질 겁니다.

긍정적으로 사람들을 대하면 그 사람들도 긍정적인 반응을 보일 겁니다. 긍정적인 태도는 긍정적인 반응을 낳으니까요. 이런 말을 하면 사람들은 모두 웃지만 사랑으로 넘치는 사람을 싫어하는 사람은 없습니다. 남에게 먼저 손을 내미는 건 참으로 소중한 자질입니다. 손을 내밀어서 남을 끌어안으면 좋은 것만 비추는 거울이 생기니까요. 우리는 그런 거울을 통해서 남을 비추고, 비쳐진 모습을 보면서 발전해야 합니다.

우리가 둘이 되고 셋이 되고 넷이 되면, 얼마나 많은 걸 얻을 수 있을까요? 제가 여러분을 끌어안으면 팔이 두 개가 아니라 네 개가 됩니다. 머리는 두 개가 됩니다. 다리는 네 개가 되죠. 기뻠을 맛볼 수 있는 가능성도 두 배가 됩니다. 당연히 눈물을 흘릴 가능성도 두 배가 되지만, 여러분이 눈물을 흘릴 때 제가 곁에 있을 테고 또 제가 눈물을 흘릴 때 여러분이 곁에 있겠죠.

이 세상에서 혼자 눈물을 흘리는 사람은 없어야 합니다. 그리고 혼자 눈을 감는 사람도 없어야 합니다. 로스앤젤레스에는 시간당 7달러 50센트를 내면 임종을 지켜줄 사람을 보내주는 서비스가 있다는 사실을 아십니까? 정말로 안타까운 일입니다! 생을 마감할 때가 됐는데 내 손을 잡아줄 사람이 하나도 없다면 지나온 삶을 돌이켜 보십시오. 이 세상에서 혼자 눈을 감는 사람은 없어야 합니다.

제가 좋아하는 이야기 중에 이런 것이 있습니다. 한 남자가 편도 1차선밖에 없는 좁다란 산길을 차를 몰고 가고 있었습니다. 그런데 아주 위험한 커브가 나타났습니다. 남자가 커브를 돌려는 순간, 맞은편에서 한 여자가 운전을 하며 쌩하고 달려오다가 이 남자를 보고는 창밖으로 고개를 내밀면서 느닷없이 '돼지!'라고 소리를 질렀습니다. 남자는 '아니, 이 여자가?' 하는 생각에 '당신은 그럼 암퇘지야! 암퇘지!'라고 고함을 질렀습니다. 그러면서 커브를 돌다가 진짜 돼지를 치고 말았다는 겁니다!

우리는 이제 나한테 잘해주려는 사람을 믿지 않습니다. 가끔 고속도로에서 끼어들려고 해보십시오. 지나가는 운전자들 얼굴에는 결연한 의지가 나타나 있습니다.

"어디 한번 끼어들어 보라지, 룰루랄라!"

램프에서 고속도로로 진입하려는 차가 있으면, 저는 항상 속도를 늦춰서 끼워줍니다. 급하게 서두를 일이 없으니까요. 그런데 막상 끼어들라고 하면 상대방 운전자는 제 말을 믿지 않습니다. 끼어들라고요? 정말로요? 이런 말을 듣고 저는 충격을 받을 뻔했지만, 그날 하루 종일 그 사람은 기분이 좋았겠죠. 고속도로에서 양보를 받았으니까요. 잠깐의 양보로 그 사람도 저도 기분이 좋아졌으니, 이보다 더 좋은 일은 없을 것입니다.

사 랑 받 는 아 이 는
천재도 이긴다

손을 내밀어 위험을 감수하고, 그러면서도 남을 믿을 수 있어야 우리는 비로소 인간이 됩니다. 그렇게 하지 않는다면 생존경쟁의 허허벌판을 숨차게 달리는 야수와 다를 바 없습니다. 제가 진행하는 수업에는 '자발적인 숙제'가 많은데, 그중에는 남을 위해 뭔가를 하라는 숙제가 있습니다. 그러면 가끔 이렇게 묻는 학생이 있습니다.

"무슨 말씀이세요, 선생님? 남을 위해 뭔가를 하라니, 대체 뭘 하라는 거죠?"

어느 날, 조엘이라는 학생이 저를 찾아왔습니다. 저는 여러 곳의 강연에서 이미 조엘의 이야기를 소개했고 책에도 썼는데, 워낙 감동적인 이야기라서 다시 거론하는 것만으로도 기쁩니다. 조엘이 제게 이렇게 물었습니다.

"뭘 하라는 말씀이죠?"

"이리로 와보세요."

서던 캘리포니아 대학교 근방에는 노인 요양원이 하나 있습니다. 저는 조엘을 그곳으로 데리고 갔습니다. 자신의 미래를 보고 싶은 분들은 꼭 한번 요양원을 찾아가 보시기 바랍니다. 그곳에 가면 많은 노인들이 낡은 면綿 가운을 입고 침대에 누운 채로 멍하니 천장만 쳐다보고 있습니다.

진짜 노인은 아무에게도 사랑받지 못하고 쓸모없는 존재로 전락하기 때문에 생깁니다. 쓸모 있는 존재로 남는 한 사람은 늙을 일이 없습니다. 다른 사람에게 기대려 하지 마십시오. 무슨 일이든 여러분이 직접 하십시오. 의욕적인 활동을 계속하십시오. 의미 있는 일들을 찾아보십시오.

아무튼 요양원으로 데리고 갔더니, 조엘이 한참 주위를 둘러보고는 이렇게 말했습니다.

"저더러 여기서 뭘 하라는 거죠? 전 노인 문제에 대해서는 아는 게 없는데요."

"상관없습니다. 그저 저기 누워 계신 할머니한테 가서 '안녕하세요?'라고 인사만 하세요."

조엘이 마지못해 그 할머니에게 다가가서 '안녕하세요?'라고 했더니, 그 할머니가 의심스런 눈으로 조엘을 한참 쳐다보다가 이렇게 말씀하셨습니다.

"내 친척인가?"

"아닌데요."

"잘됐네. 난 친척들을 싫어하거든. 거기 앉아요, 친구."

그래서 조엘은 자리에 앉았고, 두 사람은 이야기를 나누기 시작했습니다. 그 할머니가 무슨 이야기들을 했는지 아십니까? 그 할머니는 인생, 사랑, 고통, 괴로움에 대해 너무나도 훌륭한 지혜를 갖고 계셨습니다. 죽음을 눈앞에 둔 그 순간까지 말입니다. 그런데도 지금까지 귀를 기울여준 사람이 하나도 없었던 것입니다.

그 뒤로 조엘은 일주일에 한 번씩 요양원에 들르게 되었고, 그때마다 그 할머니뿐만 아니라 요양원의 모든 어르신들이 나와서 반갑게 맞아주셨습니다. 그런데 그 이후 그 할머니가 어떤 일을 하셨는지 아십니까? 딸에게 부탁해서 예쁜 실내복을 갖고 오게 하셨습니다. 조엘이 오는 날이 되면, 할머니는 가슴이 깊게 패인 그 옷을 입고 침대 위에 단정히 앉아 계셨습니다. 몇 년 만에 머리도 곱게 단장을 하셨고요.

그동안 아무도 쳐다봐주는 사람이 없었는데 무엇 하러 머리 단장을 하셨겠습니까? 요양원에 근무하는 사람들은 어르신들을 진심으로 쳐다봐주지 않았습니다. 그저 편의를 제공했을 뿐이죠. 하지만 어르신들에게 필요한 것은 편의가 아니라 진정으로 마음을 나눌 친구였습니다.

여러분 주위를 한번 둘러보십시오. 그리고 바로 곁에 있는 외로운 사람에게 손을 내밀어 보십시오. 결코 엄청난 일을 하라는 것이 아닙니다. 변화는 아주 사소한 일에서 생기는 겁니다. 작은 일부터 천천히, 천천히 말입니다. 스위스 정신과 의사이자 작가인 엘리자베스 퀴블러 로스는 《죽음: 발전의 마지막 단계Death: The Final Stage of Growth》라는 책에 이렇게 썼습니다.

내가 나라는 존재를 완전히 이해하고 있는지, 내가 눈을 감으면 어떤 일이 벌어지는지를 깨닫는 게 중요하다. 인간답게 발전하고, 내 안을 들여다보고, 내 속에서 평화와 이해와 힘의 근원을 발견하고, 그걸 토대로 성장하는 게 우리의 목적이기 때문이다. 그런 후에 서로 하나가 될 수 있으리라는 희망을 품으면서 사랑과 이해와 인내심이 담긴 손을 내밀어야 한다.

나 혼자 힘으로는 할 수 없습니다. 손뼉도 마주 쳐야 소리가 나는 법입니다. 손바닥이 네 개가 되면 소리가 더 커지겠죠. 여기 모여 있는 여러분들이 모두 합하면 소리가 더 커지겠죠. 우리 모두의 사랑의 에너지를 모으면 이 도시를 공중에 띄울 수 있을

지도 모릅니다. 또 버스카글리아 특유의 말도 안 되는 소리가 시작된다고 하시겠지만, 저는 정말로 그럴 수 있다고 믿습니다.

사랑을 할 줄 아는 사람으로서 우리가 해야 할 일이 또 하나 있다면, 그건 바로 '언어폭력'으로부터 해방되는 일입니다. 언어는 감옥입니다. 여러분은 나름대로 뜻을 정리한 사전을 만들기도 전에 언어를 배웠고, 그리고 그 감옥에 갇혔습니다. 어떤 사람들을 미워해야 하고, 어떤 사람들을 사랑해야 하고, 어떤 게 중요하고, 왜 그게 중요한지를 가르치는 사람들의 말을 여러분은 믿었습니다. 그리고는 아직도 그 믿음대로 살고 있습니다.

단어 하나를 들을 때마다 온갖 연상 작용이 일어난다는 사실을 아십니까? 연상 작용이 머리 훈련에 불과한 것 아니냐고요? 천만의 말씀! 여러분은 단어 하나를 들을 때마다 사전적인 의미와 함께 여러분 나름의 감정적인 해석을 곁들입니다.

예를 들어볼까요? 공산주의, 가톨릭, 유대인. 이제 아시겠습니까? 흑인, 라틴아메리카 출신. 여러분이 오래전에 배워서 한 번도 재평가를 내리지 않은 채로 묻어두었던 감정적인 해석들이 이 단어가 거론될 때마다 되살아나는 겁니다. 그리고 재평가를 내릴 생각조차 해보지 않았던 덕분에 이 감정적인 해석들은 증오, 편견, 살의로 가득할 때가 많습니다.

저는 이탈리아에서 이민 온 부모님을 둔 덕분에 이런 단어에 대한 감정적인 해석에 대해 아주 일찌감치 깨달았습니다. 두 분은 무일푼으로 이 땅을 밟으셨습니다. 말 그대로 빈손으로 말입니다. 두 분은 로스앤젤레스에 보금자리를 틀었고 자식들을 키우셨습니다. 오랫동안 우리 형제들은 생활비가 어디서 나오는지 모르는 채 살았답니다. 부모님은 밤낮으로 열심히 일하고, 일하고, 또 일을 하셨습니다.

그건 보기 좋은 광경이었습니다. 두 분은 저희에게 노동이 어떤 것인지, 책임감이 어떤 것인지를 가르치셨습니다. 물론 저희도 가만히 앉아 있지 않았습니다. 모두들 저마다의 일거리가 있었죠. 진정한 가족의 일원이었던 겁니다.

우리 가족은 영어를 쓰지 않았습니다. 이웃 사람들에게 촌뜨기로 통했지만 모국어를 고집했습니다. 초등학교에 입학했을 때 저는 영어를 거의 몰랐지만, 이탈리아어는 유창하게 구사했습니다. 오페라도 일곱 편이나 알고 있었죠. 하지만 학교에 가면 아이들이 촌뜨기, 촌놈이라고 불렀습니다.

그뿐만이 아니었습니다. 저를 테스트한 유식한 교육자들은 제가 영어를 할 줄 몰라서 지진아라고 했습니다. 저는 지진아반으로 들어가게 되었는데, 거기서 저는 다행스럽게도 몸집이 큰 선생님 한 분을 만났습니다. 그분은 제가 촌뜨기라는 걸 상관하지 않으셨습니다. 제 책상으로 와서 가만히 저를 내려다보곤 하셨죠. 그 선생님은 저를 진심으로 안아주셨고, 쳐다봐 주셨습니다. 저는 그 선생님을 위해 열심히 노력했고, 그 이후 학교는 제가 쓴 글들을 보고 지진아라고 판단한 게 중대한 실수였음을 인정했습니다.

어릴 적에 저를 정말로 슬프게 했던 것은, 이웃 사람들이 우리 집으로 놀러 오지 않는다는 사실이었습니다. 우리 부모님은 스위스와 이탈리아가 만나는 알프스 산맥의 끝자락에 있는 아름답고 작은 마을이 고향이었습니다. 그곳 사람들은 서로를 끔찍하게 아꼈죠. 누군가 아프다고 하면 죽을 만들어서 갖다 주고, 교회에 가서 촛불을 켜놓고 기도를 드렸습니다. 몸이 다 나으면 모두 한자리에 모여 잔치를 열어주기도 했죠. 그곳에서는 '내가 실제로 존재하는가?' 따위의 존재론적 문제는 찾아볼 수 없었습니다.

그런데 우리가 살고 있는 이곳에서는 옆집에 누가 살고 있는지도 모를뿐더러 신경조차 쓰지 않습니다. 사람들은 친구를 만나러 30킬로미터나 떨어진 곳은 찾아가면서, 옆집 사람과는 인사조차 나누지 않는 이상한 풍조에 길들어 있습니다.

사 랑 을   놓 치 면,
인생을 놓친다

인생 그 자체는 여행이 아닙니다. 종착역도 아닙니다. 인생은 과정입니다. 한 걸음씩

한 걸음씩 다가가는 것입니다. 한 걸음 한 걸음이 모두 놀랍고 신비롭습니다. 그게 바로 인생입니다. 그렇게 살면 죽은 채로 살다가 눈을 감게 될 일은 절대 없습니다. 어느 것 하나도 놓치지 않을 테니까요.

상대방의 등을 바라보면서 다른 생각은 하지 마십시오. 눈을 들여다보십시오. 아이들에게 일방적으로 지시를 내리지 마십시오. 아이들의 얼굴을 손으로 감싸면서 대화를 나누십시오. 몸을 사랑하지 말고, 그 사람 자체를 사랑하십시오. 당장 지금부터 말입니다.

지금 이 순간은 영원하지 않습니다. 눈 깜짝할 사이에 지나버리고 다시는 돌아오지 않습니다. 그런데 우리는 과거에 대한 후회를 늘어놓으면서 인생을 허비하고 있습니다. 과거는 이미 지나가 버린 일입니다. 앞으로 다가올 시간이 훨씬 더 많습니다.

저와 함께 일하는 동료 중에 52세 때 심각한 심장마비를 일으킨 사람이 있습니다. 부인이 애리조나에 살고 있던 딸에게 당장 달려오라고 전화를 걸었습니다. 그런데 스물두 살이었던 딸은 렌터카를 빌려 타고 고속도로를 급히 달려오다가 끔찍한 교통사고로 그 자리에서 숨을 거뒀습니다. 그런데도 저의 동료는 건강을 회복했습니다. 인생은 이렇듯이 알 수 없는 것입니다.

우리가 확실히 알 수 있는 건 지금 이 순간, 지금 이 자리에서 벌어지는 일뿐입니다. 지금 이 순간, 이 자리를 놓치지 마십시오. 결코 한 자리에 머물러 있지 말기 바랍니다. 지금 이 순간을 놓치지 않게 않으려면, 지금 이 순간을 100퍼센트 즐기려면, 그러기 위해서는 무엇보다도 사랑이 필요하다는 사실을 잊지 마십시오.

이 세상에는 추한 것들도 있지만 아름다운 것들이 더 많습니다. 다른 사람들의 말은 듣지 마세요. 저는 꽃을 바라볼 겁니다. 새들을 바라볼 겁니다. 아이들을 바라볼 겁니다. 상쾌한 바람을 느낄 겁니다. 맛난 음식을 맛있게 먹을 겁니다. 그리고 이 모든 걸 여러분들과 함께할 겁니다.

이 세상에서 사랑을 포괄할 수 있을 만큼 커다란 단어는 단하나 '인생'밖에 없습니다. 모든 면에서 볼 때, 사랑은 곧 인생입니다. 사랑을 놓친다면 인생을 놓칩니다. 여러분은 부디 인생을 놓치는 어리석음을 범하지 않기를 바랍니다.

PART 12

버스카글리아와
함께

상호 의존하지 않고 살아남을 수 있는 유기체는 없다.
어떤 유기체든 본래의 기능과 상호 의존이라는 필수 조건을 상실하면
작동이 불가능해진다.
동족 간에 상호 작용이 오갈 때마다
유기체는 서로에게 생존상의 이득을 부여하며
서로에게 생명을 불어넣는다.

_애슐리 몬터규

어 제 보 다 조 금   더
가까워질 수 있도록

세상으로부터 격리된 채 살아가는 우리들의 모습을 보면 무척이나 걱정이 됩니다. 군중 속에 묻혀 살아가고 있지만 모두들 외로움으로 죽어가고 있다는 오래전 슈바이처의 말이 너무나도 잘 들어맞고 있습니다.

우리는 지금 서로에게 손을 내미는 법, 부둥켜안는 법, 전화를 걸고 소통을 하는 법을 깡그리 잊어버린 듯합니다. 바로 그런 이유로 저는 오늘 공동체에 대해서, 소통의 다리를 놓는 방법에 대해 이야기를 나눠보려고 합니다. 우리가 어제보다 조금이나마 더 가까워질 수 있도록 말입니다.

저는 공항을 좋아합니다. 몇십 년 동안 연락이 끊겼던 예전 친구를 우연히 만날 수도 있고, 새로운 친구를 사귈 수도 있는 곳이 바로 공항입니다. 사람을 좋아하는 저는 처음 만나는 사람이라도 아내, 남편, 아이들, 성공, 눈물 등 우리를 인간답게 만드는 것에 관한 이야기가 시작되면 언제나 귀를 쫑긋 세웁니다.

불 만 투 성 이   남 자 와
촉각이 뛰어난 아이

어느 날 비행기를 타고 가는데 한 남자와 제가 운이 좋게도 두 개짜리 좌석을 차지하게 되었습니다. 창가 자리에 앉은 그 남자에게, 저는 늘 그렇 듯이 '안녕하세요?' 하고 인사를 했습니다. 5시간 동안 옆자리에 앉게 될 사람이 이렇게 인사를 해오면, 여러분도 '안녕하세요?' 하고 응답하는 게 좋습니다. 그런데 제가 그렇게 인사를 했더니, 그 남자가 대뜸 뭐라고 대꾸했는지 아십니까?

"이런 젠장, 옆자리가 비어서 좀 편히 갈 수 있나 했더니."

그 남자의 신경질적인 반응에, 저는 이렇게 대답해줬습니다.

"아, 비행기가 이륙하고 빈자리가 생기면 편히 가실 수 있게 제가 자리를 옮기죠."

제가 자리에 앉아 안전띠를 매려고 할 때, 젖먹이 아기를 안은 여자 승객이 저의 좌석 쪽으로 걸어왔습니다. 그때 문득 이런 생 각이 들었습니다.

'비행기 덕분에 엄마들이 아이를 데리고 편히 여행할 수 있게 됐으니 참 다행스러운 일이지.'

이탈리아에서 미국에 처음 왔을 때, 젖먹이였던 형을 안고 미 국 땅을 횡단했다던 어머니 말씀이 떠올랐습니다. 그때는 미국 서부에서 동부까지 일주일이나 걸렸다는데, 저 아이 엄마는 불 과 5~6시간이면 뉴욕까지 갈 수 있으니 얼마나 다행입니까? 그 런데 그때 옆자리 남자가 또 이렇게 중얼거리더군요.

"이런 젠장, 아이를 데리고 탄 여자까지 있잖아. 저 아이는 뉴욕으로 가는 내내 징징 울어대겠지."

그때 스튜어디스가 우리가 앉아 있는 자리에 와서 이곳이 금연석이라는 사실을 알려주자 그 남자가 다시 한 번 내뱉었습니다.

"담배를 피우는 인간들은 총살해야 해!"

전 한마디 하지 않을 수 없었습니다.

"전부 다요? 담배를 피우지만 좋은 사람들도 많잖아요. 제가 아는 사람들만 해도 꽤 되는데요. 저는 담배를 피우지 않지만, 그 사람들을 죄다 총살시키고 싶지는 않아요."

그 사이에 스튜어디스가 메뉴판을 갖다 주었습니다. 항공사에서 정해놓은 식사가 제공되는 게 아니라 세 가지 메뉴 중 하나를 선택할 수 있다는 게 근사하지 않습니까? 그런데 그 남자는 메뉴판을 샅샅이 훑어보더니 이렇게 말하는 것이었습니다.

"빌어먹을. 제대로 된 기내식을 본 적이 없다니까!"

비행기는 아직 이륙하기도 전이었습니다. 잠시 후, 스튜어디스들이 일어서서 뒤쪽과 앞쪽에 각각 두 개씩 있는 비상구를 손으로 알려줬습니다. 그때 남자가 또 입을 열었습니다.

"저 멍청한 여자들 좀 보라지. 저 스튜어디스들은 하는 일이 아무것도 없어요. 그저 저기 서서 돈 많은 남자들한테 인사나 하죠. 일도 안 해요. 허울만 좋은 웨이트리스라니까!"

그 남자의 끝없는 투덜거림에 저는 그저 놀라울 따름이었습니다. 지금까지의 모든 불평이 모두 비행기가 이륙도 하기 전에 쏟아져 나온 말들이라니, 기가 막히지 않습니까? 빈자리가 없어서 자리를 바꿀 수가 없기도 했지만, 저는 뉴욕에 도착하기 전에 반드시 이 사내를 만인의 연인으로 바꿔놓겠다고 결심했습니다. 비행기가 이륙하자 그가 제게 물었습니다.

"무슨 일을 하십니까?"

"대학교수입니다."

"무슨 과목을 가르치시는데요?"

"카운슬링, 인간을 사랑하는 법, 인간관계에 대한 과목을 가르치고 있습니다."

그러자 이 남자가 이렇게 말하는 겁니다.

"이런! 인간에 대해 나와 비슷한 생각을 가진 사람이 있군요."

놀랍게도, 이런 사람조차도 자기가 사랑을 베풀며 산다고 생각하고 있었습니다. 비행기가 뉴욕에 도착하기 전에 저는 그 남자가 아내에게 버림을 받았으며, 아이들을 '고마워할 줄 모르는 게으름뱅이들'이라고 부른다는 사실을 알았습니다. 정말 놀라운 일 아닙니까? 자신의 아이들을 원수 대하듯 한다니, 그렇다면 아이들은 아버지를 어떻게 생각할지 눈에 선합니다.

먼저 손을 내밀어야 합니다. 손을 내미는 법을 배워야 합니다. 여러분은 '나는 만인의 연인이야!'라는 말을 얼마나 자주 하며 사나요? '싫다, 싫다, 싫다'는 말이 아니라 '좋다, 좋다, 좋다'는 말을 하루에 몇 번이나 하는지 세어보십시오.

저는 모든 게 '나'에 집중되어 있는 요즘의 생활방식에 신물이 납니다. '나는……'이라는 말을 듣기가 지겹습니다. 가끔은 '우리는……'이라는 말도 듣고 싶습니다. '나'도 중요하지만, 내 힘의 근원은 '우리'입니다. 여러분과 저를 합하면, 여러분이나 저 혼자보다 훨씬 강해집니다.

게다가 함께 모이면 주기만 하는 게 아니라 받기도 합니다. 여러분과 저를 합하면 여러분 두 개, 저 두 개 해서 팔이 네 개가 되고 머리가 두 개가 됩니다. 이는 온갖 새롭고 독창적인 아이디어를 얻을 수 있다는 뜻이기에 저는 여러분을 제 안으로 초대하고 싶은 것입니다.

사람들이 '나'라는 개념의 덫에 걸려 여러 가지 재미있는 현상이 생겨났습니다. 《미국에서는 하루 평균American Averages》이라는 책을 보면 이런 구절이 있습니다.

미국에서는 하루 평균 9,077명의 아이들이 탄생한다. 좋은 일이다. 그런데 그중 1,282명이 사생아이거나 버림을 받는다. 하루 평균 2,740명의 청소년들이 가출하며, 하루 평균 1,986쌍의 부부가 이혼을 한다. 또한 하루 평균 69명 정도의 아름답고 뛰어난 사람들이 자살을 한다. 미국에서는 8분마다 누군가가 강간을 당하며, 27분마다 누군가가 살해를 당하고, 76분마다 누군가가 도둑을 맞

는다. 10초마다 한 번씩 강도를 당하며, 33초마다 한 대씩 자동차
가 도난당하고, 오늘날 미국의 남녀 관계는 평균 3개월 동안 지속
된다.

여러분, 소름 끼치지 않습니까? 이게 바로 우리가 만들어놓은
세상의 모습입니다. 여러분과 제가 살고 있는 세상이란 말입니
다. 저는 이런 세상의 일원이고 싶지 않습니다. 다른 세상을 만
들고 싶습니다. '우리 함께'라면 그럴 수 있습니다.

저는 돈이 될 만한 건 없지만 나눌 건 많습니다. 세상을 혼자
서는 살 수 없으며 외로움과 자기중심적인 발상이 죽음과 파멸
의 지름길이라는 사실을 인정해야 합니다.

저는 교사이며, 평생을 교직에 바쳤고, 교사라는 직업을 사랑
하지만, 최근에서야 비로소 제가 어느 누구에게도 뭔가를 가르
친 적이 없다는 사실을 깨달았습니다. 내가 누군가를 가르칠 수
있다는 생각은 착각에 불과합니다. 저는 기껏해야 지식을 소개
하는 중개인에 불과합니다. 지식을 늘어놓을 수는 있지만, 여러
분이 고개를 돌리면 저로선 어쩔 도리가 없죠. 하지만 아주 재미
있고 그럴듯하게 늘어놓으면 그중에 몇몇은 귀를 쫑긋 세우면
서 궁금해할지도 모릅니다.

"저 괴짜가 지금 뭐라고 하는 거지? 인생에 대해서 저렇게 미
친 듯이 떠들어대는 걸 보면, 인생이라는 건 살아볼 가치가 있는

것일지도 몰라."

저는 종종 낙엽을 밟으면서 춤을 출 때가 있습니다. 그러다 보면 다른 사람들도 용기를 내어 자기 집의 낙엽을 밟으면서 춤을 추지요. 다른 사람들을 낙엽 위에서 춤추게 만들 수 있다면, 저는 미친 사람 취급을 당해도 좋습니다. 사실 저는 미친 사람 취급당하는 걸 좋아합니다. 여러 번 말씀드렸다시피, 미친 사람으로 취급되면 행동반경이 넓어집니다. 제가 무슨 짓을 하든 사람들이 이렇게 말을 하겠죠.

"아, 미친 버스카글리아가 낙엽을 밟으면서 춤을 추고 있군."

정신이 말짱한 사람들이 모두 따분해서 죽을 지경인 동안에, 저는 신나게 놀 수 있는 것입니다. 우리에게 필요한 건 훌륭한 본보기입니다. 사랑이 무엇인지를 보여줄 본보기가 되는 사람이 필요합니다.

저의 책《사랑》을 읽은 분들은 아시겠지만, 저는 그 책을 부모님께 바쳤습니다. 사랑이 무엇인지 가르치신 게 아니라 몸소 보여주셨던 분들이니까요. 스탠퍼드 대학교 연구팀에 따르면, 모범을 보이는 게 가장 좋은 교수법이라고 합니다. 말을 하거나 가르치려 들지 말고, 자신이 먼저 장차 내 아이가 이렇게 됐으면 좋겠다 싶은 사람이 되십시오. 그리고 아이들이 커가는 모습을 지켜보십시오.

저는 가족이라는 본보기를 통해 무의식적으로 많은 것들을 배웠는데, 그중 하나가 인간에게는 스킨십과 사랑이 필요하다는 것이었습니다. 때문에 저는 평생 동안 사람들을 쓰다듬고 사랑하면서 살아왔고, 그렇게 하는 걸 즐겨왔습니다.

제가 미국에서 선생님한테 받은 최초의 편지는 어머니께 보내는 가정 통지서였습니다. 영어를 거의 모르는 가난한 이탈리아 출신 어머니에게 이런 편지를 보낸 것을 보면, 그 선생님이 얼마나 섬세한 사람인가를 알 수 있습니다.

"친애하는 버스카글리아 부인께. 댁의 아드님은 너무나 촉각이 발달되어 있습니다."

믿어지십니까? 이 편지를 보신 어머니는 이렇게 말씀하셨습니다.

"레오, 촉각이 뭐냐? 네가 뭘 잘못했다는 소리면 머리를 쥐어박을 테다."

"솔직히 저도 촉각이 뭔지 모르겠어요. 제가 뭘 잘못했다는 건지도 모르겠고요."

그래서 어머니와 저는 사전을 들고 '촉각'이라는 단어를 찾아봤습니다. 그랬더니 '느끼는 것, 만지는 것'이라고 되어 있더군요. 어머니가 말씀하셨습니다.

"그러니까, 촉각이 발달했다는 게 뭐가 잘못됐다는 거니? 좋은 거잖아. 너희 선생님은 좀 이상한 분이구나."

저는 '내가 과연 존재하는 걸까, 아닐까'라는 존재론적인 문제에 시달려본 적이 없습니다. 제가 여러분을 만질 수 있고 여러분이 저를 만질 수 있다면, 저는 존재하는 겁니다. 수많은 사람들이 외로움에 시달리는 이유는 바로 진심으로 만져주는 사람이 없기 때문입니다.

가족을 통해서 저는 나누는 법을 배웠습니다. 좁은 집에 대가족이 모여 살았으니 나누는 법을 배울 수밖에요. 요즘 사람들은 자칫하면 길을 잃을 정도로 어마어마한 집에서 사는 데 비해 당시 저희는 식구는 많았지만 화장실은 단 하나뿐인 집에서 살았습니다. 그 시절이 생생히 기억나는군요. 화장실이 집의 중심이었죠. 하루 종일 들락날락하는 소리가 끊이질 않았고, 들어가 앉은 지 30초도 지나지 않아 '빨리 나와, 내 차례야!' 하는 소리가 들렸습니다.

그러니 자연스럽게 베푸는 법을 배우고, 나누는 법을 배우고, 후딱후딱 해치우는 법을 배우고, 같은 세면대를 쓰고, 같은 방에서 잠자는 법을 배워야만 했습니다. 이것은 우리가 세상을 살아가면서 반드시 배워야 할 일들이죠. 화장실을 함께 쓰는 가족은 뿔뿔이 흩어지지 않는다는 것이 저의 지론입니다. 하지만 요즘은 아빠용 화장실, 엄마용 화장실, 큰딸용 화장실, 작은딸용 화장

실이 따로 있습니다. 정말 안타까운 노릇입니다. 그럴 필요가 없
는데 말이죠.

우리는 등골이 휘게 열심히 일해서 커다란 집을 지어놓고는
이게 다 아이들을 위해서라고 말합니다. 하지만 생각해 보십시
오. 우리는 예쁜 가구로 가득한 아름다운 집에 아이들을 데려다
놓고 거기서 맘껏 살지 못하게 합니다.

"이건 만지지 마! 그것도 만지지 마! 그러다 깨질라……."

누구를 위한 집입니까? 단순히 이웃들에게 보이기 위한 집입
니까? 우리 집은 그렇지 않았습니다. 우리 가족 모두가 사는 공
간이었죠. 저는 엄한 어머니 밑에서 나누는 법과 책임감을 배웠
습니다. 어머니의 명령 하나면 모든 일이 척척 이루어졌죠.

기 타 줄 은   혼 자 이 지 만
하나의 음악을 올린다

대학에 들어가 상담
과 관용에 대한 이론을 배우면서, 저는 참 재미있다고 생각했습
니다. 저희 어머니야말로 이 세상에서 가장 비권위적이면서 동
시에 가장 너그러운 상담자였기 때문입니다. 어머니가 '조용히
해!' 하면 우리 모두 그게 무슨 뜻인지 재빨리 눈치를 챘습니다.
가족 간의 아름다운 교감이라고나 할까요.

우리 형제들 중 어느 누구도 정신적인 문제로 고생을 한 사람이 없는 건 당연한 일이겠죠. 아직 어른 대우를 받지 못하던 10대 시절에, 저는 프랑스 파리에 가고 싶었습니다. 당연히 어머니는 반대했죠.

"애야, 넌 너무 어려서 여행을 할 수 없어."

"하지만 엄마, 너무 가고 싶은걸요."

그 무렵은 프랑스의 철학자 장 폴 사르트르Jean-Paul Sartre와 시몬 드 보부아르Simone de Beauvoir가 실존주의라는 개념을 퍼뜨릴 때였습니다. 인간은 모두 불행하다는 이론을 들은 저는 파리에 가서 그들이 말하는 것을 직접 겪어보고 싶었습니다. 제가 하도 고집을 부리니까 어머니는 이렇게 말씀하셨습니다.

"좋다, 가도 좋아. 하지만 파리에 가면, 너도 어른이라는 걸 인정하는 셈이니 이후로 다시는 엄마한테 손을 벌리는 일이 없어야 한다. 넌 어른이야, 자유로운 사람이라고. 그러니 가도 좋아."

정말 근사하지 않습니까? 저는 수중에 있던 몇 푼을 들고 파리에 갔고, 거기서 정말 꿈꾸는 것처럼 살았습니다. 제가 살던 작은 아파트 창문으로 내려다보면 파리 시내의 모든 지붕들이 보였습니다. 사르트르나 보부아르 같은 철학자들의 발치에 앉아도 그들이 도대체 무슨 말을 하는지 전혀 알아들을 수 없었지만, 저는 그 시간들을 황금처럼 즐기며 지냈습니다.

고생스럽지 않았느냐고요? 물론 고생스러웠죠. 그런데 프랑스산 치즈와 와인으로만 연명하는 것도 행복했습니다. 얼마 후 돈이 전부 떨어졌지만 저는 천하태평이었습니다. 저는 돈에 대한 개념이 없어 무엇이든 사람들과 함께 나누며 베푸는 스타일이었죠. 저희 집을 찾아오는 사람들과 함께 마시려고 늘 와인 한 병쯤은 비축해놓곤 했으니까요. 저는 부모님을 보고 배우며 자랐거든요. 집에 집배원이 찾아오면 아버지는 와인을 한잔 따라주곤 했습니다.

"하루 종일 힘들게 일했을 테니 좋은 와인 한잔 대접해야지."

우리는 그런 아버지를 보며 이렇게 소리를 지르곤 했죠.

"아버지, 와인 좀 그만 드리세요!"

선생님이 가정방문을 했을 때도 와인을 따라주는 아버지를 보며 우리는 미칠 지경이었습니다.

"선생님은 와인을 안 드신다니까요."

하지만 아버지의 권유를 받고, 와인을 마시는 선생님을 보고 충격을 받았습니다. 선생님이 괴짜라서 그랬던 게 아니라 따뜻한 마음으로 권하는 좋은 와인이니까 드셨던 겁니다.

파리에서, 저는 마침내 돈이 다 떨어졌습니다. 거의 한 푼도 없었죠. 결국 집에다 전보를 쳐야겠구나 생각하고는 전화국으로 가서 간단히 이렇게 적었죠. 돈을 아끼기 위해서 말입니다.

"아사 직전, 레오."

한 단어지만 의미심장한 이 말에, 어머니는 24시간 뒤에 도착한 전보를 통해 이렇게 대답하셨습니다.

"굶어라! 엄마."

진실을 깨닫는 순간이었습니다. 제가 드디어 성인이 된 거죠. 그럼 이제 어떻게 하지? 그 일로 제가 무슨 교훈을 얻었는지 아십니까? 저는 배고픔이 어떤 것인지 배웠고, 추위가 어떤 것인지도 배웠습니다. 이 말은 단지 육체적인 추위만을 말하는 게 아닙니다. 와인이 있을 때는 친구라고 찾아오던 사람들이 돈이 떨어지자 발길을 뚝 끊었기 때문에 생긴 추위였습니다.

저는 이 일을 통해 많은 걸 배웠습니다. 어머니가 불쌍한 마음에 돈을 보내주셨다면, 결코 얻지 못했을 교훈들을 말입니다. 저는 할 수 있다는 걸 어머니에게 보여드리기 위해 파리에 더 오랫동안 머물러 있었습니다. 몇 달 뒤, 집으로 돌아갔더니 어머니가 이런 말씀을 하시더군요.

"나로서는 힘든 결정이었지만, 그러지 않았더라면 네가 레오 버스카글리아로 자라지 못했을 거야."

사실이었습니다. 부모님은 이렇듯이 본보기를 통해서 제게 함께 사는 것, 함께 사랑하는 게 어떤 것인지를 가르쳐주셨습니다. 저는 TV 토크쇼 출연 요청을 자주 받는 편인데, 시청자들의 상담 내용이 대부분 '외로움'이라는 게 언제나 신기하기만 합니다.

"저는 결혼도 했고 아이들도 키웠지만, 지금은 낡은 아파트에서 혼자 살고 있습니다. 왜 이렇게 된 걸까요? 이웃과 친구가 되고 싶지만 겁이 나서 초인종을 누를 엄두가 나지 않습니다."

"길을 걷다가 매력적인 사람들을 보면 미소를 건네고 싶지만, 덜컥 겁이 납니다."

이 사회는 사람들에게 온갖 잡다한 지식은 가르쳐주면서 정작 제일 중요한 것은 가르쳐주지 않습니다. 그것은 바로 기쁘게 사는 법, 행복하게 사는 법, 나를 아끼며 사는 법, 나를 존중하며 사는 법입니다. 이런 것들은 몸소 실천하고, 모험을 하고, '안녕하세요?' 하고 인사를 나누는 가운데 배우게 되는 것입니다.

저는 우리 사회에 이런 것들을 가르쳐줄 사람들이 더 많아져야 한다고 생각합니다. 그래야 우리가 사는 이 세상에 희망이 있기 때문입니다. 코미디언이자 배우인 로드니 데인저필드Rodney Dangerfield는 현대인들의 생활방식에 대해 이렇게 묘사한 바 있습니다.

우리는 각방을 쓰고, 저녁 식사도 따로 하고, 휴가도 따로 떠나는 등 결혼 생활을 유지하기 위해 최선을 다하고 있습니다.

지금 우리는 거의 이런 지경에까지 와 있습니다. 겉으로는 평화로운 결혼을 이어가지만, 속으로는 곪아 터진 관계가 되었습니다. 사랑이 오가는 인간관계, 내가 아닌 우리가 되는데 기쁨이 있습니다. 혼자서 근사한 저녁을 즐기는 것도 좋지만, 그 음식을 내가 사랑하는 대여섯 사람과 함께 나눈다면 천국이 따로 없을 것입니다.

혼자 공원에 가서 나무를 감상하는 것도 근사하지만, 내가 초록 잎사귀를 보는 동안 '저 자주색 단풍 좀 봐!'라고 말하는 사람과 팔짱을 끼고 함께 감상한다면 자주색 단풍과 초록색 잎을 둘 다 볼 수 있으니 얼마나 멋집니까. 에리히 프롬은 이렇게 말했습니다.

인간의 가장 깊은 욕구는 단절감을 극복하고 싶은 욕구이고, 외로움이라는 감옥을 탈출하고 싶은 욕구이다. 이런 욕구 충족에 완전히 실패한 것이 바로 정신병이다.

정신적으로 병든 사람이란, 사람들과 가장 멀리 떨어져 있는 이들을 말합니다. 정신적으로 건강한 사람은 사람들 한가운데로 뛰어듭니다. 사랑학 강의를 하면서, 저는 항상 먼저 사랑한다고 말하고 먼저 손을 내밀라고 말하곤 합니다. 그러면 즉시 이렇게 대답하는 사람이 반드시 있습니다.

"상처받을까 봐 겁나요."

정말로 슬픈 노릇입니다. 말도 안 되는 태도 아닙니까? 가끔은 상처를 받는 것도 생활의 활력소가 될 수 있습니다. 눈물을 흘린다면 적어도 살아 있다는 뜻이니까요. 아무것도 느끼지 못하는 것보다는 고통을 느끼는 게 낫습니다. 사람들에게 손을 내밀고, 사람들을 초대하고, 두려워하지 말아야 합니다. 프린스턴 대학교의 인류학자 애슐리 몬터규Ashley Montagu 교수는 이렇게 말했습니다.

상호 의존하지 않고 살아남을 수 있는 유기체는 없다. 어떤 유기체든 본래의 기능과 상호 의존이라는 필수 조건을 상실하면 작동이 불가능해진다. 동족 간에 상호 작용이 오갈 때마다 유기체는 서로에게 생존상의 이득을 부여하며 서로에게 생명을 불어넣는다.

우리를 하나로 맺어주는 것들인 공동체, 인간관계, 애정, 사랑에 대해 알아야 할 것에는 무엇이 있을까요? 가장 먼저 짚고 넘어가야 할 것이, 우리 사회에 만연해 있는 로맨틱한 사랑에 대한 엉뚱한 오해들입니다. 오해를 하고 있으니 대부분 실망을 할 수밖에요.

사람들로 기득한 방 한가운데에 20년 동안 기다려오던 눈동자가 보입니다. 이렇게 첫눈에 반한 두 사람은 와락 서로를 끌어안으면서 저녁노을을 향해 걸어가며, 그 후 행복하게 잘 살았다는 식의 이야기를 우리는 아직도 믿고 있습니다. 과연 그럴 수 있을까요? 게다가 그들이 사랑을 나누는 장면은 어떻습니까? 남자는 화를 내는 법이 없고, 여자도 짜증을 부리는 법이 없습니다.

남자가 여자네 집으로 놀러 가면 여자는 늘 예쁜 모습으로 기다리고 있고, 남자는 늘 멋진 모습만 보여주죠. 이윽고 두 사람은 결혼을 하지만, 결혼식 다음 날 남자 입에서 어떤 말이 튀어나오는지 아십니까?

"누구시죠?"

남자가 이렇게 묻는 것도 무리가 아닌 것이, 여자가 머리를 풀어헤치고 화장도 하지 않은 얼굴로 멍하니 앉아 있는 모습은 연애 시절에 보던 우아한 얼굴과는 전혀 딴판이기 때문입니다. 그렇다면 연애를 하는 동안 남자가 찾아와 초인종을 눌렀을 때, 여자가 이렇게 한번 말해보는 건 어떨까요?

"화장을 하지 않은 민낯이니 너무 놀라지 마요."

뭐 어떻습니까? 나를 있는 그대로 보여주는 것이 완벽한 신혼 기간이 계속되기를 바라다 실망하는 것보다 더 낫지 않습니까?

신혼의 풍경도 가지각색입니다. 저는 나이 드신 분들과 이야기하는 걸 참 좋아하는데, 그중에 신혼의 변천사를 들어보면 참 재미있습니다. 과거를 돌아보면 많은 교훈을 얻을 수 있습니다. 신혼 기간을 서로에 대해 알아가는 기간으로 삼았던 사람들도 있습니다. 낡은 아파트에 중고 가구, 심지어는 상자를 책꽂이로 쓰면서 신혼을 보냈던 사람들도 있습니다.

하지만 그 당시에 이런저런 어려움이 그들에게 문제가 되었을까요? 신혼 기간에 첫 아이를 낳아 아이들이 자라는 모습을 감상하다 보니 눈 깜짝할 사이에 12년, 15년이 지났고 그 후에도 신혼을 계속 이어갔다는 사람도 있습니다.

엘리자베스 퀴블러 로스는 여느 신혼 기간처럼 큰 기대 없이 받아들이면 '죽음'이라는 마지막 신혼도 찬란할 수 있다고 말합니다. 죽음은 누구나 겪어야 할 문제입니다. 때가 되면 저는 죽음이 어떤 건지 알고 싶습니다. 저는 그렇게 살고 싶습니다.

부모님 이야기를 자꾸 반복하고 싶지는 않습니다만, 워낙 잊을 수 없는 분들이라서 다시 말씀드리겠습니다. 저희 어머니는 결혼을 하고 닷새가 지난 후에야 겨우 아버지 얼굴을 보셨다고 합니다. 중매결혼이었는데, 옛날 이탈리아에서는 중매로 결혼하면 신랑이 신부네 집으로 찾아옵니다. 신부 쪽 여자들이 상을 차려놓고 신랑의 시중을 드는데, 신부는 감히 눈을 들어서 신랑의 얼굴을 쳐다볼 수가 없었나고 힙니다. 그래서 어머니는 동생들에게 물었답니다.

"어떻게 생겼니?"

"정말 잘생겼어. 언니도 보면 한눈에 반할 거야."

그래도 어머니는 아버지 얼굴을 쳐다볼 엄두가 나지 않았다고 합니다. 결혼식 때는 땅바닥만 쳐다보고 있었고, 결혼을 하고 닷새가 지나서야 마침내 고개를 들고 아버지를 쳐다본 어머니는 이렇게 말씀하셨다고 합니다.

"제가 결혼을 잘했군요!"

열렬한 연애 기간을 거치지도 않았던 두 사람이 55년 넘게 아름다운 결혼 생활을 이어가면서 계속 발전하셨다는 사실이 놀랍지 않습니까? 생의 마지막 순간까지도 두 분은 얼마나 다정하셨는지 모릅니다. 죽음도 두 분을 갈라놓을 수 없으며, 잠깐 헤어졌다가 틀림없이 다시 만나리라는 느낌이 들 정도였으니까요.

인간관계에 있어서 가장 중요한 일은 하나와 하나가 만나서 둘이 된다는 것을 아는 일입니다. 그렇기 때문에 관계를 오래 유지하고 싶으면 본래의 모습을 바탕으로 끊임없이 변화 발전해야 한다는 것을 잊지 않아야 합니다. 두 사람은 각자가 놀랍고 신비로운 존재입니다. 여러분도 여러분의 삶이 있고, 그 사람도 그 사람의 삶이 있습니다. 서로를 잇는 다리를 놓되 고결함과 존엄성을 항상 잃지 말아야 합니다.

사랑하는 사람에게 해주어야 할 것은 그 사람이 본래의 모습

전부를 표현할 수 있도록 최선을 다해 돕는 것입니다. 그 사람이 발전에 도움이 되는 일을 하거나 본래의 모습을 찾는 데 도움이 되는 걸 배우면 춤을 추면서 노래를 부르십시오.

두 사람은 따로 존재하는 게 아니라 함께 발전하는 것입니다. 단, 누가 누구에게 흡수되는 게 아니라 손에 손을 잡고서 말입니다. 여러분은 이 세상에 단 하나뿐인 사람입니다. 어느 누구에게 흡수되는 일은 있을 수가 없습니다. 여러분들 중에 칼릴 지브란 Kahlil Gibran이 인간관계를 주제로 쓴 아름다운 시를 아는 분이 계실 겁니다. 그중 감동적인 몇 구절을 소개하려고 합니다.

함께 노래하고 춤추며 즐거워하되, 각자 고독하게 있게 하라.

기타 줄은 외롭게 혼자이지만 하나의 음악을 울린다.

얼마나 멋진 표현입니까? 누군가에게 '당신과 함께 울리고 싶어요'라고 말하는 것, 그것이 우리 삶의 전부이게 합시다.

서로 마음을 주어라.

그러나 소유하지는 말라.

오직 생명의 손길만이 그대들의 마음을 간직할 수 있다.

함께 서 있으라.

그러나 너무 가까이 서 있지는 말라.

서로 떨어져 서 있는 사원의 기둥들처럼

참나무와 사이프러스나무도 서로의 그늘 속에서는 자랄 수 없기
때문에.

다른 사람의 그늘 속에서 자랄 생각은 아예 하지 마십시오. 그
늘 아래서는 결코 자랄 수가 없습니다. 자신만의 햇빛을 누리며
가능한 한 크고 훌륭하고 눈부시게 성장하십시오. 그리고 함께
나누십시오.

다른 사람의 그늘 속에서 머물면 당신의 삶은 시들고, 내가 누
구인지를 잊어버리고, 끝내 나를 잃게 된다는 사실을 잊지 마십
시오. '나'를 잃으면 나의 가장 소중한 것을 잃는 것입니다. 따라
서 여러분은 하나인 채로 둘이 되어야 합니다. 여러분도 '나', 그
사람도 '나', 그런 둘이 만나서 '우리'를 만든다는 사실을 결코
잊지 마십시오.

바 로 지 금 이 아 니 면
아무 소용없다

남녀 관계나 공동체
생활은 모두 현실이라는 땅을 밟을 수밖에 없습니다. 그런데 현
실이라는 땅을 밟기가 보통 힘든 게 아닙니다. 사실 저는 이 일
이 세상에서 가장 힘들다고 생각합니다. 저는 지금 남녀 관계를
주제로 책을 집필 중인데, 가장 역동적인 인간관계라 할 수 있는

이 주제를 다룬 자료들을 샅샅이 조사해봤지만 의외로 별로 많지 않다는 사실을 알고는 무척 실망했습니다.

남녀 관계는 필연적으로 고통을 동반합니다. 하지만 모든 고통이 대부분 그렇듯이 우리는 그런 괴로움을 통해 교훈을 얻습니다. 그런데도 사람들은 고통이 느껴진다 싶으면 맞서 싸울 생각은 않고 입에 약을 털어 넣고, 술독에 빠지곤 합니다. 고통과 절망 속에서 가장 커다란 교훈이 싹튼다는 걸 모르는 현대인들에게 하고 싶은 말이 있습니다.

그것은 '고통을 경험하되 그것에 중독되지는 말자'는 것입니다. 그렇습니다. 고통을 즐겁게 경험한 뒤에 그것을 딛고 일어나십시오!

우리가 얼마나 서로를 멀리하며 살아가는지는 이미 서두에서도 말씀드린 바가 있습니다. 이 사회는 사람을 만났을 때 그냥 멀찌감치 떨어진 채로 꼿꼿하게 서서 '안녕하십니까?' 하고 인사하는 것이 제대로 된 인사법이라고 가르치고 있습니다. 가끔 운이 좋으면 상대방이 '안녕하세요?' 하면서 악수를 청하기도 하지만, 보통은 손을 잡았다 잽싸게 놓는 것으로 끝이 납니다.

이것만 봐도 우리가 서로 정을 원하면서도 격리된 채로 살아가고, 신체 접촉을 꺼린다는 사실을 알 수 있습니다. 이 사회에서는 남자 어린이가 대여섯 살만 되면 이렇게 가르칩니다.

"이제 껴안고 다니지 마. 너는 이제 남자야. 남자아이는 그런 짓을 하는 게 아니야."

저는 그따위 말도 안 되는 법칙을 누가 정한 것이냐고 말하는 가족들과 함께 살고 있다는 게 얼마나 다행스러운지 모릅니다. 우리 집에는 그냥 말로만 인사하는 사람이 없습니다. 현관문이 열리고 누군가가 들어오면 모두들 입을 맞춥니다. 예외 없이 모두가 스킨십을 나누는 것입니다.

사랑이 담긴 스킨십을 나누는 것이 얼마나 멋진 일인지 아십니까? 스킨십이 정신적으로 육체적으로 인간에게 큰 영향을 미친다는 건 이미 과학적으로 증명되고 있습니다. UCLA 통증 클리닉의 브레슬러David E. Bresler 박사는 통증으로 찾아오는 환자에게 일반적인 처방을 내리는 대신 '하루에 포옹을 네 번 할 것' 같은 처방을 내리는 사람으로 유명합니다. 사람들이 미쳤다고 합니다만, 그의 말은 이렇습니다.

"천만의 말씀! 아침에 한 번, 점심에 한 번, 저녁에 한 번, 자기 전에 한 번, 이렇게 하루에 포옹을 네 번만 하면 웬만한 통증은 전부 낫게 되어 있습니다."

캔자스 주 토페카에 있는 메닝어 정신의학교육 연구재단의 수석 정신분석학자 해럴드 포크Harold Falk 박사는 이렇게 말합니다.

포옹을 하면 우울증이 사라지고, 인체의 면역 체계가 재정비된다. 포옹은 피곤에 찌들어 있던 육체에 상쾌한 공기를 불어넣는 것과 같아서 하면 할수록 젊어지고 활기 넘치게 된다. 가정에서 가족끼리 포옹을 하면 가족 관계가 돈독해지고 긴장이 눈에 띄게 완화된다.

정신의학자인 헬렌 콜튼Helen Colton 박사는《접촉의 선물The Gift of Touch》이라는 책에서 스킨십을 나누고 애무하고 포옹을 했을 때 혈액 내 헤모글로빈이 눈에 띄게 증가한다고 말합니다. 헤모글로빈은 척추동물의 적혈구 속에 다량으로 들어 있는 색소 단백질로, 심장과 뇌로 산소를 공급하는 역할을 합니다. 그러니까 건강하게 살고 싶으면 서로 쓰다듬어주고, 껴안아주면서 사랑을 나누는 것이 기본 중의 기본이라는 이야기입니다.

이 사회에 만연한 또 한 가지 슬픈 현상이 있다면 남녀 관계에서 지나치게 성적인 면을 강조한다는 사실입니다. 사람과 사람 사이에서 다정함과 따스함을 가볍게 여길 때가 많으니 정말 안타깝습니다. 격려와 응원의 입맞춤, 가장 필요할 때 어깨를 쓰다듬어주는 마음, 이런 게 바로 진정한 육체적 희열입니다.

얼마 전에 저는 〈LA 타임스〉의 칼럼니스트 짐 샌더슨Jim Sanderson이 쓴 글을 보고 큰 감동을 받았습니다. 그 글은 마거릿이라는 여성의 편지에 대한 답장으로 쓰인 것으로 꽤 흥미로운 주제를 다루고 있었습니다. 71세인 마거릿은 혼자 살고 있었는데, 어느 날 밤 아들이 초인종도 누르지 않고 집안으로 불쑥 들어온 것이 사건의 발단이었습니다.

아들이 집에 들어왔을 때 마침 그녀는 노인 모임에서 만난 남자친구와 소파에서 사랑을 나누고 있었다고 합니다. 소파에서 웬 남자와 열정적으로 키스를 하고 있는 어머니를 본 아들은 등을 휙 돌리면서 '정말 구역질 나는군!' 하고는 뛰쳐나가더랍니다. 가련한 마거릿은 이렇게 물었습니다.

"제가 뭘 잘못한 건가요?"

이 말에 샌더슨이 뭐라고 답했는지 아십니까? 너무도 아름다운 글이기에 여러분께 읽어드리려고 가지고 왔습니다.

마거릿 여사님. 살면서 제일 좋은 건 꾸준히 삶을 즐기는 거랍니다. 인간이라면 누구나 대화와 친구가 필요하죠. 나이가 들었다고 해서 그런 욕구를 가지면 안 되는 걸까요? 나이가 들면 몸은 좀 삐걱댈지 모르지만, 감정이라는 곳까지 동맥경화증에 걸리는 건 결코 아닙니다.

나이가 지긋하신 분들도 다른 사람들과 마찬가지로 사랑과 애정과 신체적인 접촉을 간절히 원합니다. 그럼에도 다 자란 자녀나 다른 가족들은 굶어 죽지 않을 만큼 밥이나 주면서, 가물에 콩 나

듯이 키스나 해줄 따름이니 얼마나 슬픈 일입니까?

건강하기만 하다면 연령에 관계없이 완벽한 섹스를 즐길 수 있습니다. 하지만 여러 가지 이유로 섹스가 불가능한 상황에서 늦은 밤 데이트, 가벼운 신체 접촉, 부드러운 마사지, 볼 쓰다듬어 주기, 손잡기까지 즐기지 말아야 할 이유가 어디 있습니까?

마거릿 여사님과 비슷한 연령층의 여성들이 야릇한 흥분이나 오랫동안 느끼지 못했던 성적인 감정을 경험하는 것은 생명력이 보내는 메시지랍니다. 누구의 눈치도 보지 말고, 이러한 생명력을 맘껏 즐기세요.

마음속에 자리하고 있는 욕구를 어떤 이유로든지 그냥 접어두고 살지 마십시오. 인간관계와 함께하는 생활은 항상 현재진행형이어야 합니다. 그런 생활을 지금 누리고, 지금 즐기고, 지금 쏟아내십시오. 샌더슨의 결론은, 나이가 70세가 되었든 80세가 되었든 자신의 생명력을 마음껏 즐기는 게 진짜 행복이라는 것입니다.

작년에 저는 굉장히 슬픈 일을 겪었는데, 바로 제 직장 동료의 아내가 꽤나 젊은 나이에 눈을 감은 것입니다. 죽음은 우리 모두에게 언제 찾아올지 모르는 법입니다. 언젠가는 나에게도 찾아오리라는 것을 우리 모두 알고 있습니다.

그러니 매 순간을 한껏 즐기며 사는 게 죽음에 대비하는 길입니다. 죽은 채로 살았던 사람들이 눈을 감는 순간에 더 지독하게 비명을 지르고 소리치는 법입니다. 현재를 당당히 살았던 사람은 죽음이 찾아오면, '어디 한번 와봐! 나는 겁나지 않아!' 하고 소리치게 되죠. 아내를 여읜 동료는 생전에 아내가 빨간색 공단 드레스를 그렇게나 입고 싶어 했다면서 이런 말을 했습니다.

"나는 빨간색 공단 드레스가 말도 안 되는 옷이라고 생각했어요. 너무 보기 싫은 옷이라 생각해서 절대 못 입게 했었거든요. 늦었지만, 아내에게 빨간색 공단 드레스를 입혀서 보내도 될까요?"

저는 이 말을 듣고 저희 어머니처럼 '이런 멍청이!'라고 소리치고 싶었습니다. 아내가 빨간색 공단 드레스를 입고 싶어 하면 당장 그렇게 하라고 말하세요! 아내의 관을 장미로 장식할 생각을 하지 말고, 살아 있을 때 한 아름의 장미를 안겨주세요! 우리는 늘 내일로 미루며 삽니다. 특히 사랑하는 사람에 대한 일이라면 더합니다.

"굳이 사랑한다고 말할 필요가 어디 있어. 이미 알고 있는데!"

확실합니까? 여러분은 '사랑한다'는 말을 들었을 때 질린다고 생각해본 적이 있습니까? 커피 잔을 들었더니 그 밑에 '당신이 이 세상에서 최고예요!'라고 적힌 쪽지가 있다면, 여러분은 그런 일이 질린다고 생각해본 적이 있습니까?

아내에게 빨간색 공단 드레스를 사줘야 할 때는 바로 지금입니다. 꽃을 선물해야 할 때도 바로 지금입니다. 전화를 걸어야 할 때도, 쪽지에 사랑한다고 써서 건네야 할 때도, 손을 쓰다듬어줘야 할 때도 바로 지금입니다.

"당신은 나한테 소중한 사람이야. 가끔 내가 잊어버리고 있는 것처럼 보이겠지만 사실은 그렇지 않아. 당신이 없었더라면 내 삶은 빈껍데기에 불과했을 거야."

이렇게 말해야 할 때는 바로 지금입니다. 사랑하는 사람을 잃고 나서야 사랑을 표현할 기회를 놓쳤다고 후회해봤자 소용없습니다. 그제야 드레스를 사줄 기회, 쪽지를 건넬 기회를 놓쳤다고 후회해봤자 소용없습니다. 우리에겐 아직 기회가 충분히 남아 있습니다. 제 동료가 잃어버린 그 기회 말입니다.

내가 죽어 있으면 인간관계도 죽을 수밖에 없습니다. 인간관계가 따분하고 짜증이 나는 건 내가 따분하고 짜증 나는 사람이기 때문입니다. 그러니 여러분부터 활기를 되찾으세요!

그리고 이 세상과 그 안에 살고 있는 사람들은 여러분만을 위해 만들어진 게 아니라는 생각을 가지십시오. 다른 사람들도 편히 살 수 있도록 배려하십시오. 직접 겪어보기 전까지는 사람들이 모두 선하다고 생각을 하십시오. 직접 겪어보고 그렇지 않다는 걸 알게 됐을 때에도 그 사람에게는 변화의 가능성이 있으며, 그 사람이 변할 수 있도록 도와줘야겠다고 생각하십시오.

나보다는 우리를 우선으로 생각하는 습관을 기르십시오. 주변에 있는 것들을 열렬히 사랑하십시오. 여러분이 얼마나 사랑할 줄 아는 사람이냐에 따라 삶은 달라진다는 사실을 잊지 마십시오. 변화무쌍한 인간관계를 행복하고 평화롭게 유지하기 위해서는 나부터 발전하고 달라져야 한다는 사실을 잊지 마십시오.

PART 13

내 속의 쓰레기를
버리자

희망을 갖는다는 것은 실망의 위험을 감수하는 일이다.
시도한다는 것은 실패의 위험을 감수하는 일이다.
하지만 우리는 반드시 모험을 해야 한다.
일생일대의 가장 큰 모험은 바로 아무런 모험도 하지 않는 것이므로.

표현하지 않는 사랑은
사랑이 아니다

사람들을 만나고, 사람들과 함께 일하는 것이 저의 직업입니다. 그런데 자기 자신의 아름답고 놀라운 면모를 표현하기 두려워하는 사람들을 만나면, 저는 몹시 걱정이 됩니다. 그들은 자기 자신이 그렇게 아름답고 놀라운 존재라는 사실을 끊임없이 의심합니다. 왜 그래야 할까요?

우리가 정말로 사랑할 줄 아는 사람이 되려면 사랑을 당당히 표현할 줄 알아야 합니다. 오늘 강연의 대상은 자기 본래의 모습에 대해 아직 확신이 없고, 표현하지 못하는 분들입니다. 강의의 제목은 '내 속의 쓰레기를 버리자'인데, 이 강연을 시작하면서 먼저 사랑을 듬뿍 담아 여러분께 나눠드리겠습니다.

세상에서 가장
아름다운 말

아직 깨닫지 못한 분들이 많겠지만, 여러분 본래의 모습이 제대로 발휘되지 못하는 것은 진짜 모습으로 가는 길에서 그저 우두커니 서 있기만 했기 때문입니다. 제발 발걸음을 옮기세요! 날아보세요! 그렇게 하면 도처에 삶과 사랑이 기다리고 있다는 사실을 알게 됩니다. 너무나 많은 사람들이 자기 자신을 믿지 않습니다. 자신을 의심합니다. 심지어는 자신을 사랑하지도 않습니다.

일전에 제 교수실에서 벌어진 일을 소개할까 합니다. 제 수업에는 '자발적인 숙제'가 많다는 걸 아실 겁니다. 그중 하나는 한 사람도 빠짐 없이 교수실로 와서 저를 만나야 한다는 것입니다. 별로 어려운 일은 아닐 텐데, 찾아오는 학생들마다 겁에 질린 얼굴로 벌벌 떨곤 합니다. 한번은 찾아온 학생에게 제가 말했습니다.

"학생에 대한 이야기를 해보세요. 앞으로 16주 동안 수업 시간에 만나게 될 텐데, 서로 모르는 사이로 만나고 싶지 않으니까요. 자신에 대한 이야기를 해주면, 그다음엔 제가 나에 대한 이야기를 해주겠습니다."

그런데 그 학생이 이렇게 말하는 겁니다.

"드릴 말씀이 없는데요."

"그게 무슨 말입니까? 자신만의 특별한 면에 대해 말하면 되지 않나요?"

"특별한 면이라고요?"

그 학생이 한참 동안 입을 다물고 있더니 천천히 입을 열었습니다.

"키가 너무 작다는 거예요."

그 말을 듣기 전까지 저는 그 학생이 키가 작다는 사실을 전혀 알지 못했습니다. 제가 당장 반론을 폈습니다.

"그럴지도 모르지만, 학생은 아주 우수하지 않습니까. 중간고
사 때 A를 받았잖아요."

"운이 좋아서 그랬겠죠."

"하지만 학생은 이 세상에서 아주 특별한……."

"아닙니다. 저는 별로 특별한 존재가 못 돼요. 입에 발린 말씀
은 그만두세요. 저는 별로 예쁘지도 않고, 공부도 잘하지 못하고,
인기도 없고, 그래서 외로울 때가 많답니다."

자기가 키가 작고 못생겼으며, 인기도 없다고 생각하며 끝도
없이 자기 비하를 하는 사람을 누가 좋아할까 싶었습니다. 하지
만 저는 이 학생에게도 자기 자신을 있는 그대로 믿게 하는 데
성공을 거뒀습니다. 저와 대화를 마치고 일어서는 그녀의 키가
10센티미터는 더 커진 것 같았습니다. 다시 한 번만 구부정한
모습을 보였다가는 아주 혼쭐을 낼 생각이었는데, 그러지 않아
도 되었던 것입니다. 유명 토크쇼를 진행했던 코미디언 잭 파^{Jack}
^{Paar}는 이런 말을 했습니다.

자기 자신을 이기는 사람이 가장 강한 사람이다. 돌이켜 보면 내
인생은 장애물 뛰어넘기 경주와 같았다. 그런데 그 장애물 중에서
가장 어려운 것은 바로 나 자신이었다.

우리 모두 자기 자신이라는 장애물을 용감하게 건너뛰어야 승리자가 될 수 있습니다. 달리 말하면 세상에서 나를 가로막는 가장 큰 장애물은 바로 나 자신이라는 뜻입니다. 최근에 읽은 구스타프슨Ingemar Gustafson의 〈갇힘Locked In〉이라는 시에도 비슷한 내용이 있습니다. 그 글을 읽는 것으로 오늘의 이야기를 시작하려고 합니다.

나는 평생을 코코넛 속에서 살았다. 그 안은 비좁고 컴컴했다. 아침에 면도할 때면 특히 그랬다. 하지만 가장 고통스러운 일은 외부와 접촉할 방법이 없다는 것이었다. 지나가던 사람이 코코넛을 보고 깨뜨려주지 않는 한, 나는 그 안에서 평생을 살아야 할 운명이었다. 그리고 그 안에서 죽어야 할지도 몰랐다.

나는 코코넛 안에서 죽었다. 몇 년이 흐른 뒤, 쪼그라들고 무너진 채로 그 안에 누워 있는 나를 사람들이 발견했다. 그들이 말했다. "이런, 조금만 더 일찍 발견했더라면 살릴 수 있었을지도 모르는데. 이 사람처럼 갇혀 있는 사람들이 더 있을지도 몰라."

그 사람들은 돌아다니면서 코코넛이 보이는 대로 모조리 깨뜨렸다. 하지만 소용없는 일이었다. 시간 낭비였다. 코코넛 안에서 살기로 마음먹은 사람은, 그런 바보는 백만 명 중에 한 사람 정도에 불과하니까. 나는 나의 처남이 도토리 안에서 살고 있나는 밀은 할 수가 없었다.

우리는 코코넛 안에서 살지 맙시다. 도토리 안에서 살지 맙시다.

고개를 돌리면 보고, 듣고, 느끼고, 바라고, 향하고, 손에 쥐어야 할 멋있는 것들이 굉장히 많습니다. 그 모든 것을 외면한 채 자기만의 동굴에서 웅크린 채 살지는 맙시다.

여러분이라는 놀라운 선물은 바로 자신의 것입니다. 여러분은 평생을 도토리나 코코넛 속에서 살려고 태어나지 않았습니다. 가지고 태어난 선물을 모두 다 경험하지 않는 것은 이 세상에서 가장 큰 죄를 저지르는 것입니다. 이제 자아에 반하는 쓰레기는 치워버리십시오. '나는 아무것도 아니야'라는 말을 얼마나 자주 하십니까? 그렇게 생각하면, 반드시 그렇게 될 수밖에 없습니다. 어머니는 저를 곁에 두고 매일 밤 이런 말씀을 하셨습니다.

"애야, 너도 언젠가는 훌륭한 어른이 될 거다."

"정말요?"

"그럼, 두고 보렴. 너는 세상에서 가장 훌륭한 어른이 될 거야."

어머니는 우리 형제들 모두에게 똑같이 이렇게 말씀하셨고, 그런 말씀의 씨앗이 제 가슴에 자존감의 나무를 무럭무럭 자라게 했습니다. 저는 아이를 안고 시장에 나온 엄마가 이웃 사람에게 '이 아이는 멍청해요. 하지만 이 아이의 누나는 천재랍니다'라고 말하는 걸 볼 때마다 정말 슬픕니다. 어릴 적부터 멍청하다는 말을 듣고 자란 아이의 미래는 어떤 모습일까요? 이런 말은 최면이나 다름없습니다. 인간은 자기가 생각하는 대로 되는 법입니다. 저는 집에서 늘 이런 말을 듣고 자랐습니다.

"못 하겠다니, 그게 무슨 소리냐? 나가서 다시 한 번 해봐라! 넌 할 수 있어!"

그러면 저는 어떻게든 할 수 있는 길을 찾아내곤 했습니다. 지금도 마찬가지입니다. 가끔 사람들이 제게 요구하는 것들을 보면 감당하지 못하겠다는 생각이 들 때도 있습니다. 하지만 결국에는 해냅니다. 못 하겠다니, 그게 무슨 소리입니까?

저는 '좋아요'라는 말을 사랑합니다. 얼마나 아름다운 단어인지, 생각해본 적이 있습니까? 저는 가끔 사람들에게 '이 세상에서 가장 아름다운 말은 뭘까요?'라고 물을 때가 있습니다. 제가 보기에 정답은 '좋아요'입니다.

반대로 '싫어요'는 최후통첩이나 다름없습니다. '싫어요'라고 말하는 순간 기회로 가는 문이 닫히고, 끝내 코코넛 안에 갇히게 됩니다. '좋아요'라는 말을 감당할 수 없으면, 혹은 그렇게 말하기가 너무 겁나면 '괜찮을 것 같아요'라고 말해보십시오. 적어도 일말의 여지는 남겨야 하지 않겠습니까?

제가 싫어하는 말이 또 하나 있습니다. '난 너무 늙었다'입니다. 나는 너무 늙어서 공원에서 낙엽을 밟으며 춤을 출 수 없다는 식의 말을 주위에서 얼마나 자주 듣습니까? 한번 직접 춤을 춰보세요. 그리고 젊음을 느껴보세요!

우리는 보통 나이를 너무나 중요하게 여기지만, 저는 어느 누구에게도 제 나이를 밝히지 않습니다. 쓸데없는 짓이라고 믿기 때문입니다. 나이를 밝히는 순간부터 뭐라도 된 것처럼 굴어야 합니다. 60세가 된 사람은 공원에서 춤을 출 수 없다는 고정관념의 노예들이 판을 치는 세상에서는, 도저히 그럴 수가 없습니다. 하지만 누가 그런 법을 만들어놓기라도 했답니까? 기자들은 항상 제게 이런 질문을 던집니다.

"버스카글리아 씨, 나이가 어떻게 되시죠?"

그때마다 기자들의 얼굴을 빤히 바라보며 이렇게 대꾸합니다.

"어떻게 보면 저는 아직 태어나지도 않았습니다. 또 어떻게 보면 몸부림치고 반항하는, 아직 덜 자란 청소년이랍니다. 또 어떻게 보면 150세가 된 현자이기도 합니다. 그러니 나이가 몇인지 어떻게 말할 수 있겠습니까? 나이가 왜 궁금하죠?"

'난 너무 늙었다'라고 말할 때마다, 세상으로 향하는 문을 닫게 된다는 사실을 잊지 마십시오. 이 세상에 너무 늙어서 못하는 일은 없습니다. 나이란 머릿속에 들어 있는 숫자에 불과하니까요.

사 랑 한 다 는   말 에
질리는 사람은 없다

며칠 전 도무지 믿기
지가 않는 광고를 본 적이 있습니다. 한 여자가 화장실 세제를 놓
고 좋아하는 내용의 광고였는데, 화장실에서 여자가 이렇게 말
합니다.

"아, 정말 마음에 들어. 이제 내 삶이 완벽해진 기분이야!"

맙소사! 기분이 좋고 나쁜 것이 화장실 세제 하나로 좌우되는
사람이라면 제정신이라고 볼 수 있을까요? 하지만 언제나 크고
작은 걱정거리에 휘둘리며 살아가는 우리들은 문득 궁금해집니
다. 저 여자는 화장실 세제처럼 단순한 물건 하나만으로도 좋아
서 팔짝팔짝 뛰는데, 나는 뭐가 잘못된 거지? 나도 저렇게 항상
행복해야 하는 건 아닐까?

우선 알아야 하는 것은, 크고 작은 걱정거리나 괴로움을 겪는
다고 해서 인생 자체가 잘못된 건 결코 아니라는 사실입니다. 저
는 지난 수십 년 동안 살면서 갖가지 고통스러운 상황을 겪었지
만, 오히려 거기서 많은 걸 배웠습니다. 그래서 저는 이렇게 말
합니다. 괴로움이 찾아오면 기꺼이 받아들이십시오. 그것도 삶
의 일부이니 힘껏 끌어안으십시오. 절대로 거부하지 마십시오.

크든 작든 고통을 겪으면 몸과 마음이 아픕니다. 하지만 그때
마다 괜찮다고 소리치십시오. 고함을 지르고, 소리를 지르고, 벽

을 긁으면서 울부짖으십시오. 화를 내십시오. 마음껏 분출하십시오. 그리고는 이제 모든 걸 잊어버리십시오. 그렇게 하지 않으면, 그 고통을 평생 간직하게 될 겁니다. 위궤양이나 두통으로 고생하며 톡톡히 대가를 치를 수도 있습니다.

우리에게 한계를 긋게 하고, 외롭게 만드는 자조적인 생각은 도대체 어디서 비롯되는 것일까요? 인생을 지루하게 만드는 생각들, 자유로움과 기쁨들을 말살하는 생각들, 삶의 발전과 변화를 가로막는 생각들은 도대체 어디서 생기는 것일까요?

가끔은 우리가 가장 사랑하는 사람들이 이렇게 부정적인 생각의 근원지 역할을 합니다. 바로 가족 말입니다. 우리는 가끔 사랑하는 사람들에게 사랑을 표현하는 일에 인색할 때가 있습니다. 사무실 사람들은 칭찬하면서 아내는 남편에게, 남편은 아내에게, 부모는 자식에게 칭찬을 하지 않습니다.

주위 사람들의 장점을 발견하는 일에 노력을 아끼는 사람이 되지 마십시오. 좋은 점을 찾기 힘든 날이 있을지도 모릅니다. 정말로 열심히 좋은 점을 뒤져야 하는 날이 있을지도 모릅니다. 하지만 어떻게든 한 가지라도 찾아서 말하십시오.

"정말 좋아, 정말 잘했어!"

50문제 중에 49문제를 틀린 상황을 아이들이 받아들이게 하기란 힘들다고 교사들은 항상 말합니다. 그렇다면 이렇게 말을 해주면 어떨까요?

"얘야, 오늘은 한 문제를 맞혔구나. 내일은 두 문제를 맞힐 수 있도록 하자."

옛날, 할머니들이 하시던 '식초보다 꿀을 써야 파리가 더 많이 꼬이는 법이다'라는 이야기가 생각납니다. 그런데도 우리는 왜 항상 시큼한 식초를 쓰려고만 할까요? 어떤 사람이 되어야 하고, 어떤 일을 해야 하는지에 대해서만 말입니다. 그리고 늘 이런 핑계를 댑니다.

"다 널 사랑하기 때문에 이렇게 말하는 거야."

모질고 신랄하게 꾸짖으면서 이게 다 너를 위해서라니, 이 말을 아이들이 어찌 믿을 수 있겠습니까? 그렇다면 칭찬을 하면서 '너를 위해서'라고 말할 수는 없는 걸까요? 여러분, 저를 사랑하신다면 칭찬을 해주십시오. 맞습니다, 저는 괴짜입니다. 맞습니다, 저는 멍청합니다. 하지만 제게도 장점이 하나 정도는 있지 않을까요?

주위를 보면 정말 재미있는 현상이 실제로 벌어지고 있습니다. 너무나 사랑하기 때문에 가장 용기를 북돋워줘야 할 사람들에게 칭찬을 아낍니다. 얼마나 안타까운 노릇입니까? 당장 여러분 가정에서부터 서로가 서로를 존중하고 칭찬히는 분위기를 만들어보십시오.

저는 얼마 전에 초등학교 동창인 여자친구의 편지를 받았습니다. TV 토크쇼에서 저를 봤다더군요. 텔레비전에 나가서 좋은 건 이렇게 옛날 친구들과 연락이 닿는 겁니다. 아무튼 그녀의 편지는 이렇게 시작됐습니다.

세상에서 너 같은 괴짜는 오직 너 한 사람뿐일 거야. 어렸을 적에도 너는 유별나더니 어른이 된 뒤에도 여전하구나. 게다가 이름이 펠리스 레오나르도 버스카글리아인 사람도 너 하나뿐이겠지. 너를 떠올리면 어떤 게 생각나는지 아니, 펠리스? 한번은 아이들이 모두 너를 둘러싸고 놀린 적이 있었어. 어느 겨울 네가 누나 코트를 입고 학교에 왔었거든.

그 순간, 그때의 기억이 떠오르면서 우리 집이 얼마나 가난했었는지 생각났습니다. 몹시 추웠던 그날, 어머니가 누나 코트를 꺼내 제게 건네주셨습니다. 칼라에 작은 털이 달려 있고, 단추도 여자아이 것이었죠. 그 코트를 입고, 저는 이렇게 말했습니다.

"엄마, 안 입을래요……."

"가만히 있어! 따뜻하게 입을 옷이 있는 것만으로도 고맙게 생각해야지. 코트도 없는 사람들을 생각해봐. 누나 코트건 말건 누가 신경이나 쓰겠니? 너만 당당하게 입으면 아무 상관이 없는 거야."

돌이켜볼 때, 제 기억에 더 오래 남은 건 여자아이의 코트를 입었다는 수치심이 아니라 '너만 당당하게 입으면……'이라는 말과 '코트도 없는 사람들 생각을 해봐'라는 어머니의 말씀이었습니다. 살아가면서 반드시 지녀야 하는 긍정적인 사고방식을 어머니로부터 교육받으며 자랐던 것입니다.

우리도 주위 사람들에게 이런 교훈을 전달하면서 살아야 합니다. 우리는 서로 만들어가며 하루하루를 살아가는 존재이기 때문입니다. 제가 이렇게 말하면 사람들은 곧바로 말합니다.

"아무튼 사랑은 너무 어려워요."

그럴 때마다 저는 이렇게 대꾸합니다.

"사랑이 얼마나 쉬운지 모르시는군요? 사랑은 쉽답니다. 다만 우리가 복잡하게 만들 뿐이죠."

사랑이란 하루 종일 손님들과 실랑이를 하느라 지친 웨이트리스에게 '고맙습니다. 잘 먹었어요'라고 말하는 것입니다. 얼마 전에 애리조나의 몹시 지저분한 식당에서 식사를 한 적이 있습니다. 쾨쾨한 냄새만으로도 들어서는 순간 분위기를 알 수 있는 곳이었습니다. 제가 폭찹을 주문했더니, 어떤 사람이 말하더군요.

"미쳤어요? 이런 데서 돼지고기를 먹었다가는 식중독으로 죽을지도 몰라요!"

그 말을 듣자마자 저는 웃으며 응수했습니다.

"하지만 냄새는 좋잖아요!"

마침 다른 손님이 폭찹을 먹고 있었는데, 양이 어마어마했거든요. 주문한 폭찹을 먹어보니 맛이 아주 훌륭했습니다. 식사가 끝나고 웨이트리스에게 물었습니다.

"주방장을 좀 만날 수 있을까요?"

"뭐 불편하셨던 거라도 있으세요?"

"아뇨. 음식이 정말 맛있었다고 말씀드리려고요."

"어머나! 그런 말씀을 하신 손님은 한 분도 없었는데."

주방으로 갔더니 체격 큰 주방장이 땀을 뻘뻘 흘리며 서 있었습니다. 난데없이 나타난 나를 보고, 그가 입을 열었습니다.

"무슨 일이십니까?"

"폭찹이며 감자가 너무 맛있어요! 정말 훌륭한 식사였습니다. 세계에서 제일 유명한 음식점에서 먹어본 폭찹만큼 맛있었어요."

주방장은 마치 정신 나간 사람이라는 표정으로 저를 쳐다보더군요. 그러다 그가 어떤 말을 했는지 아십니까? 칭찬을 듣는 게 영 어색했던지 머뭇거리며 말했습니다.

"한 접시 더 드실래요?"

사랑이란 바로 이런 겁니다. 사람들과 기쁨을 함께 나누는 것입니다. 아름다운 광경을 보면 사람들에게 다가가서 이야기를 하는 것입니다. 아름다운 사람을 만나면 아름답다고 말하는 겁니다.

제가 겪었던 일들 중에 재미있었던 경험이 또 생각나는군요. 한번은 교정을 걸어가는데 아주 예쁜 여학생이 보였습니다. 그녀의 금발이 햇빛 아래에서 반짝이고 있었죠. 그 학생 곁을 지나치는 순간, 문득 이런 생각이 들었습니다. 정말 머리카락이 예쁘구나. 이 말을 직접 해줘야겠다는 생각이 들어 저는 얼른 몸을 돌려서 다시 그 학생 쪽으로 달려갔습니다. 그런데 제가 다가오고 있다는 사실을 느낀 학생이 긴장하면서 고개를 돌리는 게 아닙니까? 제가 재빨리 말했습니다.

"나는 무서운 사람이 아니에요. 햇빛에 반짝이는 학생의 머리카락이 너무 예뻐서 잠깐 정신을 잃을 뻔했다고 말하려는 거니까요. 정말 머릿결이 예쁘군요. 이런 기쁨을 느끼게 해줘서 고마워요."

이렇게 말하고 저는 잽싸게 돌아섰습니다. 그 여학생은 뒤늦게야 칭찬을 받았다고 생각한 모양이었습니다. 한참 걸어가다가 돌아보니 저를 향해 손을 흔들면서 고맙다고 인사했습니다.

이런 일이 뭐가 어렵습니까? 이렇게 칭찬을 건넬 기회가 도처에 깔려 있는데, 누구도 그 기회를 잡으려 하지 않는다는 게 너무 이상한 일입니다. 먼저 우리 주변에 있는 사람들부터 시작합시다. 그들에게 자기를 아낄 수 있도록 가르치고, 그날 하루를 아름다운 칭찬으로 마감할 수 있게 합시다. 사람들은 이렇게 말합니다.

"버스카글리아 씨, 그건 너무 작위적인 거 아닌가요?"

진심에서 우러난 칭찬인데 작위적이라니, 여러분 주위의 사람들이 가끔씩 칭찬받을 만한 존재가 안 된다는 것입니까? 사랑한다는 말을 듣고 기분 나빠할 사람이 있을까요? 남자들은 대부분 이렇게 말합니다.

"사랑하는 줄 아는데 굳이 사랑한다고 말할 필요가 있을까요?"

정말 그럴까요? 그러다가 연인이 떠나면 그제야 왜 떠났는지 궁금해하시겠습니까? 사랑해. 아주 간단한 말입니다. 말로 못하겠거든 글로 쓰세요. 글로 못 쓰겠거든 춤으로 보이세요. 하지만 되도록 말로 하십시오, 그것도 자주. 사랑한다는 말에 질릴 사람은 없으니까요.

질 문 에   집 착 하 다   보 면
해답을 찾을 수 없다

가정이 그렇듯이 학교도 자조적인 발상을 심어주는 근원지 역할을 합니다. 여러분도 겪은 일이고, 저도 겪은 일이죠. 일전에 어떤 소년과 이야기를 하는데, 이런 식이었습니다.

"저는 그거 못해요."

"네가 그걸 어떻게 알지?"

"저는 멍청하거든요."

"네가 멍청하다는 건 또 어떻게 알았지?"

"우리 선생님이 그러셨거든요."

교사가 학생에게 멍청하다고 말하는 학교에서 무엇을 기대할 수 있을까요. 이제는 '넌 잠재력이 있단다. 남다른 뭔가가 있단다. 우리 함께 그걸 찾아보자'라는 말로 시작해야 할 때입니다.

이 사회는 우리에게 끊임없이 의심을 가르칩니다. 믿지 말 것, 신용하지 말 것, 모든 걸 두려워할 것. 우리는 지금 서로의 접근을 막기 위해 점점 더 높은 담을 쌓고 있습니다. 하지만 저는 여러분의 접근을 막고 싶지 않습니다. 여러분 한가운데로 뛰어들고 싶습니다. 여러분을 직접 겪어보고 싶습니다.

저를 나무라는 사람도 있을지 모르겠지만, 상관없습니다. 그런 걱정 때문에 여러분을 놓치고 싶지는 않거든요. 여러분을 놓치는 게 저는 오히려 더 무섭습니다. 하지만 이 사회는 우리에게 계속 이렇게 말합니다.

"옆 사람을 절대 믿으면 안 돼."

우리는 옆집에 어떤 사람이 사는지도 모른 채로 시냅니다. 아이들에게 남을 믿지 말라고 가르칩니다. 그렇게 하여 서로 점점 멀어지기만 합니다. 이것이 정상적인 일일까요?

　이제는 작은 다리를 놓기 시작할 때입니다. 아시아 지역을 여행하던 중 발리에 도착했을 때가 생각나는군요. 작고 허름한 집에 짐을 풀기 시작한 지 2시간도 채 못 돼서 예닐곱 명의 주민들이 저를 찾아왔습니다. 그렇게 하여 자연스럽게 그들과 소통하게 되었습니다. 그들이 먼저 마음의 문을 열었고, 손을 내밀었습니다.

　그들은 매일 오후 6시에서 7시경이 되면 온 마을 사람들이 강가로 나가서 함께 목욕을 했습니다. 그때는 온 마을 사람이 함께 모이는 시간으로 할머니, 할아버지, 젖먹이까지 모두가 강물에 들어가 목욕을 했습니다. 그 시간을 거북하게 여겼던 사람이 딱 한 명 있었는데 누군지 아십니까? 바로 저였습니다. 저는 황당한 표정으로 멀찌감치 앉아 있을 수밖에 없었고, 그들은 그러는 저를 이해할 수 없다는 듯이 바라보았습니다.

　발리에서의 크리스마스이브가 생각납니다. 그곳에는 크리스마스가 무엇인지를 들어본 적 없는 사람들이 대부분이었습니다. 심지어 예수의 존재조차 모르는 사람도 있었습니다. 그래서 제가 입을 열었습니다.

　"오늘은 크리스마스이브랍니다."

"크리스마스이브가 뭔데요?"

저는 크리스마스에 대한 설명을 시작했습니다. 비기독교 문화권에서 크리스마스 이야기를 들려주면 더욱 특별한 기분이 느껴진다는 걸 그때 알았습니다. 그들은 제 말에 열심히 귀를 기울였습니다.

"정말 대단하군요!"

그런데 그들로서는 이해할 수 없는 점이 있었나 봅니다.

"그런데 왜 사람들이 마리아를 여인숙에 못 들어오게 했나요?"

"여인숙에 자리가 없었거든요."

"그게 무슨 말이죠? 여자가 자리를 차지하면 얼마나 차지한다고, 여인숙에 어떻게 자리가 없을 수가 있어요?"

여러분도 한번 설명해보십시오. 마리아가 왜 구유에서 예수를 낳았는지를. 버스를 타고 자카르타로 돌아가는 저를 배웅하던 한 꼬마가 마지막으로 남긴 말은 이렇습니다.

"저는 아직도 왜 마리아가 여인숙에서 아이를 낳지 못했는지 이해가 안 가요."

우리 주위를 보면, 한 아파트에서 10년 동안 살면서도 이웃집에 누가 있는지 모르는 경우가 태반입니다. 누가 초인종을 누르면 겁이 나서 대꾸조차 하지 않습니다. 우리가 왜 이렇게 됐습니까?

게다가 더욱 슬픈 일은, 한번 이런 습관에 물들면 그 이후에 배우는 모든 것들이 불신과 두려움이라는 것에 의해 걸러지기 때문에 우리가 절대 바뀌지 않는다는 사실입니다.

그 때문에 우리 본연의 모습을 찾을 수가 없게 됩니다. 저로선 이런 습관을 당장 버리라는 말씀을 드릴 수밖에 없습니다. 그러지 않으면 여러분이 사는 세계가 의심과 흉악함으로 가득한, 아주 편협한 세계가 될 테니까요.

저는 사춘기 시절에 미국인 관광객을 대상으로 이탈리아 관광 가이드를 한 적이 있습니다. 그렇게 해서 돈도 벌고 친척들도 만났죠. 그 덕분에 저는 어릴 적부터 베네치아 같은 곳을 들를 수 있었습니다. 저는 관광객들을 베네치아의 작지만 아름다운 운하처럼 제가 좋아하는 곳으로 안내했습니다.

베네치아에는 소형 증기선을 타고 가는 조그만 섬이 있습니다. 수상 버스와 비슷한 소형 증기선은 통통통 하면서 관광객을 그 섬으로 데리고 갑니다. 그런데 사람들을 그 섬으로 안내하면 대부분 몹시 불안한 얼굴로 돌아다니면서 구경을 합니다. 그중에는 반드시 이렇게 말하는 사람이 있습니다.

"베네치아는 페인트칠을 한번 해야겠군요."

이탈리아 사람들은 그 섬을 '무지개 섬'이라고 부른답니다. 페인트가 모두 바래서 파스텔 색깔로 변하고 벗겨지기 시작했거든요. 하지만 건물이 물 위에 비치면 자주색, 노란색, 녹색으로 아름답게 빛납니다. 그런데도 관광객들의 눈에는 그곳의 아름다움 대신 페인트칠이 필요한 베네치아밖에 안 보였던 겁니다.

이탈리아 남부에는 거대한 계단이 있는 포시타노라는 도시가 있습니다. 그 계단의 이름은 스칼리나텔라Scalinatella로, 크고 기다란 계단이라는 뜻입니다. 그 도시에는 계단이 수없이 많은데, 관광객들을 그곳으로 안내하면 터벅터벅 계단을 걸어 내려가다 중간쯤에서 이렇게 말하는 사람이 꼭 있습니다.

"이곳 사람들은 이상하네요. 에스컬레이터라도 놓으면 편할 텐데."

고정관념과 편견에 사로잡힌 채, 나쁜 습관에 길든 시각으로 모든 걸 걸러내다 보면 있는 그대로의 모습이 보이지 않습니다. 그들은 보는 것마다 의심하게 됩니다. 무서워하게 됩니다. 두려워하게 됩니다. 이게 무슨 짓입니까? 삶의 아름다움을 맘껏 감상하지는 못할망정 거기서 점점 멀어지려고만 하다니요.

이제 편견을 버리십시오. 얼어붙은 자아에서 탈출하십시오. 여러분 스스로 위대한 존재임을 잊지 마십시오. 여러분은 하느님이 내린 선물입니다. 자기 자신에게 생명을 불어넣으십시오. 자신을 표현하십시오. 여러분과 내가 하나 될 수 없게 만드는 지조적인 발상들을 모두 지워버리십시오. 믿는 법을 배우십시오.

용서하는 법을 배우십시오.

저와 여러분은 차이점보다 공통점이 더 많다는 사실을 의심하지 마십시오. 저도 여러분과 다를 게 없습니다. 저로 여러분처럼 혼란스럽습니다. 외롭습니다. 괴롭습니다. 저도 여러분만큼이나 자주 눈물을 흘립니다. 여러분보다 아는 게 많지도 않습니다.

그저 저는 이제 질문을 던지지 않는다는 점이 다를 뿐입니다. 삶이라는 과정에 뛰어들었을 뿐입니다. 심지어는 이제 해답을 찾지도 않습니다. 지금의 제가 훌륭하다고 생각합니다.

사람들은 제게 편지로 묻습니다. 죽음은 왜 있는 걸까요? 고통은 왜 있는 걸까요? 아이들이 왜 죽어야 하나요? 인간은 왜 절망을 겪어야 할까요? 저는 이렇게 답장을 씁니다.

"제가 왜 그 이유를 알아야 합니까?"

저보다 더 위대한 사람들도 수백 년 동안 던져온 질문이고 해답을 찾지 못한 물음인데, 제가 그 이유를 어떻게 알겠습니까? 하지만 아주 오래전에 이런 말을 들은 기억이 납니다. 질문에 너무 집착하다 보면 해답을 찾을 수가 없다는 말입니다.

모 든 걸
잘할 수는 없다

제가 너무나 좋아하는 글이 하나 있습니다. 찰스 C. 핀Charles C. Finn의 〈내가 하지 않은 말을 들어주세요 Please Hear What I'm Not Saying〉입니다.

당신이 내게 소중한 존재라는 사실과, 원한다면 내 안에 숨어 있는 나를 일깨울 수도 있는 사람이라는 걸 알아줬으면 해요. 그 뒤에 숨어서 떨고 있는 나를 위해 벽을 허물 사람은 당신밖에 없습니다. 가면 속의 내 모습을 볼 수 있는 사람도 당신밖에 없습니다. 공포와 불안과 외로움으로 가득한 세계에서 나를 구할 수 있는 사람도 당신밖에 없습니다.

그러니 제발 나를 못 본 척 지나치지 마세요. 당신에게도 쉽지 않은 일이라는 건 알고 있어요. 자괴감으로 만들어진 단단한 벽. 당신이 가까이 다가올수록 나는 미친 듯이 뒤로 물러설지도 몰라요. 당신도 알다시피 나는 가장 소중한 걸 거부하려 안간힘을 쓰는 사람이잖아요. 하지만 나는 사랑이 벽보다 강하다고 들었어요. 그것만이 내 유일한 희망이죠. 그러니 부디 당신의 그 단단하지만 부드러운 손으로 이 벽을 허물어주세요. 내 안에 있는 아이는 너무 연약해서 벽 속에서는 자랄 수 없거든요. 그러니 포기하지 마세요. 난 당신이 필요해요.

우리는 서로 다른 점보다 닮은 점이 더 많습니다. 그러니 이제 여러분과 저를 잇는 다리를 놓아야 합니다. 우리에게는 서로가 필요하니까요. 그렇게 우리끼리 단단히 연결되어 있는 다리가 있어야만 우리 모두 발전할 수 있습니다.

며칠 전 늦은 오후에 교수실을 나서는데, 주차장에서 한 여성이 낑낑대며 타이어를 갈아 끼우고 있었습니다. 그 주차장은 일전에 끔찍한 사고가 벌어진 적이 있는 곳이었죠. 그녀를 보고, 저는 일단 차에다 서류 가방을 던져 넣은 다음 한걸음에 달려갔습니다.

"제가 도와드릴까요?"

그러자 그 여성은 자기를 때리려고 달려드는 사람을 본 것 같은 표정으로 이렇게 황급히 대꾸했습니다.

"아뇨, 저 혼자 할 수 있어요."

도와주겠다는 사람을 보고 겁에 질리다니, 도대체 우리가 어떤 사회에서 살고 있는지요. 불신의 벽을 허물지 않고서는 우리는 한 발짝도 발전할 수 없습니다. 이제 '나는 나 자신을 위한 최선의 길이 뭔지 모를 만큼 멍청한 인간이야!'라는 식의 자조적인 생각을 버려야만 합니다. 여러분 안에서 들리는 목소리에 다시 귀를 기울이고 자신을 믿으십시오. 여러분을 위한 것이 무엇인지, 여러분보다 더 잘 알 수 있는 사람은 이 세상에 없습니다. 아버지는 제게 이렇게 말씀하시곤 했습니다.

"네가 네 삶의 주인이 되지 못하면 다른 사람이 주인이 될 거다."

맞는 말입니다. 내 안에 완벽한 내가 될 수 있는 잠재력이 있다는 걸 계속 의심하게 되면, 다른 사람이 그 잠재력을 가로챌 테고, 그럼 여러분은 삶이라는 이 광활한 벌판에서 끝내 길을 잃을 수밖에 없습니다. 혹시 '이 사람이 시키는 대로 하면 다 잘될 거야'라는 식으로 생각하는 분이 계십니까? 그가 시키는 대로 했다가는 결국 그 사람이 되어버립니다.

하지만 그 사람이 될 수 있는 건 이 세상에서 오직 그 사람밖에 없습니다. 결국은 당신만 사라져버리게 되는 셈이죠. 여행을 떠나야 할 사람은 바로 여러분입니다.

'이것이 바른 길'이라고 말하는 사람의 얘기를 믿지 마십시오. 세상에 길은 너무도 많습니다. 파괴가 아니라 선善, 친절, 아름다움, 기쁨, 발전으로 이르기만 한다면 여러분이 가는 길도 제가 가는 길과 마찬가지로 바른 길입니다.

여러분 안에서 들리는 목소리에 귀를 기울이고, 자기 자신을 굳게 믿으십시오. 저는 '어떻게 해야 할까요?'라고 묻는 편지를 받을 때마다, 이렇게 답장을 보냅니다.

당신 안에서 들려오는 목소리에 귀를 기울여보세요. 해답은 당신 안에 있습니다. 당신은 지금 이대로 이미 완벽하니까요. 저는 완벽한 당신이 어떤 사람인지 모릅니다. 하지만 당신은 잘 알 것입니다.

믿음을 가지고 여러분 안에서 들리는 목소리에 귀를 기울이십시오. 그리고 실행에 옮기십시오. 그 목소리를 믿어야 합니다. 그 목소리에 다시 귀를 기울여야 합니다. 의심하지 말아야 합니다. 부디 제 말씀대로 해보십시오. 직접 해보기 전까지는 어떤 것인지 알 수 없으니까요. 믿음을 가지고 그 목소리에 귀를 기울일 때 본래의 나를 만날 수 있고, 무엇이 나를 위해 가장 올바른 길인지를 알 수 있습니다.

삶의 길을 묻는 여러분에게, 거기에 꼭 맞는 해답을 알려줄 수 있는 사람은 아무도 없습니다. 여러분 스스로 자기 삶의 온전한 주인이 되십시오. 그러면 여러분뿐만 자유로워지는 게 아니라 다른 모든 이들이 자유로워집니다. 그럴 때 비로소 여러분의 행동을 모두 책임질 수 있습니다.

저는 TV 요리 강습 진행자인 줄리아 차일드Julia Child를 종종 화제로 삼곤 합니다. 그녀의 말과 행동 하나 하나가 정말 마음에 들거든요. 저도 편지를 보내고 싶다는 생각이 들 정도랍니다. 저는 그녀가 진행하는 방송을 자주 봅니다.

"오늘 밤에는 수플레를 만들어보겠습니다."

줄리아 차일드는 이렇게 말하면서 두드리고, 젓고, 바닥에 물건을 떨어뜨리고 합니다. 냅킨으로 얼굴을 닦는 등의 행동으로 아름다운 인간 본래의 모습을 보이죠. 그런 다음에 수플레를 오븐에 넣고는 시청자들과 잠시 이야기를 나눕니다.

"자, 이제 하나가 완성됐습니다."

이러면서 오븐을 열면 움푹 꺼진 수플레가 등장합니다. 요리의 달인답지 않게 망쳐버린 겁니다. 이걸 보고 그녀는 자살을 시도하지 않습니다. 식칼을 들고 할복하지도 않습니다. 그 대신 그녀는 '모든 걸 다 잘할 수는 없는 노릇이죠. 아무튼 맛있게 드세요!'라고 말합니다. 저는 이 말이 너무나도 마음에 듭니다. 우리도 삶을 이렇게 살아야 합니다. 모든 걸 다 잘할 수는 없는 노릇이죠. 아무튼, 앉아서 맛있게 드세요!

주위를 보면 20년 전에 한 실수를 가지고 아직도 여전히 괴로워하는 사람들이 있습니다. 그러지 말았어야 했는데, 저러지 말았어야 했는데…… 하지 말았어야 할 일을 했다니 참 안타까운 노릇이지만, 이미 지나간 일입니다. 여러분이 오늘 할 일은 아무튼 맛있게 먹는 것뿐입니다. 우리 모두 '오늘'이라는 음식을 맛있게 먹어치웁시다.

모 험 은   때 로
바보처럼 보일지 모른다

누구나 살면서 실수를 할 수 있습니다. 여러분에게 완벽하라고 밀하는 사람은 아무도 없습니다. 실수가 때로는 더 재미있을 수도 있죠. 저녁을 망쳤으면 나가서 외식을 하세요.

이 사회는 나이를 아주 이상하게 취급합니다. 어떤 나이가 되면 갑자기 아무것도 할 수 없는 상황이 되다니, 도저히 이해할 수가 없습니다. 여러분은 그러지 마십시오. 다른 사람들 말은 믿지 마십시오! 87세에 번쩍이는 빨간색 드레스를 입고 머리를 자주색으로 물들이고 싶다고요? 롤러스케이트를 신나게 타고 싶다고요? 그러고 싶으면 그렇게 하십시오!

저는 '노년층'이라는 말을 싫어합니다. 갈릴레오 Galileo Galilei는 74세에 마지막 저서를 썼습니다. 미켈란젤로 Michelangelo는 71세에 시스티나 예배당의 감독자로 임명되었습니다. '재즈계의 바흐'라는 평을 듣는 뮤지션 듀크 엘링턴 Duke Ellington은 66세에 퓰리처상 후보로 올랐지만, 수상하지는 못했습니다. 그때 그는 이렇게 말했습니다.

"하느님은 제가 너무 젊은 나이에 유명해지는 걸 바라지 않으셨나 봅니다."

파블로 카잘스 Pablo Casals는 85세에 백악관에서 음악회를 열었습니다. 수전 앤서니 Susan Anthony는 80세까지 여성 참정권 협의회 회장을 맡으며 손수 북을 두드리면서 가두 행진을 했습니다. 투표권을 행사했다는 이유로 52세에 체포되었을 때, 그녀는 이렇게 말했다고 합니다.

"나도 투표를 하고 싶어요. 여자는 투표를 할 수 없다니, 그게 도대체 무슨 말입니까?"

여러분에게는 할 수 있는 일들이 많습니다. 저는 작가 버나드 쇼Bernard Shaw가 96세에 다리가 부러졌었다는 사실을 알고 나서 기분이 참 좋았습니다. 그의 다리가 어쩌다 부러졌는지 아십니까? 가지치기를 하다가 나무에서 떨어졌다는군요!

여러분은 오늘 밤 당장 그 말도 안 되는 자조적인 발상을 지워버리고 하느님이 의도하신 대로 살 수 있습니다. 그것이 여러분이 하느님께 드릴 수 있는 최소한의 선물입니다. 여러분 본래의 모습을 다 발휘하지도 않은 채 죽다니, 어찌 감히 그런 생각을 할 수 있습니까? 결심만 하면 됩니다. 그렇게 쉬운 일입니다. 변화는 그렇게 시작되며, 언제든지 가능합니다.

이제 여러분이 선택을 해야 할 때입니다. 삶이란 선택의 연속이며, 선택은 여러분에게 달려 있습니다. 행복하게 살 수도 있고, 슬프게 살 수도 있습니다. 가볍게 살 수도 있고, 진지하게 살 수도 있습니다. 하지만 어떤 선택을 하든 완전하게 책임을 져야 합니다.

따분하거나 겁이 나거나 지금 서 있는 무대가 마음에 안 들면 박차고 나오십시오! 누가 여러분에게 거기 머물러 있으라고 했습니까? 제대로 돌아가는 가슴과 머리, 활발한 정신만 있으면 얼마든지 다른 무대에 뛰어들 수 있습니다. 이제 여러분 마음대로 무대를 선택하십시오. 새로운 무대를 만드십시오. 당장 지금부터 시작해보십시오. 모든 게 달라질 겁니다.

무엇보다 중요한 것은 실천입니다. 실천 없이는 모든 게 불가능하니까요. 이야기를 하는 건 시작에 불과합니다. 생각을 갖는 건 절반만 해결하는 것에 불과합니다. 몸소 행동해야 비로소 나머지가 완성됩니다.

새로운 삶의 방식을 선택하십시오. 새로운 사랑의 방식을 선택하십시오. 새로운 희망의 방식을 선택하십시오. 내일에 대한 새로운 믿음의 방식을 선택하십시오. 새로운 신뢰의 방식을 선택하십시오. 새로운 선행의 방식을 선택하십시오.

모든 것이 여러분 손에 달려 있습니다. 모든 것이 여러분이 선택하기 나름입니다. 절망을 선택할 수도 있습니다. 괴로움을 선택할 수도 있습니다. 다른 사람들을 불편하게 만드는 쪽을 선택할 수도 있습니다. 편협한 길을 선택할 수도 있습니다. 하지만 왜 이런 것들을 선택합니까? 말도 안 되는 소리입니다. 그것은 자기학대에 불과합니다.

하지만 미리 경고하건대 여러분이 자기 삶의 주인이 되기로 한 이상 앞날이 그리 순탄치만은 않을 겁니다. 다시 모험하는 법을 배워야 할 겁니다. 모험이야말로 변화의 열쇠입니다. 이런 말이 있습니다.

"아무 때나 웃음을 터트리는 건 바보같이 보일지도 모르는 위험을 감수하는 일이다."

하지만 뭐 어떻습니까? 제가 종종 말씀드리지만 버스카글리아를 괴짜 비슷한 인간으로 취급하는 사람들도 있습니다. 정신이 나갔다고 조소를 머금는 사람도 있습니다. 하지만 정신이 제대로 박힌 사람들이 따분해서 죽는 동안에 저는 삶을 위한 신나는 파티를 즐기고 있습니다. 이런 말도 있습니다.

"눈물을 흘리는 건 감상적인 사람으로 보일지도 모르는 위험을 감수하는 일이다."

저는 눈물이 나오는 게 두렵지 않습니다. 늘 눈물을 흘립니다. 기뻐서 울고, 슬퍼서 웁니다. 가끔은 학생이 낸 숙제를 읽다가도 눈물범벅이 됩니다. 행복해하는 사람들을 보면 눈물이 나옵니다. 서로 사랑하는 사람들을 보면 눈물이 나옵니다. 감상적인 사람처럼 보여도 상관없습니다. 제 방식대로 살면 되는 겁니다. 이런 말도 있습니다.

"다른 사람에게 손을 내미는 건 그 사람의 인생에 휘말릴지도 모르는 위험을 감수하는 일이다."

다른 사람의 인생에 휘말리는 것보다 더 중요한 일이 어디 있습니까? 저는 혼자서 무인도에 살고 싶지 않습니다. 여러분과 제가 이 세상에 함께 살고 있다는 건 함께 살도록 태어났다는 뜻입니다. 이제 우리가 할 일은 그 삶을 유쾌한 파티로 만드는 일입니다. 또 이런 말도 있습니다.

"함부로 감정을 표현하는 건 내 참모습이 드러나 보일지도 모르는 위험을 감수하는 일이다."

저는 참모습을 보이는 게 좋습니다. 인간으로서 인간다운 모습을 보이는 것이 왜 나쁘다는 것인지 저는 이해하지 못합니다.

제가 하도 여러 번 이야기를 한 데다 책에까지 썼으니 여러분은 지금부터 들려드리는 일화를 족히 수십 번은 들으셨을 겁니다. 하지만 제가 워낙 감동을 받은 일이라서 다시 소개할까 합니다. 어느 날 사랑학 강의를 하는데, 한 학생이 이런 말을 했습니다.

"제가 왜 항상 좌절했는지 이제야 알겠어요. 모든 사람들에게 사랑을 받고 싶다는, 인간으로서는 불가능한 것을 꿈꿨거든요. 저는 이 세상에서 제일 맛있고 제일 달콤하고 제일 예쁜 복숭아가 되어 모든 사람들에게 이 맛을 골고루 선사할 수는 있겠죠. 하지만 복숭아 알레르기가 있는 사람들도 있잖아요. 그런 사람들은 제가 바나나이길 바라지 않겠어요?"

우리는 복숭아를 바라는 사람 앞에서 바나나가 될 때가 종종 있습니다. 그러면 어떤 사람은 자신이 복숭아가 아닌 것을 슬퍼합니다. 왜 그래야 합니까? 그런 때는 그냥 이렇게 말하세요.

"바나나가 아니어서 미안해. 나도 바나나가 되어주고 싶지만, 난 원래 복숭아인걸."

참고 기다리다 보면 복숭아를 끔찍이 좋아하는 사람이 나타납니다. 그게 세상 이치랍니다. 그러면 여러분은 평생 복숭아로 살아도 됩니다. 복숭아인데 바나나가 되려고 한다면 이 얼마나 에너지를 낭비하는 일입니까?

사람들은 누군가를 사랑한다는 것은 일방적인 사랑이 될지 모르는 위험을 감수하는 일이라고 말합니다. 그래도 좋습니다. 사랑은 사랑하니까 하는 것이지 보답을 바라기 때문에 하는 게 아닙니다. 보답을 바란다면 그건 사랑이 아닙니다.

희망을 갖는 것은 실망이라는 위험을 감수하는 일이고, 시도하는 것은 실패라는 위험을 감수하는 일입니다. 하지만 모험은 반드시 해야 합니다. 일생일대의 가장 큰 모험은 아무런 모험도 하지 않는 것이라는 말이 있지 않습니까?

모험하지 않는 사람은 아무것도 하지 않고, 가진 게 아무것도 없고, 무의미한 사람입니다. 그런 사람은 슬픔과 고통을 피할 수 있을지는 모르지만 배울 수도, 느낄 수도, 달라질 수도, 발전할 수도, 살 수도, 사랑할 수도 없습니다. 그는 자기만의 공간에 갇힌 노예입니다. 인간의 가장 위대한 특성인 자유를 잃어버린 사람입니다. 모험을 하는 사람만이 진정 자유로울 수 있다는 사실을 잊지 마십시오.

여러분의 가장 큰 의무는 여러분 본래의 모습을 모두 다 발휘하며 사는 것이라는 사실을 항상 명심하십시오. 우리 모두 그러한 의무에 충실한 사람이 됩시다. 진정으로 행복한 삶은 바로 여기서부터 시작된다는 사실을 잊지 마십시오. 감사합니다.

우리 시대 최고의 사랑학 전도사,
레오 버스카글리아

레오 버스카글리아는 1924년 미국 로스앤젤레스의 이탈리아 이민 가정에서 태어나 1998년 6월 네바다 주의 자택에서 심장 발작으로 74세의 생애를 마감했다. 그의 갑작스런 죽음에 전 세계 언론은 '줄곧 자아 성취를 위한 글들을 집필한 베스트셀러 작가이자 사랑의 전도사였던 그가 세상을 떠났다'며 애도했다.

레오 버스카글리아는 서던 캘리포니아 대학교에서 교육학을 전공하고 캘리포니아 주 패서디나 시의 공립학교에서 특수교사로 일하며 학습 장애를 가진 아이들을 전문적으로 지도했다. 나중에 교육학 박사학위를 취득한 그는 모교에서 18년 동안 교수 생활을 했다.

그는 우연한 계기로 교직 생활을 끝냈다. 사랑하는 제자가 자살하는 사건을 겪은 후에 젊은이들에게 생명의 중요함과 다른 사람을 사랑하는 일의 기쁨을 가르쳐 줄 필요성을 통감하고

〈러브 클래스〉라는 당시로서는 파격적인 사회교육 세미나를 열기 시작했던 것이다.

세미나는 처음엔 부모의 손에 이끌려 참가한 젊은 학생들로, 나중엔 스스로 찾아온 젊은이들로 대성공을 거두어 매스컴으로부터 '닥터 러브'라는 애칭을 얻게 되었다. 그 후 사랑과 자아 성취에 관한 이야기를 신문, 잡지, 텔레비전 등의 매체를 통해 폭넓게 발표하면서 '사랑학'의 최고 권위자로 알려지게 된다.

이 시기에 출간한 책이 바로 《사랑》과 《살며 사랑하며 배우며》로, 이 책들은 출간과 동시에 세계 여러 나라에 번역 소개되어 세계적인 베스트셀러가 되었다. 우리가 늘 염두에 두고 있었지만 일찍이 누구도 적극적으로 말한 적이 없는 '사랑'에 대해 누구보다도 진솔하게 이야기를 펼쳐나가는 버스카글리아의 웅변은, 고독과 상실감에 시달리고 있는 현대인들에게 참삶의 길을 제시한다는 점에서 사막의 단비와도 같은 역할을 했다.

그는 '사랑'이란 실제로 사물을 움직일 수 있는 것, 아무리 사용해도 닳지 않는 힘의 원천으로 정의한다. 그가 말하는 사랑은 남녀 사이의 원초적 사랑이 아니라 자기 자신에 대한 사랑, 가족 간의 애정, 친구와의 우정, 주변 사람들과의 관심, 더 크게는 인류애를 뜻한다. 버스카글리아는 이런 사랑이야말로 사람답게 살기 위한 원동력이자 자아 성취를 위해 가장 필요한 자양분이라고 말한다.

그는 또한 사람은 누구나 보다 나은 존재를 찾지만 먼저 자기 자신을 인정하지 않고서는 타인을 있는 그대로 받아들일 수 없다고 말한다. 사랑에 관해서 결코 종교적이거나 철학적인 시각으로 말하지 않는 그의 설명은 이제까지의 형식적인 이론과는 확실히 구분되는 단순하고 평범한 사상이었다. 그러나 이러한 그의 웅변은 현대인들을 에워싸고 있는 문제들인 실업, 이혼, 가정 붕괴 같은 사회 불안 현상에 불만을 품고 있던 미국 사회에 강하게 어필할 수 있었다.

그의 이야기들은 이탈리아 이민 가정 속에서 때로는 엄하게, 때로는 명랑하게 양육된 자신의 경험을 기초로 하고 있다. 가난했지만 현명했던 부모님과의 격의 없는 교류가 자신의 인생관 형성에 큰 영향을 끼쳤다고 생각한 버스카글리아는 '가정과 가족'의 중요함을 강조하면서, 자신의 강연과 책에서 일관되게 자신의 가족 이야기를 소개한다.

버스카글리아는 40대 초반에 2년 남짓 인도와 네팔을 비롯한 아시아 여러 나라를 여행하면서 동양의 문화와 종교에 흠뻑 빠진 적이 있다. 당시 그는 인간의 삶이나 죽음에 관한 근원적인 문제에 접근하고자 했는데, 이런 생각과 경험들은 이후 그의 저술 활동과 강연에 지대한 영향을 미쳤다. 그가 아시아의 여러 나라를 여행하면서 최종적으로 마음에 새기고 온 것은 이것이있다.

'온 세계 어디나 문화나 종교는 조금씩 다르지만, 인간과 인간

을 맺어주는 사랑은 똑같다. 사랑이야말로 세계의 공통 언어다.'

누가 들어도 쉽고 명쾌한, 어쩌면 너무도 당연한 이런 생각이 많은 사람들에게 받아들여진 것은 그만큼 오늘을 살아가는 우리가 사랑의 고갈에 시달리고 있다는 방증일 것이다.

미국에서 초판이 발행된 지 30년이 지난 지금도 많은 독자들이 찾고 있는 이 책은 현대인들에게 가장 소중한 것이 무엇이고, 우리가 도달해야 할 진정한 목표는 또 무엇인지를 가르치는 '사랑의 교과서'로서 우리 시대 최고 스테디셀러라 불러도 손색이 없을 것이다.

옮긴이 이은선

연세대학교 중어중문학과와 같은 학교 국제학대학원 동아시아학과를 졸업하고 번역가로 일하고 있다. 옮긴 책으로 레오 버스카글리아의 《아버지라는 이름의 큰나무》, 스코트 아담스의 《딜버트의 법칙》, V. C. 앤드류스의 《사라지는 모든 것들》, 애니타 다이아먼트의 《여자들에 관한 마지막 진실》 등 다수가 있다.

살며 사랑하며 배우며

신개정판 1쇄 인쇄일 2020년 07월 23일
신개정판 1쇄 발행일 2020년 07월 30일

지은이   레오 버스카글리아
옮긴이   이은선
발행인   이정은

발행처   홍익출판사미디어그룹
출판등록번호   제 406-2020-000074호
출판등록   2020년 7월 4일
주소   경기도 파주시 회동길 198 4층 1호(문발동)
대표전화   02-323-0421   **팩스** 02-337-0569
메일   editor@hongikbooks.com

ISBN 979-11-971086-1-7 (03840)